KB046613

인물의 그림자를 그리다

동시대인의 초상과 담론

이 책은 방일영 문화재단의 지원을 받아 저술 · 출판되었습니다.

老松亭 회고

인물의 그림자를 그리다

동시대인의 초상과 담론

최정호 지음

시그마북스
Sigma Books

인물의 그림자를 그리다

동시대인의 초상과 담론

발행일 2021년 7월 12일 초판 1쇄 발행
지은이 최정호
발행인 강학경
발행처 시그마북스
마케팅 정제용
에디터 이호선, 장민정, 최윤정, 최연정
디자인 이상화, 김문배, 강경희

등록번호 제10-965호
주소 서울특별시 영등포구 양평로 22길 21 선유도코오롱디지털타워 A402호
전자우편 sigmabooks@spress.co.kr
홈페이지 http://www.sigmabooks.co.kr
전화 (02) 2062-5288~9
팩시밀리 (02) 323-4197
ISBN 979-11-91307-45-0 (03810)

* 시그마북스는 (주) 시그마프레스의 자매회사로 일반 단행본 전문 출판사입니다.

머리말

내가 사람을 알고 있을까? 자신이 없다.

가까이 아는 사람조차도 가까이 다가가면 다가갈수록 더욱 내가 그를 알지 못하고 있었구나, 잘못 알고 있었구나, 혹은 모르는 게 너무나 많았구나 하는 걸 깨닫게 된다. 그러면 그동안 내가 알고, 가까이 하고 있었다고 생각한 사람은 도대체 무엇이었단 말인가?

플라톤의 동굴 속에 갇힌 내 모습을 생각하지 않을 수 없다. 내가 알고 있다고 여긴 것은 사람의 실체가 아니라 동굴 벽면에 비쳐진 사람의 그림자에 불과한 것이었구나 하는 생각과 함께.

더욱이 이 책에 수록한 인물들은 대부분 이미 세상을 떠나 이 땅에는 실체가 없는 주인공들이다. 그럼에도 이 땅에 없는 사람의 그림자가 이 땅에 있는 여느 사람보다도 더 뚜렷하고 더 오래도록 내 마음에 드리워져 있다면 이 그림자란 무엇인가. 삶을 마쳐 사라진 사람의 실체, 삶을 넘어 살아남는 그림자, 이미 없는 실체, 아직 있는 그림자—도대체 실체는 무엇이며 그림자는 무엇인가?

사람을 안다는 확신이 없이 사람을 그릴 수는 있을까? 그것은 더욱 어림없는 짓이다. 그런데도 나는 10여 년 전(2009년) 70명에 이르는 동시대인의 그림, '글씨로 그린 초상'을 《사람을 그리다》라는 표제 밑에 책으로 낸 일이 있다. 무모한 짓이요, 무지에서 나온 용기의 소산이라고나 할까.

어떤 면에서는 이 책은 다시 그 뒤를 잇는 속편이라고도 할 수 있다. 다만 너무나도 주관적이고 데포르메(변형, 왜곡)되고 추상화된 이 초상들을 또다시 사람의 실체를 그린 것처럼 내세울 수는 없어서 이번에는 표제를 《인물의 그림자를 그리다》로 고쳐봤다. 대부분의 글은 《사람을 그리다》 이후 작고한 분들을 추념한 글이고 나머지 약간의 글은 경사스러운 잔치 마당에서 읽은 '라우다치오(Laudatio, 축사)'이다.

민망스러운 얘기를 해보자면 10여 년 전에는 하루면 끝낼 글을 이젠 열흘 동안이나 미적거려야 하고 일주일이면 썼던 글을 달포가 넘도록 끝맺지를 못하고 꾸물대기가 일쑤이다. 그러다 보니 한없이 미뤄지는 원고를 기다리느라 많이 애쓰셨던 편집부 여러분들께 미안하고 고마운 마음 그지없다. 그리고 이번에도 이 시장성 없는 책을 선뜻 내주기로 한 시그마북스 강학경 사장에게 다시 한번 심심한 감사의 뜻을 전한다.

2020년 여름 코로나19 팬데믹의 한가운데서

노송정(老松亭) 최정호

차례

제3장 선배

제4장 한국과 독일 사이에서

제5장 폴란드와 그 동쪽

제6장 라우다치오-수연·수상을 축하하는 글

스승

1

권력을 초월한 권위

• 김수환 추기경

(1922~2009)

대통령의 화환을 돌려보내다

남들은 어떨지 모르겠다. 혹시 외곬으로 빠진 나의 독단이나 비약은 아닐지. 그러한 망설임 때문에 한 달 동안이나 혼자 이리저리 생각을 굴려보고 되짚어보곤 했다. 그러고 나서도 역시 이건 아무렇지 않게 그냥 넘겨버릴 일은 아니라고 생각하게 됐다.

> 지난달 김수환 추기경이 선종하자 청와대에선 대통령의 조화를 보내려 했다. 명동성당에서는 장례식을 간소하게 하라는 추기경의 당부에 따라 대통령의 조화를 돌려보냈다. (동아일보 2009년 2월 18일 자)

비록 작은 뉴스지만 이것은 한국 정신사의, 아니 한국 역사의 새로운 기원을 긋는 사건이라고 나는 느꼈다. 한국인의 삶의 의식의 지평선에 이때 비로소 최고의 세속적 권력의 정점에 또 다른 최고의 정신적 권위가 맞서 우뚝 섰다. 그것을 이 뉴스는 상징적으로 시위해준다고 나는 보았다. 이것은 한국 현대사에 전무후무한 일이다. 어쩌면 한국 역사를 더 멀리 거슬러 올라가도 이와 유사한 보기를 찾긴 쉽지 않을 것이다.

우리는 조선시대부터 '귀(貴)'를 일방적으로 관작(官爵)과 동일시해왔다. 귀한 사람이란 오직 벼슬을 한 사람, 높은 벼슬을 한 사람으로 치부했다. 인격이나 품성, 학문이나 도덕성 따위는 뒷전에 밀어붙인 채 오직 벼슬의 있고 없음, 벼슬의 높낮이에 따라 사람의 귀천을 가리는 배타적, 폐쇄적 가치관의 일원론이 한국 사회를 수백 년 동안이나 지배해왔다.

우리나라 가족제도의 희한한 유산인 가문들의 족보 자랑도 어느 시대, 어느 군주 밑에서 어떻게 벼슬을 해서 어떤 일을 했는지는 묻지 않고 오직 몇 대 조 조상이 어떤 벼슬을 했다는 것만 내세우면 그만이다. 이러한 벼슬 지상주의, 감투 제일주의의 편벽된 '귀' 의식은 민주화되고 산업화된 현대에 와서도 변함없이 그대로 유지되고 있다. 임금이 대통령이 되고 정승, 판서가 총리, 장관으로 이름이 바뀌었을 따름이다.

장관 자리만 준다면 평소의 소신은 헌신짝처럼 버리고 전혀 다른 정책을 펴겠다고 나서는 따위는 하나도 놀랄 것 없는 장관 임용사의 항다반사(恒茶飯事)이다. 속칭 보수 우파의 대통령 밑에서 장관을 지낸 사람이 부총리 자리를 제수한다고 하자 소위 진보 좌파의 정부에도 '출사'하는 경우를 우리는 심심치 않게 보아왔다. 중요한 것은 장관 자리, 총리 자리, 곧 벼슬의 높이다. 그 자리를 제수하는 대통령이 어떻게 자리에 올랐는지, 그 대통령이 이끄는 정부가 정통성이 있는 정부인지는 벼슬자리에 올라갈 때 아무도 따져보지 않는 것 같다.

더욱 경탄해 마지않을 참으로 야릇한 정경은 한국의 이른바 대통령 문화다. 우리에겐 성공한 쿠데타도 마침내 단죄를 한, 민주주주 역사의 자랑스러운 사법부 심판이 있었다. 무장 군인 일부가 총소리 몇 방 울리고 한강을 건너온 무혈 쿠데타가 아니다. 남쪽 국토 위에서 국군을 풀어 엄청난 수의 국민을 살육하고 집권한 신군부의 두 장군, 바로 그 신군부의 쿠데타 과정에서 가짜 재판으로 사형선고를 받은 민주화

운동의 지도자, 억울한 죄를 뒤집어씌워 죽이려 한 사람이나 죽을 뻔한 사람이 차례차례 청와대의 주인이 되었다.

권력의 세계에 맞서는 정신의 세계를 대표하는 상징, 김수환 추기경

그러나 가짜 죄목으로 억울하게 처형될 뻔했던 민주화 투쟁의 영웅이 청와대의 주인이 되자 민주화 투쟁을 같이했던 옛 동지 대신 자신을 처형하려던 신군부 출신의 두 장군 대통령을 청와대에 초청해서 희희낙락하는 여유 있는 모습을 보이곤 했다. 참으로 일반 서민의 좁은 식견으로는 이해할 수 없는 한국의 대통령 문화다.

대통령의 자리란 무릇 귀한 것 가운데서 가장 귀하고 또 귀한 자리. 그러니 어떤 수를 써서라도 그 자리에 오르기만 하면 어떤 허물이든 말끔히 씻겨서 귀하고 귀한 존재가 된다는 말인가? 수많은 사람을 살육한 피의 세례를 받아 집권을 하고 권좌에서 물러설 때는 수천억 원(!)대의 비자금을 챙기고 나와도 대통령이란 귀하고 가장 귀한 사람이란 말인가?

"아무리 강대한 왕국도 의(義)로움이 없으면 도적의 집단과 다름이 없다."

— 아우구스티누스

최고의 권력에 맞서는 또 다른 최고의 권위, 의로움의 권위, 세속적인 권력에 맞서는 정신적인 권위. 그것이 있다. 한국에도 이제 있다. 김수환 추기경은 그것을 우리에게 커다란 선물로 남겨주고 가셨다.

2009년

김수환 추기경이 남겨준 선물

20년 전 일이다. 나는 친구를 찾아 일본의 조치(上智, 일명 소피아)대학교에 들렀다. 그곳에서 우연히 이 대학교의 창립 75주년을 기념하는 교지 특집호《SOPHIA NOW. 1988》를 보았다. 거기엔 조치대학교가 4분의 3세기 동안 배출한 졸업생 가운데서 가장 저명한 세 분 가운데 한 분으로 김수환 추기경이 기고한 글이 눈에 띄었다. 내게 큰 감명을 주었기에 인용해본다.

> "… 일본인은 제일 예의 바르고 친절한 사람들이라 생각합니다. 그중에서도 손님을 대하는 친절은 최상의 것이며 일본인 마음의 아름다움을 잘 비춰주고 있는 것이라 생각됩니다. (중략) 그러나 국가로서의 일본을 볼 때 경제대국의 강력한 이미지는 있으나 예의 바르고 친절한 일본이라고는 여간 해서 말할 수가 없습니다. 특히 일본보다 뒤떨어져 보인다고 생각되는 나라들에 대한 태도에는 때때로 과거 군국시대를 생각나게 하는 일조차 있습니다. 나는 일본인의 친절한 아름다운 마음과 그에 반대되는 국가 태도 사이의 갭을 어떻게 이해해야 할지 알지 못합니다."《SOPHIA NOW. 1988》

중간에 생략한 부분을 살린다면 위 글의 4분의 3이 일본인에 대한 칭찬이다. 한마디 핀잔, 하나의 가르침을 주기 위해선 먼저 서너 배의 칭찬을 해주라는 전범을 보여주는 글이다. 그런 사연이 있은 후 광복 50주년 기념 대담을 김수환 추기경과 갖도록 동아일보사에서 주선해주어, 1995년 8월 나는 무엇보다도 먼저 추기경의 대일관을 여쭈어보았다. 일제의 학병으로 끌려가 강제로 일본 군가를 부를 때마다 우리에게는 젊음을 바칠 만한 조국이 없는 게 마음에 사무쳤다는 이야기, 일제강점기 때 동포들이 인간 이하의 취급을 받는 걸 보며 갖게 된 적개심, 그 적개심이 성직자가 된 후에도 사라지지 않아 하느님께 원수를 미워하지 않도록 기도 드린 적도 여러 번 있었다는 이야기를 들으며 나는 추기경 속에 사람 내 물씬 풍기는 인간 김수환을 본

1995년 8월, 광복 50주년을 맞아 김수환 추기경과 기념 대담을 나누다.

듯 반가움 같은 걸 느꼈다.

추기경의 인간미를 보여주는 이런 일화도 있다. 수많은 언어에 숙달한 추기경께 도대체 몇 가지 말을 하시느냐 묻자 이렇게 대답하셨다. "한 일곱 가지 말은 하나요 … 한국 사람이니 한국말은 하고 일제 치하에서 일본말도 해야 했고 학교에서 영어는 배웠고 독일 유학을 해서 독일어도 좀 하고 성직자라 라틴 말도 안 할 수 없고 교황청이 있는 곳에 자주 여행하니 이탈리아 말도 좀 하고 그러고 거기에 거짓말도 좀 하고…."

실제로 내가 김수환 추기경을 만나 뵌 일은 한 번밖에 없다. 그런데도 나는 지난 40년 동안 언제나 김수환 추기경의 존재를 느끼며 살아왔다. 과거에 대통령 박정희의 존재가 그랬던 것처럼.

원근친소(遠近親疎)를 초월하고 모든 사람을 지배하고 아우르는 두 권위가 있다. 정신의 세계와 권력의 세계에 군림하는 권위다. 우리의 옛날엔 이 두 개의 권위는 크게 갈라지지 않고 있었다. 선비가 벼슬을 했었고 벼슬을 하려면 학문을 해서 과거를 치러야 했던 조선시대에는 유럽의 역사처럼 권력과 정신, 왕권과 교권의 대립이란 없었다. 정신적 권위와 정치적 권위의 대립은 별로 없었던 것이다. 1970년대 이후 김수환 추기경과 군부 출신 대통령들 사이의 갈등은 우리나라에서도 비로소 정신의 세계와 권력의 세계, 교회와 국가의 싸움을 현실로 체험케 했다.

김수환 추기경은 이 싸움이 지속되던 긴 연대 동안 종파나 종교를 초월해서, 믿는 자나 안 믿는 자를 아울러 권력의 세계에 맞서는 정신의 세계를 대표하는 상징으로 많은 사람의 마음속에 자리 잡고 있었다. 대통령의 죽음은 그 권력의 끝이다. 그러나 성직자의 죽음은 정신의 끝이 아니라 그의 부활의 기적을 낳고 있다. 추기경은 그의 선종으로 비단 그의 각막만이 아니라 더욱 많은 것을 훨씬 많은 사람에게 선물해주고 있다. 사람이란 호의호식하고 벼슬자리를 탐내는 것 이상의 무엇인가를 추구해야 한다는 깨달음이 그것이다. 새벽부터 명동성당으로 몰려가는 인파는 이 깨달음의 기적을 간증해주는 것만 같다.

인간이란 본시 인간 이상의 무엇인가를 지향함으로써 비로소 인간다운 인간이 된다. 이 지상 세계는 그를 초월하는 더 높은 세계를 지향함으로써 비로소 사람이 살 만한 살가운 세상이 된다. 그렇기에 인간은 있는 그대로의 현재가 아니라 그를 넘어서는 미래라는 것, 인간은 곧 인간의 미래라는 것, 그것을 깨우쳐 줌으로써 추기경의 죽음은 우리에게 바로 우리의 '미래'를 선물해주고 있는 것이다.

2009년

정승보다 귀한 선비

• 김준엽 선생

(1920~2011)

학자로서 일생을 살다

한국 현대사에 등장한 인물 가운데서 김준엽 선생은 드물게 보는 '귀(貴)한' 분이다. 선생은 대학교수, 대학연구소 소장, 대학총장을 역임했다. 말하자면 학자의 삶에 뜻을 세우고 평생 그 뜻을 관철하신 교직자로 일생을 사신 분이다.

세상엔 학자가 많고도 많고 교수도 이젠 흔하고 흔한 직업이 되었다. 그러나 왜 다른 길로 가지 않고 학문의 길로, 교수의 길로 들어섰느냐 하는 물음 앞에서 김 선생처럼 일찍이 투철하고 확고한 뜻을 세우고 평생 그 뜻을 관철한 경우는 흔치가 않아 보인다.

20대의 청년 김준엽이 학문의 길을 걷기로 결의한 상황부터가 여느 사람들의 경우와는 비교할 수도 없으리만큼 특이하고 극적이라 할 만큼 엄중한 상황이었다. 당시 청년 김준엽은 훗날 《사상계》를 창간한 장준하와 함께 일제의 학병으로 중국대륙에 건너갔다가 과감하게 탈영하여 6,000리 장정을 거쳐 임시정부를 찾아가 광복

광복군 시절의 무장한 김준엽(가운데), 그 왼쪽에 장준하

군에 합류한다. 그는 무장 항일 전사였다.

1945년 8월 마침내 일본의 패망으로 해방이 되자 백범 김구 선생의 권유로 장준하는 귀국하여 정계에 투신한다. 그러나 김준엽은 동행을 사양하고 중국에 남아 중단된 학업을 계속하기로 작심한다. "나의 적성이나 능력으로 보아 학자로서 나라와 겨레에 기여하는 것이 가장 격에 맞는 일"이요, "정계나 관계에는 발을 들이지 않을 것"이라고 그때 이미 굳게 결의를 한 것이다. 이 20대의 결의를 김준엽은 90 평생 흔들림 없이 지켜왔다.

김준엽 선생의 학문에 관해서 나는 이야기할 위치에 있지 않다. 다만 문 밖의 제3자도 능히 알 수 있는 사실은 그가 연구한 한국과 중국의 현대사, 특히 공산주의 운동사에 관한 연구는 당시 전인미답의 개척지로 이미 그 업적은 국내외에서 높은 평가를 받고 있었다는 사실이다. 그리고 이러한 그의 연구 업적과 대외적 평가가 처음 실질적인 결실을 맺은 것이 그가 고려대학교 부설 아세아문제연구소(아연, 亞硏)의 소장이 되면서부터이다.

내가 선생을 처음 뵌 것은 1972년, 선생이 1957년에 설립한 아연의 2대 소장을 맡고 계셨을 때다. 당시 아연은 일본연구분과를 책임지고 있던 한배호 박사 주관하에 '새로운 태평양 시대의 일본'을 주제로 국제학술회의를 개최하였다. 구미 각국의 교수들이 참석한 이 모임에서 나도 초대받아 발표를 하게 된 것이 김 선생을 뵙게 된 인연이 되었다. 이 회의를 통해 일본 도쿄대학교 최초의 여성 교수로 발탁되어 국제적으로 화제가 된 인류학자 나카네 지에(中根千枝) 박사를 알게 된 것도 기억에 남는다.

그때 아연 소장실로 찾아 뵌 선생의 인상은 중국대륙을 도보 장정해서 광복군에 합류한 열혈 지사 광복군 출신이라는 '레전드'와는 상관없는 부드럽고 온화한 중

년 신사였다. 외유내강의 전형적인 성품을 보는 듯싶었다. 아세아문제연구소는 그러한 성품의 김 선생이 이룩해놓은 가시적 소산이다. 1957년에 설립된 이 연구소의 발기인이자 부소장으로 참여한 김 선생은 역대 소장 가운데서 최장 기간(1969~1982)인 14년 동안 재임하면서 해외 학계에서 '고대'는 몰라도 '아연'은 안다는 말이 나올 정도로 이곳을 국제적인 명성을 떨친 우리나라 최고의 대학부설연구소로 키워놓았다.

언론계에서는 과거 월터 리프먼이나 제임스 레스턴 또는 마거리트 히긴스나 마리온 그래핀 된호프처럼 전 세계의 어떤 지도자들과도 언제든 만나서 회견할 수 있는 이들을 국제적인 '대'기자라고 일컫는다. 당시 아연은 김준엽 소장이 초청하면 미국, 중국, 일본의 어떤 저명한 학자도 아연 주최의 세미나나 심포지엄에 기꺼이 참가하는 것을 우리는 보았다. 김 선생의 인덕으로 이룬 인맥 덕분이었다. 아연은 '대'연구소였다.

김준엽은 고려대학교에 1949년 조교수로 부임하여 부교수, 교수로 오직 한 군데서만 30여 년을 재직했다. 한 입으로 30여 년이라 하지만 그게 여느 30년의 세월은 아니다. 그사이 대학이 서울에서 남녘 항도 부산으로 피난 가야 하는 6·25 동족전쟁(1950~1953년)을 치르고 전후 복구과정에서는 자유당 독재정권의 폭정이 수많은 대학생의 피를 흘린 4·19 학생혁명(1960년)을 초래했다. 민주화의 회복도 순식간, 이내 들이닥친 5·16 쿠데타(1961년)는 개발독재 정권의 18년에 걸친 장기집권으로 이어지면서 그 기간 내내 정부와 대학, 권력과 지성인 사회와의 거칠고 힘겨운 긴장관계가 지속됐다.

1979년 대통령이 살해되는 10.26 총성으로 유신독재체제가 종식되나 싶었더니 군 내부의 12.12 하극상에 이어 이듬해(1980년)엔 국토에서 국군을 동원해 국민을 학살한 광주 대참극을 통해 피 묻은 권좌에 오른 신군부의 새로운 독재정권이 탄생했다. 한 해도 편한 해가 없었던 30여 년이라 해서 그냥 지나친 과장은 아니라 믿는다. 대학은 이러한 폭풍의 세월 속에서 외풍에 가장 민감한 기관일 수밖에 없다. 젊은 지성들의 집단인 대학생들은 그들이 살고 있는 시대 환경에 예민하며 특히 그 사회가 비정상적일 때엔 더욱 예민한 법이다.

한편 대학 사회의 또 다른 구성원인 교수들은 그들의 이름이 알려질수록 더욱 외부로부터, 권력으로부터 두 가지 간섭에 노출되고 있었다. 동의할 수도 지지할 수도 없는 권력과 그 정책에 순응하지 않을 때는 탄압과 박해에 시달리기도 하고 그 권력에 동조, 협력을 요구하는 갖가지 유혹과 수시로 조우하기도 한다. 탄압의 몽둥이와 뱀의 유혹이 똬리를 틀고 있던 30여 년은 폭풍우의 날씨만이 아니라 변덕스러운 날씨, 끈적끈적하고 습기 많은 날씨가 함께 대학 사회의 맑은 지성을 흐리게 했던 장구한 세월이었다.

김준엽의 고려대 동료, 후배 또는 제자 교수 가운데도 군부정권에 항거해 대학에서 추방된 이른바 해직 교수들이 많았다. 그러나 어떤 군부정권도 일제 말기에 광복군에 합류해 독립운동을 한 김준엽 교수는 함부로 건드리진 못했다. 그 대신 그럴수록 김준엽의 명예와 명성을 — 순수한 동기건 불순한 동기건 — 집권 세력의 후광으로 장식하려는 시도는 끈질기게 이어졌다.

김준엽은 1948년 정부수립 직후 이미 광복군 시절에 모시고 있던 이범석 장군이 초대 국무총리와 국방장관을 겸직하면서 총리실 또는 장관실에 들어오라는 걸 사양하고 중국으로 돌아가 학업을 계속했다.

4·19 혁명 후엔 장면 정권에서는 주일 대사로 나가주시라는 걸 사양했고 5.16 후엔 김종필이 공화당을 창당하면서 사무총장을 맡아달라고 했으나 사절했으며, 박정희 대통령은 통일원장관에 임명하려 했지만 역시 고사했다. 정부의 요직을 사절하는 것이 김준엽에겐 항용 있는 일로 쉽게도 여겨졌겠지만 내가 평생 동안 보아오기론 우리나라 인물들 가운데서 정부 고위직을 끝내 고사한 사람은 지난 70년 동안 불과 다섯 손가락으로 새기도 빠듯할 정도이다.

한사코 고사했으나 집요한 권유에 마지못해 수락했다는 말은 장관직에 오른 사람에게 흔히 듣는 얘기지만, 그런 위인일수록 실은 그 자리를 얻기 위해 그늘에서 갖은 짓을 다한 사람임은 흔히 보는 사례이다. 비교적 중립적인 경제 과학 분야의 테크

노크라트들의 경우는 제쳐놓더라도 입장에 따라 정책 지향이 대립각을 세우는 교육 문화 분야의 고위직까지 보수정권 진보정권 가리지 않고 장관 자리만 준다면 자신의 주장을 접고 그냥 출사하는 경우를 우리는 흔히 보았다. 장관이 되기 위해선 학자로서 교수로서 그때까지 지녔던 입장이나 소신도 하룻밤 사이에 바꿔 치우는 경우가 드물지 않은 것이다.

이건 어떤 면에선 우리나라 전통사회 때부터 내려온 관직에 관한 사회의식, 보다 근원적으로는 예부터 오늘에 이르기까지 변하지 않고 있는 한국 사회의 뿌리 깊은 가치관의 문제로 봐야 할 것으로 생각된다.

귀(貴)란 무엇인가

사람은 행복을 추구하며 산다. 행복을 추구할 권리는 누구에게나 있다. 이것은 이론의 여지 없는 자명한 명제이다. 그러나 그 행복이 무엇을 뜻하냐고 물어보면 그 대답은 간단치가 않다. 행복에 관한 사람들의 대답은 저마다 다를 수 있고 얼마든지 이론이 있을 수 있다. 행복에 관해서 그래도 보편적으로 받아들여지고 있는 일반론 같은 것이 있다면 동북아의 한자문화권에는 널리 회자되고 있는 오복(伍福)이다. 물론 오복 그 자체도 그를 구성하는 요소에는 다시 여러 가지 견해가 갈리는 듯하나 적어도 처음의 세 가지, 곧 수(壽), 부(富), 귀(貴)를 오복의 필수 요인으로 드는 데에는 일치하고 있는 듯하다.

수와 부는 이견이 있을 수 없는 분명한 개념이요, 객관적인 개념이다. 오래 사는 것이 수요, 재산이 많은 것이 부다. 그건 다른 풀이가 있을 수 없는 일의적인 개념, 주관이 개입할 여지가 별로 없는 객관적인 개념이다.

'귀'의 개념은 그와 다르다. 무엇을 귀한 것으로 보느냐 하는 것은 무엇을 아름다운 것으로 보느냐 하는 것과 마찬가지로 사람에 따라 대답이 얼마든지 다를 수 있다. 귀는 일의적으로 풀이될 수 없는, 다양한 뜻을 갖는 다의적인 개념이요 사람에 따라 견해가 다를 수 있는 주관적인 개념이다.

이처럼 다의적, 개방적인 개념인 '귀'가 우리나라 전통사회에서는 '높은 관작(官爵)'으로 이해되어 왔다. 바로 그처럼 귀의 개념을 배타적, 폐쇄적으로 받아들이면서 관존민비(官尊民卑) 사상, 출세영달주의, 학문의 어용화 등 전통사회에서 답답한 숙명이 되어버린 가치관의 일원적, 일차원적 구조가 굳어지며 지탱되어오지 않았나 생각된다.

귀란 원래는 주관적인 개념이기 때문에, 사람의 신장이나 체중처럼 객관적으로 수치화, 서열화할 수 없는 개념이다. 그런데도 귀가 일방적으로 벼슬의 유무, 벼슬의 높낮이로 '객관화'됨으로써 사람을 등급 서열화할 수 있는 희한한 기준이 마련되어 자리 잡게 됐다. 왕조시대의 고궁 뜰에 가보면 벼슬아치들을 정 일품에서부터 종구품까지 일목요연하게 자리매김해 놓은 품계석(品階石)을 볼 수 있다. 서열화된 귀 사상을 화석화한 유물이다.

벼슬을 하려면 공부를 해서 과거에 급제해야만 된다. 벼슬을 하기 위해 공부를 한다는 것은 나쁠 것이 없다. 그러나 이를 뒤집어서 공부하는 목적이 벼슬을 하기 위함이라고 한다면 그건 심상치 않은 일이 될 수가 있다. 학문체계와 정치체계가 조선시대의 유교국가처럼 일원화되고 있다면, 국-교(國-教), 국-학(國-學)이 일원화되어 있다면, 공부를 하는 것이 벼슬을 하기 위한 것이라 해서 이상할 것은 없다. 조선시대의 사대부(士大夫, 벼슬한 선비)란 말처럼 공부와 벼슬, 학문과 출세는 연속적이요 일원화되어 있다고 볼 수 있다.

유교의 경학을 바탕으로 한 중국문화권의 동북아시아 국가들에서 보는 이러한 정교(政教) 일치는 근대 과학의 세례를 받은 서유럽 세계를 만나는 근대화 과정에서 커다란 도전에 직면하게 된다.

그리스도교를 국교로 하는 유럽 국가들에 있어서는 애초부터 왕권과 교권은 분리되어 있었고 병립하고 있었고 때로는 대립하고 있었다. 교황의 권위와 황제의 권위는 하나가 아니었다. 세속적인 권력과 정신적인 권위가 둘로 갈라져 있다는 이른바 양검론(兩劍論)이다. 카이저의 것과 하느님의 것이 따로 있고 지상의 나라(civitas terrena) 위에 하느님의 나라(civitas Dei)가 있다고 한 것이다.

권력의 세계와 정신의 세계는 이원화되어 있고 차안(此岸)의 세계와 피안(彼岸)의 세계, 세속의 세계와 초월의 세계가 갈라져 있었다. "의로움이 없다면 천하의 제국도 도적들의 집단에 불과하다"라고 한 아우구스티누스의 말은 카이저의 나라에 대한 하느님의 나라, 권력의 세계에 대한 정신의 세계의 우위를 밝히는 말이다.

종교적인 권위만이 아니다. 황제도 감히 넘어설 수 없는 또 다른 권위, 법의 권위가 있다. 중국의 황제는 문자도 마음대로 고칠 수 있었다지만(우리나라에선 1950년대에 대통령이 한글의 새 철자법이 까다롭다고 옛날 언문 표기처럼 되돌려라 지시해서 물의를 일으킨 이른바 '한글 파동'이 있었다) 고대 로마 제국에선 이미 "황제도 문법가위에 설 수 없다(Caesar non est supra grammaticos)"라고 밝히고 있었다.

근대 학문, 과학은 황제의 권위뿐만 아니라 교황의 권위도 초월하며, 심지어 학문하는 사람의 이익이나 영달도 초월함으로써 발전하여 자리를 잡게 된다. 교회로부터 이단으로 몰리고 정부 권력의 박해를 받게 되어도, 심지어 학문하는 자신의 영달이 아니라 신변의 위험이 닥쳐올지 몰라도 스스로 옳다고 생각하는 것을 옳다고 말할 수 있을 때, "그래도 지구는 돈다"라고 말할 수 있을 때 근대 과학은 그 토대를 굳건히 할 수 있었던 것이다. 그것을 어찌 '귀'하다고 하지 않을 수 있겠는가.

현대의 대학은 학문의 전당이요, 학문을 전수하는 강단이요, 과학을 연구하는 상아탑이다. 오늘의 대학은 벼슬길로 가는 사대부를 길러내는 어제의 성균관이 아니다. 오늘의 대학총장 또한 왕조시대의 정이품 벼슬인 대제학이 맡는 성균관의 지관사(知館事)가 아니다. 언론이 그러하듯 오늘날의 대학도 행정부나 입법부, 사법부와 마찬가지로 독립된 기관이요 자율적인 기관이다. 대학이나 언론이 제 기능을 다하기 위해서는 무엇보다도 권력으로부터의 독립과 자유가 필수적인 전제이다.

이 너무나도 자명하고 상식적인 이야기를 새삼 꺼내보는 까닭은 오늘의 우리나라 현실이 이와는 너무나 동떨어진 엉뚱한 곳으로 표류 표착하고 있다고 느끼고 있기 때문이다. 1982년 여름 김준엽이 고려대학교 재직 33년 만에 총장이 되었을 때 우리는 오랫동안 보지 못하던 대학총장의 원래 모습을 비로소 보게 되었다.

대학교, 대학총장의 본모습

그렇다. 대학총장의 원래 모습을 우리는 오랫동안 볼 수가 없었던 것이다. 때는 신군부의 전두환 정권 시절이었다. 원칙주의자 김준엽 총장의 임기가 평온하리라곤 처음부터 기대하기가 어려웠을 것이다. 원칙주의자가 아니더라도 건전한 상식을 가진 사람이라면 군부정권하의 대학의 모습을 보면 고개를 갸우뚱하게 되는 일들이 당시에는 관행처럼 버젓이 일어나곤 했다.

고려대학교 총장 시절의 김준엽, 고려대학교 교정에서

다른 곳에서는, 그리고 다른 때에는 상상도 할 수 없는 엉뚱한 일들이 일상화되고 있는 가운데서도 가장 비상식적인 관행은 대학과 언론에 '기관원'들이 상주하고 있다는 사실이었다. 김준엽 총장도 부임해보니 보안사, 안기부, 치안국, 시경, 성북경찰서, 문교부 상주연구원(감시원) 등 10여 명이 날마다 나타나서 온종일 총장 비서실장 앞에 있는 소파를 점용하고 있었다. 정보정치, 대학에 대한 관의 개입이 공공연하게 이루어지던 시절이었다. 김 총장의 첫 조치, 첫 업적은 이 기관원의 축출이었다.

당시로선 참으로 어려운 일을, 불안해하는 주위의 망설임을 뿌리치고 김 총장은 과감하게 해

치워버린 것이다. 그 무렵엔 언론기관에도 당연한 것처럼 기관원들이 상주하고 있었다. 그들의 출입을 막기 위해선 주요 신문사에서 수십 명의 젊은 기자들의 직을 건 집단항의와 항쟁이 있었던 걸 상기한다면 고려대에서 이 난제를 그처럼 희생이나 잡음 없이 처리할 수 있었다는 것은 곧 김준엽 총장의 인품과 권위를 말해준다.

또 다른 비정상적인 대학의 관례도 김 총장이 부임하면서 폐지되었다. 당시엔 대학의 명예박사 학위를 정부 의향대로 수여하는 것이 관례처럼 되어있었으나 김 총장은 그런 관례도 깨버렸다. 한편 군부정권하에서는 학생회 대신 학도호국단이라는 걸 결성해서 정부 지시를 따르도록 했었다. 김 총장은 학도호국단을 폐지하고 총학생회를 설치하자는 학생들의 요구를 허용했다. 1985년 마침내 전국의 학도호국단이 폐지되는데, 고려대가 앞장을 선 것이다.

시국은 대학생들을, 그리고 대학을 조용히 놓아두지를 않았다. 해마다 각 대학의 학생회관에선 민주화를 요구하는 시국선언, 농성, 시위가 벌어지곤 했다. 1984년엔 급기야 학생들이 정부 여당의 당사를 점거 농성하는 사건이 벌어졌다. 고려대, 연세대, 서울대, 성균관대 학생 260여 명이 민정당 당사에 들어가 시위를 벌인 것이다. 문교부는 이들 학생들을 대학에서 제적하라고 압박해왔다.

눈치만 보던 다른 대학들과는 달리 고려대에선 총장이 단호히 거부했다. 학생에게 제적은 사형선고와 같은 것인데 총장이 그런 짓을 할 수는 없다, 학생은 정부 압력에 의해서가 아니라 학칙에 위배되었을 때만 제적한다, 원칙대로만 하겠다는 것이 거부의 명분이었다.

문교부와 고려대 총장의 관계는 갈수록 악화될 수밖에 없었다. 어떻게든 트집을 잡으려던 문교부가 비리를 잡겠다며 감사반을 보내 학교를 샅샅이 뒤진 결과 뜻밖의 불미스러운 일이 터졌다. 당시엔 교직원 자녀들의 특례입학이 암묵적으로 시행되던 때였다. 그렇게 입학한 25명의 학생을 제적하라는 강제 지시가 내려온 것이다.

교직원 자녀의 특례입학이 당시엔 일반적인 관례였다고는 하나 김 총장의 마음의 갈등은 심각했다. 결국 25명의 학생을 살리기 위해 총장이 사직하게 되었다. 마지막

공식 일정인 졸업식 날, 고려대에서는 보기 희한한 일이 벌어졌다. 총장직 사퇴를 취소하라는 시위가 벌어진 것이다. 그때까지 총장의 사퇴를 요구하는 시위는 많았어도 총장을 계속해달라는 시위는 이때가 처음이었다고 한다. 시위대는 경찰과 충돌하고 김준엽 총장은 퇴임식도 없이 쓸쓸히 물러나고 말았다.

총장직을 그렇게 수행하고 그렇게 사임한 김준엽 교수의 덕망이 특히 당시의 정계에서 상종가를 치게 됐다는 것은 이해하기 어렵지 않다. 연구실로 돌아온 김준엽에게 야당의 김영삼, 김대중 대통령 후보들로부터 저마다 선거대책 본부장을 맡아서 당선 후에는 국무총리로 새 정부를 이끌어달라는 요청이 줄을 이었으나 하나같이 거절했다. 민주화를 위해서 밖에서 도울 터이니 먼저 야당의 후보 단일화를 성사시키라는 주문을 두 사람에게 다 같이 요청하면서….

두 야당 후보의 장담과 기대와는 달리 대선은 민정당 노태우 후보의 승리로 끝났다. 그러자 이번에는 '대통령에 당선되면' 맡아달라는 가정법의 총리직이 아니라 대통령 당선자로부터 총리직을 수락해달라는 실제적인 제안이 그것도 장기간에 걸쳐 집요하게 그를 압박해왔다.

무려 40여 일에 걸쳐 대통령 당선자와 그 측근, 그리고 언론으로부터 총리직을 둘러싼 소란에 시달린 김준엽은 "총리가 되기도 어렵겠지만 총리를 맡지 않는다는 것도 여간 어려운 일이 아니라는 것을 실감했다"라고 토로했다.

왜 총리직을 그리도 단호하게 고사했을까? 이것은 제3자가 함부로 추정할 문제가 아니다. 다행히 이에 대해선 당신 스스로 고사의 이유를 소상히 밝힌 글이 있으니 여기서 간략하게 소개해본다. 김준엽은 국무총리 고사가 "내 인생에서 중대한 결정을 내려야 할 큰 고비의 하나가 되는 일"일 뿐만 아니라 "이 시대 지식인들의 가치관을 잘 나타내는 일"이라고 밝히고 있다. 이 점은 특히 귀담아 들어야 될 것 같다. 총리직을 고사하는 것은 "이번에 갑자기 벼슬하지 않기로 한 것이 아니라 해방 직후 20대 전반에 결심한 것이요. 그때 이미 정계나 관계로 나가지 않고 학자로 일생을 살겠다고 한 결의를 오랫동안 꾸준하게 지켜온 것"이다.

고려대학교 학생들의 총장 사퇴 반대 시위 모습

그뿐만 아니라 김준엽은 지식인들이 벼슬이라면 굽실굽실하는 풍토를 고쳐야 한다고 생각했다. 민주사회를 이룩하려면 이런 관존민비 사상을 타파해야 하고 족보에 남기기 위하여 덮어놓고 벼슬자리에 가는 그런 무책임한 풍조는 시정해야 한다고 생각했다.

"우리가 근대화에 성공하려면 정계나 기업계나 학계나 언론계나 종교계나 예술계나 체육계나 군대에서 각각 성공한 사람이면 모두 동등하게 존경받는 사회를 만들어야 한다. 벼슬이라면 모든 것을 내던지고 뛰어드는 한심한 현상을 고쳐야 한다"라고 김준엽은 역설하고 있다.

그렇기에 그는 "존경과 기대를 받고 있던 교수들이 군사독재에 협력하여 어용학자가 된 예가 많은" 현실을 개탄하고도 있다. 군부정권하에서 그 많은 사람을 괴롭힌 독재자에게 머리를 숙이다니—"나는 내 머리가 100개 있어도 숙일 수가 없다"라고 비장한 심경을 토로하기도 한다.

정치에 대한 문화의 우위?

처음부터 세속의 세계와 정신의 세계가 양립하고, 황제의 권력과 교황의 권위가 이원화되어 대치한 기독교적 서유럽 세계와는 달리 '사대부'란 말이 상징하듯 학문과 권력, 정신세계와 현실세계가 연속적으로 일원화되고 있는 유교적 동양문화권에서, 특히 현대 한국의 중국학을 개척하고 정초한 분이 위와 같이 탈(脫)유교적, 근대적 담론을 펼치고 있다는 사실이 내게는 너무나 신선하게 느껴졌다. 거기에는 어쩌면 선생이 20대에 수학한 일본 게이오(慶應)대학교의 유학 경험도 영향을 미치고 있을지 모른다.

미래의 인생 진로를 모색하던 젊은 날을 김준엽은 이렇게 회고하고 있다.

> "나의 머리에는 일본 메이지(明治) 초기에 있어서의 사이고 다카모리(西鄕隆盛)…. 이토 히로부미(伊藤博文) 등 정치가의 역할보다도 게이오대학교를 창설하고 일본 현대문화의 발전에 기여한 후쿠자와(福澤諭吉)의 역할이 더 인상적이었고 현대 일본에서의 도조히데키(東條英機)보다도 내가 재학 중인 게이오대학교 총장이던 고이즈미(小泉信三)의 역할이 나에게는 더 중요하게 느껴졌다. 또한 중국에서도 원세개(袁世凱), 장작림(張作霖), 단기서(段祺瑞) 등의 군벌(軍閥)보다는 학문의 자유를 비롯한 대학의 발전과 자유민권을 위하여 투쟁한 채원배(蔡元培) 북경대학 총장이나 호적(胡適) 박사가 나에게 더 훌륭하게 느껴진 것이다."

내가 이 대목을 이처럼 길게 인용한 데엔 사사로운 연유가 있다. 나는 위 글을 읽으면서 6·25 전란 중에 대학 입시를 준비하면서 인생 진로에 관한 비슷한 고민을 했던 옛 기억이 떠올랐기 때문이다. 중학교 5학년(지금의 고등학교 2학년) 때 전쟁이 나지 않았더라면 나는 법대나 상대에 진학했을지 모른다. 실용적인 학문, 독일인이 '브로트슈투디움(Brotstudium, 밥벌이가 되는 공부)'이라고 하는 법학이나 경제학을 공부해볼까 했었던 것이다.

그러나 만인이 만인에 대해 늑대가 된 동족전쟁의 체험, 강대국 틈바구니에서 수입된 이념의 대리전쟁을 치르고 있다는 체험은 젊은 날의 나를 실존적 허무주의에 빠트리면서 다른 한편으로는 불쌍한 내 나라의 실상을 싫어도 뼈아프게 자각하는 계기가 되었다. '북진통일'을 외치던 정부가 전쟁이 나자 사흘 만에 서울을 내주고 불과 한 달 후에는 남침 인민군이 국토의 대부분을 점령한 여름방학을 시골 피난지에서 보내며 내 생각은 크게 바뀌어 갔다. 전쟁방학 동안 피난지에서 나는 철학서적과 문학서적, 특히 프랑스의 세기말 문학에 빠져들고 말았다. 역사서에서는 우리와 마찬가지로 강대국 틈에서 망국과 국토 분할을 연거푸 겪어온 폴란드 역사가 내 마음을 울렸다.

1950년 9월 서울 수복으로 다시 학교가 개학하면서 대학 입시를 준비해야 할 졸업반으로 진급할 무렵엔 나의 전공 선택은 이미 법학이나 경제학이 아니라 독일 철학이냐 프랑스 문학이냐를 놓고 고민을 해야 했다. 전쟁의 상흔을 스스로 위무해보려는 아쉬움에서 그랬을까? 나는 이때 음악 중에서도 특히 폴란드의 쇼팽 음악에 탐닉하고 있었다. 시골 소도시에서 음악을 접한다는 것은 물론 구식 축음기와 SP 음반이 전부였고 그 양도 극히 제한적이었다. 그런 가운데서 나를 매료한 피아니스트가 프랑스의 코르토(A. Cortot, 1877~1962)와 폴란드의 파데레프스키(I. J. Paderewski, 1860~1941)였다.

피아니스트인 줄로만 알고 있던 파데레프스키는 그 뒤 알고 보니 제1차 세계대전 후 폴란드의 수상 겸 외상(1919~1921)을 지내고 제2차 세계대전 초에는 폴란드 망명국회의 의장(1940~1941)을 지내기도 했다. 그는 예술가이자 정치가였던 것이다. 그러나 내가, 혹은 많은 사람들이 알고 있는 파데레프스키는 정치가로서가 아니라 피아니스트로서가 아닐까? 정치에 대한 예술의 우위, 권력에 대한 문화의 우위를 내가 파데레프스키에서 보았다면 젊은 날의 청년 김준엽은 후쿠자와와 고이즈미에서, 채원배와 호적에서 본 것은 아닐까.

지식인과 그의 시대

먼 곳에 계신 김준엽 선생을 조금은 가까이 그리고 비교적 자주 뵐 수 있게 된 것은 잡지 계간《사상》이 창간된 1989년경부터였다. 그에 앞서 1987년 말부터 선생은 대우 그룹의 김우중 회장으로부터 뜻하지 않은 제의를 받게 된다. 그해 6.29 선언 이후 갑자기 불어 닥친 자유화의 물결 속에서 한국 사회가 사상적으로 크게 흔들리고 있으니 김준엽 선생이 나서서 이를 올바로 이끌어주시라는 것이며 그를 위해 연구소를 설립해야 한다면 그에 필요한 경비는 전적으로 지원하겠다는 제안이다.

연세대 출신의 사업가로 모교에 대한 애정도 남달랐던 김우중 회장이 이러한 제안을 고려대의 김준엽 총장에게 한 배경에는 기업을 넘어 나라를 생각한 김 회장의 애국심, 사람을 보는 기업인다운 직관, 그리고 고려대 출신으로 대우경제연구소 회장을 맡고 있었던 김성진(金聖鎭)의 가교 역할 등이 있었지 않았나 짐작해본다. 나에게 이 프로젝트에 대해 미리 귀띔해주며 참여를 권한 친구는 김경원(金瓊元) 박사였다. 여기서 잠시 김 박사와 그의 과거에 관해서 내 나름대로의 생각을 정리해본다.

유신 독재체제하에서 우리나라 지식인 사회는 저마다의 고민과 숙고 끝에 여러 방향으로 갈라진 길을 걷고 있었다. 첫째, 그 선두에는 유신체제를 정면으로 맞서 부정하며 그에 저항한 비판적 반체제 지식인의 일군이 있었다. 둘째, 또 다른 선두에는 유신체제를 적극적으로 긍정하며 스스로 그를 선도적으로 옹호, 변론한 지식인의 일군이 있었다. 셋째 부류로는 스스로 선택할 수 없는 시공에 태어난 몸으로서 선악을 초월해 현실 체제의 내부에서 최선을 다해보려는 '개량주의적'인 지식인의 일군이 있었다. 넷째 부류로는 체제의 찬반 따위는 아랑곳 하지 않고 어느 시대, 어느 체제하에서나 개인적인 출세 영달의 길을 추구하는 지식인의 일군도 있었다. 다섯째로는 체제 부정을 외부적으로 표출하지도 않고 체제 긍정도 하지 않으면서 일종의 '내부적 망명'의 길을 걷는 침묵하고 있던 지식인의 일군이 있었다.

유신체제하의 청와대 특보로 있었던 김경원을 나는 셋째 부류의 지식인으로 자리매김한다. 후진국의 근대화 과정에서 나타난 한국의 군사 쿠데타와 그 뒤의 유신체제를 어떻게 보느냐 하는 문제는 아직도 계속해서 논쟁적인 이슈로 남는다. 또 한국 현대사에서 박정희 정권의 공과를 따지는 문제에 있어선 양식과 양심을 지닌 지식인들조차도 쾌도난마의 일의적(一義的)인 답을 내놓을 수 없는 분열증적인 징후를 보인다는 것도 우리는 살펴보고 있다.

1990년 사회과학원 이사장 시절의 김준엽

그러나 10·26 이후 등장한 이른바 신군부의 12·12 반란과 다음해 1980년 광주의 5·18 대학살로 정권을 강탈한 전두환 정권에 대해서는 지식인들의 입장은 선명하게 갈라졌다.

박정희 유신체제에 대해선 그 당시 현장에선 음으로나 양으로나 부정적이고 회의적인 시각으로 평가했던 사람들조차 박정희 사후엔 역사적으로는 긍정적 평가를 하는 지식인들이 의외로 많아지고 있다. 그러나 전두환의 신군부 정권을 자기 소신에서 지지한 둘째 범주의 지식인이란 그 당시나 그 이후나 별로 많지 않은 것 같다. 굳이 거론한다면 철학자 이규호 교수와 언론인 허문도 기자 정도의 이름이 떠오를 정도이다.

전두환의 신군부정권에 대해선 그럴 수밖에 없다. 광주의 피바다 속에서 권력을 장악한 5·18 군부에 대해선 그에 정면으로 맞선 첫째 범주의 지식인으로는 용기 있는 일부 영웅적인 소수가 아니라 대부분의 대학 캠퍼스를 메우고 있는 압도적 다수의 대학생이 있었고 그들과 뜻을 같이 하는 시민사회가 있었다.

이러한 상황 속에서도 변함없이 기능하고 있는 것이 셋째 범주의 지식인이다. 스스로 선택할 수 없는 나라와 시대에 태어나서 몸담고 있는 공동체 안에서 최선을 다해보려는 개량주의적 지식인—대부분의 재정 경제부처의 테크노크라트들이 이 범주의 지식인에 속하고 외교부 관리들도 여기에 속한다고 생각된다. 1980년대 한국경제의 성장과 특히 안정화라는 '기적적 성공'을 일궈낸 청와대의 경제수석 김재익 박사를 비롯해서 불행히도 아웅산 테러 사건에 희생된 대부분의 고위 관리들이 이 범주의 뛰어난 지식인들이라 여겨진다.

개인과 공동체의 관계란 참으로 간단치 않은 끈끈한 연줄들이 옭아맨 운명의 무대인 것 같다. 거친 파도에 출렁이는 고장 난 배, 게다가 뱃머리를 지키고 있는 것은 선주를 살해하고 배를 찬탈한 막돼먹은 선장, 그래도 수많은 승객을 태우고 풍랑 거친 망망대해를 항해하는 배를 침몰시킬 수는 없고 죄 없는 승객들을 굶기거나 몽땅 물귀신을 만들 수도 없다.

선택의 여지 없이 우리가 타고 있는 공동체라고 하는 배가 그대로 침몰하지 않기 위해선 언제 어느 때나 그 배를 안전하게 바다 위에 띄우고 나갈 수 있는 유능한 항해사, 셋째 범주의 지식인은 반드시 있어야 한다. 그렇다손 치더라도 청와대에 계속 근무하고 있던 김경원의 자리는 전두환 정권이 들어서면서 함부로 접근하기도 어려운 깊숙한 곳으로 들어갔다. 대통령의 비서실장 발령이 난 것이다.

그전에도 김 박사와 나는 가까운 사이가 아니어서 어쩌다 무슨 모임에 나가 우연히 1년에 한두 번쯤 만나 눈인사나 나누는 것이 고작이었다. 그나마 1980년 광주 이후엔 7~8년 동안 단 한 번도 만난 일이 없다. 나는 그를 만나고 싶지 않았고 만난다 해도 그를 반길 수 없었다. 그는 내 밖의 세계에 있었고 그 세계가 나를 받아들이지 않은 것처럼 나도 그 세계를 받아들이지 않고 또 용인할 생각도 전혀 없었다. 그 사이 그가 주UN 대사, 주미 대사로 발령 났다는 것은 지면보도를 통해 알고 있을 뿐이었다.

전기가 왔다. 1987년 6월 민주항쟁이 마침내 신군부정권으로부터 '6·29 선언'을 끌어냄으로써 대통령 직선제 개헌과 장차 문민 민주정부 수립을 위한 전기가 마련된 것이다. 1988년엔 1971년 이후 17년 만에 처음으로 대통령 선거가 제대로 실시되고 그 결과 노태우가 직선제 대통령으로 선출되었고 88 서울 올림픽도 전 세계가 참가한 가운데 화려하게 치러졌다. 한국 정치의 기상도는 오랜만에 밝아진 것이다. 그러던 어느 날 저녁, 아마도 1988년 늦가을이었던 듯싶다. 서울 장충동의 국립극장에 무슨 음악회가 있어 갔다가 휴게 시간에 2층 로비에서 뜻밖에 김경원 박사를 만났다. 거의 7~8년 만이 아닌가 싶다. 주미 대사직을 그해 4월로 그만두었으니 귀국 후 얼마 되지 않았던 때라 여겨진다. 무척 반가운 표정으로 나를 맞은 김경원은 이내 한구석으로 나를 끌고 가서 의욕에 찬 눈빛으로 앞으로의 계획을 털어놓았다.

다시 공부하고 글 쓰는 지식인 사회로 돌아가 앞으로는 나와도 자주 만나게 될 것이라며 그러기 위해서 새로운 무언가를 시작해볼까 하니 머지않아 연락을 하겠다는 것이다.

워싱턴에서 6·29 선언을 들었을 땐 갑자기 해방이 된 기분을 맛봤다는 얘기도 했다. 본국에서 온 불합리한 훈령을 미국 정부나 언론에게 합리적인 언어로 꾸며내는 힘겨운 외교관 업무에서 이젠 풀려나겠다, 해방되겠다, 앞으로는 메시지를 그냥 전달하는 메신저 노릇만 하면 되겠다는 안도감도 있었다는 것이다.

그로부터 얼마 후(1989년 2월 8일) 김 박사로부터 연락이 와서 서울역 앞에 있는 옛 대우재단 빌딩의 김준엽 선생 사무실에 가보았다. 사회과학원 간판이 붙어 있었다. 김준엽 선생을 이사장으로 모시고 김경원 박사가 사회과학원장 자리를 맡고 있었다. 앞으로 사회과학원에서 고급 교양잡지를 창간하려고 하니 거기에 연구편집위원으로 참여해달라는 것이었다. 모인 면면은 김경원, 김인준, 안병영, 최상용, 최정호, 한상진, 한승주 일곱 명이었다. 김준엽 선생의 인선이라 여겨졌다.

계간으로 나올 잡지의 제호는 《사상》—여러 설명이 필요 없이 이 제호는 김준엽 이사장의 의중을 읽고 김 박사가 제안한 것이다. 《사상》은 누가 봐도 금방 《사상계(思想界)》를 연상시키는 잡지 제호이다. 《사상계》는 김준엽 선생에겐 여러 가지 깊은 감회가 서린 잡지일 것이다. 1953년 6·25 전란 중 임시수도 부산에서 창간하여 1970년 5월, 시인 김지하의 담시(譚詩) 《오적(伍賊)》의 필화사건으로 폐간될 때까지 《사상계》는 무려 17년에 걸쳐 통권 205호를 발행하고 우리나라 잡지사에 하나의 금자탑을 쌓아 올린 월간 종합교양잡지이다.

《사상계》를 창간한 발행인 장준하는 1962년 이 잡지로 우리나라에서 최초로 막

계간 《사상》 창간을 준비하는 사회과학원 연구편집위원. (앞줄 중앙부터 시계 방향으로) 김준엽, 김경원, 최상용, 한승주, 안병영, 한상진, 김인준, 필자

사이사이상을 수상했다. 김준엽과 장준하는 일제시대에 학병으로 징집되었다가 탈영하여 함께 광복군에 합류해서 1945년 해방이 되자 이범석 장군과 함께 무장한 광복군으로 귀국한 평생 동지였다. 김준엽은 대학에서 교편을 잡고 있을 때도 《사상계》엔 초창기부터 편집위원으로 관여했을 뿐만 아니라 일곱 명의 역대 주간 가운데 한 분으로 잡지의 편집 제작에 깊이 관여하기도 했다.

쿠데타로 집권한 군부정권과의 관계가 처음부터 껄끄러울 수밖에 없었던 장준하가 1975년 유신체제하에서 등산 중 의문사하자 대학에 있던 김준엽도 특히 고려대 총장 시절엔 신군부로부터 여러 가지 괴롭힘을 당하게 된다. 학도호국단을 폐지하고 총학생회를 승인한 총장, 여당 당사를 점거한 학생들을 제적하라는 문교부의 강압을 거부한 총장이었던 김준엽은 신군부 정권의 '눈엣가시'가 되고 있었다.

그런데도 전두환 대통령의 비서실장과 주미 대사로 있던 김경원은 기관원의 감시하에 있던 김준엽을 개의치 않고 변함없이 찾아 뵙곤 했다. 그 얘기를 김준엽은 김경원에 관한 변명처럼 몇 차례 언급한 걸 나는 들었고 글에서도 읽었다. 그뿐만 아니라 김준엽은 1958년 객원교수로 하버드대학교에 갔을 때 이미 박사학위논문을 쓰고 있던 김경원의 재능과 인품을 평가하고 그를 《사상계》의 주미 특파원으로 위촉하기도 했다는 30년 지기라 밝히고 있었다.

계간 《사상》의 창간

김준엽, 김우중, 김경원, 삼 김씨의 호흡은 척척 맞아 순풍에 돛을 단 듯 일이 진행되어 사회과학원 프로젝트는 1988년 11월 1년 만에 재단설립으로 이어졌다. 지난날 "아세아문제연구소에만 25년간 정열을 쏟았기 때문에 연구소 운영에 관한 한 무엇보다도 자신이 있었다"라는 김준엽이다. 가장 큰 사업은 계간 《사상》의 발행이지만 김준엽은 사회과학원의 안정과 발전을 위해 2중, 3중의 보호벽을 쌓아놓는 듯했다.

우선 사회과학원은 김성진, 김경원, 양호민, 신일철, 지청, 서진영, 임희섭으로 구성되는 재단이사회가 있고, 다시 최석채, 박두진, 현승종, 양호민, 안병욱, 전해종, 이만갑, 임원택 등 원로들로 구성된 자문위원회가 있었다. 김준엽의 인덕을 엿볼 수 있는 인맥이라 여겨진다.

계간지의 창간에 앞서 사회과학원은 앞으로의 편집 방향과 정책, 창간 특집호의 기획 등에 관하여 일곱 명의 편집위원들만이 아니라 외부 학계인사들을 초빙하여 이틀에 걸쳐 세미나 형식으로 깊이 있고 무게 있는 토론을 나눴다. 그러고 나선 서둘러 계간 《사상》 창간호의 특집 주제를 '한국사회의 변동과 과제'로 삼아 1989년 여름 내놓게 된다.

사회과학원의 후원기업이 몰락하고 2000년도 초의 국내 경제의 어려운 여건 속에서 계간《사상》은 2004년 봄호를 마지막으로, 15년 동안 60권을 발간하고 고별을 하게 된다. 비록 발행기간은 짧았으나 20세기 말, 21세기 초의 이 기간은 세계사적인 대변혁의 시기였다 해서 조금도 과장은 아니라 믿는다.

밖에선 한 세기 동안 세계를 양분했던 공산주의 이념의 소비에트 체제가 붕괴한 1990년대, 그로 인해서 '이데올로기의 종말', '냉전의 종말'부터 '역사의 종말'까지 각종 종말론이 풍미했던 세기말의 1990년대, 중국의 장성처럼 영원할 것처럼 여겼던 베를린 장벽이 무너지고 마침내 동서독의 평화적 통일을 보게 된 1990년대…

그러나 안으로 한국 사회는 1980년대 후반부터 민주화 과정을 거치면서 6·25 동족전쟁 이후 금압됐던 좌익세력이 자유로운 개방공간에 되살아나서 다시 이념 논쟁을 일으킨 1990년대, '이데올로기의 시대'에 뒤늦게 불이 붙고 독일의 통일과는 정반대로 분단국가 한국은 마치 1945년 후의 해방정국처럼 내부적으로 좌우, 보혁(保革)으로 또다시 갈라지는 역행코스의 1990년대를 맞고 있었다.

바로 이러한 1990년대를 앞두고 계간《사상》이 창간되었다. 과거 일방적 이데올로기 또는 무(無)이데올로기가 권위주의적으로 군림했던 전근대적 사회 분위기와는 달리 이젠 산업화되고 민주화된 시민사회에서 새로 대두한 이념 대립, 이념 논쟁의 시대를 맞으며 계간《사상》은 참으로 시의 적절하게 나왔다고 보인다. 그럼으로써 이 나라 지성사회에 다원적이고 균형 잡힌 이성적 대화가 가능한 하나의 포럼을 마련하는 데 나름대로 기여했다고 자부하고 싶은 것이다.

계간《사상》은 나 개인적으로도 깊이 관여했기 때문에 많은 감회가 어린 추억의 미디어가 됐다. '무(無)사상의 사회, 그 내력과 구조'란 제하에 현대 한국의 정신적 상황을 개관해 본, 창간호에 기고한 내 글은 권두논문이 되는 과분한 대접을 받았다. 당초 창간 편집의 동인으로 참여해달라는 권유를 할 때 김경원은 이건 다른 누구 것도 아닌 '나의 미디어(!)'라 생각하고 언제든 어떤 주제든 생각이 나는 대로 기고해

1989 창간호

계간 사상

편집위원
•한승주
•한상진
•최정호
•최상용
•안병영
•김인준
•김경원

社會科學院

계간 《사상》 창간호(89 여름호) 목차

달라는 말이 내겐 문자 그대로 '감언이설'이 된 듯싶다.

계간《사상》 마지막 호 말미에 정리한 필자별 논문목록을 살펴보니 어쩌다 그 감언이설에 홀려(?) 내가 가장 많은 16편의 글을 기고했고, 한상진 11편, 안병영, 한승주 각 10편, 최상용 9편, 김경원 8편, 김인준 6편의 글이 그동안에 실렸다. 외부 필자로 5편 이상 기고한 분으로는 강정인(12편), 김병국, 임혁백(각 7편), 김문환, 김성한, 송호근, 신일철, 함재봉(각 6편) 등의 이름이 떠오른다.

계간이기 때문에 우리들 편집위원은 적어도 1년에 네다섯 번은 편집회의에 모이게 된다. 그때마다 사회과학원 이사장실로 김준엽 선생을 찾아 뵈면 언제나 온화한 미소로 맞아주면서 어서 열심히 토론들 하고 끝나면 점심은 같이 하자고 하면서 15년 동안 단 한 차례도 잡지의 편집 방향이나 기획, 필자 인선 등엔 전혀 관여하지 않으셨다. 사회과학원 재단설립 기금을 댄 김우중 회장이 재단운영에 일체 간여하지 않은 것처럼 계간《사상》의 발행인 김준엽 이사장도 잡지 제작은 편집인 김경원에게 전권을 위임하고 관여하지 않았다.

사회과학원 송년모임 1994년 12월

편집회의를 마치면 기다렸다는 듯이 우리를 초대해준 김준엽 이사장과의 점심은 언제나 화기애애했고 화제가 풍성했고 특히 김 이사장의 담론은 이따금 그를 경청할 수 있다는 것이 하나의 특전을 누리고 있다는 느낌을 갖게 해줄 때가 많았다. 거의 계절별로 한 번쯤 갖던 편집회의 후의 오찬 외의 사회과학원 행사로는 1년에 한 번씩 갖던 송년회 만찬이 있었다. 여기에는 사회과학원의 재단이사, 자문위원, 연구편집위원과 사회과학원의 모든 직원이 초대되는 가장 큰 집안 잔치였다.

원로 교수, 소장 교수들 틈에 전직 총리들과 장관들 그리고 장군도 다 같이 한 방에서 '수평적'으로 어울리는 따스한 모임이지만 수직적인 서열이라면 오직 김준엽 이사장이 평소 이럴 때 편리하다고 내세우는 시니어리티(연장자 우선주의) 원칙에 따라 테이블을 나누는 자리 배치 정도였다. 돌이켜 보니 사회과학원의 송년회 만찬은 참으로 고귀한 학덕과 향기로운 성품의 사람들이 어울린 자그마한 '지성의 공화국'을 보는 듯싶었다.

그러다 보니 최고령자로 송년회 만찬 때마다 건배사를 맡게 된 홍남순 변호사(1912년생)의 투정이 생각난다. 1980년 5·18 광주 민주화 운동 당시 70 고령의 나이에 내란수괴 혐의로 신군부에 의해 체포돼 무기징역을 선고받고 1년 7개월의 옥고를 치른 호호야(好好爺), 홍 변호사는 이럴 때 진한 전라도 사투리 억양으로 "허, 참, 말도 못하는 사람한티 나이만 많이 먹었다고 나서라 하니 무슨 말을 해야 한디여" 하고 날 보며 씩 웃으시곤 하던 모습이 눈에 선하다.

이렇게 한 해를 마무리하고 새해가 찾아오면 이번엔 명륜동 안쪽의 좁은 골목 김준엽 선생 댁에선 또 다른 큰 이벤트가 벌어진다. 정월 초하루부터 연 3~4일 계속해서 몰려오는 세배객으로 좁은 골목 안이 성시(盛市)를 이룬다. 이른 아침부터 늦은 밤까지 들어오고 나가는 세배객. 그들을 맞을 때마다 잔을 나누는 손님치레를 하려면 웬만한 체력과 주량으로는 감당하기 어려운 일인데도 이에 관한 김준엽의 회고록 대목이 흥미롭다.

"나는 해마다 정초가 되면 초 4일까지는 '취생몽사'의 시간을 보낸다. 많은 제자들이나 학계의 가까운 동료들 그리고 각계의 친지들이나 친척들이 쉴 새 없이 찾아오는데 축하하는 술을 일일이 권하다 보면 어느새 나는 취해버리곤 한다. 이것은 나의 둘도 없는 낙(樂)이고…"

벼슬은 하지 않고 벼슬보다 훨씬 고귀한 삶을 사신 선생, 만인이 우러러보는 삶을 사신 선생, 그러면서도 다복한 삶을 사신 선생.

이 땅에서 오늘날 '귀(貴)'란 무엇인가, 현대사회에서 '귀'란 무엇인가? 김준엽 선생은 그 생애를 일관한 실천을 통해서 바로 '귀'의 전범을 보여주셨다.

2019년

《작은 나라가 사는 길》을 묻다

• 이한빈 박사

(1926~2004)

우리들의 오늘을 뜻있게 받아들이고 너그럽게 자리매김하는 데엔 잠시 뒤를 돌아보고 이제는 먼 어제를 알아보는 것도 다소 도움이 될 것이다. 그렇다면 좀 지루한 옛 얘기도 참고 들어주셨으면 하고 먼저 부탁드린다.

"타향의 봄에 고향의 겨울을…"

겨울이었다. 생각해보니 참 그때는 모든 것이 겨울이었다.

덕산(德山) 이한빈 선생을 처음 만난 것도 겨울이었다. 1964년 오스트리아의 인스브루크 동계 올림픽 대회에서 우리는 처음 만났다. 덕산은 당시 스위스 대사로서 오스트리아 대사를 겸직하고 있었고 나는 베를린 주재 한국 신문의 특파원으로 있었다.

1960년대 당시엔 우리가 유럽에서 살고 있다는 것 자체가 이미 하나의 큰 특전이었다. 봄이 와도 오히려 양식이 떨어지는 춘궁기라 해서 농촌은 초근목피로 연명해야 했던 것이 그 무렵 우리나라 살림 형편이었다. 그런 고국을 떠나 추위와 배고픔을 모르는 '라인강의 기적'을 구가하는 서독에 건너온 것이다. 그래서 고국에 보낸 첫 신문기사에 나는 슈테판 게오르게의 시를 머리말로 인용해보았다.

"타향의 봄 속에서 고향의 겨울을 생각한다…"

당시 서독의 한국 유학생들은 독일에 건너온 것을 '도독(渡獨)질'했다고 자조하고 있었다. 고향에서 고생하고 있는 친구들을 생각하면 외국에 혼자 빠져 나와 편하게 공부하고 있는 자신이 무얼 혼자 훔쳐 먹고 있기나 한 것처럼 께름직하고 미안스러운 마음이 든다는 일종의 자괴감 같은 것을 웃음으로 달래보는 말이었다.

그랬다. 당시 우리나라는 선진국에 와서 보면 에누리 없는 후진국이요 한겨울이었다. 그것을 오해나 착각의 여지없이 극명하게 보여준 것이 특히 1964년의 인스브루크였다.

인스브루크 동계 올림픽의 회상

지난해 2018년, 우리는 동계 올림픽을 평창에서 주최했다. 동계 올림픽과 같은 거창한 대회를 꼭 유치해야만 했느냐, 대회는 제대로 치러냈느냐, 엄청난 돈을 쏟아 붓고 큰 잔치를 마친 후 그 뒤치다꺼리, 뒷감당은 어떻게 하느냐 등등 말은 많다. 당연한 논의이고 마땅히 따져봐야 할 문제들이다.

그럼에도 불구하고 나는 동계 올림픽을 내 생전에 우리나라에서 개최했다, 개최할 수가 있었다는 사실 자체만으로 남다른 감회에 젖었다. 그렇다고 해서 내가 평창 올림픽 유치 활동 같은 것을 했던 사람은 아니다.

그건 아니지만 나는 남들보다 좀 일찍 동계 올림픽을 구경해보았다. 1964년의 인스브루크 올림픽과 1968년의 그르노블 올림픽을 젊은 나이에 구경한 것이다. 특히

1964년 인스브루크 동계 올림픽 대회의 성화 점등 장면

인스브루크에서는 올림픽 대회의 전 기간을 취재기자로 참관, 취재 보도한 경험이 있다. 당시 이 대회를 구경한 한국 사람은 선수와 임원까지 다 합쳐도 겨우 10여 명 밖에 되지 않았다.

큰 잔치처럼 사람이나 나라의 속사정, 빈부(貧富)의 실상을 극명하게 보여주는 일도 흔치 않을 것 같다. 동계 올림픽은 크리스마스에 눈이 오고 얼음이 어는 지구 북반부의 대부분 잘 사는 나라들만 즐길 수 있는 겨울 스포츠의 잔치다. 한국은 비록 추운 겨울이 있기는 하나 당시엔 한강이 얼지 않고선 빙상경기를 할 수도 없고 스키는 구경하지도 못했던 시절이었다.

이뿐만 아니라 그때만 해도 우리는 국제회의나 국제행사에 참가한 경험이 부족해서 현장에 가보면 별의별 사태가 벌어지곤 했다. 무엇보다도 공식 일정이 잡혀 사전에 대비할 충분한 시간이 있음에도 불구하고 일이 코앞에 닥쳐서야 허겁지겁 서둘러대는 모습을 당시 나는 비일비재 경험했다. 그래서 1964년 인스브루크 올림픽 대회를 앞두고 전년 가을 나는 서울에 본사의 체육부 기자를 보내려면 미리 한국올림픽위원회(KOC)를 통해 국제올림픽위원회(IOC)에 참가 신청을 해놓고, 그러지 않고 내가 대신해야 한다면 늦기 전에 IOC에 미리미리 기자 등록을 해두라고 부탁했다.

동계 올림픽이 열흘 앞으로 다가올 때까지도 아무 소식이 없어 서울에서 체육부 기자가 오는 줄 알고 있었다. 그랬더니 아니나 다를까 올림픽 개막식을 4~5일 앞두고 본사에서 급전이 왔다. 바로 인스브루크에 가서 올림픽을 취재하라는 지시였다!

부랴부랴 짐을 꾸리고 생전 처음 보러 가는 동계 올림픽 종목 해설서를 사 들고 비행기와 기차를 갈아타며 개막식 이틀 전에 인스브루크에 달려갔다. 그러나 대회본부의 프레스 센터에 찾아갔더니 담당자는 어이없다는 듯 고개를 돌려버리는 것이었다. 외신기자 등록은 각국의 올림픽위원회를 통해 이미 몇 달 전에 접수를 마감했고 한국 기자는 아무도 등록하지 않았으며 미등록자한테 프레스 카드와 프레스 호텔을 내줄 수가 없다는 단호한 퇴짜였다.

더 어이없는 것은 거기에는 베를린에서 갑자기 날아온 나만이 아니라 국내의 두 유력 신문사의 베테랑 기자도 2~3일 전에 서울서 날아와서는 등록을 못하고 서성거리고 있었던 것이다. 물론 사전에 KOC나 IOC에 참가신청도 하지 않은 채—북한에서는 정식 등록이 된 기자(아마도 정보기관원?)가 이미 프레스 호텔에 입주하고 있었다.

궁하면 통한다? (아마도 그게 당시 한국의 많은 사람들의 신념이었던 것일까?) 별수 없이 인스브루크의 첫 이틀은 온종일 프레스 센터 주변에서 담당자에게 감언이설과 애걸복걸로 기자 등록을 성사시키는 데 탕진하고 말았다. 다음 날 드디어 개막식을 한 시간 앞두고 프레스 카드를 발급받아 허겁지겁 식장에 나가보니 그곳에서 다시 만나게 된 아아, 대한민국!

새하얀 설경 속에서 울긋불긋 원색의 화려한 빛깔의 유니폼을 입은 선수들이 입장하는 개막식에서 우중충한 회색 코트를 축 늘어지게 걸친 우리 선수단은 임원까지 합쳐도 겨우 열 명이 될까 말까 하는 약소 팀이었다. 그나마도 개막식 직전에 도착해서 꼴찌로 선수촌에 입성한 모습부터 마치 없는 돈에 겨우 월사금을 마련하느라 학교에 지각한 가난한 시골 학생들의 꼴이었다.

인스브루크에서 북한 선수단은 한필화가 스피드스케이팅 종목에서 메달을 낚아채며 선풍을 일으키고 있었으나 한국 선수단은 출전하는 종목마다 거의 매번 최하위로 '전멸'하고 있었다. 체력이 곧 국력이란 말이 실감나던 1964년의 인스브루크. 거기에서 만난 아아, 대한민국, 가난한 나라 대한민국, 1인당 국민소득 100달러의 후진국 대한민국. 인스브루크 올림픽은 그 대한민국의 실상을 국제사회에 부끄럽도록 선명하게 부각시켜 우리들의 알몸을 깨닫게 한 체험으로 내겐 남아 있다.

만일 그때 그곳에서 덕산 이한빈 대사를 만나지 못했다면 나는 객지의 객지에서 배가된 국가적 열등감과 주눅 든 자의식을 안고 베를린으로 돌아갔을 것이다.

1960년대의 한국 : 4·19에서 5·16으로

덕산과의 해후는 처음부터 조금은 흥분했다. 초대면이기는 하나 그는 이미 유명인이었다. 서울에 있을 때부터 주변에선 이한빈 예산국장 같은 인재가 중앙정부에 다섯 명만 있어도 우리나라는 달라질 것이란 말이 나돌 정도로 그는 이름 난 엘리트 관리였다. 그는 처음 만나자마자 손가방 가득히 모아온 영·독·불 주요 일간지의 클리핑 뭉치를 취재에 참고하라고 내게 건네주었다. 과연 소문난 사람다웠다.

인스브루크의 첫 만남 이후 우리는 유럽에서 자주 만났고 그보다도 더 자주 서신을 통해 대화를 이어갔다. 돌이켜 보면 덕산을 만났다는 것은 나에겐 여러모로 하나의 사건(事件)이었다. 새로운 것을 만난다는 것을 '사건'이라고 한다면, 그것은 특히 내게는 새로운 시각과의 만남, 새로운 담론과의 만남이었다.

1960년대 중반 우리나라 공론권(公論圈)의 가장 뜨거운 화두는 두 가지였던 것 같다. 5·16 쿠데타와 군부정권의 출현이 하나이고, 다른 하나는 그 군부정권이 체결한 한일 국교수립이었다. 그리고 이 두 주제에 대한 우리나라 지식인 사회의 견해는 —

국내에서나 해외에서나—대체로 부정적이었다고 회고된다. 다만 견식과 경륜이 없는 나로서는 그 어느 쪽에도 확신을 갖고 시원하게 동조할 수 없었던 것이 답답하고 좀 창피하기도 했다.

"못 살겠다 갈아보자"는 거듭된 야당의 도전에도 온갖 무리수를 써가며 버텨오던 자유당 정권을 마침내 1960년 수백 명의 젊은 목숨을 바친 4·19 학생혁명으로 무너뜨리고 탄생시킨 민주당 정권. 그처럼 고귀한 희생의 결실을 1년도 못 되어 다시 쿠데타로 무너뜨리고 등장한 5·16 군부정권. 그것을 어떻게 쉽게 받아들인다는 말인가?

자유당 말기의 폭정과 4·19 학생혁명의 전 과정을 신문기자로 생생하게 체험했던 나는 5·16 군부정권을 우선 심정적으로 받아들일 수가 없었던 것이다. 그러나 다른 한편으론 내각책임제 개헌으로 이 땅에 처음으로 탄생한 민주당 정권을 이제 겨우 발을 떼는 걸음마 단계부터 무자비하게 질타 공격하는 야당과 언론은 4·19 이후의 정국과 사회 분위기를 걷잡을 수 없는 혼란으로 몰아가고 있었다,

자유당 정권을 학생시위로 무너뜨려 탄생한 민주당 정권은 그 뒤의 모든 시위를 용인하고 수수방관하고 있었다. 서울 거리는 시위로 날이 새고 시위로 날이 저물었다. 고등학교, 중학교 학생에 이어 국민학교 학생까지 데모를 한다고 거리에 나오더니 마침내 데모를 막는 경찰관까지 데모하기에 이르렀다. 한국은 데모크라시(민주정치)의 후진국이긴해도 '데모-크라시(시위-정치)'에선 최선진국이라고 비아냥거리는 말이 나돌기도 했다.

민주주의와 자유는 드높이 구가되고 있을 뿐 그를 수호하려는 의지나 세력은 어디에도 보이지 않았다. 학생혁명으로 탄생한 민주당 약체 정부는 혁명과업을 수행해야 할 다급한 과업들 앞에서 호의준순(狐疑逡巡) 우유부단한 모습만 보이고 있었다. 특히 혁명재판의 미온적인 판결이 발표되면서 1960년 10월 서울대 병원에 장기입원 중인 4·19 부상학생 일부는 목발을 짚고 국회에 난입하여 국회의장의 사회봉을 빼앗고 혁명재판을 다시 하라는 시위를 벌였다. 나는 이 사건의 신문 지면까지 제작하

한국 선수단의 인수브루크 동계 올림픽 선수촌 입촌 기념사진. 임원까지 합쳐 10명이 될까 말까.

고 다음 날 유럽 유학을 떠났다.

독일에 건너오자 4·19와 그 후의 사정에 궁금해하던 많은 친구들이 고국의 앞날을 우려하며 어떻게 될 것인지 묻는 소리가 쏟아졌다. 한국 데모크라시의 민낯을 실컷 보고 온 나는 낙관적인 전망은 할 처지가 못 됐다. 공산주의 아니면 보나파르티슴, 두 전체주의의 어느 한쪽에 먹히게 되지 않을까 걱정이라고 나는 중얼거려 보았다. 그러고선 반년도 못 돼 독일에서 라디오 방송으로 5·16 쿠데타 소식을 접한 한 친구는 내 예언이 맞은 거 아니냐고 엉뚱한 칭찬을 해주기도 했다.

쿠데타 군사정권에 대한 시비

사실 5·16 쿠데타가 일어나자 많은 국민들은 그에 대한 찬반(贊反) 지지 여부를 떠나서 "드디어 올 것이 왔구나" 했던 것이 숨김 없는 당시의 첫 반응이 아니었나 생각된다. 거기다가 쿠데타 직후의 혁명공약과 그를 시위하는 가시적인 긴급조치들은 무능하고 무기력했던 민주당 정권하의 무질서와 혼란을 순식간에 바로잡고 이른바 '국가 재건'의 청사진을 펼치는 듯한 기대를 널리 흩뿌리고 있었던 모양이다.

물론 고색창연한 독일의 대학 도시 하이델베르크의 상아탑에 갇혀 있던 내가 5·16 직후의 고국의 분위기를 제대로 알 수야 없었다. 그럴수록 나는 고국의 현장에서 적어 보내준 친구들의 글을 읽고 짐작할 수밖에 없었다. 뒤에 가서 미래학회의 공동 발기인이 된 대학 동기 이헌조(李憲祖) 군(전 LG 전자회장, 당시 금성사 판매과장)은 이 무렵 사신(1961년 7월 5일)에 이렇게 적고 있었다.

"… 우리나라 실정이 대수술을 요하였던 것만은 사실이고, 이미 수술을 과감히 시작한 이상 아무리 그 병인이 크고 환자의 체력이 문제되고 또 수술에 의한 고통이 따른다고 할지라도 집도의의 능력과 양식에 기대하지 않고 어쩔까 보냐. 환자의 병심(病心)은 항상 집도의에 대한 불안감으로 해서 더욱 악화의 길을 걷는 법이다.

어쨌든 민족의 운명을 걸고 있는 것은 사실이고, 이미 이렇게 되고 보면 걸고, 믿고, 밀고 나갈 수밖에 도리가 없다…."[1]

내국인만이 아니라 그 무렵 서울을 찾은 외국인의 눈에도 5·16 후의 사회 분위기를 긍정적으로 평가한다는 증언은 있었다. '3·1 운동의 제34인'으로 불려진 캐나다의 의학자이자 선교사 스코필드 박사(Frank William Schofield)도 그 무렵 서울에 머물면서 다음과 같은 글(1961년 11월 29일)을 내게 적어 보내주었다.

"… 지금 서울은 많은 변화가 일어나고 있습니다. 가장 중요한 사실은 갖가지 부패가 사라지고 있다는 것입니다. 어떤 민주정부도 일찍이 그처럼 변화에 영향을 미치지 못

1 최정호, 《편지. 나와 인연 맺은 쉰다섯 분의 서간》, 열화당, 2017, p. 148.

했습니다. 우리는 드디어 성실한 정부를 갖게 된 것이지요…"[2]

나는 이헌조 군이나 스코필드 박사의 증언을 믿고 거기에 동조한다. 그 말들은 다 사실이고 진실을 담고도 있다. 그러나 그럼에도 5·16 쿠데타로 집권한 군사정권을 아무런 유보 없이 지지할 수는 없었다.

군사 쿠데타로 무너진 것은 단순히 장면 총리의 민주당 정권만이 아니다. 5·16 쿠데타가 짓밟은 4·19 혁명의 더 큰 제물은 대통령 책임제하의 12년에 걸친 권위주의 전제정치에 종지부를 찍고 혁명 국회에서 거의 만장일치의 개헌으로 탄생시킨 '내각책임제 정부'라고 하는 신체제였다. 물론 민주정치의 도입과 실습이 일천한 우리나라에서 금방 내각책임제 정부가 뿌리내릴 수 없다는 것은 당연하다. 그럼에도 한국 역사상 처음 실험해보는 내각책임제 정부를 이미 탄생의 산욕(産褥)에서 군부의 폭력으로 학살해버렸다는 사실을 나는 그냥 용납할 수가 없었다.

장면 민주당 정권은 대한민국 70년 헌정사에서 햇빛을 본 처음이자 마지막의 유일한 내각책임제 정부였다, 그를 5·16 군부정권이 생매장한 뒤로는 온갖 비리와 무리, 비정과 적폐가 만천하에 들어나고 있음에도 불구하고 이 땅에선 아직도 제왕적 대통령 제도의 저주에서 나라와 백성이 벗어나지 못하고 있다.

군사정권은 집권을 정당화하기 위해 쿠데타로 무너뜨린 민주당 정권의 부패상을 과장 선전했고 그 표적으로 삼은 중심 인물이 김영선 재무부 장관이었다. 그러나 그건 쿠데타 군부가 목을 칠 희생양을 잘못 고른 듯싶다. 경성제국대학 출신으로 당시 하늘의 별 따기라는 일제의 고등문관시험(해방 후의 고등고시 같은 고급인재 등용문)에 합격한 김영선 장관은 한국전쟁 당시에는 야당의원으로 제2대 국회에 진출하고 있었다. 그 무렵 피난 수도 부산에서는 이승만 대통령이 장기집권을 위해 계엄령을 발포하고 기립표결이라는 공개투표로 이른바 '발취개헌안'을 강행 처리하는 무리수를

2 같은 책, p. 33.

인스브루크 동계 올림픽이 끝난 직후 찾은 스위스의 인터라켄 라우터브룬넨의 얼어붙은 폭포 앞에서. 이 대사와 필자

쓰고 있었다. 그에 대해 용기 있게 반대한 박순천 여사를 포함한 오직 네 명 중의 한 분이 김영선 의원이었다.

학식과 용기를 갖춘 김영선 의원은 많은 대학생들의 존경을 받고 있었다. 우리는 재학 중에 이 나라를 이끌어갈 선배들을 만나보는 조촐한 강연 시리즈를 마련하고 거기에 김영선 의원은 예외적으로 두 번이나 모신 일이 있었다. 쿠데타 군부가 부패한 민주당 정권의 비리 부정을 까발리겠다고 김 장관을 잡아가두고 속속들이 가택수색을 했으나 발표한 '죄상'은 고작 집에 냉장고가 두 대 있다는 것뿐이었다.

그런 저런 납득하기 어려운 뉴스들을 접하며 나는 5·16 쿠데타와 군부정권의 등장을 불가피한 것으론 여겼으나 지지할 수는 없다는 분열증적인 입장에서 보고 있었다.

한일 국교 수립을 둘러싼 시비

군부정권이 추진하는 한일 국교 수립을 위한 협상에 대해서도 유학생 사회에선 대체로 부정적이었다. 대외 교섭이나 협상의 국제적 경험도 없는 군사정부가 너무 성급하게 밀어붙이는 것 같다, 우리는 일본과 국교 수립 협상을 하기에는 아직 외교 경험이 부족하다, 그런데도 국교 조약을 서두른다면 그건 일본 측에 일방적으로 유리한 불평등 조약이 될 것이다, 등등이 반대론자들에게서 흔히 듣는 논의였다.

신생국가인 한국이 대외교섭 경험이 부족하다는 것은 맞다. 따라서 지금 일본과 국교 수립 협상을 한다면 일본엔 유리하고, 우리에겐 불리한 조약이 될 것이다. 그것도 아마 맞을 것이다. 그러나 그렇대서 지금 대일 협상을 중단한다면 언제 어디서 우리가 대외 교섭의 경험과 역량을 기른다는 말인가? 수영을 배우려면 물속으로 들어가야 배우지 헤엄을 치지 못한다 해서 언제까지나 모래밭에 머물러 있으면 결국 수영은 배우지 못하고 마는 것이 아닐까?

메이지유신 이후 일본이 근대 세계에 들어왔을 때 당시 외교 교섭 경험이 부족한 일본이 구미 제국과 치른 국교 조약도 비슷한 경위를 가졌던 듯싶다. 그래서 일본은 그 뒤 그러한 불평등 조약의 개정을 위해 오랫동안 노력해왔던 것이 사실이다. 일단 시작을 하지 않고선 경험과 역량은 영원히 생겨나지 않을 것이다.

4·19 혁명으로 한국의 대학생 집단에 관심이 높아진 외신들도 이른바 '대일굴욕외교'를 반대하는 학생시위를 진압하기 위해 비상계엄령이 선포된 6·3 사태를 전후해서는 다시 한국의 대학가 동향을 주목하고 보도하고 있었다. 그러한 신문 보도를 읽고 같은 대학에서 공부하는 인도 친구가 한번은 내게 물었다. 한국을 일본이 얼마 동안이나 점령하고 있었느냐고. 내가 40년이라고 대답하자 "인도는 200년 동안이나 영국 침략을 받아왔으나 독립하자마자 바로 영국과 국교 수립 협상 테이블에 마주 앉았다"라고 그는 쏘아붙이듯 말하고 있었다. 그 말에 나는 얻어맞은 듯했던 것을 기억한다.

후진국의 근대화와 군대

인스브루크 올림픽이 끝난 후 나는 스위스 베른의 이한빈 대사 댁으로 초대를 받아 며칠을 지내면서 참 많은 얘기를 들었다. 덕산과의 대화는 그때까지 내가 듣지 못한 새로운 화제와 새로운 시각으로 나에겐 여러모로 개안(開眼)의 기회를 준 소중한 체험으로 간직되고 있다.

무엇보다도 5·16 쿠데타에 관해서는 그때까지 한국이나 독일에서 흔히 듣던 것과는 전혀 다른 담론으로 나를 매료했다. 군(軍)이 병영을 뛰쳐나와 무력으로 정권을 잡는다는 것에 대해선 조선조 유교사회의 뿌리 깊은 숭문(崇文) 사상에 젖은 한국의 지식인 사회나 나치스 군국주의의 과거 청산에 매몰하고 있던 전후 서독의 지식인 사회에선 두 말의 여지없이 부정적이었다.

그러나 덕산은 5·16 쿠데타를 그러한 전통적인 시각이 아니라 후진국의 근대화라는 사회 변동의 큰 문맥 속에 놓고 다른 어느 사회집단보다도 먼저 근대화한 군부가 개혁의 전면에 나서는 리더십을 장악한 것으로 보고 있었다. 이에 관해서 덕산은 5·16을 취재한 외신기사 중에서 특히 《프랑크푸르트 알게마이네 신문》의 당시 도쿄 특파원으로 있던 릴리 아베크(Lily Abegg) 여사의 분석 기사를 평가하고 있었다. 요컨대 한국에서는 1950년부터 1960년에 이르는 10년 동안 민간에서 약 6,000명의 학생들이 선진국에 유학을 가서 공부를 하고 더러는 영주권, 시민권까지 획득하여 장기 체류를 하고 있었다. 같은 시기에 한국 군부에서는 거의 같은 수의 장교단이 미국에 가서 참모 교육을 받고 모두가 귀국, 원대 복귀해서 군의 근대화에 앞장선 엘리트 집단이 됐다는 것이다.

이러한 담론의 배경으로 덕산의 과거를 돌아봤다. 그는 대한민국 정부수립 후 최초의 장학생(1949~1951)으로 미국에 건너가 한국 최초의 MBA 학위를 얻고 전란 중의 피난 수도 부산에 돌아왔다. 그때 이미 그는 제2차 세계대전을 승리로 이끈 '새로운 미국', 우리가 그전에 알고 있던, 도스토옙스키나 막스 베버 또는 앙느레 지드가 얕잡아보던 그러한 미국이 아니라 세계대전을 선두에서 승리로 이끈 미국, 레몽 아롱이 어느 날 눈을 떠보니 당대 최고의 대학들이 유럽이 아니라 이젠 미국에 몰려있다고 탄성을 발한 전후의 미국, 그러한 새로운 미국의 진수를 2년 동안의 하버드 대학 캠퍼스에서 단기 속성으로 공부하고 온 것이다.

현대에 있어서 전쟁이 무엇인가? 이미 제1차 세계대전이 새로운 무기체계의 등장과 함께 장기전, 총력전이 되면서 비단 전선의 전투원만이 아니라 후방의 비전투원까지 총동원되어야 하는 지구전이 되었고 이를 위해 전후방 국민의 사기(士氣) 진작이 필수불가결의 요인이 되면서 전쟁은 단순한 무력전이 아니라 심리전의 양상을 더하게 되었다. 제2차 세계대전은 그러한 현대전의 성격이 극대화되면서 미국 국방성의 심리작전본부에는 전후 미국, 아니 세계 학계를 리드하는 수많은 사회과학 및 인문과학의 석학들이 참여하고 있었다.

덕산은 특히 제2차 세계대전의 전중·전후에 있어 미국 국무부와 국방성이 여러 차원의 교류를 관례화하고 있다는 것을 부러운 듯 얘기하곤 했었다. 6·25 전쟁 전후에 6,000명의 민간 유학생들이 선진국의 평화롭고 여유로운 생활에 빠져 있을 때 한국군의 장교단 6,000명은 세계대전을 승리로 이끈 새로운 미국의 국방성이 주선한 참모교육을 받고 전원 귀국해서 군에 복무했다.

그러한 한국군의 변모를 이미 높게 평가하고 있었기 때문에 당시 재무부 예산국 제1과장으로 있던 덕산은 1956년 국방대학교가 창설 개교하자 일반 공무원으로는 처음으로 단독 자원 입교하여 관가의 주목을 받았다.

5·16 군사 쿠데타를 지금도 조선시대 지배계층을 문반(文班) 무반(武班)의 이항(二項)대립으로 본 타성적인 사고에 빠져 있던 한국 사회나, 불행한 과거 청산의 맥락에서 군부의 정권 장악을 독일 제2제국의 프러시아 군국주의, 제3제국의 나치스 군국주의처럼 우선 부정적인 시각에서 바라보는 전후 서독 사회에선 그때까지 만나지도 듣지도 못했던 덕산의 그러한 군에 대한 담론은 당시 내게는 매우 참신하게 들렸다. 또한 그 무렵 대서양의 양안에서 미국-프랑스 관계를 긴장시킨 드골의 독자적 핵개발 논란에 대해서도 덕산은 드골의 입장을 이해할 수 있다는 듯한 입장이었다. 특히 임지인 중립국 스위스에서 군의 원자력 무장을 절대 금지하려는 헌법 조항의 추가를 묻는 국민투표에서 압도적 다수가 반대한 사실을 그는 적극적으로 평가하곤 했었다.

한일 국교 수립 협상에 대해서 덕산은 더욱 적극적으로 평가하고 있었다. 당시 야당이나 언론이 가장 크게 문제 삼고 있던 청구권 문제에 대해선 그 금액의 다과를 아예 따지는 것조차 젖히고 차라리 한 푼도 받지 않고 우선 국교를 수립하는 것이 좋았겠다는 입장이었다.

사람과 세상, 모든 것을 되도록 긍정적이고 적극적인 면에서 본다는 것, 정태적(靜態的)인 차원이 아니라 동태적(動態的)인 차원에서 본다는 것, 명분보다는 기능을 본다는 것 등. 스위스 알프스의 산록에서 오랫동안 주고받은 대화를 통해서 나는 덕산의 이 같은 시각을 배우게 되었다.

유배지에서 학수고대하던 사표수리

나를 놀라게도 하고 어리둥절하게도 한 것은 사고와 행동에 있어서 덕산이 보여주는 스피디한 템포였다. 덕산을 처음 만났을 때 나는 독일에 온 지 2년 2~3개월밖에 되지 않았다. 학년제나 학사, 석사 제도가 없었던 당시 독일의 옛 학제에선 대학에서 몇 년을 공부해도 학위를 얻지 않으면 대학을 다닌 것으로 치지 않았다. 5~6년 혹은 7~8년쯤 대학을 다니는 것이 예사였던 시절이다. 덕산이 스위스 대사로 부임한 것은 1962년 2월, 나보다도 두 달 늦게 유럽에 건너온 것이다.

그런데도 나를 당혹스럽게 한 것은 서로 흉금을 털어놓고 얘기를 하게 되자 첫 번째 제의가 "최 형, 나는 곧 대사직을 사직할 터이니 최 형도 베를린에 돌아가면 되도록 서둘러 짐을 싸고 한국에 돌아가 같이 일하사"라는 것이었다. 외국에는 2년 이상 머물 필요도 없고 그래서도 안 된다는 얘기 같았다. 뒤에 가서 알아보니 그가 건국 후 첫 국비 장학생으로 선발돼 미국에 유학 간 것이 1949년 9월이고 하버드대에서 역시 한국의 첫 MBA 학위를 얻고 주위의 만류에도 불구하고 전란 중의 임시 수도 부산에 귀국한 것이 1951년 5월이었다. 그의 첫 미국 유학 생활은 겨우 1년 8개월밖에 되지 않았다.

1951년 9월 정부의 기획처 예산국 제2과장으로 시작되는 그의 공직 생활은 57년 재무부 예산국장을 거쳐 1961년 9월 재무부 사무차관에 임명되기까지 10년. 정치가가 아니라 관리로서 승진할 수 있는 정점에 이른 것이다. 그러고선 5·16 군사정부에 의해, 덕산의 말을 빌리면, 알프스 산골에 유배돼 왔다는 것이다. 그의 나이 35세 때다.

남들은 세계에서도 가장 아름답고 안정된 나라 스위스에 부임한 것을 부러워하고도 있는 터에 덕산은 그곳에서 처음부터 울울불락한 심정을 억누를 수 없는 눈치였다. 많은 사람이 부러워한다는 스위스 대사 자리란 정년이 다가오는 외교관들이 부임돼오는 경우가 많은 모양, 연회에 나가보면 백발이 우람한 노인들 틈에 소년등과(少年登科)한 30대의 약관이 혼자 섞여 있는 그림이 여간 어색하고 민망스럽지 않다는 푸념을 나는 덕산 내외분한테 듣곤 했다.

푸념만 하고 있는 것은 덕산이 아니다. 그는 이미 정부에 사직원을 제출하고 내가 만났을 때엔 그 수리를 이제나저제나 하고 기다리고 있었다. 그냥 기다리고만 있는 것도 덕산이 아니었다. 이미 사직원을 제출하고 있던 덕산을 만났을 때 그는 사표 수리 전후에 계획하고 있는 두 가지 일을 내게 진지하게 털어놓았다.

나이 20대 중반부터 한 나라의 살림살이를 총괄하는 주판을 튕기던 예산 전문가 덕산은 단순히 돈의 예산만이 아니라 시간의 예산(time-budget)을 다루는 데도 남달라 보였다. 덕산은 내게 다음과 같이 자신의 계획을 밝혔다.

"공직 생활은 10년으로 사무차관까지 등극했으니 더 이상은 정치적인 자리라 여기서 마무리 짓는다. 앞으로 10년은 학자로서 교육계에 투신하고 싶다. 그를 위해 대사직 사표가 수리되면 하와이에 가서 행정학자의 입장에서 지난 10년의 공직생활 경험을 바탕으로 정부수립 이후 한국 행정사를 정리해보고 싶다. 그에 곁들여 초대받은 미국 학회에 발표할 한두 개의 논문도 준비해야겠다. 미국 유학보다 길어진 스위스의 체험에 관해서는 따로 책을 하나 써볼 생각이다. '여행기보다는 좀 길고 체재기보다는 좀 더 깊은 글'을 준비하고 있다. 서울을 떠날 때부터 그럴 요량으로 200자

박정희 대통령 서독 방문 중 뮌헨에서 열린 유럽공관장 회의. 여기에서 사임 승인의 확약을 받고 이한빈 대사(왼쪽에서 세 번째)는 기뻐했다.

원고지 한 박스를 이삿짐에 부쳐 가져왔다."

문제는 이미 제출한 사직서가 어서 수리가 돼야 할 터인데 그게 도무지 뜻과 같이 빨리 되지 않고 있다는 것이다. 이미 목이 길어질 정도로 기다리던 사표 수리가 드디어 처리된다는 첫 기별을 들은 것은 그해가 저물어 가려던 10월 초순. 덕산은 그 달 6일자로 "국무회의에서 귀하의 의원면직을 결의하였다"라는 전보를 받았다. "전문을 받고 소원이 이루어졌다는 쾌감과 더불어 또 한편 무의식이 불러일으킨 14년간의 공직생활로부터의 고별에 대한 일말의 아쉬움이 뒤범벅된" 마음을 덕산은 내게 적어 보내왔다.[3]

그러다 그해 말(1964년 12월 초) 박정희 대통령이 서독을 국빈 방문한 공식 일정이 끝난 뒤 유럽 공관장 회의가 뮌헨에서 열리게 됐다. 주 스위스, 오스트리아, 바티칸,

3 김형국 엮음, 《같이 내일을 그리던 어제: 이한빈·최정호의 왕복서한집》, 시그마프레스, 2007, 2016, pp. 62-64.

EEC(당시 유럽공동체) 대사를 겸하고 있던 덕산도 공관장 회의에 참석하기 위해 뮌헨에 왔다. 대통령 일행 및 유럽 각국 주재 대사와 함께 수행 기자단도 같은 호텔에 묵게 돼서 나는 오랜만에 덕산을 만나게 됐다.

공관장 회의가 끝난 게 몇 시쯤이었을까? 꽤 늦은 시간에 호텔 방문을 노크하고 덕산이 다소 상기된 모습으로 찾아왔다. 드디어 사표를 수리한다는 약속을 방금 외무부 장관(이동원)에게 확약받았다는 것이다. 여태 사표 수리를 안 한 것은 덕산의 진의를 알 수 없었기에 직접 만나서 심중을 확인하고 싶었다는 이 장관의 해명도 있었다던가. 나는 그때처럼 덕산이 기뻐하는 모습을 본 기억이 별로 없다. 조금은 젊은이처럼 흥분하고 있는 듯도 해서 찬바람을 쐬자고 호텔 밖으로 나가 우리는 근처의 호프 브로이에 가서 맥주를 마셨다.

뮌헨 공관장회의를 다녀온 후 덕산의 행보는 빨라졌다. 이제 곧 서울에서 해임 발령 소식이 도착하리라 믿고 조만간 관저도 내놓고 호텔에 입주해서 구상해 놓은 스위스에 관한 저술을 계속한다는 것이다.

그해 연말에 보내온 크리스마스 카드는 '우리 집 무언(無言)의 시인'이란 부인 유정혜 여사가 그린 알프스 명봉의 하나인 마터호른의 스케치를 표지로 해서 "새해에는 … 우리의 항로 변경에 대하여도 늘 가호 있기를" 기원한다는 글이 적혀 있었다. 유 여사의 이 그림은 다음 해 연말에 드디어 빛을 보게 된 덕산의 첫 저작의 속표지를 장식했다.

《작은 나라가 사는 길》의 탈고 상재

책 제목은《작은 나라가 사는 길: 스위스의 경우》로 정했다. 덕산의 글 쓰는 걸 보면 크건 작건 간에 철골(철근이 아닌)의 건물을 짓는 것처럼 보인다. 이것은 그의 마지막 저서가 아닌가 싶은《이한빈 회고록: 일하며 생각하며》(조선일보사, 1996)를 저술할 때

스위스 대사 재임 말기에 집필한 《작은 나라가 사는 길》(초판 1965년)은 2020년 복간되었다.

도 마찬가지였다. 책을 써 내려가기 전에 그는 책의 탄탄한 골격(목차)을 짜는 데 진력한다. 전체적인 골격을 짜면 그 내부를 채울 공간 배치를 위해 목차를 세분화하고 그러면서 내장에 들어갈 각종 자료들을 제자리에 분류해 둔다. 그러고 나서 집필을 시작하면 그때부턴 알레그로의 속도가 붙는 듯싶다. 어쩌면 이것은 다른 사람들의 경우도 비슷할지 모르지만 남들처럼 먼저 생각을 정리해놓고 그 생각에 따라 글을 쓰는 수상(隨-想)이 아니라 우선 붓을 들고 붓에 따라 생각을 굴리며 글을 쓰는 수필(隨-筆)에 익숙한 나 같은 무지렁이에겐 신통하고 부러워 보이기만 하다.

과연 덕산의 작업은 가속 페달을 밟은 듯했다. 크리스마스 카드를 받고 나서 석 달 후(3월 1일)에는 책의 목차를 내게 보내왔고 다시 열흘 후(3월 10일)에는 200자 원고지 약 500장에 이르는 초고 전부를 부쳐왔다. 덕분에 나는 덕산의 이 첫 작품을 가장 먼저 읽은 첫 독자가 됐다. 원고는 내가 수정을 제안한 일부를 포함해 약간 손질을 한 뒤 서울의 출판사로 보내서 같은 해(1965년) 연말에 초판이 나왔다.

'중립'과 '평화'에 관한 오해와 이해

부분이나 세목에만 천착, 매몰되지 않고 언제나 전체상을 부감해서 파악하려는 시각, 그러기 위해선 부정적인 면보다도 긍정적·적극적인 면을 먼저 보려는 시선, 공간적인 전체상이 정태적인 것으로 굳지 않기 위해 동태적인 흐름 속에서 시간적인 전체성을 추구하려는 시야 등등. 평소의 대화에서 감지했던 덕산의 일상적인 사고 패턴이 스위스라는 한 폴리스(나라)의 파노라마를 그려낸 그의 첫 저서에서 유감없이 시위되고 있었다. 책의 첫 독자로서 당시 나는 두 가지 주제에 방점을 찍어두고 있었다.

첫째는 앞에서도 이미 적었지만 나라라는 전체성에서 보는 군(軍)의 위상이다. 이에 대해선 덕산이 내 눈을 열어준 몇 년 후, 토인비의 신간《서유럽의 미래》를 구해보니 다음과 같은 구절이 눈에 띄어 새삼 덕산의 형안에 감탄한 일이 있다.

> "서유럽 사회에서의 직업군인이 갖는 보수적 성격과는 반대로 비(非)서유럽 제국에선 직업군인이야말로 첫 번째 혁명가의 역할을 감당하고 있었다."

《작은 나라가 사는 길》이 재미있는 것은 스위스는 서유럽 국가임에도 불구하고 나라의 산업화 밑천을 마련한 것이 전 유럽에 용명을 떨친 스위스의 용병(傭兵)이요, 그들 젊은이들이 전쟁터에서 흘린 피로 벌어들인 돈으로 이룩한 근대 산업복지 국가이며, 그 스위스의 영세중립을 지켜주고 있는 것이 또한 스위스의 모든 남성으로 조직된 민병(民兵)제도라는 대목이다. 요즈음 독자들에겐 쇠 귀에 경 읽는 소리가 될지도 모르나《작은 나라가 사는 길》의 초판이 나올 당시에는 우리나라의 광부(대졸 출신의 위장 혹은 급조 광부도 많았다) 일진이 서독 탄광의 지하 갱도에서 고된 노동을 하고 있었고 머지않아 베트남 전쟁에 한국군의 참전도 예감되는 그러한 시절이었다.

둘째는 스위스의 영세중립에 관해서이다. 우리나라에서도 지정학적으로 어려운 여건 때문에 구한말부터 중립의 문제는 귀를 솔깃하게 하는 주제가 되었을 것이고 해방 후에도 그랬다. 6·25 전쟁 중에는 서울의 대표적인 한 신문사의 주필이 한반도의 중립화 통일론을 제기하여 화제가 되기도 했다. 일본 도쿄대학 출신의 동아일보 전 주필 김삼규(1908~1989)가 그 사람이다. 그의 '중립화 평화통일론'은 이승만 대통령의 북진 통일론에 정면 배치됨으로써 국내에서는 불온사상처럼 잠복하고 그럴수록 일부 지식인에게는 더욱 매혹적인 유인력을 갖기도 했던 것 같다.

중립화란 말이 금방 떠올리게 하는 연상어가 평화요, 평화란 말의 연상어가 특히 우리나라 지식인 사이에선 또 금방 탈(脫)군비, 비(非)무장이다. 비무장 평화, 탈군비 중립이 망상이라는 것을 유럽에서는 양차 대전에서 중립국 벨기에와 네덜란드가 유혈이 낭자한 몸으로 체험 입증했다. 세계대전과 세계혁명의 세기, 20세기에 보여준 그 반대되는 경우는 전 국민이 민병으로 조직돼 군비를 갖춘 무장평화를 고수한 중립국 스위스가 시위한 찬란한 성공 사례라 할 것이다.

중립화와 관련해 또 한 가지 곁들여 두고 싶은 얘기가 있다. 1960년대라면 세계가 이념적·군사적으로 동서로 양분 대치하던 냉전의 시대였다. 그러한 냉전시대에 중립화라 한다면 곧 동서 좌우 어느 쪽에도 기울지 않는 중립을 쉽게 생각할 수 있다. 사실 중립국 스위스의 대표적 권위지 〈노이에 취리히 신문(Neue Zürcher Zeitung, NZZ)〉은 가령 한반도에서 남북한 군사충돌이 발생하거나 미소 간에 쿠바 미사일 위기가 발생할 때면 AP, 로히터, AFP 등 서방 통신기사만이 아니라 소련의 TASS나 중공의 신화사(新華社) 통신기사도 함께 다루어 그야말로 중립적이고 다양한 뉴스를 보여주고 있었다. 서독의 초대 외무장관을 겸직한 아데나워 수상이 당시 외무부 직원들에게 NZZ 읽는 것을 일과로 삼으라 했다는 풍문이 나돌 만했다.

그러나 스위스가 정말 동서 냉전시대에 이념적으로 불편부당한 중립의 위치에 있었던 것일까? 아마도 그렇게 생각하는 사람, 생각하고 싶은 사람이 우리나라엔 많을지 모른다.

다시 55년 전의 유럽으로 돌아가 본다. 민헨 공관장회의에서 외무부 장관으로부터 직접 구두로 해임 약속을 받았으나 덕산은 그로부터도 다시 5개월 동안 스위스에 발이 묶여 있었다. 그 사이 《작은 나라가 사는 길》을 탈고하고 교정까지 보고 나서도 서울의 외무부에선 감감 무소식, 덕산은 1965년 4월 14일 자 내게 보낸 서신에 "금년 봄 몹시도 지루한 '기다림'의 계절입니다. 아직도 기다립니다"라고 푸념하고 있었다. 그러다 5월 5일 자 서신. "어제 고대하던 전보를 받았습니다. 4월 30일 자로 해임발령이 났다는 전보를. 곧 5월 15일에 제네바를 출발하여 5월 22일에 서울에 들어가는 여정을 짰습니다."[4] 유럽에서 덕산이 보내온 마지막 서신이었다.

덕산이 귀국 채비를 서둘고 있을 때 나는 한 달 반 동안 비엔나에 있었다. 1965년 5월의 비엔나는 겹겹이 역사적인 기념행사가 몰려 있어서 그를 참관, 취재하던 나에겐 잊을 수 없는 유럽 체험으로 간직되고 있다. 독일어 사용 지역에서 가장 오래된 비엔나대학 600돌 잔치에서부터 대통령 선거와 취임식 등 큰 잔치들이 꼬리를 물고 있었으나 그 무엇보다도 클라이맥스는 패전 후 4개 점령국 군정치하에 있던 오스트리아가 1955년 5월 15일 중립화 독립을 성취한 국가조약(Staatsvertrag) 체결의 10주년 경축 대행사였다. 이날 낮에는 1955년 5월 15일 미·영·프·소 4개국 외상이 마침내 양피지에 봉인한 이 국가조약문서를 수만 시민 앞에 들고 나와 펼쳐 보인 벨베데레 성의 그 발코니에서 이제는 얼굴이 달라진 4개국 외상이 다시 시민집회에 나와 축전을 베풀었고, 밤에는 비엔나 국립오페라에서 이들을 카이저 로제(황제석)에 모셔 로린 마젤 지휘로 베토벤의 가극 〈피델리오〉의 갈라 공연도 있었다.

제2차 세계대전의 전후사에서 분단된 세 나라 가운데 오직 오스트리아만이 4개국의 분할 통치하에 있었음에도 불구하고 불과 10년 만에 전승 연합국의 축복 속에 통일독립을 쟁취했다는 것은 냉전시대의 기적이라 할 만했다. 그것이 어떻게 가능했던 것일까?

히틀러 전쟁에 말려들어 패전 후 전승연합국의 점령통치를 받는 국난의 곤경 속에서 오스트리아 정당과 국민이 보인 굳건한 단합의 의지와 능력이 그 열쇠였다. 종전 후 첫 총선에서 의회에 진출한 각 정당(의원 수 : 국민당 85, 사회당 76, 공산당 4)은 바로 정권장악을 위한 파쟁 대신 거국내각을 구성했다. 그다음 1947년 선거에서 공산당이 한 표의 의석도 얻지 못하고 퇴출되자 양대 정당인 국민당과 사회당은 여야로 갈라서 대립하지 않고 함께 정부를 구성해서 이른바 적(赤=사회당)과 흑(黑=가톨릭 국민

---

4 《작은 나라가 사는 길》, p. 112.

당)의 모자이크라는 대(大)연정을 수립하여 향후 20년 동안 공동으로 국정을 담당해 왔다.

1955년 5월 '냉전시대의 기적'이라 일컫는 오스트리아의 국가조약이 체결될 때까지 379차례의 협상 테이블에서 10년을 하루같이 반대로 일관하던 소련이 마침내 양보를 하게 된 것도 진보와 보수, 좌우가 똘똘 뭉친 오스트리아 정부를 상대로 크렘린은 더 이상 이빨을 들이밀 수가 없었다는 것이 오스트리아 사람들의 자랑이다. 잊어서는 안 될 것은 그처럼 좌우가 똘똘 뭉치는 대연정이 두 연대나 지속될 수 있었다는 것은 거기에 공산당이 끼어들 수 없도록 총선 때마다 오스트리아의 국민이 보여준 슬기로운 결정 덕분이라는 사실이다.

스위스나 오스트리아가 중립국이라고 해서 결코 두 나라가 정치적·이념적 중립을 지키고 있다는 것은 아니란 걸 간과해서는 안 된다. 중립이란 다만 대외정책에서 외교적·군사적으로 중립을 지킨다는 것이요 정치적·이념적으로 좌우 중간 노선을 걷는다는 뜻이 아니다. 대내적으론 스위스나 오스트리아나 철저한 반공국가이다. 1964년 인스브루크 올림픽의 가장 흥미로웠던 경기의 절정은 캐나다와 소련의 두 강호가 맞붙은 아이스하키 결승전. 대회 경비를 맡고 있던 중립국 오스트리아 군인들이 대거 스타디움에 몰려 들어와 볼이 터지도록 캐나다 팀을 응원하는 걸 보고 나는 중립국 오스트리아의 민낯을 보는 듯싶었다.

마키아벨리, 정도전 그리고 이한빈

《작은 나라가 사는 길: 스위스의 경우》 출간 50돌을 맞아 기념 복간을 준비한다는 말을 듣고 나도 책의 초판본을 꺼내 반세기 만에 다시 읽어보았다.

나는 정치학이나 행정학을 전공해본 일이 없는 사람이기 때문에 이들 현대의 새로운 학문의 역사 같은 것은 모른다. 그러나 그러한 새 학문이 나오기 전부터 한 나라의 틀을 짜고 다스리고 이끌어가려는 나라의 살림살이, 이른바 국정(國政)의 방편에 관해서는 그를 생각해본 많은 문헌들, 플라톤이나 공맹(孔孟)의 옛날부터 수많은 문헌들이 동서양에 있다는 것은 알고 있다. 무어나 베이컨 또는 캄파넬라 등의 유토피아들도 이 흐름에서 나오는 흥미로운 문헌들이다.

그러나 이러한 종교적, 신학적 또는 윤리적, 이상주의적 당위에서 벗어나 국가의 운영을 실천이성의 차원에서 다룬 문헌, 철학의 세계보다 현실의 세계에서 다룬 문헌, 사변(思辨)의 논리가 아니라 시무(時務)의 논리로 국정을 다룬 문헌의 효시는 유럽에선 니콜로 마키아벨리(1469~1527)의 《군주론》(1532)을 일반적으로 들고 있는 듯하다. 그에 대해서 나는 평소 우리나라의 삼봉 정도전(三峯 鄭道傳, 1342~1398)이 저술한 《조선경국전(朝鮮經國典)》(1394) 및 《경제문감(經濟文鑑)》(1395)이 150년 앞서 현실적·실천적 차원에서 다룬 국가의 통치술(Staatskunst, arte del stato)이 아니냐고 내세워 보곤 한다.

두 사람의 차이는 삼봉이 군주의 곁에, 군주와 같은 높이에 자리하고 있었다고 한다면 마키아벨리는 군주의 발 밑에 엎드려 있었다고 할 수 있다. 마키아벨리의 말투를 빌리면 삼봉은 평지를 알기 위해 고산에 서 있듯이 군주의 곁에 있었다. 그에 비해 마키아벨리는 고산을 우러러보기 위해 평지에 몸을 낮추고 있듯이, 군주의 마음을 살피기 위해 민의 지위에 있었다. 그럼으로써 삼봉이 백성을 위한 윤리적 민본사상을 전개시켰다고 한다면 마키아벨리는 군주를 위한 국가이성(Staatsraison, ragione del stato)의 비(非)윤리적 내지는 탈(脫)윤리적 근대 정치사상을 발전시키게 된다.

《작은 나라 스위스》는 무어의 《유토피아》, 베이컨의 《아틀란티스》, 또는 캄파넬라의 《태양의 나라》 등 유토피아처럼 여행 가서 찾은 나라라고 할 수도 있겠으나 덕산은 가상의 나라가 아니라 실존하는 나라를 보고 왔다. 그는 삼봉처럼 군왕 곁의 높은 자리에서가 아니라 또는 마키아벨리처럼 몸을 낮춘 평지에서가 아니라, 여행지를 밖에서 보고 안에서 보았다. 멀리 밖에 있는 사람으로서 스위스의 역사와 지리의 전체상을 보았다. 그러고는 안에 있는 사람으로서 스위스의 안살림을 들여다보았다.

나라의 안을 들여다볼 수 있는 살림(husbandry)의 전문가, 곧 예산행정가라는 전문 살림꾼의 입장에서 스위스를 들여다보았다. 그러면서 그처럼 밝은 두 눈으로 세계의 지붕이라 일컫는 나라 스위스, 앞서가고 있는 나라 스위스의 삶과 틀과 길을 두루두루 밝혀 보여주고 있다. 아마도 그러한 점에서 이 책은 별난 설득력을 지니고 있는 것으로 보인다.

2019년

벗

2

글쟁이로 한평생, 변방에서 중심으로

• 대기자 이규태

(1933~2006)

이규태는 우리 고장의 페노메논(phenomenon, 놀라운 현상, 놀라운 놈)이었다. 그러나 이제 그는 좁은 고장에서나 알려진 향사(鄕士)가 아니라 온 나라에 널리 알려진 전국적인 명사이다. 100권을 거뜬히 넘는 그의 저서로 말하면 "사실 이 땅에서 이규태의 독자보다 독자 아닌 사람을 찾기가 더 어려울지도 모른다"라는 말이 나올 정도의 베스트셀러, 스테디셀러의 반열에 올랐다.

이 나라 최고의 발행부수를 자랑하는 일간신문의 기자, 논설위원, 칼럼니스트, 수많은 책의 저자, 곳곳에 불려 다닌 강연 연사 이규태에 관해서는 이미 세상에 어지간히 알려져 있다. 거기에 크게 덧보탤 만한 말은 내게 없다. 그러나 아직도 알려지지 않고 있는 것은 기자가 되기 이전의 이규태의 모습이다. 그걸 적을 수 있는 것이 아마도 내 몫이 될지도 모른다. 그가 세상의 눈에 띄기 전, 혹은 공론권(Öffentlichkeit)에 등장하기 이전, 규태의 일이나 말이 아직 (내가 이 글에서 만들어본 말로는) '표준어화'되기 이전의 얘기들이다.

그가 언론사에 입사해서 표준화된 어엿한 직장인이 되고 [그럼으로써 예전에 무명시인으로서 전라도 장수 산골의 엉뚱한 사투리와 제멋대로 마구 쏟아낸 골치 아픈 조어(造語, neologism)로 오랫동안 나를 괴롭혔던 난해한 시(詩)가 아니라] 이제는 신문이나 책과 같은 매스미디어에 누구나 알아들을 수 있는 표준어로만 글을 쓰는 필자 이규태에 대해서는 나보다도 세상의 무수한 그의 독자들이 더 잘 알고 있을지 모른다.

따라서 여기에서 내가 주로 해보고자 하는 얘기는 표준화된 직장생활을 하기 이전의 규태의 일, 오직 표준어 표기만 용납되는 매스미디어에 글쓰기 이전의 그의 글들에 관해서이다. 나는 우연한 계기로 중학교 입학 전후해서 그를 가장 먼저 사귀게 되었고 비록 그의 글의 부지런한 독자는 못 된다고 하더라도 그의 글의 최초의 독자였다는 사실은 밝힐 수 있다. 아마도 그건 나만이 할 수 있는 얘기일지도 모른다.

그럼에도 이 글을 쓰기까지 오래 망설여온 까닭은 (설혹 그것이 사실이라 하더라도) 내 의도와는 달리 자칫 고인이 된 친구의 이름을 욕되게 하는 실례를 저지르지 않을까 하는 두려움 때문이었다. 그러나 날이 갈수록 내 생각은 이 글을 쓰는 것이 좋겠다는 쪽으로 기울어졌다. 알려지지 않은 진실을 덮어두거나 숨겨두기보다 밝히는 것이 고인의 참된 영예와 나아가 이 나라의 문화 풍토를 위해서도 좋겠다는 확신이 섰기 때문이다.

수재에서 시인으로—전주사범 동창 시절

이규태를 처음 만난 것은 아마도 1946년 9월쯤으로 기억된다. 중학교 입학시험장에서였다. 우리가 일본의 식민지 통치에서 해방된 지 1년쯤 되어서다. 국민학교 6학년 여름방학 때 일본'제국'은 제2차 세계대전(당시엔 '대동아전쟁'이라 불렀다)에서 무조건 항복으로 패망하고 우리는 해방 후의 첫 중학교 입학시험을 치르게 된 것이다.

그때는 미군정하에서 4월 1일 새 학년이 시작되는 일제시대의 학사제도를 9월 1일로 시작하는 신학년제로 바꾼 첫해이기도 했다. 그래서 예전에는 겨울에 치르던 입학시험을 여름에 치르게 되었다. 후에 안 일이지만 그때 나는 전주에서, 규태는 장수에서 서울의 같은 K중학교에 지원서를 내고 입시를 위한 상경을 준비하고 있었다. 그러나 그 꿈은 뜻하지 않은 두 가지 돌발사태로 무산되고 말았다.

'이규태 코너' 집필 시절의 이규태

1946년 여름에 공포의 전염병 콜레라[당시엔 호열자(虎列剌)라 불렀다]가 발생하여 전국적으로 확산되고 특히 남도지방의 전염이 우심했다. 해방 직후, 위생시설이나 방역대책이 두루 미비했던 시절에 콜레라는 문자 그대로 '죽음에 이르는 병'으로 도처에서 매일 사망자를 쏟아내고 있었다. 그래서 우리 고장을 비롯하여 남도지방에서는 대부분의 중학교가 신입생 입시를 가을까지 연기하기로 했다.

그러나 서울의 중학교들은 콜레라와 상관없이 예정대로 입학시험을 치른다는 것이었다. 엎친 데 덮친 격으로 1946년 여름에는 7월 장마에 앞서 이미 6월에 홍수가 찾아왔다. 그래서 경부선 철교의 일부가 불통이 되었고, 걸어서 도강을 해야 되는 강 건너 마을에는 콜레라가 창궐하고 있다고 알려졌다. 학교보다는 목숨이 더 소중하다는 주변의 만류도 있어 나는 상경을 포기할 수밖에 없었다.

서울의 중학교에 원서를 냈으나 입시를 치르지 못하고, 고향의 중학교엔 원서도 못 내고 공중에 떠버린 신세가 된 나 같은 탈락자들을 위해 남도지방의 모든 중학교에서는 가을로 연기된 입학시험에 추가 지원을 받는다는 구제책이 나왔다. 그럴 경우 우리 고장의 대부분의 응시생들은 당연히 전주북중학교(약칭 '북중', 오늘의 전주고등학교)를 지원하는 것이 상례였다.

그러나 1946년 광복 후 첫 중학 입시 때엔 당시로선 참으로 놀라 자빠질 만한 엉뚱한 소식이 있었다. 일제시대나 해방 직후의 우리나라 대부분의 중학교 신입생 모집인원은 100명 내지 200명이 고작이었다. 그런 판에 전주북중에서는 신입생을 1,000명(!) 모집한다고 공고한 것이다. 그렇다면 입학시험은 치를 것도 없겠다. 누구나 원서만 내면 그게 곧 합격 아니겠느냐 해서 적지 않은 수험생과 학부모들이 북중 지원을 망설이게 됐다.

그 대안으로 부상한 것이 전주사범학교였다. 전주사범은 일제시대부터 비단 전북 지방만이 아니라 경상, 충청 지방에서도 우수한 학생들이 모여드는 명문이었다. 충남 서천 출신의 전 법무부 장관 신직수, 경북 영천 출신의 작가 하근찬 등이 그 보기이다. 학비가 완전 면제된다는 이른바 '관비(官費)스쿨' 사범학교에는 그래서 가난한 수재들이 모인다는 말도 있었다.

1946년 해방 후 첫 입시에는 가난한 수제들만이 아니라 신입생 1,000명을 모집한다는 북중학교에 지원을 꺼린 많은 수험생들이 전주사범(약칭 '전사')에 몰리게 된 것이다. 가을로 연기된 입시의 추가 지원에 앞서 나도 '북중'이냐, '전사'냐, 오래 망설일 것도 없이 사범학교에 지원서를 냈다.[1]

까마득한 옛날 일이라 기억엔 자신이 없지만 내 수험번호가 1,000번을 훨씬 넘었던 것은 확실하다. 이미 지난 오뉴월에 마감했던 1차 지원 당시 수험생 수가 1,000명을 넘었고 9월에 있었던 수십 명의 추가 지원생 중에서도 나는 또 뒤처졌었기 때문이다. 곱슬머리 이규태도 그 추가 지원자 속에 끼어 있었다. 우리는 시험장에서부터 금방 친해졌다. 그도 역시 나처럼 K중학교에 원서를 냈으나 콜레라 때문에 상경을 포기하고 전주사범 추가 지원생으로 표착하게 됐다는 비슷한 사연 때문에 우리는 아마 쉽게 친구가 되었던 듯싶다.

시험에 떨어지면 왜 '낙방'이라고 하는지 요즈음엔 까닭을 모를 사람이 많겠지만 우리가 학교에 다니던 시절에는 입시 합격자 명단을 큰 종이에 붓글씨로 적어 학교 벽에 방(榜)을 붙였다. 그 방에 이름이 오르지 못하면 낙방(落榜)이요, 낙제가 되는 것이다. 입시 합격자 발표날 학교에 가보니 1,000여 명은 낙방하고 (광복 후가 아니라 아마

1 해방 직후 신입생 1,000명을 모집한 북중학교의 교장 김가전(金嘉全) 목사에 대해서는 그로부터 수십 년이 지나서야 비로소 그분의 선견지명과 경륜의 원대함을 깨닫게 됐다. 그에 대해 지난 20세기를 회고하는 졸저에서 나는 "교육 수요의 폭발과 최초의 미래주의자"란 제목으로 한 장(章)을 적은 일이 있다. (최정호, 《우리가 살아온 20세기 1》, 미래 M&B, 1999, pp. 204-210 참조.)

도 우리나라 역사상 처음으로 중학교 수준에서 실시한 남녀 공학 신입생 시험에) 합격한 남학생과 여학생 각 100명의 명단이 방에 올라있었다. 그 맨 끝에 내 이름이, 그리고 그 바로 앞에 이규태의 이름이 눈에 띄었다. 뒤늦게 추가 지원한 수험생 중에선 규태와 나 둘만이 합격한 것이다.

얼마 있다 입학식이 있어 학교에 가서 다시 규태를 만났을 때엔 그는 나를 놀라게 했다. 신입생을 대표해서 맨 앞에서 규태가 무슨 선서 비슷한 것을 했기 때문이다. 1,000명이 넘는 수험생 중에서 수석으로 합격했다는 얘기이다. 페 노메널한(경이로운) 일이다. 선서를 마치고 다시 자리로 돌아오던 그가 나를 보고 계면쩍은 듯 씩 웃던 모습이 생각난다.

이때부터 나에 대한 이규태의 '페노메논'은 시작됐다. 기억이 정확한지 장담은 할 수 없지만 입학식이 끝나고 나서 이내 나는 규태를 집으로 데려와 그의 두 번째 '페노메널'한 재주에 속으로 놀랐다. 그는 호주머니에서 무언가를 주섬주섬 꺼내 보이는데, 삼베로 싼 손바닥만 한 공책이었다. 안을 열어보니 펜으로 잉크를 찍어 빽빽이 적은 자작의 한글 시들이었다.

그 무렵엔 중학교에 입학은 했지만 우리들 대부분의 국어 실력, 우리말의 읽고 쓰기 실력은 국민학교 2학년 수준이라 해도 좋을 때이다. 일제 치하에서 6년 동안 배운 '국어'는 일본어였다. 1945년 8월 여름방학 기간에 해방은 되었다지만 가을에 학교에 나가보니 일본인 교사들은 씻은 듯이 사라져버리고 조선인 교사가 겨우 두 명 남아 우리들을 맞아주었다. 그러고는 없었다. 아무것도 없었다. 해방된 지 보름 사이에 일본어 교과서를 대체할 한글 교과서가 갑자기 하늘에서 쏟아져 내리겠는가, 교과서를 만들고 나눠줄 문교부가, 출판사가 갑자기 땅에서 솟아나겠는가? 없었다. 있을 것은 아무것도 없었다.

조국 광복의 기쁨을 안고 처음 찾아간 학교지만 모두 같이 부를 애국가도 물론 없었다. 한참 후에야 서양 노래(인 줄은 나중에 알았고 그 무렵엔 일제시대 졸업식에서 부르던 일본 노래 '호타루노 히카리 마도노 유키'의 가락인 줄 알았다) '올드랭사인'의 가락으로 애국가를 부르게 됐다. 더 어이없던 것은 전교생이 운동장에서 조회를 할 때도 '차려!' 쉬어!'라고 소리칠 구령조차 없었다. 그래서 일본말의 '기(氣)오쑤(着)께!'에서 한 자만 따서 '차려'를 '기착!'이라고 했던 웃지 못할 한동안도 있었다.

일제 말기의 조선어 말살정책은 특히 우리가 국민학교에 입학한 1940년부터는 '조선어 독본'과 함께 '조선어 시간'을 완전히 없애버리는 막다른 지경에까지 갔다. 학교에서나 집에서나 오직 일본말만 지껄이게 한 이른바 '국어(일본어) 상용'이 강요되었다. 우리는 방과 후 친구끼리 놀 때도 일본말로 지껄였고 싸울 때도 일본말로 욕을 했다. 물론 집에서 식구끼리 있을 때, 또는 어른들 앞에서는 조선말을 했다. 그러나 그 어휘 수는 빈약하기 이를 데 없었다.

언문(한글)은 하룻밤이면 깨친다고들 했는데 정말 국민학교 5학년 때쯤 어머니한테 "가갸거겨"를 배워보니 그 합리적이고 논리적인 글씨 체계가 하룻밤이면 누구나 익힐 수 있다는 것을 실지로 체험했다. 그러나 그것은 한글 문자를 배웠다는 것일 뿐, 그 후에도 집의 안방에 나뒹굴던 《무정》이나 《마의태자》 같은 언문소설 따위는 읽어볼 엄두도 내지 못했다. 그 무렵 우리가 즐겨 읽던 책이라면 일본의 야마나카 미네타로(山中峰太郎), 운노 주자(海野十三) 또는 에도가와 란포(江戸川 亂步) 등의 모험·탐정 소설이었다.

해방이 되어 일본, 일본인, 일본어는 씻은 듯이 주위에서 사라져갔으나 적어도 국민학교를 마치고 이제 중학교에 진학한 우리들이 탐독할 만한 우리말 읽을거리는 거의 전무에 가까웠다. 그 공백을 메워 쏟아져 나온 것이 50~60페이지 정도의 얄팍한 '팸플릿'이라 일컫던 좌익 선선 책자들이었다.

입시에 합격한 중학교 신입생이지만 우리나라 어문학의 교양이 대체로 그토록 빈약하다 못해 황량했던 시절의 해방공간에서 규태는 어느 세월에 무슨 재주가 있어 삼베 표지로 '셀프' 장정한 자작 시집을 한 권이 되도록 엮어내서 내게 선물을 한다는 말인가! 그건 그저 경이로울 뿐이었다. 더욱 나를 야코죽게 한 것은 규태의 첫 시집에 나오는 풍성한 어휘! 나는 그 앞에서 거의 까막눈이었다. 내가 모르는 시골의 흙내 나는 토속적인 낱말들을 얼마나 능란하게 이 별난 놈은 시어(詩語)로 구사하고 있었는지.

나는 규태의 첫 시집에서 가령 처음으로 파과기(破瓜期)의 계집이라는, 당시의 나에게는 은어와 같은 느낌의 문자를 만났다. 그의 시에는 이미 사춘기 혹은 사춘 전기(前期)의 새큼한 에로티시즘 같은 것도 도처에 똬리를 틀고 있다고 나는 느꼈다. 두메산골에서 자란 시골 생활의 어딘지 야성적이면서 원초적인 풍취라고나 할까 규태에게는 어린 나이에도 그런 엉뚱한 총각 구린내가 있어 사람을 끌게 하는 매력을 풍기고 있었는지도 모른다.

첫 시집은 그것으로 끝이 아니었다. 그 후에도 규태는 한참 뜸을 들였다 싶으면 후속 시집을 내게 가져오는 문학적 생산성, 다산성을 시위하고 있었다. 그때마다 나에겐 도무지 낯선 새로운 어휘와 어귀로 속상하도록 내 자존심을 은근히 짓밟아 오면서—이렇게 해서 규태는 1,000명이 넘는 수험생 중에서 수석 합격을 한 '수재'에서 점차 '시인'으로 변모를 해가고 우리 집에서도 그가 찾아오면 "시인 왔다"라고 내게 알려주곤 했다.

당시 전주사범은 우리가 입학하면서 중학교 수준에서 해방 후 처음으로 남녀공학을 실시했다. 일제 말기까지 금남의 학교였지만, 1946년부터 여학생 반과 남학생 반 각각 두 반씩을 둔 것이다. 남학생 1반의 담임은 백양촌(白楊村)이란 필명의 시인 신근 선생(법무부 차관을 거쳐 김대중 정부에서 국정원장을 지낸 신건 변호사의 선친)이고, 2반 담임이 규태의 형님인 이규진 선생이었다. 배가 나오고 곱슬머리의 이규진 선생은 40대 이후의 바로 규태의 모습이라 회상된다.

이규진 선생은 영문학자로 우리 반에 와서도 영어를 가르쳤다. 그리고 몇 해 후에 장가를 드셨는데 우리 집에서 멀지 않은 '갈랍대'라고 부르던 대나무 숲속의 아담한 집에서 신접살이를 차리게 됐다. 규태는 거기에 얹혀살게 되면서 나와는 더욱 가까운 거리에서 지내게 됐다.

뭐든지 한번 흥미를 붙이면 금방 몰입해버리는 규태는 형님 댁의 책들을 그냥 방

바닥에 쌓아놓은 건넌방에 기거하면서 중학교 2학년 학생으로는 좀 무리라 생각되는 영어 원서들을 사전과 씨름하면서 읽는 재미로 밤샘을 한다고 내게 자랑했다. 영어 원문이 어려울수록 그래도 읽으려면 재미가 있어야 하는데, 그런 보기로《아라비안나이트》,《데카메론》등을 들었다.

나도 규태보다 잘하는 것을 해야겠다고 생각한 것일까? 그래서 규태가 아직 나만 못하다 싶은 것 두 가지에 나는 열을 올렸다. 테니스와 그림 그리기가 그것이었다.

첫째 테니스는 해방이 되던 국민학교 6학년 때부터 시작했으니(당시는 소프트볼) 규태가 당할 재주가 없었다. 그래서 그 전력(?)을 자랑 삼아 급우와 함께 1학년 대표로 전교 테니스 대회에 출전해서 당당히 준우승을 했다. 우승은 4~5학년 대표를 물리치고 3학년의 정재석(전 부총리 겸 경제기획원 장관) 조충훈(전 전매청장) 팀이 차지했다. 결승전에서 맞붙은 정재석 선배는 해방 직후 동네 국민학교에서 만나 코트도 네트도 없는 겨울 운동장에서 두터운 교복을 입고 열심히 공을 함께 쳤던 구면이었다.

그러나 테니스에 대한 나의 비교우위는 소년 시절의 잠깐 동안에 불과했다. 우리가 성년이 된 후 특히 1970년경부터 한동안 전국적으로 테니스(하드 볼) 붐이 불게 되자 그때부터 늦깎이로 시작한 규태의 테니스 몰입은 내가 도저히 따를 수가 없었다. 그의 황소 같은 뚝심과 부지런함은 글을 쓰는 서재에서만이 아니라 운동을 하는 야외에서도 매일반이었다. 등산은 매주 주말마다 비가 오나 눈이 오나 거른 일이 없고 테니스는 매일 아침마다 비와 눈이 오지 않은 날엔 거른 일이 없다고 말할 정도였다.

그다음 그림 그리기. 1학년 때 교내 미술전에서 특선을 했던 나는 2학년이 되면서 시내에 있는 '동방미술연구소'란 간판이 붙은, 당시 우리 고장에서 가장 근사한 아틀리에에 나가서 열심히 데생 공부를 했다. 이 아틀리에의 주인 박 모 화백은 전북의 갑부 집안 출신으로 미술대학은 안 된다는 엄친의 반대를 이길 수 없어 일본의 명문 사립 와세다대학교 정경학부를 졸업했다. 공적으론 그렇다.

그가 대학을 졸업하고 귀성했을 때엔 시골 소학교 학생들이 신작로에 깃발을 들고 나가 환영했다는 '전설'도 있었다. 그러나 이 정경학 전공의 학사님은 가족 친지

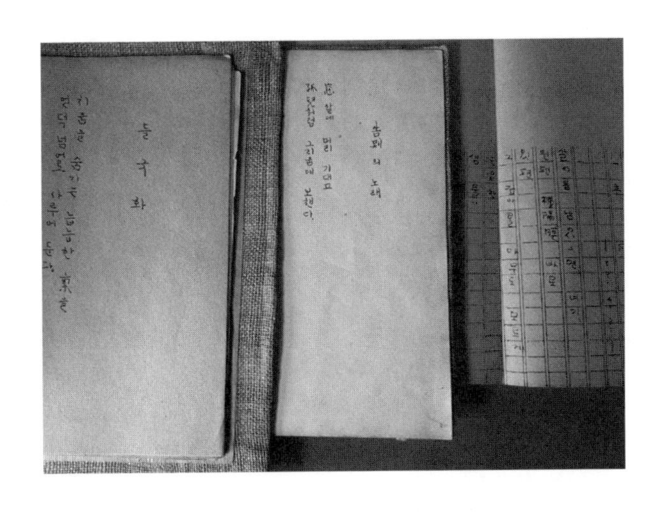

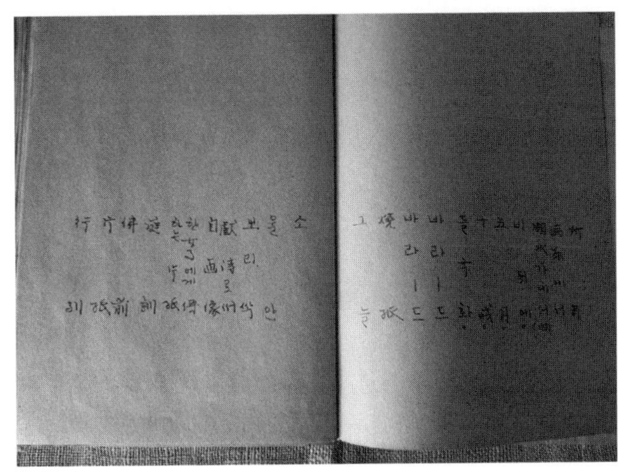

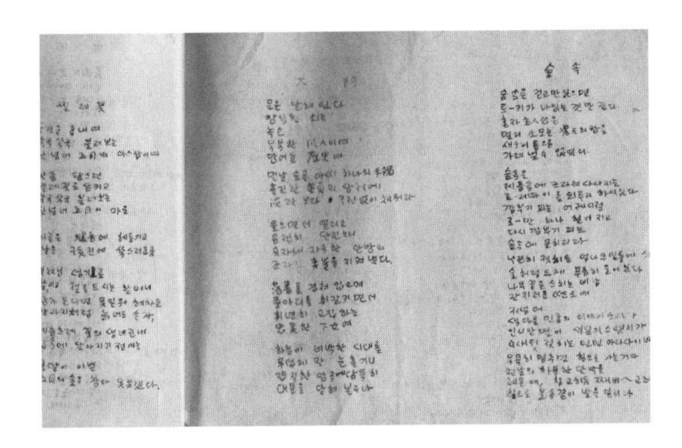

이규태의 손 글씨를 엿볼 수 있는 그의 시집(1950년대)

들의 예상과는 달리 베레모를 비스듬하게 뒤집어쓰고 화구들을 잔뜩 들고 '환쟁이'가 되어 고향에 돌아왔다. 물론 와세다대학교의 문학사임을 인증하는 어엿한 졸업장도 제대로 타고 왔다.

전설인 것만 같은 이 이야기의 전모를 내가 알게 된 것은 그로부터 수년이 지난 6·25 전쟁 중의 중학교 6학년(지금의 고등학교 3학년) 졸업반 때였다. 당시 우리 학급 담임인 조 모 선생은 일제시대 연희전문학교를 나온 영어 선생이었다. 그러나 그는 나에게 일본의 와세다대학교에서 공부했던 이야기를 이따금 자랑스럽게 흘리곤 했다. 그럼 연희전문학교를 마치시고 와세다대학교으로 가셨는지 여쭈어보면 대답을 흐려버린다.

나중에 확인한 진상은 이렇다. 박 화백, 조 선생의 말은 다 맞다. 거짓은 없었다. 박 화백은 와세다대학교의 정경학부를 졸업했고 조 선생은 연희전문학교를 졸업했으나 와세다대학교에서 공부를 했던 것도 사실이다. 다만 조 선생은 와세다대학교에서 공부는 자기가 했으나 기말시험은 물론 졸업시험, 졸업논문작성까지 박 화백의 이름으로 했다. 돈 많은 박 화백은 연희전문학교에 재학 중인 친구의 도쿄 유학비용을 대면서 자기는 소원대로 미술 공부를 했다. 그는 일본 근대 회화의 거장 우메하라 류자부로(梅原龍三郎)의 문하생으로 들어가 그림을 공부했던 것이다. 내가 데생 공부를 하던 그의 아틀리에서는 우메하라가 그린 거의 등신대 크기의 여인 누드 소묘상을 볼 수 있었다.

그림 그리기는 내가 하고 싶었던 공부이었기에 학교 공부는 제쳐놓고 한동안 꽤 거기에 빠져들었던 듯싶다. 학교에서도 내가 그린 사화상이나 인물 데생을 언젠가 무슨 계기로 담임 선생이 교실 전면의 흑판에 붙여둔 것 같은 기억이 난다. 그러나 그곳 아틀리에에서 나는 내가 도저히 따라 잡을 수 없겠다고 생각한 재능 있는 한 친구를 알게 되면서 그림 그리기에 대한 열정은 서서히 사그라진 듯하다.

6·25 전쟁을 서로 겪으며

중학교 2학년 여름방학을 마치고 3학년으로 올라가는 1948년 9월, 나는 전주사범에서 전주중학으로 전학을 했다. 그래서 규태와 일단 헤어지게 됐다. 그 후 2년 동안 중학교 3~4학년 시절을 우리(규태와 나)가 어떻게 지냈는지는 별로 기억이 나는 게 없다. 규태는 계속 자작 시집을 엮어내고 있었던 것 같고 나는 테니스와 그림 공부를 다 접어버리고 그동안 소홀히 했던 학교 공부에 몰입해서 학력 회복에 진력했다. 그리고 1950년, 5학년(구제 중학)으로 진급해서 얼마 안 있다가 소름 끼치는 전쟁이 우리를 덮쳤다.

6·25 전쟁에 대해서 여기에 긴 얘기를 적고 싶지는 않다. 다만 전쟁이 터지자마자 시작된 여름방학이 끝날 무렵엔 규태와 나는 집안의 큰 기둥을 잃어버린 처절한 참화를 겪어야 했다. 9월 말이 되어 서울이 수복되고 학교도 다시 개학이 되어 나가보니 교실의 거의 반은 비어 있었다. 전쟁이 일어나면서 이미 지난 7월에 1933년 7월 1일 이전에 출생한 학우들은 학도병으로 징집되어 갔고 다시 서울 수복 후엔 1933년 9월 1일 이전에 태어난 사람이 입대해야 했기 때문에 당시 중학교 5학년 학생의 거의 절반이 징병 연령에 해당됐던 것이다.

전선은 다시 북쪽으로 멀어져 갔으나 6·25 동족전쟁은 아직도 그 초반이던 1950년 가을 갈기갈기 찢어진 구질서가 회복되면서 학교도 다시 문을 열었다. 하지만 우리가 다시 차분히 앉아서 공부할 형편은 아니었다. 열예닐곱 먹은 어린 나이의 머리나 몸으로선 감당하기도 받아들이기도 어려운 끔직한 전쟁체험에 짓눌린 채로 그걸 안고 되씹어보면서 그에 적응해보려 안간힘을 다하며 하루하루를 연명했던 세월이었다. 그러던 어느 날 규태가 다시 우리 앞에 나타났다. 그가 지난 여름방학 동안 어떻게 난리를 치렀는지는 묻지도 않았고 얘기하지도 않았던 것 같다. 그러나 우리 집에서 오랜만에 같이 점심을 먹으면서 그가 내뱉은 말만은 나는 지금껏 기억하고 있다.

"… 그러고서도 이젠 젓가락 하나 거꾸로 쥐지 않고 밥들을 챙겨 먹고 있으니…" 그처럼 못 당할 일들을 겪고서도 우리는 살아남았구나, 살고 있구나 하는 사실의 야속함을 에누리 없이 토해내는 직설의 말이 내 귀엔 아프게 들렸다. 가슴 한구석에 구멍이 나 있는 듯한 허탈함을 억지로 메워보려고나 하는 듯이 우리는 아직 십 대 후반의 어린 나이인데도 그 무렵에 술을 배우고 폭음(暴飮), 통음(痛飮)을 일삼았다.

그랬다. 전쟁이 터지자 불과 몇 달 동안에 그 많은 사람들이 혈육을 잃고 집안이 풍비박산 났음에도 불구하고 인민군이 물러나자 아무 일도 없었던 것처럼 모두 다 젓가락 하나 거꾸로 쥐지 않고 끼니를 챙겨먹는 삶의 일상은 계속되었다. 학교도 그런대로 문을 열었다. 전쟁 속에서 첫겨울을 월동하면서 우리는 6학년으로 진학을 했고, 그러다 보니 전쟁의 난리 속에서도 우리 앞에는 대학진학을 위한 입시철이 다가왔다. 그러나 규태는 전쟁 통에 학교(전주사범)에 복학을 못하고 만 것 같다. 그래서 졸업장을 타지 못해 남들이 치르는 대학입시를 치를 수가 없었다. 진학의 길이 막혀버린 규태는 몹시 아쉽고 속이 탔을 것이다.

그는 친구들이 입시 준비하는 모습을 부러워하며 어깨 너머 문장으로 나름대로 입시공부도 하는 눈치였다. 급기야 그는 중학을 졸업하고 전사한 고향 선배의 졸업장으로 모 대학에 응시해서 합격은 했으나 등록은 할 수 없어 단념했던 일도 내 기억엔 있다.

평소 같으면 대학에나 진학해서 배우는 술을 우리 6·25 세대는 이미 중학교를 졸업하기 전부터 마시게 됐다. 마치 전쟁은 학생과 군인, 또는 사회인의 구분을 없애버린 듯한 당시 사회 분위기였다. 우리는 '이마에 피도 마르지 않은' 십 대 후반부터 어지간히 술을 마셔댔다. 폭음을 했던 것이다.

규태와 폭음한 일로 생각나는 에피소드가 있다. 우리들이 중학교 6학년이 되면서 처음으로 4년제 정규 육군사관학교와 함께 해군사관학교도 문을 열고 제1기생을 모집한다고 알려졌다. 나는 거기에 홀렸다. 바다로! 피안(彼岸)으로! 달아나본다! 등등 온갖 동기가 가슴속에서 설렘을 일으키며 나는 해군사관학교에 지원하기로 했다.

지금은 전시다. 나도 군인이 되어야겠다고 갸륵하게 결심을 한 것이다. 기왕이면 해군으로!

해군사관학교 입학시험은 각 도에서 분산해서 치르게 됐다. 전북지방의 응모자들은 군산에서 신체검사를 하고 거기에 합격하면 필기시험을 치른다. 내가 해군사관학교를 지원해서 군산으로 시험 치러 간다고 하자 규태가 동행해주었다. 그게 불행의 씨앗이 됐는지 행운의 씨앗이 됐는지는 판단을 유보한다.

지금껏 뚜렷하게 기억하는 것은 6·25 전쟁 발발 후 반년 동안 그 끔찍하고 처참했던 모든 고통의 현장을 깔끔하게 쓸어버린 듯 아무것도 없는 커다란 바다와 그 시원한 지평선을 군산의 해변에서 보는 순간 나는 말할 수 없는 감동에 사로잡혀 낙루를 해버렸다는 사실이다. "없는 것이 이렇게도 크게 있다"라는 존재론적 감동은 그 뒤에도 변주해서 한 두어 번 다른 글에서 다루어 보았다.

여기까지는 괜찮았는데 그다음부터가 엉망 가관이었다. 이제 겨우 사관학교 입학 지원서를 내고 시험을 치르러 나섰는데도 마음은 이미 사관학교에 들어가 군인이 다 된 것처럼, 그래서 전쟁터에 뛰어들기나 한 것처럼 앞서 나간 나는 규태와 더불어 죽음의 그림자가 비치는 미래를 눈앞에 그려보며 비장한 마음으로 항구도시 군산에서 밤을 새고 새벽녘까지 폭음을 했다. 철없는 반미치광이였다. 그리고 술 냄새를 풍기며 작취미성(昨醉未醒)으로 시험장에 나갔으니 첫 관문인 신체검사에서 보기 좋게 불합격 처분을 받았다.

일선에선 살육이 계속되고 있는 전시 중에 학교는 문을 열었으나 수업을 제대로 받지는 않았다. 비록 어린 나이지만 17~18세의 사춘기에 죽음의 체험이 일상화된 전쟁에 말려든 우리들은 학교 공부에선 채워줄 수 없는 마음의 커다란 공동 비슷한 걸 저마다 안고 있었다. 어느 면에선 우리들 전중 · 전후 세대들은 의식하든 안 하든 저마다 제 나름의 '실존주의적 분위기' 속에 빠져들고 있었다. 그리고 또 그러한 분위기 속에서 많은 친구들은 대학입시를 앞에 두고도 수험 공부보다도 문학서적이나 철학서적에 몰입하기도 했었다.

6·25 전란 중의 여름방학 동안 나는 피난 생활하던 시골 농촌에서 일본 철학자 미키 기요시(三木清)와 프랑스 작가 폴 발레리(Paul Valéry)에 탐닉하고 있었다. 그래서 대학입시를 앞두고서도 전공 선택에서 독일 철학과 프랑스 문학 사이를 망설이고 있었다. 그 무렵의 일로 한 가지 기억나는 것은 입시 4일 전에 오랫동안 찾고 있던 책을 마침내 구해서 규태와 함께 어느 느티나무 밑에 가서 같이 읽었던 일이다. 발레리의 초기작《레오나르도 다 빈치의 방법서설》이란 제목에 빗대어 앙드레 모루아가 쓴 평전《폴 발레리의 방법서설》[2]이란 소책자이다(입시를 4일 앞두고 이따위 책을 읽고 있었다니…!? 요즘엔 상상도 할 수 없는 그 당시 대학 수험생들의 한가한 풍경이었다고나 할까). 나는 그 책의 말미에 소개된 발레리 약전에서 지중해안 세트 출신의 미래의 대시인도 젊어서는 해군장교가 되고자 사관학교에 응시했다가(수학시험 성적 때문에) 낙제했다는 사실을 알고 속으로 무척 반가웠던 생각이 난다.

규태랑 같이 읽은 많은 책 가운데서 하필 이 책을 기억하고 거론하는 까닭은 무엇일까? 모루아가 설득력 있게 체계를 세운 발레리의 삶—젊은 시절의 엄밀한 지성(la riguer)의 추구로 현실 세계를 온전히 백지(tabla rasa)가 되도록 배척한 다음 20년의 침묵 끝에 다시 세상의 관습(conventions)으로 돌아와 예술작품의 창작에 몰입한 발레리의 방법론, 그 삶의 행로가 십대 어린 나이에 모든 사람이 모든 사람에 대해 늑대가 된 전쟁체험을 통해서 삶의 벌거벗은 실상을 보고 극단적인 허무주의에 빠졌던 우리들에겐 그 공무(空無)의 세계에서 벗어날 수 있는 가능성과 명분을 제시해주는 것처럼 느껴졌기 때문이 아니었던가 생각된다. 나는 그 후 대학에 들어가서 철학과의 박종홍 선생님께서 자주 인용하신《논어(論語)》의 '극기복례(克己復禮, 스스로를 이겨내고 예의관습에 따른다)'의 서구적 범례를 발레리의 삶이 시범한 것이라고도 생각해봤다.

글머리에 적은 것처럼 내가 규태에 대해서 남들이 비교적 모르는 대목을 알고 있

2 André Maurois,《Introduction á la méthode de Paul Valéry》이 소책자는 그 뒤 잃어버려 초판이 언제 어디에 실렸는지 확인할 수 없으나 전후에 출간된 다음 책에 수록되어 있다. André Maurois,《De Proust á Camus》, Librairie Académique Perrin, 1967, pp. 65-91.

다는 것은 그가 아직 세상에 나오기 이전, 혹은 공론권에 등장하기 이전, 내가 이 글에서 만들어본 말로는 그의 일이나 글이 아직 표준(어)화되기 이전의 이야기를 알고 있다는 의미이다. 그가 언론사에 입사해서 표준화된 어엿한 직장인이 되고 그럼으로써 예전에 무명시인으로서 장수 시골의 엉뚱한 방언과 제멋대로의 조어로 오랫동안 나를 괴롭혔던 난해한 시가 아니라 이제는 신문이나 책과 같은 매스미디어에 알아들을 수 있는 표준어로만 글을 쓰는 필자 이규태에 대해서는 나보다도 세상의 무수한 그의 독자들이 더 잘 알고 있을지 모른다.

사실 저마다 바쁜 표준화된 삶을 살게 된 다음부턴 직장이 다른 옛 친구끼리는 새로 사귄 직장 동료들보다 만날 기회가 훨씬 드물어지기 마련이다. 표준어로만 적은 그의 저서도 마찬가지다. 우리들은 저마다 자기의 일과 글에 묻혀 살고 있었다고 해야 할까.

내가 책을 읽고 좋다고 하면 규태도 그 책을 같이 읽어주던 젊은 날의 우정에 관해선 또 하나 잊히지 않은 추억이 있다. 대학 입학 전후의 문학청년 시절 나는 니체와 바그너의 친구였던 19세기 독일의 귀부인 말비다 폰 마이젠부크(Malwida von Meysenbug, 1816~1903)에 한동안 심취한 일이 있었다. 언젠가 그녀의 전기를 읽고 규태에게 건네주었더니 며칠 후 〈싸워서 이겨 그 후방에 들어오라 합니다 : 레인밧흐의 마이젠부크상(像)에 부쳐〉라는 시 한 편을 적어 책과 함께 돌려받은 일도 있다.

남녘에선 졸업이다 대학입시다 하고 있던 당시에도 북쪽에선 아직 밤낮 가리지 않고 포탄이 오가고 수많은 사상자를 쏟아내고 있는 전쟁이 계속되고 있었다. 서울의 모든 대학들은 정부가 피난 가 있던 임시 수도 부산으로 내려가 가교사를 마련하고 있을 때였다. 대학입시도 피난수도의 임시 가교사에서 치를 수가 없어 각 도(道)마다 도청 소재지의 중학교 교사를 빌려 고사장이 마련되었다.

또 입시에 합격하고서도 서울이나 부산의 (임시) 본교에 가서 공부를 하는 게 아니었다. 그럴 수도 없었다. 전쟁 중에 입학한 신입생들은 1학년 두 학기 동안은 어느 대학에 입학했건 가리지 않고 모든 대학의 신입생이 각 도에 응급으로 설립한 '전시연합대학'이라는 곳에 등록을 해서 1년 동안 수강하도록 됐다. 젊은 청춘들의 만남과 사귐을 위해서는 그 또한 나쁘지만은 않은 기회가 되었던 듯싶다.

휴전이 성립된 1953년 가을학기부터 부산 등지로 피난 가 있던 모든 대학들이 수복된 서울의 본교로 돌아간다는 바람에 2학년 2학기부터는 서울 동숭동의 문리과대학 본교에 와서 공부하게 됐다. 전란 중에 대학의 등록금을 챙긴다는 것도 버거웠던 당시에 서울의 하숙비를 매달 마련한다는 것 또한 만만치 않은 일이었다. 궁하면 통하는 것일까? 겨울 학기가 시작돼 얼마 지나지 않을 무렵에 뜻하지 않은 구원의 손길이 다가왔다. 서울역 앞 후암동 언덕에 철학과의 한 선배가 대학생 7~8명을 추천받아서 한 학기 동안 숙식을 제공하며 심신수양을 함께 하는 신생숙(新生塾)을 연다고 하는데 거기에 들어갈 생각은 없느냐고 교수님이 귀띔해주시는 것이었다.

나는 같은 과의 이헌조 군에게도 그 얘기를 전하면서 신생숙의 김일남 숙장을 같이 만나러 갔다. 철학과 선후배 셋은 이렇게 해서 처음 만나자마자 바로 의기투합해서 숙장은 예외적으로 같은 대학 같은 학과의 우리 둘을 다 받아들이기로 배려해주셨다.

이 무렵 대학에 진학을 못하고 있던 규태도 서울에 올라와 동가식서가숙하고 있었다. 그러면서 우연한 계기가 규태와 신생숙의 김일남 숙장, 이헌조 군과도 사귀게 될 기회를 마련해주었다. 종로의 인사동 골목에 문을 열 준비를 하고 있던 음악감상실 '르네상스'가 그 계기였다.

6·25 전란 중 대구에서 문을 연 음악감상실 '르네상스'는 당시 미국의 《에튀드》란 잡지에 "전생의 폐허 속에서도 바흐의 음악이 들린다"라고 소개될 정도로 팬들 사이에선 이미 꽤 알려진 이름이었던 모양이다. 개인 소장으로 1만 장 가까운 음반을 가진 음악감상실 '르네상스'의 주인은 박용찬(1915~1994)이었다.

그는 정전협정 체결 이후 수복된 서울로 이사 와서 인사동에 다시 르네상스의 문을 열었다. 신생숙의 김일남 숙장과 그분의 친구인 작곡가 나운영 선생 등을 모시고 이 음악실의 오프닝 축제를 준비할 때 우리는 여러 가지로 일을 거들었다. 그러나 박용찬 씨를 우리에게 소개한 분이 김일남 숙장이었는지 아니면 규태였는지는 정확히 기억나지 않는다.

발이 넓은 숙장일 가능성도 얼마든지 있으나 어쩌면 규태가 박용찬 씨를 인근 동향 사람으로 미리 알고 있었던 것 같기도 하다. 그런 저런 인연으로 해서 나는 박용찬 씨로부터 도쿄의 메이지대학교 유학 시절에 음반 수집을 시작하게 된 얘기를 직접 듣게 되었다.

어느 날 도쿄 유학생 박용찬이 밖이 시끌시끌하기에 2층 하숙방에서 내려다보니 옆집에서 이삿짐을 나르고 있었다. 그런데 웬 이삿짐이 다른 건 별로 없고 레코드 음반만을 조심조심 상자에 싸서 몇 트럭을 싣고 나가더라는 것이다. 내려가 알아보니 그게 히라가나 이름으로 글을 쓰는 유명한 음악 평론가 'あらえびす(아라에비스)'란 사람의 이삿짐이었다는 것이다.

유학생 박용찬은 그 광경에 감격해버렸다. 그러나 자기가 그 흉내를 내려 해도 집에서 부쳐주는 학비만으론 턱도 없었다. 게다가 그의 원래 취미나 특기는 음악과는 상관없는 권투였다. 그것도 상당한 수준의! 그런 판에 때마침 필리핀에서 개최되는 국제 복싱대회에 박용찬이 일본 대표로 선발되는 영예를 안았다. 그 사실이 당시 《동아일보》와 《조선일보》에 사진과 함께 크게 보도가 됐다.

그걸 보고 가장 놀란 것은 그의 고향 어버이였다. 공부는 않고 주먹질(권투)만 하고 다니는 줄 알았는데 신문에 사진이 날 정도로 출세를 하다니! (그 신문기사 원본을 오려 붙인 스크랩북을 박용찬 씨는 내게도 자랑스레 보여준 생각이 난다.) 그로부터 집의 송금이 넉넉해져서 원하던 음반 수집을 마음껏 할 수 있었다는 것이다.

그건 어떻든 분명한 것은 그리고 중요한 것은 대구에서 서울로 올라온 르네상스 음악실이 문을 연 다음 상당히 오랫동안 규태가 이 음악감상실을 찾는 클래식 팬들의 주문을 받아 음반을 찾아서 들려주는, 좋게 말해서 한국 최초의 DJ(디스크자키) 노릇을 했다는 사실이다. 서울 수복 다음 해, 내가 대학교 3학년 때의 일이니 그 당시 규태나 나나 스물한두 살 때의 일이다.

20대의 이규태(오른쪽)와 필자(왼쪽). 1950년대 전주 시가에서

요즈음 사람들은 르네상스 음악감상실이 어떠한 곳인지 전혀 감이 잡히지 않을 것이다. 유튜브는 물론 비디오나 CD 같은 것이 아직 이름도 없었던 시절이었다. 6·25 전쟁 전후의 우리나라엔 이제 겨우 LP 음반이 PX 같은 특별한 경로를 통해 막 선을 보이기 시작할 때이다. 예전 음반(SP판)으로 베토벤의 교향곡을 4악장 전곡을 들으려면 적어도 박스 안에 든 음반 몇 장을 차례로 들어야 했다(내가 중학교 다닐 무렵 처음으로 비제의 오페라 〈카르멘〉 전곡을 들었을 때엔 내 기억이 틀림없다면 박스 안에 22장의 음반이 들어있던 것으로 생각된다). 그런데 이젠 LP판 한 장으로 교향곡 전 악장을 들을 수 있게 됐으니….

그 시절엔 음악을 감상한다는 것은 곧 음반을 감상한다는 것이었다. 생음악이 아니라 통조림 음악을 맛보는 것이었다. 음반을 수집한다는 것은 그러나 아무나 할 수 있는 일이 아니라 그것을 사 모을 돈과 모은 음반을 소장할 공간이 있어야 비로소 가능한 일이다. 서울에 그런 장소가 당시 두 군데 있었다. 하나가 명동의 돌체 다방이요, 다른 하나가 종로의 르네상스였다.

기록을 보면 그 무렵 르네상스를 찾는 고객들은 여고생에서부터 대학생, 문화예술인에서부터 상이용사, 공무원에서부터 실업자까지 참으로 다양했다. 그런 익명의 군상 속에서 김동리, 전봉건, 신동엽 같은 문인, 나운영, 김만복, 윤이상 같은 음악가, 김환기, 변종화 같은 화가들의 면면도 부침하고 있었다던가. 시인 천상병은 그 무렵 모습이 비슷하다 해서 '쁘띠 베토벤'이란 애칭을 얻었다고도 한다.

전축 옆의 나무 의자에 앉아 있는 DJ, 우리 규태는 이들 군상을 장차 문화부 기자의 취재원으로 (그럴 줄도 모르고) 익혀두면서 한국인의 인물탐구를 박람강기하고 있었는지 모른다. 그리고 여느 사람들에겐 쉽게 접하기 어려운 세계 고전음악의 방대

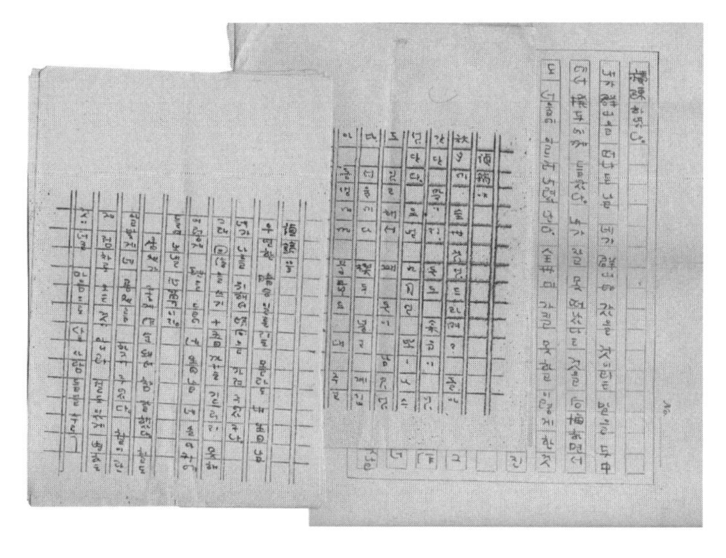

이규태의 편지들

한 문헌에 일상적으로 친숙할 수 있는 희한한 기회도 누리게 되었다.

보는 사람은 동시에 보이는 사람이었다. 르네상스에 찾아온 인간 군상을 규태만 보고 있었던 게 아니라 그곳에 찾아온 사람들도 곱슬머리의 입술 두툼한 총각을 무심히 또는 유심히 보았을 것이고 실제로 여러 사람들이 보았다. 특히 문학이나 철학을 공부하는 여대생들에게 곱슬머리 총각은 어지러운 응시의 대상이었던 듯싶다. 규태는 그 무렵 나에게 '여난(女難)'의 팔자를 타고났나 보다 하고 반은 자탄처럼 반은 자랑처럼 엄살을 떨기도 했었다.

올챙이 신문기자와 육군 일병

6·25 전쟁으로 집의 기둥을 잃은 규태나 나나 1953년 휴전협정 후의 서울 생활은 힘들고 어려웠다. 집안에 돈을 벌어들이는 사람이라곤 아무도 없었으니 식구끼리 끼

니를 때우기도 어려운 형편에 서울에 올라와서 따로 숙식을 해결한다는 것은 끔찍한 문제였다. 신생숙 생활을 마치고 나온 뒤 잠시 나는 붙박이로 남의 집에 들어가 가정교사 노릇을 해보기도 했으나 몇 달을 견디지 못하고 그만두었다. 3학년 1학기 때엔 돈암동 근처의 어느 고등학교에 나가 독일어를 가르치는 아르바이트도 해봤다. 그러고도 3학년 2학기 가을 학기엔 휴학을 하고 낙향을 하게 됐다.

무료한 시골 생활에 묻혀 몇 달을 지내다 해가 바뀐 1955년 정월 초하루. 나는 그날 아침 배달된 신간《한국일보》의 신년 특집호를 받아본 감동을 지금도 기억하고 있다. 1955년은 한국전쟁 휴전 후 2년째를 맞는 을미(乙未)년, 양띠의 해였다. 전란에 시달린 폐허의 민생은 도탄에 빠져 있어 다음 해 대통령 선거에서 "못 살겠다 갈아보자!"라는 야당의 선거구호가 돌풍을 일으키기 바로 한 해 전이였다. 당시 신익희 민주당 대통령 후보가 유세 도중에 쓰러지지 않았더라면 그때 이미 우리나라에선 정권교체가 이뤄졌을 것이란 관측도 우세했던 시절이었다.

불과 반년 전에 창간한《한국일보》의 신년 특집호 1면은 절반을 넘는 지면을 사진 한 장으로 메우고 있었다. 먼동이 트는 언덕 위에서 수많은 양떼들이 몰려오는 흑백 사진의 위쪽에는 그해 신춘문예에 당선한 김윤(金潤)의 시, 〈우리는 살리라〉는 시의 제목이 슬로건처럼, 아니 절규처럼 하얗게 새겨져 있었다. 그리고 사진 곁에는 이들 힘없고 순하고 착한 양떼들에게 (그게 바로 전란에 시달리고도 묵묵히 살아오고 있는 이 나라의 백성, 민초들의 모습 아닌가?) "새해의 주인공들"이란 한 줄 글이 적혀 있었다.

나는 이 신문지면에 감격하고 흥분해버렸다. 그건 어떤 의미에선 내겐 운명적인 순간이었다고 해서 좋을지도 모른다. 신문의 뒷장을 펼쳐보니 수습기자를 모집한다는 사고가 있었다. 나는 집에다 시골 생활이 답답해서 바람 좀 쐬러 서울 가서 친구나 만나고 오겠다고 둘러대며 상경했다. 그리고 아무도 몰래 시험을 치르고 합격이 되는 바람에 엉겁결에 나는 신문기자의 길에 들어서게 됐다.

당시 신문사의 기자 수습 과정이란 오늘날엔 상상도 할 수 없으리만큼 엉성하고 열악했다. 신입기자를 뽑아놓기만 했을 뿐 연수 프로그램이란 것도 전혀 없고 그저 눈치껏 선임기자들 하는 짓을 따라 배우며 신문사 분위기에 적응해보라는 것 같았다.

나는 중학교 시절에 읽었던 일본 대중소설의 왕초 기쿠치칸(菊地寬, 동경제대 출신의 베스트셀러 작가. 오늘날에도 발행되고 있는 월간《분게이슌주(文藝春秋)》의 창간발행인)이 문단에 등단한 처녀작《무명작가의 일기》를 떠올리곤 했다. 그건 대학을 갓 나온 한 문학청년이 신문사에 취직은 했으나 기자직에 적응 못 하고 고민하는 직장 생활의 어려움과 무력감, 절망감을 일기체로 기록한 소설이었다.

신문사 속을 들여다보면 그 모양인데도 밖에서 보기엔 기자란 명함은 근사해 보였는지 부러워하는 친구들도 적지 않았다. 특히 규태가 그랬다. 그는 전쟁 통에 학업을 중단하고 제때 졸업장을 타지 못해서 대학에 진학도 못 하고 취직시험 치르기도 힘들었다. 그러나 어떤 역경도 이겨내고 살 길을 찾아내는 규태의 생활능력은 아무도 따를 수가 없었다. 저 친구는 지리산 꼭대기에 갖다 놓아도 무슨 궁리를 해서든 거기서 한 밑천 장만하고 내려올 거라고 주변에선 말하기도 했었다.

내가 신문사에서 수습기자 생활을 할 무렵 그게 자극이 된 것일까 규태도 밥벌이 할 일자리를 찾으러 나섰다. 정식 대학에 진학을 못한 그는 서울 Y대학 부설 교원 양성소에 들어가 중학교 교사자격증을 따냈다. 그러곤 군산으로 내려가 한동안 중학교 물상과 교사로 교편을 잡게 된다. 바닷가의 한가한 지방도시 중학교에서 봉급쟁이로 지내던 이 무렵이 아마도 규태가 가장 많은 시를 쏟아내던 때가 아닌가 여겨진다.

6·25 전쟁 이전 우리가 전주사범학교에 입학하면서 받은 삼베로 표지를 꾸민 그의 첫 자작 시집 이후 중학교 시절에 내게 준 그의 손 글씨 시집이 몇 권이나 되는지는 그 일부를 전란 중에 잃어버려 알 수 없다. 지금 내가 보관하고 있는 것은 삼베 표지로 싼 시집 다섯 권쯤으로, 거기에 수록된 시가 110여 편 된다. 그 가운데서 '1954/55년' 또는 '갑오(甲午) 을미(乙未)' 같이 해를 밝힌 작품이 약 50편, 1957년에 쓴 시가 12편, 나머지는 대부분 연대를 적지 않은 것들이다.

규태가 그 후 어떤 동기로 군에 입대했는지는 생각이 나지 않는다. 6·25 전쟁 때문에 학교 졸업장은 못 탔지만 그럴수록 병역 수료증만은 따두고 보자는 생각을 했던 것인지도 모른다. 내 기억에 분명하게 남아 있는 것은 논산 신병훈련소에서도, 그 뒤 부대에 배치를 받고서도 쉬지 않고 시를 써대고 있었다는 사실이다. 막사에서 적었다고 내게 보낸 시로 지금 남아 있는 것이 다섯 편이 된다(〈한 봄밤의 꿈〉, 〈삥〉, 〈흑건(黑鍵) 1〉, 〈흑건 2〉, 〈주검과 소녀〉 등).

언젠가 한번은 휴가 나와 나를 찾아왔을 때 부대 내 막사에서 화장지로 쓰던 신문지의 좁은 여백에까지 빽빽하게 끄적거린 시고(詩稿)를 보여준 일도 있었다. 시를 쓴다는 것은 이 친구에게는 무슨 인위적인 창작 작업이라기보다 '억제할 수 없는' 자연 필연적인 '마음의 생리작용'이 아닌가 싶기도 했다. 그러고 보니 규태는 그렇게 많은 시를 적어대면서도 내 기억으론 한 번도, 이른바 문단에 등단하려고 시도했던 것 같지는 않았다. 주변에는 신동엽, 하근찬, 최일남 등 이미 시인으로서 소설가로서 문단에 이름을 떨치고 있는 동창들도 많았다.

그럴수록 더욱 규태에게 있어서 시를 쓴다는 것이 무엇인가 하는 물음이 떠오른다. 아마도 그는 처음부터 (중학교에 입학하기 전후부터) 시를 자기 자신을 위해 써 온 것이 아닌가 생각된다. 나이를 먹고 주위에서 친구들이 문단에 데뷔해서 잡지를 위해, 독자를 위해, 평단을 위해, 명성을 위해 글을 쓰고 있을 때 규태는 오직 자기 자신의 내면에서, 자기 자신을 위해, 자연 필연적인 생리 작용처럼 시를 쏟아내는 것 같았다.

규태의 시적 감흥은 더러 남에게도 감염이 되는 모양인가. 그러한 흔적을 최근 그의 시고(詩稿)들을 뒤적이다 우연히 발견하게 됐다. 내 대학 동기 이헌조에게 규태를 소개해준 것은 1954년 서울 환도(還都) 후 음악감상실 르네상스가 문을 열고 난 뒤가 아닌가 싶다. 그로부터 둘은 평생의 지기로 사귀면서 기회가 되면 만나고 어울리곤 했다.

이번에 꺼내본 규태의 옛 육필 시집 가운데 한 권은 열아홉 편의 시가 꼼꼼히 정서되어 있고 〈들국화〉란 서시(序詩)를 첫 장으로 제법 모양새를 갖춰놓고 있었다. 그러고선 뒤에 열대여섯 장을 백지로 남겨두었는데 거기에 이헌조가 규태 시에 화답하듯 다섯 편의 자작시를 펜으로 적어놓은 것을 우연히 발굴(!)했다. 표제들을 보면 〈Salon Utopia〉, 〈신촌 가는 길에〉, 〈自嘲－문둥이, 나는 본시 문둥이니라〉, 〈자 우리 이대로 맺어보자〉, 〈그리사〉 등이다.

그러고 보니 헌조는 뒤에 가서 당대 한국을 대표하는 한시(漢詩) 동인의 모임 '난사(蘭社)'의 창립 멤버로 30년을 참여해서 세 권의 한시선(漢詩選)을 아담한 책자로 출간하기도 했다. 한편 규태는 20대 후반부터는 신문사에 들어가 신문 기사 쓰기에만 골몰하면서 아마도 시작은 절필한 것 같기도 하다.

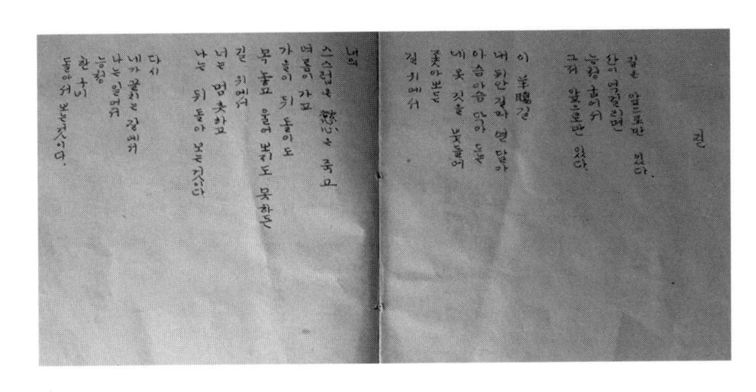

이규태 시 〈길〉

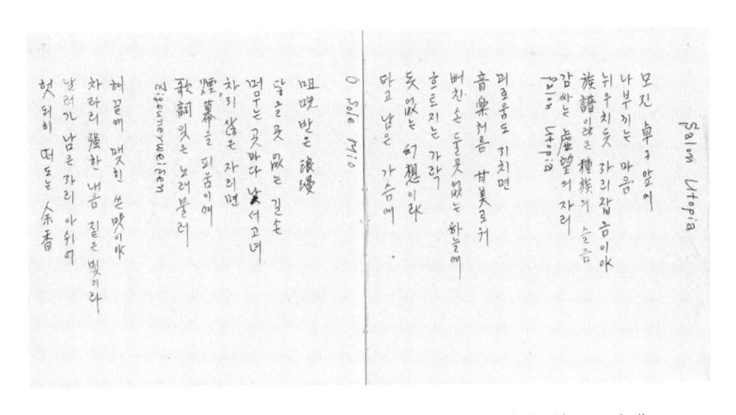

신생숙 시절 이규태의 수제 시집 여백에 헌조가 적어 넣은 자작 시(1954년경)

여기에 앞서 얘기한 규태의 수제 육필 시집에서 60여 년간 쌓인 세월의 먼지를 털고 젊었던 규태와 헌조의 시 한 편을 골라 옮겨 본다.

길

이규태

길은 앞으로만 있다.
산이 억걸리면
능청 굽어서
그저 앞으로만 있다.

이 羊腸(양장)길
내 뒤안길과 연달아
이슴아슴 닥아 드는
네 옷깃을 붙들어
좇아보는
길 위에서

너의
스스럽은 욕심은 죽고
여름이 가고
가을이 뒤 돌아도
목 놓고 울어 보지도 못하는
길 위에서
너는 멈춧 하고
나는 뒤돌아보는 것이다.

다시

네가 끝치는 길 위에서

나는 일어서

응청

한 구비

돌아서 보는 것이다

Salon Utopia

이헌조

모진 卓子(탁자) 앞에

나부끼는 마음

뉘우치듯 자리잡음이야

族譜(족보) 잃은 種族(종족)의 슬음

감싸는 虛望(허망)의 자리

Salon Utopia.

괴로움 지치면

音樂(음악)처름 甘味(감미)로워

빼친 손 둘 곳 없는 하늘에

흐트지는 가락

듯 없는 幻像(환상)이랴

타고 남은 가슴에

O sole mio.

詛呪(저주)받은 浪漫(낭만)

닿을 곳 없는 길손

머무는 곳마다 낫서고녀

차지 않은 자리면

煙幕(연막)을 피움이여

歌詞(가사) 잊은 노래 불러

Zigeunerweisen.

혀끝에 맺힌 쓴 맛이야

차라리 强(강)한 내음 짙은 빛이라

날러가 남은 자리 아쉬워

헛되이 떠도는 餘香(여향)

가라앉은 午前(오전)의 餘白(여백)이여

Ave Maria.

歡喜(환희) 없는 나라

매마른 눈물의 鄕愁(향수)

O Salon Utopia.

기억에 자신은 없으나 헌조가 적은 'Salon Utopia'는 우리가 서울 수복 직후의 대학교 재학 시절 남산 언덕 밑의 후암동 신생숙에 같이 살고 있을 때 자주 들렀던 다방의 이름인 것 같다.

서울 수복 직후라면 우리들의 나이가 스무고개를 넘기고 있던 무렵이었다. 세상살이에나 글쓰기에나 철도 없고 겁도 없고 갖춘 모양도 없고 그저 무언가 속에서 터져 나올 것만 같은 걸 안고 지내던, 인간적 · 신체적 발정기(發情期)의 삶, 뒤에 가서 돌아보니 그때가 바로 '오직 한 번뿐, 다시는 돌아오지 않는 청춘'의 삶을 우리가 살고 있을 때였다.

표준어, 철자법을 무시한 채 제멋대로 쏟아 내놓는 규태의 자유분방한 시어의 난해성이 그를 읽는 족족 내 골치를 아프게 했다면 "나는 본시 문둥이니라"라고 밝히며 나선 헌조는 서울에서 6년 동안 서울말 속에서 중학생 생활을 했으면서도 끝내 우리말의 '어'와 '으' 두 모음을 구별할 수 없다는 경상도 사나이로 자처 혹은 자포하고 있었다. 그 경상도 사나이가 '설움'을 '슬음'이라 적고, '흩어지는'을 '흐트지는"이라 적고, '덧없는'을 '듯없는'이라고 적어놓은 시가 나를 미소 짓게 한다.

사람의 청춘이 신체적 발정기에 표준화되기 이전의 풋내 나는 삶이 뿜어내는 목숨의 조화라고 한다면 그 당시 적어놓은 규태나 헌조의 습작 시들은 문학적 발정기의 청춘이 토해낸 표준어화되기 이전의 '사투리 내지는 서툴이' 언어의 조화였다고나 할 것인가.

그건 어떻든 규태와 헌조는 시를 썼고, 쓰고 있었다. 그 곁에서 전쟁의 체험과 추억을 시적으로 승화시킬 재주가 없고 산문적인 삶을 살고 있던 나는 시도 산문도 아닌 혀가 짧은 외마디 소리를 공책에 끄적거리고 있었다. 헌조, 규태에게만 조심스럽게 보여주었을 뿐 아무에게도 보여주지 않던 그런 '언어의 브로자멘(Brosamen, 파편)', '말의 흩어진 먼지'들 속에서 한두 꼭지를 옮겨 놓음으로써 고인이 된 두 친구의 미발표 시편을 무단 도용한 죄 갚음을 해보련다.

- 뒤에 말이 있느라.
- 지옥은 최후의 심판이 없는 데 있다.
- 속고 있을 때만 허나 삶이 있는 것이다.
- 죽음은 단 한 가지의 권능이 있다. 산 사람을 처벌한다는 것, 곧 처벌하지 않는다는 것이다.
- 슬픔은 죄인의 가장 죄스러운, 가장 달콤한 간음이다.

시가 아닌 단편적인 산문, 혀가 짧은 이따위 외마디 말 속에서나마 그래도 동족전쟁을 겪으며 겉늙은 젊은 애의 허무주의적인 심상의 황량한 풍경이 남들에게도 읽혀질지 어쩔지 …

이규태 기자의 탄생 : 제왕절개 수술로?

그 무렵, 1950년대 말의 우리들 모습을 보여주는 사진 한 장이 있다. 군에 복무 중인 규태와 갓 결혼한 헌조 내외와 나 넷이 어느 공휴일에 덕수궁 석조전 앞에서 찍은 사진이다. 언젠가 이 사진이 《조선일보》 사내보의 〈이 한 장의 추억〉이란 시리즈에 소개된 일이 있어 거기에 덧붙인 졸필의 '댓글'을 옮겨본다.

"1950년대 후반 우리들 20대의 사진이다. 오른쪽이 이규태, 당시 육군 이병 또는 일병(?)이고 그 옆이 한국일보 기자로 있던 필자, 왼쪽은 당시 금성사에 취직한 내 대학 동기 이헌조 전 ㈜LG전자 회장. 규태와 내가 덕수궁에 소풍 나왔다가 이헌조 부부를 만났는지, 아니면 신혼부부와 내가 이 일병을 우연히 만났는지 기억에 자신은 없다. 자신이 있는 것은 다만 내가 20대 말부터 30대 초까지 체중 75kg을 유지하고 있었고 그 무렵 이 일병의 체중은 65kg을 넘지 못했으리라는 추정이다(그 날씬한 허리를 보라).

그로부터 30여 년이 지난 1980년대 초 나는 조선일보사의 논설위원실에서 비상임으로 1년 동안 규태와 자리를 같이한 일이 있다. 당시 내 체중은 85kg. 규태는 100kg. 과연 이규태 고문은 대한민국 60~70년대의 초고속 성장을 한 몸으로 입증 시위하고 있는 '한강의 기적'의 권화였다. 그 뒤 IMF 한파가 불어 닥치면서 나는 체중을 80kg으로 구조조정 했으나 규태만은 마이너스 성장을 모르고 오히려 몸집 불리기조차 하는 듯 싶다. 한국 경제와 한국 언론의 희망을 거기서 보는 듯 든든하기만 하다.

논설위원실에서 1년간 같이 일하면서 '이규태 성장 신화'의 비밀을 엿볼 수 있었던

덕수궁에서 만난 헌조, 규태와 필자(1950년대 후반)

것은 수확이었다. 그는 하루 24시간을 매우 단순하고 정확하게 3등분하고 산다는 게 그것이다. (1) 돈을 벌거나(원고와 마이크를 통해) (2) 술을 마시거나(낮이나 밤이나) (3) 그도 저도 아니면 자버린다(아무 때나, 아무데서나). 이상."

헌조도 이 사진과 댓글이 마음에 들었는지 사진을 대형으로 확대해서 보내주면서 사진의 덕수궁 만남은 우연이 아니라 셋이서 날을 잡아 모인 소풍이었다고 알려줬다.

나에게도 하나의 확실한 기억은 있다. 이 사진의 연대가 거의 1958년 혹은 1959년 봄이라고 추정한 데엔 나름대로 뚜렷한 근거가 있다. 이 무렵에 이르러 비로소 나는 대학 졸업 후 처음으로 직장생활에 안정을 찾으면서 기자직의 하루하루의 일과 삶에 보람을 느끼고 있었다. 그러기까지 나는 3~4년 동안을 방황하면서 신문사를 두 번(1955년, 1957년)이나 때려치우고 1958년 삼세 번만에 직장 복귀를 했던 것이다.

그러고선 참으로 열심히 일을 했다. 그랬더니 1959년 정초 나는 복직 1년 만에 승진 발령을 받고 25세의 약관에 편집부 차장이 됐다. 한편 헌조는 대학을 졸업하자 곧 ㈜럭키화학에 입사하면서 결혼도 하고 1959년경엔 새로 창립한 ㈜금성사로 자리를 옮겨 이때는 머지않아 판매과장 승진을 눈앞에 두고 있을 때라 생각된다. 그리고 규태도 이 당시엔 군 복무기간을 채우고 곧 제대할 날을 기다리고 있었던 것 같다.

뒤에 가서 들은 규태의 고백으로는 그는 내가 신문사에 다니는 것이 그리도 부러웠다고 한다. 군에서 제대한 후 한동안 그는 서울 종로 근처에서 세탁소를 차린 작은 형(훗날 큰 제약회사 부사장이 됨)의 일을 돕고 있었다. 그러던 어느 날《조선일보》에서 수습기자를 모집한다는 소식을 듣고 바로 응시했다. 1차 시험(필기)에 합격은 했으나 2차 시험(면접)을 위해 미비서류를 갖춰 가야 되는 대목에서 그는 주저앉고 말았다.

중학교 5학년 때 전쟁으로 학업을 중단했던 규태에겐 온전한 졸업장이라곤 국민학교 졸업장뿐이고 그 밖엔 Y대학 부설 중등교원양성소 수료증이 있을 뿐이었다. 내 팔자에 무슨 신문기자냐고 암담한 심정으로 체념해버리고 마음을 달래보려 하고 있는데 며칠 후 세탁소에 엽서가 한 장 날아왔다. 조선일보사의 천관우 편집국장이 급히 만나자는 기별이었다.

그건 규태의 평생에, 어떤 면에선 우리나라 언론사에 기록해둘 만한 한 장의 엽서였다. 수습기자 수험생들의 필기시험을 채점하면서 수많은 답안 가운데서 특히 눈에 들어 천 국장이 점 찍어 놓은 바로 그 수험생이 면접에 나타나지 않은 것이다. 천 국장은 그냥 단념하지 않고 바로 속달우편을 띄웠다.

규태는 천 국장을 찾아가서 모든 걸 털어놓고 스스로 무자격자임을 자백했다. "상관없으니 내일부터 출근해!" 천 국장의 이 한마디 말로 장차 대(大)언론인이 될 이규태 기자의 탄생은 이뤄졌다. 참으로 사람이 사람을 알아본 것이다. 나는 규태의 이 '자랑스러운 비밀'을 혼자 간직하지 않고 세상에 알리는 것이 좋겠다고 마음먹고 있었다. 그리고 언젠가는 그럴 기회가 올 거라 생각하고 있었다.

단 하루라도 무언가 끄적거리지 않고는 배기지 못하는 친구, 원고지가 없으면 화장지에라도, 또는 신문지의 테두리 여백에라도 글을 적지 않고는 배기지 못하는 친구, 그런 위인이 기자가 되었다는 것은 그야말로 물고기가 물을 만난 것이라고, 아니 범이 날개를 단 것이라고 해야 옳을 것이다.

과연 1959년 조선일보사에 입사한 이규태 기자는 이내 신문지면을 종횡무진 석권하면서 각종 특종기사와 희한한 탐방 기행, 장기 내리닫이 연재기사, 그것도 모자라 전 지면을 메우는 대형 읽을거리의 장기 연재 등으로 신기록, 진기록을 세워가고 있었다. 〈소록도 기행〉, 〈베트남 종군기행〉, 〈개화백경〉, 〈6백 년 서울〉 등등. 그러고 나선 숨 고를 사이도 없이 〈한국인의 재발견〉, 〈한국인의 의식구조〉, 〈신바람의 한국학〉 등등이 꼬리를 물고 쏟아져 나오면서 우리나라 독서계에선 '이규태 한국학'이란 개념까지 생겨나게 되었다.

그것만이 아니다. 어느덧 우리가 50대에 접어든 1983년 봄, 규태는 그해 3·1절의 조간 지면에서부터 또 하나의 획기적인 연재의 대장정에 등정한다. 방우영 당시 조선일보 사장이 제목과 함께 기사의 분량, 지면의 위치까지 정해주었다는 '李圭泰 코너'라는 칼럼이 그것이다. 이때부터 규태가 타계(2006년 2월 25일)할 때까지 24년 동안 장장 6,700여 회(!)에 걸쳐 연재한 '李圭泰 코너'는 비단 국내뿐만 아니라 세계의 신문사상에도 유례가 없는 최장기 연재 기명 칼럼으로 알려졌다.

우리 시대의 한 백과전서파가 엮어낸 '한국학 잡학대전(雜學大典)'이라고나 할 '李圭泰 코너'는 마를 줄 모르는 이야기 샘에서 뿜어내는 이야깃거리가 그를 읽는 독자보다 읽지 않는 독자를 헤아리기가 쉽다는 말이 나돌 정도로 내외, 남녀, 상하, 노소를 막론하고 사 반세기 동안 우리나라 독서계를 풍미했다. 연재가 시작되고 나서 10년째가 되는 1993년 2월 말, '李圭泰 코너'는 3,000회를 기록한다. 그때 나는 조선일보사에서 〈나의 친구 이규태〉 제하의 글을 적어보라는 원고 청탁을 받았다. 이때가 기회라고 생각했다.

나는 규태가 대학교 졸업장이 없다는 사실이 숨겨야 할 무슨 약점이라고는 한 번도 생각해 본 일이 없다. 언론, 문학, 예술 등의 분야에선 무슨 수료증, 졸업장의 유무는 전혀 중요한 게 아니다. 본인의 능력, 창의성, 열정과 집중력, 전문성과 직업정신이 궁극적으로는 모든 것을 말해주는 업적 또는 작품을 좌우한다. 그런데도 우리나라는 과거 전통사회에선 지나치게 반상과 가문 따위만을 챙기는 문벌주의에 빠져 있었다고 한다면 현대의 한국사회는 다시 일류와 명문만을 좇는 지나친 학벌주의에 빠져서 때때로 나라라고 하는 큰 배를 요동치게 하고도 있다. 이건 밖에서는 쉽게 유례를 찾아보기 어려운 우리들만의 고질병, 한국병이라 여겨진다.

나는 이 무렵 부러울 정도로 우리와는 다른 사례를 가까운 이웃, 일본에서 사귄 친구들에게서 보고 있었다. 1980년대 말, 나는 오랜 일본 친구인 사노 요코(佐野洋子)의 소개로 시인 다니카와 슌타로(谷川俊太郎), 작곡가 다케미쓰 도루(武満徹)와 지면하는 행운을 누렸다.

제2차 세계대전 후의 일본을 대표하는 시인이요 음악인인 이 두 사람에 대해서는 노벨 문학상을 탄 일본의 전후 작가 오에 겐자부로(大江健三郎)가 그의 자전《나라고 하는 소설가 만들기》에서 "고교를 졸업할 때부터 평생 계속되는 다니카와 슌타로의 애독자가 되었다"라고 고백하고 있는가 하면 스스로 소설가로서의 인생 습관을 통하지 않고서는 "영원한 다케미쓰 도루 앞에 설 수가 없다"라고 책의 마지막 페이지에 다짐하고도 있다.

중학교 졸업 이전에 이미 문단에 등단하여 90이 되도록 70년을 현역으로 있는 다니카와는 영국, 독일, 인도, 한국 등 수많은 나라의 시인들과 함께 즉석 연작시를 써서 세계적으로도 널리 알려진 시인이고, 다케미쓰는 뉴욕 필하모니가 25주년, 50주년을 맞을 때마다 레너드 번스타인, 주빈 메타로부터 기념작품 작곡을 위촉받은 국제적인 음악가이다. 여기서 굳이 두 일본인 얘기를 꺼낸 것은 다른 까닭이 아니라 이 두 거장이 대학에는 입학조차 해본 일이 없는 '무학벌'이라는 사실을 밝히고 싶어서이다.

다니카와는 일본 교토(京都)학파의 철학자로 호세이(法政)대학 총장을 지낸 다니카와 데쓰조(谷川徹三)의 외아들로 매우 지적인 분위기에서 자라났다. 다만 그는 중학교 시절부터 학교 공부보다는 공책에 너무 많은 글 장난만 하고 있어 (아마도 중학교 시절의 규태처럼) 아버지가 하루는 집에 자주 놀러 오는 친구, 당시 일본의 대표적인 시인 미요시 다쓰지(三好達治)에게 하소연을 했다. 우리 집 아이는 공부는 않고 맨날 이따위 낙서만 하고 있다고. 그래 그럼 한번 보기나 하자고 낙서가 그득한 공책을 빌려간 미요시 씨는 다음날 아침 일찍 다소 흥분한 모습으로 데쓰조 씨를 찾아왔다.

"아니 이거 큰일 났군. 아드님은 이미 시인이야. 바로 문단에 등단시켜야 돼!" 그렇게 해서 미요시 다쓰지 추천으로 나온 슌타로의 처녀시집이 우리나라에도 번역되고 있는《20억 광년의 고독》(1952년 초판)이다. 한편 그의 친구 다케미쓰도 학력은 중학교 졸업이 전부고 음악대학은 입시 도중 쓸데없는 짓이라며 그만두고 나와버렸다는 것이다. 그러고 나서 그 뒤 생각이 나면 미군 PX에 숨어 들어가 그곳에 있는 피아노를 몰래 쳐보거나 길을 걷다 피아노 소리가 들리면 그 집에 들어가서 악기 동냥을 하고 다녔다는 일화도 유명하다.

다니카와 슌타로나 다케미쓰 도루가 우리나라엔 있을 수 없다는 말일까? 아니다. 있다. 규태가 있지 않은가. '李圭泰 코너'가 3,000회를 거듭해서 우리나라 신문의 역사상 유례없는 대장정을 기념하는 이 기회야말로 나는 그의 '자랑스러운 비밀'을 세상에 알릴 때라 생각했다. 물론 약간의 망설임이 없지는 않았다. 이 땅의 뿌리 깊은 학벌주의, 그 철옹성 같은 고정관념이 아직도 우리들 안팎에 버티고 있다는 중압감 때문이다.

그래서 생각한 것이 그 무렵 세상에 나온 빌리 브란트의 생애 마지막에 내놓은《회고록》에서 읽은 일화였다. 그건 내 보기엔 우리나라 전통사회의 학벌주의 못지않게 끈질긴 문벌주의를 만천하에 여지없이 무너뜨릴 수 있는 일화라 생각되었다. 그런 의도에서《나의 친구 이규태》를 다음과 같이 시작해보았다.

> 미혼모의 사생아 빌리 브란트는 어린 시절에 외할아버지를 아빠라 부르며 자랐다. 그러나 브란트가 75세 때 내놓은 세 번째 자서전을 보면 그 외조부조차 정말 자기 생모

의 아버지인지 분명치 않다고 털어놓고 있다. 왜냐하면 북독(北獨)의 농촌에는 19세기까지도 영주의 '초야권(初夜權)'이라는 게 있어 브란트의 생모가 누구의 씨앗인지 확인할 길이 없다는 것이다. "이로써 내 족보의 뒤죽박죽은 더할 나위 없는 것이 되었다"고 브란트는 적고 있었다.

한국의 전통적 개념으로는 그 이상의, 아니 그 이하의 미천한 상인(常人)은 없다. 그러나 다시 한국의 전통적인 개념으로는 서울(베를린) 시장, 외무부 장관, 총리 벼슬을 하고 노벨상을 수상한 브란트 이상의 양반도 없다. 원래 족보다 학벌이다 하는 것은 스스로는 별로 내세울 게 없는 사람들이 들먹이는 겉치레다.

이렇게 전제하고서 기명 칼럼 '李圭泰 코너'의 3,000회 연재 대기록을 수립한 필자로 이어지는 다음 글에서 나는 학력에 관련된 규태의 '자랑스러운 비밀'을 처음으로 밝혀놓았다. 당사자에게 사전에 양해를 구하지 않은 것이 내 실수였을까? 글을 송고한 그날 저녁 규태한테서 황급히 전화가 왔다. "가슴이 두근거린다. 방우영 사장하고 천관우 선생밖엔 아무도 모르는 일이다. 그걸 꼭 써야 되니?" 나는 두말없이 그 대목을 손보고 다음처럼 이어지는 기사를 다시 송고했다.

기명 칼럼 '李圭泰 코너'의 3,000회 연재 대기록을 수립한 나의 친구 이규태에게는 무슨 화려한 외국유학의 학벌이나 요즈음 날로 흔해 빠져가는 무슨 박사학위 따위 같은 것은 없다. 그에게는 조선일보 전무나 논설고문 같은 직함도 별로 어울리지 않는다. 이규태는 그냥 이규태요 주필을 역임하고도 계속 붓을 놓지 않는 영원한 대(大)기자다.

1950년대 말 조선일보사에 입사하여 기자가 되면서 이규태는 "한국의 야나기타 구니오(柳田國男)가 되겠다"는 결심을 나에게 토로한 일이 있었다. 야나기타는 《아사히 신문》 논설위원 출신으로 아카데미에 속하지 않으면서 독자적인 학문을 형성한 근대 일본의 독창적인 민속학자이다. 88세의 수를 누린 그는 36권의 전집을 남겨놓고 있

HOTEL SHANKER
Kathmandu, Nepal.

너는 외국에 가도 文化의 精粹만을 훑는데 나는 웬일인지 外國에 가도 原始의 精粹만을 훑게 되는지 모르겠다.

8. Barley Fields and the Annapurna Ranges north of Pokhara.

copyright james roberts mountain travel p.o. box 170 kathmandu

카트만두에서 圭泰

崔禎鎬

서울 鍾路區

韓國日報社 論說委員室

SEOUL, KOREA (South)

카트만두에서 보낸 엽서 앞 뒷면(1970년 3월) "… 너는 외국에 가도 문화의 정수만을 훑는데 나는 웬일인지 외국에 가도 원시의 정수만을 훑게 되는지…"라는 넋두리가 적혀있다.

다. 《조선일보》의 이규태는 입사하자 이내 발로 뛰고 발로 쓰는 이규태 한국학 저술을 위한 대장정에 올랐다. 그가 야나기타처럼 미수(米壽)를 누리자면 아직 30년은 더 살아야 될 터인데 이규태는 겨우(?) 60세의 젊은 나이에 이미 50권을 거뜬히 넘는 저서들을 내놓고 있다.

책의 분량에서 이규태를 능가하는 필자가 있다면 그와 동갑에 저작 권수 100권을 돌파한 작가 고은과 《조선왕조 오백 년》의 저자 신봉승 정도가 있을 뿐이다. 두 사람 다 학벌이나 학위 같은 것을 내세우는 사람은 아니다.

그러나 시나 소설 또는 사설이나 논설과도 달리 날마다 칼럼을 쓰는 어려움이란 오직 써 본 사람만이 안다. 《아사히 신문》의 명칼럼 '덴세이진고(天聲人語)'를 장기 집필했던 어느 필자는 10년을 하루같이 글을 다듬는 사이에 책상 밑의 발을 얹어 놓던 받침대 나무가 초승달처럼 휘어 있더라고 회고하고 있었다.

《뉴욕타임스》의 세계적인 칼럼니스트였던 제임스 레스턴은 얼마 전에 독자와 석별하는 글에서 더욱 기막힌 말을 남겨놓았다.

1961년 펄벅 여사와 경주 첨성대 앞에서, 조선일보 2년 차 기자 시절

"날마다 산문에 칼럼을 쓴다는 것은 대단한 일이 아니다. 그것은 자기의 피만 말리면 되는 일이다."

앵글로색슨적인 언더스테이트먼트(謙辭)의 전형이다. 그렇다, 날마다 칼럼을 쓴다는 것은 사람의 피를 말리는 일이다. 다행히 이규태는 지난 수십 년 동안 비 오는 새벽을 빼놓고는 날마다 테니스를 치고, 비 오는 일요일에도 주말마다 등산을 해왔는데도 체중이 90kg 이하로 줄지 않으니 그 피가 다 마르려면 아직도 수십 년은 넉넉하게 걸릴 것이다. 이규태 칼럼을 위해서는 여간 다행스러운 일이 아니다. (이하 생략)

이 글이 나간 뒤에 어떤 독자는 글머리에 브란트의 얘기를 왜 꺼냈는지, 그게 이규태와 무슨 상관이 있단 말이냐고 엉뚱하다는 반응을 보이기도 했다. 원래 적으려던 규태의 '자랑스러운 비밀'을 지워버리고 그 자리를 김빠진 일반론으로 메우고 보니 브란트 출생의 내력을 적은 게 좀 생뚱맞게 느껴진 모양이다. 지당한 얘기다.

'이규태 한국학': 신문사의 기록들을 갈아치우다

규태가 덮어두려고 했는데도 내가 생각하는 그의 '자랑스러운 비밀'을 이 글에서 밝히고 말았다. 물론 끝까지 망설임이 없었던 것은 아니다. 그런데도 이젠 더 이상 의논할 수도 없는 고인이 된 친구의 숨겨진 과거를 굳이 다시 밝히기로 한 것은 무슨 연유란 말인가?

1993년, '李圭泰 코너' 3,000회 연재를 축하한 글을 쓸 때와 마찬가지로 나는 지금도 한 인물의 인품과 업적은 학벌이나 문벌에 의해서 좌우되지도 평가되지도 않고 또 그래서도 안 된다고 생각한다.

현대의 한국 사회는 몇 해 전 커다란 사회적 물의를 야기한 TV 연속극 〈SKY 캐슬〉이 보여준 것처럼 과거의 전통사회보다도 오히려 문벌주의, 학벌주의의 병폐가 더욱 심화 · 악화되어 가면서 거의 망국병처럼 온 나라를 감염시키고 있다. 그게 잘못된 것이라는 점을 사람들에게 설득하고 납득시킬 수 있는 무언가 강력한, 적극적인 반증이 아쉽다. 그럴 때마다 나는 규태를 떠올렸다.

그사이에 규태는 가고 말았다. 2000년대 초 그는 암 진단을 받았고 그러고서도 계속 글을 쓰고 칼럼을 연재하고 강연을 다니고 술을 마시곤 했다. 언젠가 그는 우리들이 자주 모이곤 했던 어느 술자리에서 "그래도 나이 일흔 살은 넘겼다는 게 괜찮다"리고 혼잣말처럼 중얼거리고 있었다. 이제 머잖아 가게 되리라는 걸 챙기며 미리 마음을 달래는 독백처럼 내게는 울렸다.

'李圭泰 코너' 연재는 계속되었고 1999년 동지(冬至), '20세기를 마감하는 계제에, 5,000회를 돌파(!)했다. 이번엔 최일남이 글 품앗이에 나서 그를 기념하는 지면을 찰지고 구성진 명문으로 장식했다.

물론 신문에 칼럼 쓰는 필자들은 많다. 훌륭한 칼럼 필자들도 적지 않다. 그러나 일간신문의 기명 칼럼은 여러 필자가 돌아가면서 한 달에 한두 번, 또는 일주일에 한 번쯤 쓰는 게 일반적이다. 내 경우 가장 바쁘게 칼럼을 썼던 기억은 1970년대 말

《경향신문》에 홍승면 선배와 함께 일주일에 두 번씩 써본 것이 고작이었다. 그러나 그런 따위는 '李圭泰 코너' 앞에선 명함도 꺼낼 수가 없다.

규태는 한 달 또는 한 주에 몇 번이 아니라 날이 날마다, 제임스 레스턴이 "피를 말리는 칼럼 쓰기"라고 표현한 고역을 25년, 사 반세기 동안 지탱해온 것이다. 그건 노력만으로도 안 된다. 재주만으로도 안 된다. 그건 오직 규태라야만 된다, 규태이기 때문에 가능하다고 나는 생각한다.

"nulla dies sine linea"(한 줄의 글 없이는 하루도 보낼 수 없다.)

고대 로마의 문인 플리니우스의 위 격언을 독일의 철학자 니체는 단 한 페이지라도 글을 쓰지 않고서는 단 하루도 보내지 말자는 집필 생활의 자계명(自戒名)으로 삼았다고 한다. 글쓰기에 있어선 규태는 이미 십 대의 어린 시절부터 희수의 나이에 이르는 60년 동안 니체나 플리니우스의 척도로서도 차고 넘치는 분량의 글을 매일같이 써온 글쟁이의 삶을 이어왔다. 그럴 수 있었던 것도 오직 규태라야만 가능했다고 생각된다. 그건 하나의 '훼노메논'이었다.

규태는 흔한 말로 '선택과 집중'을 평생 동안 묵묵히 실천한 삶을 살아왔다. 그건 내가 좋아하는 말로 대담한 단순화와 금욕적인 생략(Auslassung)의 삶이라 해도 좋을 것이다. 그 어느 것도 나로서는 가져보지도 바라지도 못하는 미덕이기 때문에 더욱 귀하게만 여겨지는지 모른다.

규태는 한번 자리를 잡으면 여간 해서는 움직이지도 뜨지도 않고 앉은 자리를 지킨다. 그의 엉덩이는 무겁다. 일찍이 글을 쓰는 기자가 되고 싶었고 그래서 신문사에 입사했다. 마침내 자리를 잡고 갈 길을 찾은 것이다. 그러니 이젠 "길은 앞으로만 있다." 길을 가면서 해찰을 하거나 옆길로 새는 일 없이 이때부터 47년 동안, 거의 반세기의 세월을 오직 《조선일보》 지면에 자리 잡고 글쓰기의 외길을 걸어왔다.

나는 1955년 규태보다 4년 전에 신문사에 입사했으나 한 해도 차분히 자리를 지키지 못하고 몇 번을 들랑날랑하다가 1958년 삼세번 만에야 겨우 안정된 기자생활에 재미를 붙일 수가 있었다. 그러고 나서도 신문사에만 처박혀 있지 못하고 대학에 겸직으로 나가 옆길로 새면서 양쪽을 왔다 갔다 하는 부실한 직장생활을 했다.

더욱 한심한 것은 신문사도 한군데에서 차분히 뿌리를 내리지 못하고 서너 군데를 옮겨 다녔고 대학도 세 군데를 옮겨 다녔다. 규태의 '단순화'된 이력이 내겐 유난히 돋보이고 때로는 부럽게까지 느껴지는 연유이다.

규태는 신문기자로 있으면서 글을 쓰기 위해 건강도 무척 챙겼다. 잘 먹고 잘 마시고 잘 잤다. 그것도 전혀 까다롭지 않고 소탈하게 했다. 불고기와 매운 낙지 국수에 소주면 최고이고 그 이상은 필요 없다. 언젠가 비싼 코냑 한 병을 들고 와 무슨 맛으로 이런 걸 먹는지 모르겠다며 내게 주고 간 일도 있다. 이와 관련해서는 후일담으로 LG전자 회장으로 있던 헌조의 글이 재미있어 아래에 인용해본다.

> "그(이규태)가 세상을 떠나기 몇 해 전 내가 속한 기업그룹의 젊은 회장과 함께 중국 충칭(重慶)서 배를 타고 장강을 내려온 적도 있었다. 이 군이 술을 마실 때면 고급 위스키를 얼음에 희석해서 마시는 것이 아니라 매번 맥주에 섞어서 마시니까 우리 회장이 이 선생님은 술을 모독하신다고 은근히 화까지 낸 우스운 이야기도 있다."[3]

술은 취하라고 마시는 거지, 그러기 위해선 폭탄주가 제일이고 빠르다. 그게 무슨 술이냐, 얼마짜리냐, 그걸 무슨 술과 섞느냐, 섞는 술이 또 무슨 술이고 얼마짜리냐 하는 것은 문제가 안 된다. 그런 건 다 생략해버린다. 옷도 종일 책상에 앉아서 글쓰기에, 그리고 저녁에 술 마시기에 편한 옷이면 됐지 그 이상의 디테일이나 외관 따위는 그의 생활이나 의식에서 생략되어버리고 없다.

건강도 무척 챙겼다. 우리가 강남의 한 아파트 단지에 살고 있던 1970~80년대의 한동안 테니스가 크게 유행하던 때가 있었다. 나는 꽤 오래 전부터 테니스에 몰입한 때가 있었으나 1980년대에 들어서면서 테니스장의 분위기가 점점 스노비즘에 빠져

---

3 김형국, 전상진 편, 《글벗(최정호 박사 희수 기념문집)》, 시그마프레스, 1999, p. 49.

드는 듯해서 그만두었다. 그러나 규태는 그런 데엔 아랑곳하지 않고 테니스를 뚝심있게 쳤다. 그리고 등산도 평생을 했다.

그런 끈기로 그는 글을 썼다. 그런 뚝심으로 '李圭泰 코너'도 회를 거듭해갔다. 날마다 쓰는 칼럼이 10년을 이어오면서 3,000회를 기록하고, 다시 6년 후엔 5,000회를 기록하고 또 몇 해가 훌쩍 지나면서 6,000회 고개를 넘어섰다.

… 지치지, 지치겠지, 지쳐야지, 안 지칠 수가 있나. 장년의 나이에 등정한 대장정에서 이젠 칠순을 지난 노인이 되었으니, 지치지, 지치고 말고 ….

이규태는 지쳤다.

2006년 2월 18일 그는 '李圭泰 코너'의 6,702회 마지막 칼럼을 구술하여 2월 23일 자 《조선일보》에 실었다. 그건 그의 나이 49세 때부터 74세에 이르는 만 25년, 8,391일을 매일 아침 자기 칼럼을 읽어준 독자에게 띄운 작별의 인사이기도 했다.

> "…하나의 칼럼을 완성하기 위해 저로서는 모든 노력을 다했습니다. 요즘 와서는 격일, 또는 3일에 한 번씩 연재했지만 20년간은 휴간일 빼놓고는 매일같이 글을 써야 했기 때문에 마치 마라톤을 달리는 선수와도 같은 입장이었습니다. 잘 뛰는 선수야 2시간 좀 넘는 레이스이지만 저에게는 24년이라는 긴 여정이었습니다…."

우리들의 '영웅'이 처음이자 마지막으로 글쓰기의 힘듦, 마라톤 경주와 같다는 길고 긴 여정을 달려온 고난을 내색한 말이다. 물론 그것은 단순한 고난이기만 한 것은 아니었다.

'어릴 때 종이를 처음 보고 너무 신기해 그걸 접어놓고 잠자다가도 펴보곤 했다'는 규태는 '글로 먹고 사는 놈에게 항상 무언가를 쓸 수 있는 공간이 (그리고 물론 종이가!) 있다는 것은 행운'이었다는 말을 앞세우고 있었다. 그는 타고난 '글의 사람'이었다. 어렸을 때부터 글을 쓰지 않고선 배기지 못하는 사람, 무언가를 쓰고 있어야 하는 사람, 종이와 사는 사람, 글자와 사는 사람, 천성적인 글쟁이였다.

전주사범 동창 글벗과 보길도로 가는 배 안에서(오른쪽부터 최일남, 이규태, 필자)

그런 사람이 신문사에 들어가 평생 동안 쓰고 싶은 대로 쓸 수 있는 종이와 자리와 지면을 얻고 생명의 마지막 여적까지 글을 쓰며 운명했다면 그의 일생은 스스로 이른 대로 평생 글 쓴 '행복한 삶'이었다고 해서 좋을 것이다. 그는 우리 젊은 날의 우상 폴 발레리처럼 "결국 나는 내가 할 수 있는 일을 다 했다(Apres tout, j'ai fait ce que j'ai pu…)"[4]는 긍지와 체념 속에서 '훼노메날'한 일생을 마감했을 것으로 나는 생각한다.

자랑스러운 비밀, 학벌을 넘어서

규태가 간 지 어언 10년이 훌쩍 지나갔다. 2017년 6월 24일, 《조선일보》는 지령 30,000호를 자축하는 특집을 발행했다. 그날 아침 조간(B6~B7면)에는 창간 100년을

4 Paul Valéry, Oeuvres I, Bibliothèque de la Pleiade, 1980, p. 70.

제30000호 조선일보

용운·홍명희… 시대를 이끌고

논객·
기자

이름
(생몰연도)
-본사 재직기간
-대표 직함

홍종인
(1903~1998)
-1925~1963
-주필·회장

최석채
(1917~1991)
-1959~1971
-주필

선우휘
(1922~1986)
-1946~1980
-주필

문일평
(1888~1939)
-1933~1939
-편집고문

최은희
(1904~1984)
-1924~1928
-사회부 기자

이규태
(1933~2006)
-1959~2004
-논설고문

경영자

안재홍
(1891~1965)
-1924~1932
-주필·사장

신석우
(1894~1953)
-1924~1931
-부사장·사장

남궁훈
(1856~1946)
-1921~1924
-사장

이상재
(1850~1927)
-1924~1927
-사장

조만식
(1883~1950)
-1932~1933
-사장

3년 앞둔 이 신문을 빛낸 여섯 명의 논객, 기자의 초상이 그 시대의 대표적 문인 및 경영자들의 프로필과 함께 소개되고 있었다. 무심히 지면을 넘기던 나는 그 지면을 훑어보다 거기에 실린 인물사진을 보고 너무 기뻐 소리쳤다. 100년의 전통을 이어오는 한국 언론의 노포(老鋪) 《조선일보》의 대표적인 논객/기자로 문일평(1888~1939), 안재홍(1891~1965), 홍종인(1903~1998), 최은희(1904~1984), 최석채(1917~1991), 선우휘(1922~1986) 등과 함께 이규태(1933~2006)의 사진이 그 반열의 한가운데서 내게 아는 체를 하고 있었기 때문이다. 그때 나는 생각했다. 이제는 되도록 규태의 모든 것을 밝혀도 되겠구나. 그동안 덮어둔 그의 '자랑스런 비밀'도 함께?

아직도 내 생각이 틀린 것일까?

2018년

최정호의 《예술과 정치》 _ 이규태

이 책(《예술과 정치》)의 표제가 풍기듯이 난해하고 심오한 인상은 이 책 어느 대목을 읽어도 들어맞지 않는다는 것이 곧 이 책이 지닌 특성이요, 묘미랄 것이다. 여느 평범한 시민들과는 별반 아랑곳없는 것만 같은 이 예술과 정치와의 함수관계를 그런 것과 별반 아랑곳없는 시민들에게 아랑곳 있게 설득시켜 주기 때문이다.

저자는 오랜 독일 유학 생활에서의 식견으로 유럽의 예술을 접하는 데 동분서주하였다. 젊었을 때부터 저자가 동경했던 바요, 앞으로도 추구해 나갈 그의 삶의 동질이었기 때문이다. 남달리 광범하게 흡수한 이 '예(藝)'가 저자의 두뇌 속에서 개성 있게 동화를 한다.

저자는 철학을 전공했기에 세련된 사색의 밑천이 돼 있다. 거기에 저자는 언론계의 일선에서 오랫동안 일해 왔기에 현실적인 감각의 밑천이 거름지다. 곧 이 藝와 그 사색과 그 감각에 동화해서 이룩된 파노라마가 곧 이 책 속에 펼쳐진 것이다. 음악, 미술, 무용, 문학 등 당대 예술의 오리지널에 깊숙이 접하고, 그것을 인간적인 면에서, 구조적인 면에서, 정치와의 관계 면에서, 또 동서 비교 면에서 그의 사색과 그의 감각으로 교직(交織)하여 40여 조각의 비단을 이뤄놓은 것이다.

이를테면 셰익스피어의 '맥베스' 공연을 보고 정치와 연극 사이의 가교적 용어인 '셰익스피어리언 스케일'에서 그의 사색이 시작된다. 그 용어는 고 딘 디엠의 최후나 J. F. 케네디의 암살을 보도할 때 유럽의 저널리즘이 즐겨 썼던 말이다.

"도마 위에 올라 있는 권력의 크기, 그것을 취하려는 음모의 깊이. 싸움에서 흘린 피 빛깔의 진함… 등등, 말하자면 하나의 드라마로서의 정치적 사건이 특

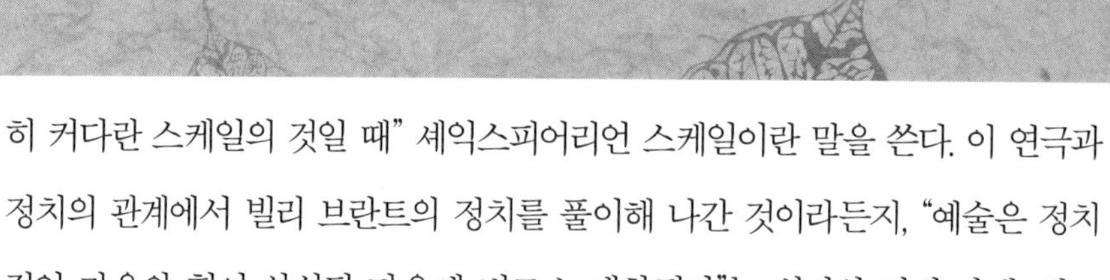

히 커다란 스케일의 것일 때" 셰익스피어리언 스케일이란 말을 쓴다. 이 연극과 정치의 관계에서 빌리 브란트의 정치를 풀이해 나간 것이라든지, "예술은 정치적인 자유와 힘이 상실된 다음에 비로소 개화된다"는 쉴러의 명제 아래, 체코슬로바키아의 문화를 펼친 것이라든지, 인간에 대한 지배와 권력을 지향하는 정치와 그와는 반대로 인간의 해방과 자유를 지향하는 예술과의 결연(結緣) 및 절연(絶緣)관계, 또 背理, 갈등을 적시한 '예술과 정치' 이외의 예술에 다각도의 조명을 대고 있다.

장 폴 사르트르를 직접 만나본 데서 시작하여, 회화나 사진예술의 동서비교론에까지 끌어간 〈비인간화의 모럴〉, 극장 공간과 도시 공간 사이의 구조적 함수를 심미차원(審美次元)에서 분석한 〈극장, 도시, 공간〉, 연간 수입이 노동자만도 못한 독일 예술인들의 실태와 이를 보호하려 든 독일 정부의 관계를 두고 현대의 예술인들이 무엇을 '혼자서' 해야 하며, 무엇을 '같이서' 해야 하는가를 분명히 해야 한다고 역설한 〈문학인의 혼자서와 같이서〉, 아프리카의 토속과 재즈 등 원시적 예술의 근원이 현대의 미(美)나 예(藝)의 감각과 만나 수용되는 〈현대의 근원과의 해후〉, 소련의 예술 속에 러시아적 요인을 에어낸 〈소련 속의 러시아〉 등등 아홉 항목 속에 이 40편의 알맹이를 나눠 담고 있다.

시대에 따라 그 시대의 지식인들에게 어필하는 개념이 있다. 이를테면 19세기 후반의 '이성', 20세기 전반의 '과학' 같은 개념이 그것이다. 만약 현대인에게 그런 개념이 있다면 어떤 사물을 둔 동서 또는 고금의 '비교'와 그 사물에 근원적으로 조명을 대는 '구조'가 그것이다.

이 책에 담긴 글의 질적인 동일성이 있다면, 그리고 이 책이 현대의 우리를 매료한 원인을 굳이 찾는다면, 이 글들이 '비교'와 '구조'로 이루어졌기 때문일 것이다. 이 같은 기틀에서 예리한 사색을 감각적으로 쉽게 펼쳐놓고 있는 것이다.

철학도에서 대기업 CEO로

• 모하 이헌조

(1932~2015)

6·25 전란 중 피난 수도 부산서의 첫 만남

우리는 전쟁 통에서 처음 만났다. 모하(慕何) 이헌조(李憲祖)와 나는 1952년 서울대학교 문리과대학 철학과에 입학한 동기이다. 말이 서울대학교이지 당시 전란의 서울에는 대학교도 중앙정부도 없었다. 정부는 임시 수도 부산으로 자리를 옮겨 갔고 각급 학교도 대부분 부산을 비롯한 그 근처에 피난 가 있었다. 입학시험도 수험생이 사는 각 지방에서 저마다 치렀다. 입학 등록은 부산의 '임시 본교'에 가서 했으나 피난 대학의 가교사에 전교생을 받아들일 시설은 없었다. 궁여지책으로 각 도의 도청 소재지에 '전시연합대학'이라는 것을 설치했다. 전국 모든 대학의 신입생들은 1학년 두 학기를 어느 대학에 입학했건 무얼 전공하건 상관없이 이 연합대학에서 공동으로 강의를 받게 된 것이다.

1953년 여름 학기 나는 드디어 피난 수도 부산으로 상경(?)해서 꿈에 그리던 서울대학교 본교의 문리대 강의실에 드나드는 우쭐한 기분을 맛볼 수 있게 됐다. 좋게 말해서 그렇고 부산의 서쪽 대신동 산중턱에 터를 잡은 서울대 '본교'의 전시 피난 캠퍼스 강의실 모습은 기가 막힌 몰골이었다. 판잣집 강의실은 건물 지붕에서 비가 새는 걸 막겠다고 낡은 텐트를 뒤집어씌우고 있었고 교실 안은 그냥 맨땅바닥이었다. 비가 오면 강의실은 진흙 바닥이 되고 날이 개면 바람 많은 항도(港都)의 언덕배기에 바람이 일 때마다 텐트 거적이 강의실 판자벽을 후려치는 소리가 요란했다.

그러나 이처럼 열악한 환경이었음에도 불구하고 당시 명강의로 소문난 박종홍 교수의 '철학개론' 시간에는 자리를 얻지 못한 학생들이 출입문 밖에까지 밀려 서 있었고 판잣집 강의실 창밖에서 고개를 들이밀고 있는 얼굴들도 여럿 있었다. 6·25 전쟁 중에 개강한, 한국의 대학사(大學史)에 길이 남을 만한 박 교수의 '철학개론' 강의는 평화로운 세상에서 한가로이 듣는 강단철학의 강의가 아니었다. 우리는 그때 저마다 제자리에서 나름대로 전쟁을 치렀고 전쟁은 아직 계속되고 있었다. 박 교수의 철학개론 강의 내용에는 삶과 죽음이 일상적으로 교차하는 전쟁의 현실적 체험, 제자들이 전해주는 일선에서의 실화들이 '철학한다는 것(philosophieren)'과 감동적으로 맥락 지어지고 있었다. 내가 모하를 처음 만난 때와 장소, 그 분위기가 이랬다. 전쟁 중에 대학에 들어왔다는 것, 그것도 철학을 공부하러 왔다는 것은 평상시의 경우와는 같을 수가 없었다. 그것은 중학교를 졸업하고 그냥 상급학교로 진학한다는 연속적인 뜻만을 갖는 것은 아니었다. 단순한 학생 신분의 연장으로 대학생이 된 것이 아니었다. 우리는 대학을 졸업하고 나서 바깥 세상에 나와 사회생활의 체험을 한 것이 아니라 중학교를 졸업도 하기 전에 전쟁을 치르면서 이미 험한 세상살이를 체험하고 있었던 것이다. 전 국토가 현재적 잠재적 전쟁터가 되고 있었고 전 국민이 대부분 내일을 기약하기 어려운 피난살이를 하고 있는 전시에 하필이면 철학을 공부한다? 법대, 상대, 공대, 의대 등 밥벌이하는 데 도움이 되는 공부, 독일말로 'Brotstudium'을 단념하고 아무 쓸모도 없는 철학을 공부한다?

과연 부산의 문리대 임시 본교에 올라와 보니 거기서 만난 친구들은 입시 준비 따위가 아니라 저마다 그 사이에 기막힌 전쟁의 체험을 등에 걸머지고 와 있었다. 저마

1970년대 후반 서울대 철학과 동창 신년 하례식. 왼쪽부터 동창 회장 이헌조, 차인석 교수, 필자, 표재명 교수, 박전규 교수

다 하나의 '역사'를 뒤에 지니고 와 있었다. 그러고서도 어렵사리 대학에 들어와 철학을 전공한다니 그럼 또 거기에는 얼마나 많은 사연들이 있을까? 그러나 그럴수록 사람들은 그러한 자기의 역사를 쉽게 털어놓고 내보이려고 하는 것은 아니었다.

박종홍 선생, 김일남 선생, 이한빈 선생을 따라

그런 동학 동기 가운데서 가장 먼저 눈에 띄고 쉽게 접근해서 곧 깊이 사귄 친구가 모하 이헌조 군이었다.

우선 그의 시원스러운 외모와 밝은 표정부터가 인간 친화적이었다. 헌헌장부의 우람한 체구에 웃을 때는 우리들이 '백만 불짜리 보조개 웃음'이라고 한 미소가 사람들을 쉽게 끌어들이고 사귀게 했다. 그는 친구가 찾아오기를 기다리지만 않고 대부분의 경우 스스로 다가가 사귐을 텄다. 부산의 피난 대학에서 한 학기를 지내는 동안에도 그는 나에게 같은 과의 차인석 군, 강성위 군 등을 소개해주어 넷이서 곧잘 어울렸던 기억이 난다. 그뿐만 아니라 모하는 학기 중에 부산 대신동의 대학 근처에 있던 내 하숙에까지 찾아와 많은 얘기를 나누고 갔다.

그도 나와 마찬가지로 전공을 선택하기까지 많은 망설임과 괴로움이 있었다는 것을 실토함으로써 우리는 곧바로 친구가 됐다. 다만 나는 대학입시 원서를 낼 때 불문과를 갈까 철학과를 갈까 양자택일에 고민한 것과는 달리 모하는 수학과를 갈까 철학과를 갈까 끝까지 망설였다는 것이다. 그 말을 듣고 나는 이건 보통내기가 아니군, 하고 속으로 놀랐다. 모하는 임신(1932)년생으로 나보다 하나 위인데 대학 입학이 늦은 까닭을 물었더니 시골에서 국민학교를 졸업한 뒤 1년 동안 집안에서 한문(漢文) 수학을 했다면서 그때 지어봤다는 한시(漢詩) 두 줄을 읊조리기도 해서 나는 속으로 두 번 놀랐다.

그는 말하자면 나의, 아니 당시 대부분의 철학과 신입생들의 약점이라고 여기고 있던 것을 그의 장점으로 간직하고 있었다. 수학 실력과 한문 실력이다. 나는 내 하숙집에서의 첫 만남에서 벌써 모하를 앞으로 한국 철학을 이끌고 갈 인재라고 점 찍어 놓았다.

그뿐만 아니라 이 날 만남에서 또 하나 나를 속으로 놀라게 했던 것은 모하의 본관이 벽진(碧珍)이란 것을 알게 되었을 때이다.

나는 계유(1933)년 전주 태생으로 6·25 전쟁 통에 대학에 입학할 때까지 집을 떠나본 일이 거의 없어서 영남 사람을 만난 일이 없었다. 유일한 예외가 선친의 친지 분 가운데 억세게 센 경상도 사투리를 쓰시던 우당(愚堂) 이우식 선생님이 계셨는데 본관이 벽진 분이었다. 선친과 우당 선생은 아직 고향에 전주고보(全州高普)가 개교되기 전에 대구고보(大邱高普)에서 만나 2년을 사귀신 것이 인연이 되어 평생의 막역한 친구가 되셨다. 일제시대에 고등문관 사법과 시험에 합격한 우당 선생은 지법 판사를 거쳐 1930년 퇴임한 후에는 옛 친구를 찾아 전주에 정주해서 20여 년을 변호사로, 지방법원장으로 활동하시다가 대법관이 되신 후에 비로소 전주를 떠나 서울로 이사하셨다. 1951년 선친의 소상(小祥) 날 저녁에는 긴 제문(祭文)을 붓글씨로 적어오셔서 두 분의 33년에 걸친 우의를 회고하시며 곡하셨던 모습이 내겐 아직도 눈에 선하다.

벽진인(碧珍人) 이헌조도 내게는 첫 영남 친구이자 대학 시절과 졸업 후 사회생활을 하는 평생 동안을 가까이 사귄 막역한 친구가 됐다. 물론 우리는 대학에서 철학을 공부하는 기초에서부터 같은 점 못지않게 다른 점이 두드러졌고 대학을 나온 뒤론 더군다나 서로 다른 길을 걷게 됐다.

대학에선 같은 철학과에서 공부를 했지만 모하는 과학적인 취향이 강했고 나는 문학적인 취향이 짙었다는 것을 우리는 이내 서로 알게 됐다. 모하는 영미철학, 그 가운데서도 특히 수리철학 내지 과학철학에 흥미를 갖고 공부하고 있었으나 나는 19세기 말에 나온 독일의 '삶의 철학(Lebensphilosophie)'에서부터 20세기 초반의 '실존철학'에 이르는 책들을 주로 읽고 있었다. 우리는 시건방지게 서로를 한쪽은 카르테지앙(Cartesien, 데카르트주의자) 그리고 다른 한쪽은 파스칼리앙(Pascalien, 파스칼주의자)인 듯 자처하고 있었다고나 할까.

우리가 다행으로 여기기보다 참으로 고맙게 여기고 있는 것은 당시 우리들의 이처럼 갈라진 철학적 관심을 다 같이 아우르며 안아주고 이끌어주신 훌륭한 스승을 모시고 있었다는 사실이다. 우리들의 은사 열암(洌巖) 박종홍 교수는 해방 이전 하이데거 철학에서 출발하여 해방 이후에는 영미 계통의 과학철학에도 일찍이 연구 지평을 넓혀 6·25 전쟁 직후 우리나라 대학에선 가장 먼저 기호 논리학, 논리적 실증주의, 언어철학 등에 관한 강의를 개설하였다.

일제치하의 경성제국대학 도서관에서 구입하여 오랜 세월 동안 아무도 펼쳐보지 않고 잠만 자고 있던 러셀(B. Russel)과 화이트헤드(A. N. Whitehead) 공저의 대작 《수학원리(Principia Mathemstica. 3 vol.)》(1910~1913)를 철학 강의 시간에 처음 소개한 교수가 박종홍 선생님이라면 수식(數式) 투성이의 그 난삽한 책 제1권을 읽어낸 사람은 아마도 모하가 처음이 아닌가 생각된다. 내 기억이 틀림없다면 모하는 재학 중에 당시 창간된 지 얼마 안 된 《문리대학보》에 이미 《수학 원리》에 관한 소론을 기고한 것으로 알고 있다.

한편 박종홍 선생은 대학에 입학하여 서양철학을 전공하시기 전에 일제치하의 중·고교에서 교편을 잡고 계실 때 이미 〈퇴계(退溪)의 교육사상〉이라는 뛰어난 논문을 발표하여 당시 학계와 교육계의 주목을 받은 바 있었다. 독불(獨佛) 계통의 실존철학과 영미 계통의 과학철학을 두루 섭렵하시면서 두 흐름의 종합 명제를 구상해보려는 박 선생님의 그랜드 디자인—일반 논리학, 인식 논리학, 변증법적 논리학—을 차례로 정리하고 나서 '창조의 논리'를 추구해보겠다는 포부, 그러면서 다른 한편으로는 한국의 유학사상과 불교사상을 정리하여 『한국사상사』의 집필을 거의 마무리하고 계셨던 은사를 생각할 때마다 그의 가장 훌륭한 후계자로는 모하를 제쳐놓곤 다른 사람을 찾기가 쉽진 않을 것이라 나는 생각하고 있었다.

그러나 모하는 신양으로 몇 학기 동안 휴학을 했고 나는 재학 중에 아르바이트를 하느라 3학기쯤 늦게 졸업을 한 뒤에는 서로 전혀 다른 길에 들어섰다. 그는 기업인이 되는 길로, 나는 언론인이 되는 길로 들어선 것이다. 이처럼 서로 다른 길로 갈라져 가기는 했으나 모하와 나에게는 두고두고 서로를 이어주는 연줄 같은 것이 평생 있었다고 생각된다. 그리고 그 연줄은 우리 둘이 함께 가까이 모신 세 분의 인물로 구상화된다. 열암 박종홍 선생님, 김일남 선생, 그리고 이한빈 선생이 그 세 분이시다.

구인회 LG 창업자의 신임 속에서

박종홍 선생님은 물론 대학 시절의 은사이시지만 모하와 나는 학창 시절에나 졸업 후에나, 학문보다도 더욱 넓은 인생을 살아가는 데 있어서 다 같이 사표(師表)로 모시고 있었다. 우리는 선생을 대학 강단의 교수로서만이 아니라 말의 폭넓은 의미에서, 말의 높고 깊은 뜻에서 '스승'으로 모시고 있었다. 그리고 이 점에 있어서는 김일남 선생이나 이한빈 선생도 우리와 뜻을 같이 했던 것으로 알고 있다.

나는 대학 진학 전 시골에서 박 선생님에 관한 많은 애기들을 들었다. 이미 일제 말기 이화여전(지금의 이화여자대학교) 교수 시절부터 박종홍 선생의 학문과 인격, 그리고 사모님과의 사랑은 전문 대학생들 사이의 한 전설이 되고 있었다. 그러한 선생님의 존재를 나는 먼발치에서 알고 있었을 뿐이다. 시골의 전시연합대학 수학을 마치고 피난수도 부산의 '본교 아닌 임시 본교'에 올라온 것은 2학년에 진학하면서부터였다. 그곳에서 6·25 전쟁 와중에 개강한 명강의 '철학개론'을 수강하면서 드디어 선생님의 모습을 뵐 수가 있었다. 그러나 그때도 아직은 먼발치에서였다.

신생숙 제1회 대학반 입숙식 1953년 11월 3일. 앞줄 중앙이 김일남 숙장, 오른쪽 주석균 선생, 왼쪽 김기석 당시 서울대 사대 학장, 뒷줄 맨 오른쪽 필자, 세 번째가 이헌조

박 선생님을 직접 가까이 뵙게 된 것은 정전협정이 체결돼 부산에서 서울로 환도한 1953년 가을 학기부터였다. 그 가을엔 선생님의 논리학에 관한 두 번째 저서의 출판기념회가 돈암동 밖의 어느 절에서 있었고, 2차 주연이 선생님의 혜화동 사저에서 베풀어졌을 때 나는 비로소 선생님을 가까이 뵙게 되었다. 그로부터 얼마 후 철학과 선배가 마련한 '신생숙'이란 일종의 사설 기숙료에 들어가게 되면서 모하도 나의 권유로 함께 들어가게 됐다. 그 숙을 창설한 분이 우리 철학과의 1회 졸업생인 김일남 숙장이었다.

목포 출신의 김 선생은 해방 직후 좌우격돌의 혼란 속에서 서울대 철학과에 재학 중 박종홍 선생님을 사숙하게 됐다. 당시의 사회상은 그러나 대학 캠퍼스에까지 정치 이념적 대립 투쟁의 소란이 깊숙이 밀려들어 차분히 공부를 할 수 있는 상황이 아니었던 모양이다. 그런 시대 상황 속에서 김 선생은 1948년 33명의 대학생들과 함께 '불 같은 조국애와 동지애를 가지고 새 나라 건설을 위하여 같이 일하고 같이 죽기를' 맹세한다는 면학(勉學)동지회를 조직하는 데 앞장섰다. 그 멤버들 명단에는 김일남, 이병호, 이희호, 한기언, 이동원, 박익수, 양재모, 양달승, 차국찬, 천옥환, 강영훈, 서경수, 송지영 등의 이름이 눈에 띈다.[5]

서울대 철학과를 졸업한 김일남 선생은 두 가지 일을 평생의 사업으로 삼고 그 결심을 박 선생님께도 말씀드렸다. 헐벗은 이 나라 국토에 나무를 심어야 되겠다는 일과 새 나라 건설을 위해 사람을 길러야 되겠다는 일이 그것이었다. 정부 수립 이후, 6·25 전쟁의 와중에서도, 황폐한 전후의 복구 기간 중에도 그는 한 해도 거르지 않고 매년 봄이 오면 산에 나무를 심는 민간운동을 솔선했다. 1953년 한국전 정전으로 환도하게 되자 서울에서 마침내 무일푼으로 신생숙을 열었던 것은 그가 마음먹은 두 번째 결심을 실천하기 위해서였다. 어떻게 보면 무모하다 하리만큼 어려운 일에 김 선생이 도전할 수 있었던 것은 지금 돌이켜보니 역시 우리 모두의 스승 박종홍 선생님의 도움과 주선이 음양으로 큰 힘이 되지 않았던가 생각된다.

그해 가을, 11월 3일 광주학생운동 기념일에 맞춰 7명의 대학생을 선발해서 개숙한 신생숙은 박 선생님과 함석헌 선생님 두 분을 정신적 지도자로 모셨다. 숙사는 남산 밑 후암동에 농림부 차관을 지낸 독지가 주석균 선생이 약 3~4백 평쯤 되는 우람한 그의 사저를 제공해주어 마련되었다. 그로부터 수십 년이 지나서 근래에 우연히 알게 된 사실은 박종홍, 함석헌, 주석균 세 분이 다 같이 1920년에 졸업한 평양고보 제8회 동기동창이었다는 것이다.

서울대 문리대 3명, 공대 1명, 의대 1명, 연세대 1명, 세브란스 의대 1명, 이렇게 7명의 숙생이 수복 직후의 서울에서 다음 해 봄까지 반년 동안을 한 지붕 아래 한솥밥

---

5 '면학동지회'에 관해서는 주로 다음 문헌에 의거, 인용도 했다. 이희호, 《이희호 자서전. 동행 : 고난과 영광의 회전무대》, 웅진지식하우스, 2008/2015, pp. 35-37.

을 먹고 함께 공부하고 토론하는 공동생활을 시작했다. 숙 생활은 이상적이었다고는 할 수 없을지라도 매우 이상주의적이었다. 그 가운데서도 가장 기억에 남는 프로그램은 숙장의 기획과 주선으로 베풀어진 수준 높은 강연 시리즈였다. 거의 매주 한 번씩 열렸지 않았나 싶은 이 강연에는 당대의 한국인 가운데서 각계의 존경할 만한 분들을 모셔왔다. 덕택에 우리들은 이 강좌를 통해서 그동안 먼발치에서만 알고 있던 많은 명사들을 가까이 알게 됐다.

생각나는 대로 그 이름들을 적어보면 박종홍 선생, 함석헌 선생, 김재준 목사, 홍종인 주필, 조지훈 시인, 김동진 작곡가, '공부하는 군인' 강영훈 장군, 부산 정치파동 당시 계엄령하에 공개 기립 표결한 '발취개헌안'에 끝내 반대한 오직 네 명 중 한 분인 김영선 의원 등등이다. 모하는 먼 훗날에 적은 어느 글에서 신생숙에 관하여 "남들은 몰라도 나는 이곳을 통해서 내 인간관과 국가관 형성의 기초를 닦았다"고 회고하고 있었다.[6]

24시간을 같이 지내는 숙과 같은 일종의 공동체 생활은 기기에 동참하는 사람들의 저마다의 인품과 개성을 가감 없이 까발려지고 만다. 그리고 그러한 공동체 생활에는 저절로 중심이 생기기 마련이고 그것은 당연히 모하의 몫이었다. 그럴 수밖에 없었다. 모하의 타고난 개방적인 인품과 누구나 쉬이 가까워질 수 있는 친화력에다 매사에 적극적인 태도는 자연스럽게 공동체 생활의 중심에 설 수밖에 없었다. 숙 생활만이 아니다. 대학 생활에 있어서도 인간 친화적인 모하는 누구하고나 사귀려 들었고 또 사귀게 되었다.

이러한 모하의 성품으로 해서 가장 덕을 본 것이 실은 나였다. 숫기가 없고 사람을 가리고 매사에 망설이고 소극적인 나로서는 엄두도 내기 어려운 일을 모하 덕택에 해낼 수 있었던 적이 한두 번이 아니다. 무엇보다도 모하가 아니었다면 나는 사숙하는 박종홍 선생님조차 그처럼 가까이 그리고 자주 찾아 뵙지는 못했을 것이다. 이에

6 이헌조, 〈제대로와 나〉, 한국미래학회 편, 《글벗(최정호 박사 희수 기념문집)》, 시그마북스, 2009, pp. 44-50.

대해선 나도 어느 글에 적어둔 게 있다.

"숙 생활이 계기가 되어 나는 박 선생님을 가까이 뵐 기회를 자주 갖게 되었다. 선생님께서도 숙에 몇 차례 오셨지만 그 이상으로 빈번히 나는 선생님을 댁으로 찾아뵈었다. 그럴 때엔 항상 숙에서 같이 기거하던 이헌조 군이 앞장을 섰다. 천성이 활달하고 구김살이 없는 이 군이 없었다면 붙임성이 없고 부끄러움을 잘 타는 나로서는 그처럼 자주 선생님을 댁으로 찾아 뵐 수는 없었지 않았나 회상된다."[7]

살아 생전에서만이 아니다. 훨씬 뒤의 일이지만 박종홍 선생님이 1976년 신양으로 오래 누워계시다가 돌아가신 뒤 우리가 제자로서 스승을 기리는 무슨 일을 해보려 했을 때에도 모하가 언제나처럼 큰 몫을 했다.

우리는 두 가지 기념사업을 구상했다. 첫째는 초등학교에서부터 중 · 고등학교, 대학교, 대학원에 이르기까지 각급 학교에서 반세기에 걸쳐 이어진 선생님의 교육자로서의 언행록을 편찬하는 일이요, 둘째는 역시 반세기에 걸친 선생님의 글을 모아 전집을 간행하는 일이다. 친지 동료 분들을 포함해 전국에 퍼진 선생님의 제자 60여 분의 회고록을 모은 언행록《스승의 길 : 박종홍 박사를 회상한다》라는 첫 번째 프로젝트는 원고료를 포함한 제작경비 전부를 모하가 출연하였고 원고의 수집과 편집은 내가 맡아서 했다. 나는 내가 지금껏 엮어낸 모든 책 가운데서 이《스승의 길》을 가장 마음 흐뭇한 훌륭한 편저로 자랑스럽게 여기고 있다.

1980년에 초판이 나온《朴鍾鴻全集》전 8권의 간행에도 모하는 네 명의 편집위원에 가담하여 기획단계에 참여해주었다. 두 기획을 추진시켜 가는 다른 한편으로 우리는 선생님의 삶과 학문의 유덕을 더욱 항구적으로 밝혀가기 위해 '열암기념사업회'를 발족하기로 했다. 여기에 다시 모하는 1970년대 말 당시론 거액인 200만 원을

7 최정호, 〈산다는 것의 巨匠〉,《스승의 길 : 朴鍾鴻 博士를 回想한다》, 一志社, 1977, p. 287.

덕수궁에서 만난 헌조, 규태와 필자
(1950년대 후반)

내가 독일 유학 떠나는 날 반도 호텔 앞에서(왼쪽부터 헌조, 필자, 김일남 숙장, 한 분 건너 숙장 부인 오세임 여사)

희사했고 나머지는 내가 그 무렵 대통령 대변인으로 있던 임방현 동문에게 얘기해서 청와대가 300만 원, 언론사의 내 옛 동료였던 김성진 당시 문공부 장관에 얘기해서 문예진흥원에서 500만 원을 각출받아 1,000만 원 기금으로 기념사업회를 발족하게 됐다.

한국미래학회 창립의 공동 발기인으로

김일남 숙장으로 화제를 옮기기 위해서 시상(時相)을 다시 뒤로 좀 돌려놓아 본다. 내 어림짐작으로 열암 선생님을 가장 깊이 섬기고 모신 분이 김일남 숙장이라 한다면 열암 선생이 또한 가장 깊이 마음을 쓰신 제자가 김일남 숙장이 아니었던가 싶다. 김일남 선생은 마침내 숙을 열어 평생의 숙원 하나를 이룬 다음 오래 미뤄오던 결혼식을 올리게 된다. 그때의 얘기다.

혼례식을 며칠 앞둔 어느 날 저녁 열암 선생님 내외분이 금반지 한 쌍을 장만하셔서 갑자기 숙을 찾아오셨다. 다른 제자들은 졸업 후에 취직도 하고 돈벌이도 하고 있는데 김 숙장만은 남을 위해 일하는 데에만 골몰하고 있는 모습을 지켜보고 계셨던 선생님은 부산 피난시절부터 넉넉지도 못한 교수 월급의 일부를 매달 숙장을 위해 저금해두셨다가 그 돈으로 결혼 반지를 마련하셨다는 것이었다.

그 며칠 후 남산의 대한적십자사 강당에서 열암 선생님을 주례로 모시고 신익희 선생의 축사와 나운영 선생 내외분의 축가, 그리고 음치를 자처하는 모하를 포함한 숙생들의 합창으로 진행된 이 결혼식은 내가 그때까지 참관한 가장 감동적인 결혼식의 하나로 기억되고 있다.

신생숙은 우리들 1기생 7명을 내보낸 뒤에도 3기생까지 받아 운영되었고 그 밖에도 고등학생 반을 따로 뽑아 예비적인 숙 활동에 참가시키고 있었다. 7~8명의 숙생에게 반년 동안 숙식을 제공하고 수많은 저명인사들의 초청강연을 개최하는 것 말고도 숙에서는 등산, 식목, 산사 탐방 등 외부행사도 적지 않게 치르고 있었다. 나도 숙 생활을 하면서 처음으로 도봉산을 등반해 보았다. 요즈음엔 당일치기의 산행 코스지만 1950년대 당시엔 시외버스로 서울을 빠져나가 수유리 근처에서 내려 논길을 한참 걷고 등산을 시작하면 이미 날이 어둑어둑해진다. 산 중간의 산사(망월사)에서 하룻밤을 지내고 다음 날 도봉산에 올라 돌아오면 그것도 이틀 걸리는 행차였다. 모르기는 하지만 그 모든 일을 뒷바라지하는 데엔 만만치 않은 비용이 들어갔을 것이다.

1950년대 중반이라면 아직도 6·25 전쟁의 잔해가 도처에 그대로 남아 있던 수복 직후요, '못 살겠다, 갈아보자'는 야당의 선거 구호가 그대로 민심에 먹혀 들었던 1인당 소득 70달러도 못 됐던 '전후 시대'였다. 그런 상황에서 든든한 재정 기반도 없고 어떤 독지가의 지속적인 후원도 없이 숙을 운영하고 유지한다는 것은 거의 무모한 도전이라 해도 지나치지 않을 것이다. 3기생까지 내보내고 숙이 휴면 상태에 들어간 것은 어찌 보면 예견된 결과라고도 할 수 있겠다.

숙을 가장 사랑한 숙의 졸업생들도 1950년대 말까지는 대학을 막 졸업하고 이제 겨우 직장생활을 시작하는 사회 초년생들이었다. 그들이 마음은 있다 해도 숙에 큰 도움을 줄 형편은 못 되었다.

1957년 대학을 졸업한 모하는 대학에 남아 한국 철학의 미래를 개척할 수도 있었고 그랬으면 했던 철학과의 은사와 동창들의 기대를 저버리고 락희화학공업사(LG그룹 전신)에 입사해서 당시 반도호텔(현재의 롯데호텔 터)의 사무실에 출근하게 됐다. 그가 학계를 떠나 기업에 몸을 맡긴 배경에 대해서는 그 무렵 모하와 나는 많은 얘기들을 나눴으나 이제 와서 그걸 여기에 적을 필요는 없고 내 기억도 가물가물해져 조심스럽기에 덮어둔다.

그래도 한 가지 밝혀두고 싶은 것은 이미 앞에 적은 세 분, 박종홍, 김일남, 이한빈 선생님 외에 모하가 개인적으로 평생토록 마음에 모시고 공경한 또 한 분이 있었다는 점이다. LG그룹의 창업자인 구인회(1907~1969) 회장이다. 내가 듣기로는 경남 의령군에서 대대로 선비를 배출한 유가(儒家) 출신의 모하의 외가가 경남 진주의 김해(金海) 허씨(許氏) 가문이요 진주여고 설립자 허만정(許萬正) 선생은 모하의 외조부이다. LG그룹의 창업자인 구씨와 허씨가 또 사돈 간이라 모하에게는 첫 직장이 그렇게 낯설지만도 않았을 것이다. 그뿐만 아니라 모하는 회사에 나가면서 직장의 연공이 쌓일수록 구 회장에 대한 존경심이 깊어지는 것 같았다. 오늘날 우리나라 대기업에서 가위 예외적이라 할 인화(人和)경영을 이루고, 이어가고 있는 독보적인 LG그룹의 기업문화는 바로 창업주 구인회 회장의 인품에서 발원한 것임을 모하도 이따금 얘기하곤 했었다.

어쩌면 모하가 구 회장을 섬김에 못지않게 구회장도 모하를 눈여겨보고 뒤를 밀어준 듯싶다. 구 회장은 1958년에 장차 우리나라 전자산업의 맹아라 할 금성사를 창립하여 한국 최초의 국산 라디오 생산의 개가를 올린다. 모하는 그 무렵엔 락희화학에서 이내 금성사로 자리를 옮겨, 내가 독일유학 길에 오른 1960년 이전에 이미 금성사 판매과장으로 승진했다. 모하의 나 홀로 승진은 입사 동기들의 시샘과 불만을 자극한 듯 한번은 회장실에 집단 항의하러 가는 일이 있었던 모양이다. 그러자 구 회장은 "이헌조 군은 처음부터 사장감으로 쓰려고 입사시켰네"란 말로 불만 사원들을 타일러 보냈다는 말을 모하는 언젠가 들려준 일이 있다.

직장생활이 안정되면서 모하는 진주의 안동 권씨 명문가의 규수, 이화여대 사회사업과 출신의 권병현 여사와 중매결혼으로 평생의 반려자가 된다. 그 무렵 모하는 중매결혼이란 일생일대의 도박이란 말을 하곤 했다. 그러고선 수십 년 후 그는 이따금 내 도박이 실패작은 아닌 것 같다는 겸사(謙辭, understatement)로 생애의 행복을 은근히 내색하곤 했다. 나는 그럴 때의 모하를 좋아했고 우리는 권 여사를 오래도록 일상 대화에서나 편지에서나 '미쓰 권'이라고 호칭했다.

신혼 시절의 모하는 신촌으로 넘어가는 굴레방 다리에 새살림을 꾸몄다. 집은 조촐한 한옥이지만 그 지붕에는 당시 전국에서 통틀어 네댓 개밖에 없던 귀한 물건이 하늘 높이 솟아있었다. (지금은 사라진) TV 안테나였다. 물론 그 무렵엔 국내에 TV 방송(국)이란 없었고 오직 주한 미군을 위한 미국 RCA-TV 프로그램만이 방송되고 있던 시대였다. 그런데도 국산 라디오의 생산에 자신을 얻은 구인회 회장이 장차 우리가 TV 수상기도 생산해야 되지 않겠느냐며 젊은 이헌조 과장에게 특별히 수상기 한 대를 공부해보라고 마련해주었다는 것이다. 그러나 1950년대 말의 서울에서 지붕 높이 솟은 TV 안테나는 부의 상징으로 알려져 도둑들의 표적이 되었기에 이내 걷어치우고 말았다는 후일담이다.

그 무렵 나는 1955년 초 휴학 중에 《한국일보》의 수습기자 시험에 합격해 입사는 했으나 갓 스물을 넘긴 나이에 도무지 기자 생활에 적응하기가 힘들어서 두 차례나 신문사를 뛰쳐나갔다가 1958년 봄 세 번째 다시 복직했다. 그때는 모하도 락희화학의 신입사원으로 열심히 직장 생활을 하고 있어서 그게 자극이 됐는지 나도 이번엔 신문사 일에 정열과 성의를 쏟아 부었다. 그러자 다음 해 1959년 초 나는 1년 만에 스물다섯을 갓 넘긴 나이에 편집부 차장으로 승진하고 4·19가 일어났던 1960년 봄엔 편집국 간부들로 구성된 편집위원의 보직을 맡게 됐다.

철학과 동문이면서 같이 철학을 등진 모하와 나는 대학을 나와 철학과 상관없는

이한빈 선생을 추모하는 미래학회 모임을 주최하며(왼쪽부터 이상우 교수, 필자, 헌조, 전정구 변호사, 김형국 교수

직장에서 일을 하고 있다는 마음의 가책 같은 것이 암암리에 작용해서 그것이 자기가 선택한 현재에 더욱 충실해야겠다는 동기를 촉발하게 되지 않았나 생각된다. 우리는 그걸 박종홍 선생님께서 강조하시던 《논어》의 극기복례로—철학적 자아의 회의와 허무를 극복하고 일상적인 현실세계에 성실하게 복무한다는 우리 나름대로의 극기복례로—여기고 있었던 듯싶다. 돌이켜 보면 그 당시 우리는 참으로 온몸을 던져 열심히 일했다고 생각된다. 일과 일터는 서로 달라도 일에 대한 열정과 헌신이 당시 우리 둘의 우의를 여느 때보다도 끈끈하게 맺어주고 있었던 것이 아닌가 싶다.

신생숙의 다른 친구들도 그 무렵에는 대학을 졸업하고 사회에 나왔으나 대부분이 중·고교 교사로 취직을 하거나 아니면 군에 입대했다. 어려운 숙의 운영을 도울 만한 위치에는 있지 못했던 것이다. 그런 가운데서도 모하는 누구보다도 숙을 생각하고 김일남 선생을 생각하고 힘이 되는대로 도왔고 도우려고 무진 애를 썼던 것으로 나는 알고 있다. 모하는 그런 사람이었다. 그에 비하면 나는 숙이나 김일남 선생을 생각할 때마다 양심이 괴롭다. 나는 숙을 위해 물질적으로 아무 도움도 보태지 못했을 뿐만 아니라 김일남 선생이 어려움에 처하고 계셨을 때도 찾아가 살가운 말씀 한번 드려본 기억이 없다.

내가 한국미래학회 회장으로 있을 때 시작한 연구 프로젝트《산과 한국인의 삶》의 권두논문을 우리나라 산림의 식수에 평생 공을 들인 김일남 선생의 추념에 헌정하게 된 것은 숙장에 대한 너무 큰 부채의식과 죄책감을 다소라도 달래보려는 민망스러운 마음에서였다.

난사(蘭社)와 재단법인 실시학사(實是學舍)의 모하

그리고 1960년, 우리는 영원할 것만 같았던 하나의 낡은 체제가 무너지고 새로운 체제가 태동하려는 4·19 학생혁명을 같이 체험하게 된다. 신문사라는 직장과 기거하던 숙소를 다 중앙청 근처에 두고 있었던 나는 연일 이 혁명을 최단거리에서 체험하고 목격할 수 있었다. 열암 선생님은 그 무렵 1945년의 8·15와 1960년의 4·19를 당신의 일생에서 가장 큰 감동을 안겨준 두 날짜라고 말씀하시곤 했다.

낡은 체제, 낡은 질서를 무너뜨리는 것이 물론 쉬운 일은 아니다. 그러나 그것은 새로운 체제, 새로운 질서를 세우는 것에 비한다면 차라리 쉬웠다고 할 수도 있었다. 자유당 정권은 무너졌으나 민주당 정권은 산욕의 탄생 초기부터 그를 비판하고 공격하는 주변 세력에 짓눌리고 있었다. 정국은 말할 수 없는 혼란 속에 빠져들어 매일 매일 시위로 날이 새고 시위로 날이 저물었다.

그해 10월 말 서울대 의대에 장기 입원하고 있던 4·19 부상학생들이 목발을 짚고 국회에 난입하여 혁명재판을 다시 하라는 의정단상의 시위까지 보고 나는 독일 유학 길에 올랐다. 김포공항으로 떠나기 전 반도호텔 앞에는 김일남 숙장과 모하도 전송을 나와주었다(당시엔 김포 공항으로 가는 직행 버스가 반도 호텔 앞에서 출발했다).

그로부터 반년 후 나는 하이델베르크에서 라디오 방송을 통해 5·16 쿠데타가 났다는 뉴스를 들었다. 4·19는 움직일 수 없는 것처럼 보였던 기존 체제를 무너뜨림으로써 6·25 이후의 한국 현대사에 처음으로 무언가 새로운 것을 시도할 수 있는 '타불라 라사(tabula rasa, 백지상태)'를 마련해 놓았다면 5·16은 그 백지 위에 큰 붓을 휘두른 하나의 먹 글씨였다고 할 수 있겠다. 그 글씨가 명필인지 졸필인지는 평가가 갈린다. 분명한 것은 한국의 현대사에는 더 이상 타불라 라사가 아니라 이젠 하나의 질서가, 체제가 들어섰다는 사실이다.

그 질서 밖에서 탕아처럼 이역을 떠돌고 있던 나와는 달리 그 안에서 살며 일을 하고 있던 모하는 새로운 질서 속에서 엄청난 변화를 겪고 있다는 것을 당시 주고받은 편지들을 통해 짐작할 수 있었다. 그리고 그것은 모하에겐 적극적이요 긍정적인 변화를 가져온 것으로 보였다. 4·19 혁명이 낳은 민주당 정권을 무너뜨리고 권력을 쟁취한 군부정권은 '군사 혁명'의 명분과 정당성을 구축하기 위하여 과감한 경제개발계획을 추진하였다. 모하가 일하고 있던 락희 금성사는 그러한 정부의 개발정책에 편승해서 사세가 크게 확장하고 있는 것으로 보였다. 거의 1~2년 만에 회사가 설립되고 그때마다 모하는 새로운 프로젝트에 참여하였으며 그때마다 승진을 거듭하고 있었다.

우리가 헤어진 이후 그는 금성사에서 ㈜한국케이블공업으로, 다시 금성사와 삼성의 합작회사 동양TV의 상무로 이사(理事) 승진 후, 이내 락희화학으로 돌아온 뒤에는 반도상사 도쿄 지사장으로 해외 근무를 하고 있다가 내가 귀국한 1968년엔 한국㈜콘티넨탈카본 회사 사장이란 새 자리에 옮겨가 있었다.

7년 남짓 헤어져 있는 동안 한국 경제의 고도성장기에 모하가 이처럼 기업의 창업 제1선에서 보람차게 활약하고 있는 것과는 달리 독일에서 대학의 공부 반(半), 신문사 특파원의 일 반으로, 뭐 하나 제대로 하는 일 없이 세월만 허송하고 있던 나는 선비(先妣)의 회갑에도 가 뵙지 못하는 불효를 저지르고 있었다. 그래도 그 안타까운 심정을 읽고 모하 내외가 선물을 마련해서 회갑에 즈음해서 선비를 찾아 뵌 우의를 나는 평생 잊지 않고 있다.

내가 유럽에 있는 동안 모하한테 뭔가 해준 것이 있다면 아마도 덕산 이한빈 선생을 그에게 서신을 통해 소개해준 일 정도라고나 할까. 아무튼 모하는 덕산을 알게 된 것을 두고두고 고마워하고 있고 그걸 또 밝히고도 있다. 내가 독일에 있을 때 덕산이 1965년 미국 버클리대학에서 개최된 어느 세미나에 제출할 논문[8]을 보내주었기에 그 복사본을 모하에게도 보내주었더니 그는 다음과 같은 답장을 보내왔다.

> "…읽어보고 무엇보다도 우리네 선배도 이와 같은 생각을 하고 있고 그 생각을 개발하려고 애쓰고 있구나 하는 새삼스러운 기쁨… 이 선배에 대한 존경심이 든다…."[9]

이러한 배경에서 내가 1968년 귀국 후, 서울대학교 행정대학원 원장실로 덕산을 찾아갔을 때 그는 우리가 유럽서 구상하던 미래연구모임을 지체할 것 없이 바로 시작하자면서 첫 작업으로 창립발기인 6명(권태준, 김경동, 이한빈, 이헌조, 전정구, 최정호)을 선정할 때 나는 모하를 추천해서 그대로 결정되었다.

참으로 마음이 뿌듯하고 기뻤던 일은 그해 여름 수유리 아카데미 하우스에서 약 30명 가까운 창립회원의 참석으로 발족한 '서기2000년회(한국미래학회의 초창기 명칭)'의 단 한 분의 명예회원으로 열암 선생님을 모시자는 데 덕산, 모하, 나 셋만이 아니라 창립회원 모두가 환영하고 찬동했다는 사실, 그리고 연로하신 선생님도 젊은 미래학회의 장립을 누구보다도 기뻐하시고 적극 참여해주셨다는 사실이다. 이처럼 우리가 전공분야의 경계선을 허물어버리고 과학기술, 정치·경제, 철학·종교 등 여러 분야의 학자뿐만 아니라 관료, 군인까지도 참여해서 폭넓은 대화의 광장을 마련해

8 "Two Decades of Rapid Social Change in Korea with Particular Emphasis on the Time Consciousness of the Changing Political Leadership."

9 1967년 1월 18일 자 필자에게 보낸 모하의 사신에서

보자는, 이른바 범학문적(pan-disciplinary) 또는 학제적(學際的, inter-disciplinary) 연구모임을 기획한 것은 아마도 한국 지성사에선 처음 있는 일이었다고 자부한다.

1960년대라면 UN 차원에서 전 세계적으로 '개발의 연대'라 선포하기도 했던 연대이다. 그래서 이러한 시류에 따라 여러 곳에서 여러 모습의 미래연구, 미래학회가 쏟아져 나온 때이기도 하다. 그러나 1970년대에 들어서면서 1~2차 석유 파동 이후 일본, 미국의 성장 제일주의 지향의 미래학이 좌초하고 점차 잠적해가는 가운데 한국미래학회가 그 뒤 1980~1990년대에 이르는 대변혁의 격랑을 뚫고서 오늘날까지도 존속할 수 있었던 것은 어떤 면에선 과학기술, 경제 분야보다 덕산, 모하와 같은 가치지향적이요 비판적인 지성의 창립발기인과 다른 나라에 비해 과학기술, 경제 분야보다 인문, 사회, 과학 분야에서 더 많은 회원이 참여했던 것이 내면적인 힘의 바탕이 되지 않았나 생각해본다.

돌이켜 보면 지나온 세월이 쉬운 날들은 아니었다. 쿠데타 군부정권, 유신독재정권, 신군부정권 아래서 학회를 꾸려나간다는 것 또한 마찬가지다. 하기는 그러한 어려움은 전혀 예측 못 했던 것만도 아니다.

학회와 학회활동의 자율과 독립성을 지켜나가기 위해선 처음부터 깨끗한 돈만을 쓰기로 노력했다. 학회의 독립성을 담보하기 위해선 학회 재정의 건전성을 다지는 것이 정도(正道)다. 그래서 (지금 돌이켜 보면 가소롭다 할지, 가상하다고 할지) 창립 총회부터 회의 경비를 충당하기 위해 참가회비 500원씩을 거뒀다. 재정자립을 위해 회원 회비에 의한 학회 운영을 지향하여 우선 입회비도 5만 원(?) 정도 거두지 않았나 여겨진다. 50년 전의 옛날이라 기억에 자신은 없으나 분명한 것은 입회비가 조금은 부담이 될 정도로 만만치 않았다는 사실이다. 그래서 2회에 나눠 분납하는 회원도 있었다.

당시 변호사 사무실의 일부를 학회에 내주고 여직원의 보수까지 부담해주던 전정구 변호사(학회의 발기인, 창립회원이자 권태완 박사, 나와 함께 3인의 공동 간사)가 그 무렵 무척 감격해서 전해준 일화가 있다. 우리가 모신 명예회원이라 입회비를 내시지 않아도 되는 열암 선생님께서 어느 날 변호사 사무실을 직접 찾아오셔 입회비를 내고 가셨다는 것이다.

한국미래학회가 창립되면서 초기 수년 동안은 서로 분야가 다른 전공과 직장에서 모인 회원들의 상호소통과 특히 각 분야의 미래연구에 관한 일종의 '인벤토리(inventory, 재고명세)'를 털어놓는 월례회를 갖고, 그때마다 한두 명의 회원이 각자의 분야에 대해 보고와 토론을 이어갔다. 학회는 불필요한 일에 시간을 낭비하지 않기 위해 초창기부터 1988년까지 20년 동안 회장을 두지 않고 세 명의 간사를 선임해 실무를 챙기도록 했다. 학회 재정은 회원들의 입회비, 연회비 이외에 단체회원 제도를 두어 넉넉한 연회비를 거두어들이도록 했다. 거기에는 모하가 관여한 락희 금성그룹의 기업들이 한두 군데 언제나 가입해서 학회를 도왔다.

순탄하기만 했던 모하의 커리어도 1970년대가 시작되면서 잠시 어두운 그림자가 드리운 것 같았다. 1969년 말 그가 그처럼 정성으로 모시고 또 그를 알뜰히 아끼던 구인회 회장이 돌아가신 것이다. 그는 마치 '불사이군(不事二君)'이라는 봉건시대의 충신처럼 회사를 그만두고 앞으로 구멍가게라도 차려야 되겠다고 조금은 비장한, 조금은 우스꽝스러운 결심을 내게 토로한 일이 있다.

그러나 주인이 바뀌었대서 인재를 놓아줄 리는 없다. 선대에 이어 LG그룹을 상속한 구자경 2대 회장은 모하를 더 가까이서 그룹 전체의 경영에 보좌를 할 수 있도록 회장 비서실의 사장으로 임명했다. 그 뒤 구자경 2대 회장 밑에서 모하는 금성전기의 전무, 금성계전의 부사장, 국제증권의 사장, LG그룹 기획조정실장, 희성산업의 사장, LG상사 사장 등을 두루 거쳐 마침내 1995년에는 그룹의 간판기업이요 전 세계적으로 한국의 전자산업을 대표하는 쌍두마차 LG 전자의 회장을 맡게 된다.

과문한 소견인지 모르나 나는 우리나라 기업에서 모하처럼 다양한 제조회사, 무역상사, 광고회사, 증권회사 등 수많은 분야를 두루 거친 전문경영인이 또 있는지 알지 못한다. 어떤 의미에서는 철학이란 학문이 폴 발레리의 말처럼 '보편성의 전문가'를 지향하는 거라고 한다면 모하는 그의 커리어 역시 기업경영인으로서 거치지 않은 분야가 없다 하리만큼 기업경영의 보편성의 전문가였다고 할 수 있다.

그러고 보면 또한 미래학회도 다양한 전공과 직능을 가진 사람들을 모아 소통하는 대화의 장을 마련했다는 면에서 역시 보편성을 지향하는 전문가들의 모임이었다고 해도 무방할 줄 안다. 언젠가 덕산은 미래학회를 통해 가장 많은 혜택을 얻을 수 있는 사람들은 세상만사 모든 일에 논평을 해야 되는(something about everything) 언론인과 대기업의 기획관리책임자일 거란 말을 한 일이 있다. 언론인으로서 나는 그 말에 동의한다. 모하도 대기업에서 일하는 사람으로서 거기에 동의할 것이라 믿는다. 그는 앞에 인용했던 글에서 이렇게 술회하고 있다.

> "미래학회는 경영에 필요한 식견과 역량의 폭을 한껏 넓혀 주었다….
>
> 내가 본래 내 체질로는 원치도 않았던 경영자 생활의 말석에서 일하면서 가장 큰 영향을 받은 분이 이한빈 선생님이시다. 그 분과 함께 주변의 훌륭한 석학의 제제다사와 교류를 가졌었다. 그런 기회가 없었더라면 나는 오로지 의(義)보다 이(利)만을 좇아가는 사람으로 허망한 한평생을 마쳤을 것이다….[10]

지나친 겸사이기는 하나 미래학회에 대한 모하의 사랑과 자랑을 읽을 수 있는 말이다. LG전자 회장을 정점으로 서서히 은퇴를 준비하던 모하는 그룹의 연수 교육기관인 '인화원' 원장(1996~1998년)을 마지막으로 그 뒤엔 그룹 고문 자리로 물러난다. 그런 동안에도 모하는 인화원장 시절 그곳에서 미래학회를 위해 1박 2일의 학회 세미나를 열어주기도 했다.

또 하나의 즐거운 추억이 있다. 모하는 내가 미래학회장을 맡고 있던 1990년대에 기획했던 '한국인의 삶' 시리즈를 위해 5,000만 원의 연구비를 희사해주었다. 그 기금으로 '커뮤니케이션의 유토피아? : 정보화와 한국인의 삶'에 관한 학제적인 대형 연구에 착수해서 30여 편의 논문을 결과물로 엮어 같은 제목의 저서를 둘이 공동

10 이헌조, 〈제대로와 나〉, pp. 44-50.

편집자가 되어 간행하게 됐다.

모하는 세상에 널리 알려진 것처럼 세계를 선도한 한국 전자산업을 초창기에서부터 전성기까지 이끌어온 산 증인이다. 동시에 모하는 서울대 문리대 재학 시절 그가 곧잘 찾아가던 무교동의 구멍가게 같았던 락희치약의 서울 지사가 얼마 후 그가 입사한 을지로 반도호텔의 락희화학공업사로 성장하면서 이내 한국을 대표하는 LG그룹으로 초고속 성장하는 전 과정을 그 고비마다 일선의 요직에서 헌신적으로 일해 온 전문경영인이다. 그처럼 불철주야 기업 경영에 몰두하고 있던 모하에게는 나와의 접선에서 빚어진 추억거리란 오다가다 한가로운 서생과 함께 숨을 돌려보는 위희(慰戱, divertissement)의 세계에 불과했을지도 모른다.

물론 위희의 세계가 무용하다거나 무가치한 세계가 아니라 함은 모하도 나 못지않게 잘 알고 있다. 그뿐만 아니라 그는 나로선 범접도 못하는 고상한 세계의 위희를 그 바쁜 경영인 시절부터 개척하고 있었다. 한시(漢詩)의 세계다. 고병익, 김용직, 김종길, 김호길, 이용태, 이우성, 조순 등 고전적인 의미에서 이 시대의 '선비'들이 1980년대에 시작한 한시 동호인의 모임인 '난사(蘭社)'에 모하는 30여 년에 걸쳐 참여하고 있었다. 그가 쓴 한시들을 아담한 책으로 상재한 《東西南北三十年(동서남북삼십년)》, 《慕何漢詩資料集(모하한시자료집)》, 《慕何抒情 漢詩選 火旺山(모하서정한시선 화왕산)》 등이 그 소산이다.

난사를 통한 인연이었는지 혹은 그보다 더 오랜 다른 인연이 있었는지 모하는 벽사(碧史) 이우성 교수를 높이 평가하고 좋아하고 있다는 점에서 나와 생각이 같았다. 나는 1968년부터 8년 동안 재직했던 성균관대학에서 동료 교수로 벽사를 만나게 된 이래 그를 우리나라 국학(국문학, 국사학, 한문학)계의 석학으로 평가하고 있다. 벽사는 많은 후학들을 길러내고 퇴임한 후에는 경기도 고양군에 실시학사(實是學舍)를 설립해서 실학사상의 연구와 원전의 역간 사업 등을 계속하고 있었다.

모하의 말년에는 대학 동기들이 모두 다 80 전후의 한가한 노인들이 되어 새삼스레 '사우회(士友會)'란 철학과 동기동창회를 만들어 한두 달에 한 번씩 만나곤 했다.

그 밖에도 모하와 나는 인터넷이라고 하는 새로운 미디어를 통한 소통을 즐겼다. 이 온라인 문통을 통해서 우리는 서로 의견을 달리하는 토론을 전개한 일도 있었다. 나이를 먹어가면서 더욱 회고(懷古)적으로 기울어져 가는 나를 핀잔하며 모하는 다음과 같이 꾸짖고도 있었다.

> "느닷없이 '과거를 현전(現前)해보려는 정회에 묻히고 사는 노추(老醜)' 운운은 참 괴이하고 귀에 거슬린다. 나같이 병로에 시달린 사람도 (중략) 몇 방울 남지 않은 심혈을 미래를 향해 쏟아 붓고 있는데…"

그가 나이 팔십에 아직도 심혈을 쏟아 붓고 있다는 '미래'란 무엇일까? 모하는 2010년 10월 1일 평생 모은 사재 70억 원을 쾌척해서 이우성 박사의 실시학사가 재단법인으로 창립될 수 있도록 했다. 세상에 알리지 않던 이 쾌거가 송재소 교수가 쓴 〈이헌조 회장님〉이란 글을 통해 내가 알게 되었고 열흘 후에는 중앙의 주요 일간지마다 두루 보도되면서 결국 세상에 공지되고 말았다.

나는 그때 송 교수의 글을 읽은 감동을 바로 모하에게 인터넷 메일로 전했다. 그 메일을 인용하면서 이 두서없이 장황해진 글을 마무리 지어야겠다.

> 慕何(모하)
>
> 참으로 장하이
>
> 송재소 교수의 글을 읽었네
>
> 철학과 연구실에 들어가지 않고
>
> 대학 문밖으로 나간 자네가 대학의 연구실에
>
> 남아 있던 어느 누구보다도 학문과 특히 한국 철학을 위해
>
> 큰 일을, 큰 기여를 했군 그래!
>
> 이 사실을 저승의 洌巖(열암) 선생님 그리고 塾長(숙장) 님께서 아신다면

서울대 문리대 철학과 10회 동기 모임 '사우회(士友會)'

모하의 기금 갹출로 출범하게 된 재단법인 '실시학사(實是學舍)' 창립기념식에서 인사말 하는 모하

얼마나 대견해 하시고 기뻐하실지….

자네의 쾌거로 덩달아 위신이 높아진 이 나라의 기업인들에게도

귀감이 되어야 한다고 믿네. 그러기 위해선

세상에 좀 더 널리 알려야 된다고 생각하는데 어떨까…

아무튼 모하가 자랑스러우이

모레 만나세

諸大路(제대로)

(後記)

모하의 기부금으로 설립된 재단법인 실시학사에서는 해마다 '벽사 학술상'(상금 3,000만 원)과 '모하 실학논문상'(상금 1,000만 원)을 시상하고 있다. 한편 그 사이 실시학사에서는 '실학연구총서' 16권, 그리고 '실학번역총서'를 15권 발간했다(2020년 말 기준).

2020년

제대로와 나 _ 이헌조

제대로(諸大路)와 나는 60년 지기다. 한국미래학회가 하이재(何異齋) 최정호 군을 위해 책을 펴낸다는데 내가 아무리 졸문일지라도 한 편 기탁하지 않으면 친구의 도리가 아니라 생각했다. 우리 세대는 친구를 알고 도리를 지키려 하는, 어쩌면 이 사회에서는 마지막 남은 족속인데 그래서 더더욱 그런 마음이 들었을 게다. 그러나 막상 몇 자 적어보려고 하니 대학 졸업 후 한평생을 손익과 이해관계의 세계 속에서만 살아온 나의 밑천이 드러나고 만다. 없는 글솜씨가 이제 와서 갑자기 생길 리 만무하니 차라리 하이재에 대한 내 마음속이나 한번 최대한 진솔하게 적어보자는 생각이 들었다. 기실 나 자신도 내 마음을 정확히 모르고 그를 대할 때마다 그때그때 상황에 따라서 미묘하게 진동하면서 대응한 면도 없지 않았다. 사람들은 노경에 들어서면 별것도 아닌 말이나 일로 쉽사리 서로의 의를 상하기 쉽다. 하물며 본인을 두고 하는 이야기가 아닌가, 그러나 새삼스러운 러브콜은 쑥스러워 할 일이 못 된다. 이 글 가운데 나의 의도하지 않은 사소한 한두 마디로 근 60년의 우리 우의와 신뢰에 금이야 가지 않을 것으로 믿지마는 행여 하이재의 그 섬세한 심령의 한 모퉁이를 살짝이라도 건드리는 일이 없을까 조심스럽기도 하다. 부디 해량하소.

나는 그를 대학 시절부터 제대로라고만 불러 왔다. 어느 날 그가 자기 아호를 제대로와 하이재라고 일러 주고 그 이름의 해제까지 들려주었는데 한문의 격식상으로는 하이재가 나으나 나는 부르기 좋고 마음 편한 느낌이라서 제대로에 손을 든 것이다. 그와 백 년 회우의 시작은 환도 전 부산에서였다. 그는 고향인 전주에서 전시연합대학에 입학을 했는데 아마도 2학년으로 올라가자마자 임시 수도 부산의 천막 교사에 나타났던 것이 아니었나 싶다. 만나자마자

나는 그의 풍모에 대뜸 압도당하고 말았다. 대학에 들어간 지 얼마 안 되는 청년의 모습을 두고 풍모란 표현이 엉뚱하다 하겠지마는 첫째 체구가 큰 편에 당당하다. 나도 작은 체구는 아니나 그 앞에서는 늘 위축된다. 아니 큰 것이 아니라 크게 보이는 것일 게다. 그리고 행동거지에서 언사에 이르기까지 서두름이 전혀 없다. 의젓하다는 말이 딱 맞다. 이날 이때까지 하이재가 서두는 모습을 한번 보았으면 싶으나 그 자그마한 내 소원 채워주기를 그는 거부하고 있다. 그러나 그도 실상은 다급할 때가 종종 있을 것이다. 그런데 서두는 마음과는 달리 신체적 동작이나 표현이 잘 따라가지 못하는 것이 아닌가 하고 내 맘대로 짐작을 하고는 나의 얄팍한 심성의 자위로 삼고 있는 것이다. 아무튼 팔십 평생 온갖 풍상 다 겪고 난 지금 우리가 보는 그 당당하고 노성한 풍모를 스물을 얼마 안 넘긴 그때 그는 벌써 대충 갖추고 있었다고 기억한다.

우리의 재학 시절까지는 외국 원서를 읽어 가며 강의하는 형식을 철학과에서 '연습'이라고 했는데 아마도 칸트의《순수 이성 비판》의 연습 시간 때였을 것이다. 그의 유창한 독일어에 나는 또 한 번 기가 팍 죽었다. 뿐만 아니라 차차 알게 되었지마는 참으로 '박문강기'다. 많이 읽고 널리 보고 귀담아듣고 그러고서는 잘 기억하고 있다. 그의 이야기를 듣고 있노라면 내가 너무나 책을 안 읽었다는 한스러움이 저절로 가슴에 차오른다. 말솜씨만큼은 유창하지 않지만 그래도 뜨덤뜨덤 풀려 가는 화제에 귀를 기울이고 있노라면 내 스스로는 참으로 많은 공부가 되었다. 둘 다 일본 명치, 대정 시대의 문학 작품이나 철학적 저서를 많이 읽은 편이라서 그쪽의 화제는 나도 가끔 거들었다. 나로서 어찌 그의 학문과 지성의 넓고 깊은 것을 평가할 수 있겠는가? 그러나마는 지금 이야기가 아니라 대학 초년생의 이야기다. 전주의 유서 깊은 명문 출신인데 기억이 확실치는 않으나 선고장께서는 일본 와세다대학교에서 철학을 수학하신 분으로 그 슬하에서 자라서 가정환경도 남달랐던 것 같다. 집안 이야기를 하면서 백씨를 존대하는 말끝에는 유가의 전통과 형제간의 우애가 풍긴다.

불가에서는 사람이 외계를 인식하는 다섯 가지 기관을 오근(五根)이라고 한단다. 눈으로 사물을 보고, 귀로 소리를 듣고, 코로 냄새를 맡고, 혀로 맛을 알고, 몸으로 촉감을 느낀다. 온전한 사람이면 누구나 다 갖추고 있다. 그런데 이 다섯 가지 감각이 마치 소리의 주파수 대역과 같이 각각 다 사람에 따라 느낄 수 있는 대역이 있는 것 같다. 알기 쉽게 말해서 막걸리를 좋아하는 입맛, 청주에 심취하는 미각, 좋은 와인이 아니면 역겨워하는 혀와 코의 개인차가 있다. 제대로의 오근이 느끼는 대역은 오직 아름다운 것만 보이고, 오직 오묘한 소리만 들을 수 있고, 오직 그윽한 향취만 맡을 수 있고, 오직 절묘한 맛만 즐긴다. 오근의 감도가 그야말로 최상의 수준인 것이다. 가끔 그래서 사람에 따라서는 그를 지나치게 까다롭다고 오해하고는 제법 껄끄러워하는 이도 있다. 그런데 그의 촉감의 감도 수준만은 아직도 나는 잘 모른다. 다만 섬세할 것임에는 틀림이 없는데 그 내성의 강도는 어떨는지? 오근 밖의 육감은 물론 대단히 발달한 사람이다.

환도하여 얼마 뒤에 제대로와 나는 후암동에 있는 '신생숙'이란 모임에서 한 1년 생활을 같이했다. 철학과 선배인 김일남 선생이 청년 학도들을 합숙시켜 장차 나라를 짊어질 유능한 재목을 키우겠다는 큰 뜻을 품고 신생숙을 세웠다. 정신적 스승으로는 우리들 은사이신 열암 박종홍 선생님과 종교계의 지도자 함석헌 선생 두 분을 모셨고, 숙사는 주석균 씨라는 독지가가 후암동에 있는 자기네 사는 집을 제공해 주었다. 먼저 제대로가 열암 선생님의 천거로 가기로 되었었는데 나더러 같이 가자기에 기꺼이 합류했다. 우리가 숙에서 합숙 생활을 하는 대학생 반의 1기생이었고 그 밖에 정기적으로 모이는 고등학생 반이 있었다. 김일남 선생은 해방 후의 학창 시절에 뜻이 같은 동지들과 면학동지회라는 모임을 가졌는데 회원 가운데 후일 우리나라에서 좌우간에 크게 활약

한 분들이 많았다. 1기 숙생이 한 여남은 명이 되었다. 생활 속에서 같이 공부하고 같이 수양하며 자주 국가 장래와 인생에 관해 열띤 토론도 하여 상호 연마하였다. 남들은 몰라도 나는 이곳을 통해서 내 인간관과 국가관 형성의 기초를 닦았다고 생각한다. 숙사의 청소는 주말에 방과 마루와 화장실 등 번갈아 가면서 분담했다. 제대로는 방과 마루 청소는 곧잘 하는데 화장실 당번이 되면 게으름을 피우고 도망을 쳐서 친구들이 웃으면서 대신했었다. 그의 그 날카로운 후각으로는 못 견딘다는 것을 다 알기 때문이다. 신생숙이 내 인생사 공부의 첫 도장이었다면 두 번째 도장은 한참 뒤인 1960년대 말에 한국미래학회 창립에 참여하면서 마련되었다. 이번에도 제대로의 권유인데 그가 이한빈 선생님과 뜻을 모아 조직하고 역시 박종홍 선생님을 스승으로 모셨었다. 이때에 나는 벌써 학문에서 떠나 경영자의 말석에서 일하고 있을 때인데 미래학회가 없었더라면 나는 과연 어떤 경영자가 되고 말았을까 생각하면 아찔할 때가 있다. 신생숙이 인간과 국가 인식의 기초를 닦아 주었다면 미래학회는 경영에 필요한 식견과 역량의 폭을 한껏 넓혀 주었다. 그 얼마 후에 학자와 언론인 등 지식인들의 주축이 되어서 엉뚱하게도 세계적 봉사 단체인 로터리클럽의 한 신생 클럽을 설립하게 되었다. 또다시 나는 제대로의 종용으로 함께 참여했다. 이분들의 로터리 생활은 결국 오래가지 못하고 한 사람 두 사람 빠져서 40년 후인 이날 이때까지 소위 창립 회원이랍시고 남아 있는 사람은 나 혼자밖에 없다. 이 모임에서 나는 실천은 잘 안 되지마는 정신만은 '봉사'라는 것을 배울 수 있었다. 신생숙, 미래학회, 로터리들이 나의 제도 밖 사회 교육의 도장이었는데 모두 제대로의 권유로 참여하게 된 것이다. 고맙다.

부산에서 입학한 나는 시가에서 벗어나 한 어촌에 있던 박종홍 선생님의 피난살이 댁을 두어 번 찾아뵌 적이 있었다. 그러나 환도 후 서울에서 혜화동 댁으로 뵈러 갔을 때는 역시 제대로와 동행했다. 그 무렵 우리들은 밤낮으로 함께 쏘다녔다. 지금 와서 내가 살림을 살아 보니까 우리네 제자들이 그 당시 사모님에게 참으로 못할 짓을 했구나 하고 후회가 되는데 시도 때도 없이 찾아 들렀었다. 애들 언사 같지만 우리 두 사람에겐 박종홍 선생님은 영원한 스승이시다. 어느 겨울날 댁에서 시간 가는 줄 모르고 술대접을 받으면서 이야기하다가 문득 시계를 보니 야간 통행금지 시간이 임박했다. 그래서 부랴부랴 일어서자 선생님 내외분이 지금 가면 통행금지에 걸린다고 한사코 만류하시는 것을 뿌리치고 나왔다. 그날 마침 서울엔 눈이 하얗게 와 쌓였었다. 달도 매우 밝았었다. 얼큰히 취한 두 친구는 혜화동에서 뒷골목으로 또 샛길로 경비원을 피해 가면서 후암동까지 걸었다. 오다가 도중에 눈 위에서 한참 누워서 달을 보았던 생각이 나는데 무슨 이야기를 했는지는 기억에 없다. 열암 선생님이 작고하신 후 제대로와 나는 무엇으로 선생님을 추도해 드릴까 의논 끝에 《스승의 길》이란 책자를 펴내기로 했었다. 비용은 내가 약간 주선했지만 편찬의 수고는 물론 전적으로 제대로의 몫이었다.

사숙한다는 말이 있다. 제대로와 내가 함께 사숙한 분은 열암 박종홍 선생님, 김일남 선생님 그리고 덕산 이한빈 선생님 세 분이 아닌가 싶다. 김일남 선생은 일찍 작고하셔서 우리가 성장한 모습을 보여 드리지 못했다. 내가 본래 내 체질로는 원하지도 않았던 경영자 생활을 말석에서 일하면서 가장 큰 영향을 받은 분이 이한빈 선생님이시다. 그분과 함께 주변의 훌륭한 석학의 제제다사와 교류를 가졌었다. 그런 기회가 없었더라면 나는 오로지 의(義)보다 이(利)만을 쫓아가는 사람으로 허망한 한평생을 마쳤을 것이다.

우리 둘이 함께 아주 가까이 사귄 친구들도 당연히 많다, 제대로가 고향 전주 시절부터 친했던 조선일보 이규태 군, 동아일보의 최일남 군 그리고 몇 살 위이지마는 소프라노 박노경 씨의 부군 김철순 형 등은 나와도 각별한 사이로 지냈다. 그중에서도 이규태 군이 젊은 날 한때 어렵사리 학교를 다니면서 일하

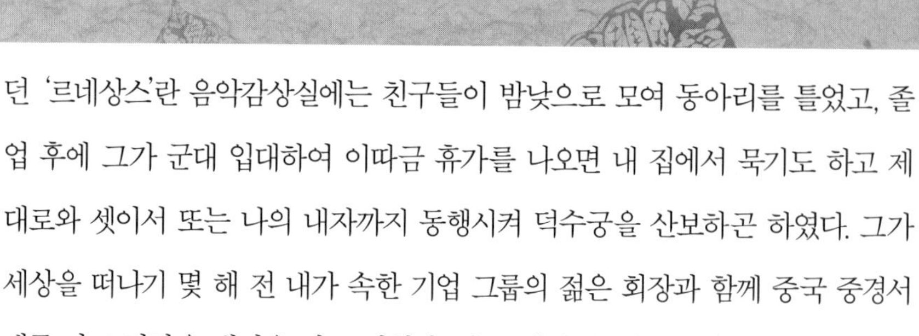

던 '르네상스'란 음악감상실에는 친구들이 밤낮으로 모여 동아리를 틀었고, 졸업 후에 그가 군대 입대하여 이따금 휴가를 나오면 내 집에서 묵기도 하고 제대로와 셋이서 또는 나의 내자까지 동행시켜 덕수궁을 산보하곤 하였다. 그가 세상을 떠나기 몇 해 전 내가 속한 기업 그룹의 젊은 회장과 함께 중국 중경서 배를 타고 장강을 내려온 적도 있었다. 이 군이 술을 마실 때면 고급 위스키를 얼음에 희석해서 마시는 것이 아니라 매번 맥주에 섞어서 마시니까 우리 회장이 이 선생은 좋은 술을 모독하신다고 은근히 화까지 낸 우스운 이야기도 있다. 그는 마음속으로 술이란 즐기면 되는 것이지 이래 마신들 어떠리 저래 마신들 어떠리라고 생각했을 게다. 제대로가 한국일보에 나갈 무렵 중학동에서 하숙을 했는데 조각가 차근호 씨가 간혹 들러서 환담을 나누었었다.

나의 중학 동창 몇몇과도 제대로는 나보다 가까이 지냈다. 프랑스에서 문학을 전공하고 지금은 미국에서 노후를 보내는 이용현 군, 외무부 차관을 지낸 신동원 군과는 특히 각별하다. 한때 이용현 군의 집에서 운영하던 해동학원이라는 야간 학교가 을지로 입구 반도호텔 옆 골목 안에 있었는데 제대로는 독일어, 신동원은 영어, 이용현은 국어 그리고 나는 한문을 가르쳤다. 쥐꼬리만한 강의료를 받으면 중국집 배갈로 다 날렸었다. 신생숙 숙생들은 생활을 같이 했으니 말할 것도 없으나 아마도 종교 단체 월드비전 회장을 지낸 오재식 군과는 서로 진지한 인생 토론의 상대였고 세브란스를 졸업하고 역시 미국에 가 사는 유정출 군과는 시를 짓고 논평하는 상대였다.

언젠가 신생숙 고등반 학생이던 이윤원 군이 수유리에서 집을 신축하고 마음 맞는 신생숙 출신들을 초대해 저녁을 냈는데 그때 모두 술이 한 잔씩 들어가고 방담하는 자리가 되었었다. 아마도 화제가 기업인의 근로자에 대한 처우와 관계된 것 같았는데 자세한 것은 기억에 없고 다만 제대로가 나를 이렇게밖에 보지 않았는가 싶어서 몹시 속상했던 것을 기억한다. 근 60년 교유 중에 제대로가 내 기분 상하게 한 일은 이때 한 번밖에 없다. 그리고 철학과 동문들이며 미래학회 회원들, 공통의 친지들은 참으로 많다. 그가 독일 유학 겸 취재 중에도 간간이 편지로 나라의 앞날을 이야기했었다.

제대로의 학문과 견식과 저술의 높낮이를 평가할 역량이 나에겐 없다. 다만 60년 가까이를 함께 살아오면서 저절로 관찰하게 된 자잘한 인상의 토막들뿐이다. 그래서 많은 사람들이 나와는 달리 보았을 수도 있지마는 그의 특이한 문재(文才)에 관해서는 누구 하나 이견이 없을 게다. 초년에 《여원》이란 이름으로 기억되는 잡지에 〈소인 없는 편지〉라는 글을 연재했는데 그때 벌써 장안의 종잇값이 들썩들썩했었다. 노경에 들면서 쓰는 그의 신문 칼럼은 날로 원숙해져서 애독하는 사람은 나만이 아니다. 그리고 동 · 서독 문제와 같은 국제 정치적 이슈에도 일가견이 있다. 그는 예향에서 태어나서 그런지 사람, 즉 '人'에 대한 예리한 감각과 예술, 즉 '藝'에 대한 순후한 미각을 가지고 있어 이쪽 카테고리의 책도 몇 권이 있다. 듣는 음악, 보는 미술에 골고루 조예를 가졌지마는 종합 예술로서 그는 오페라를 가장 좋아하지 않는가 싶다. 나는 천생의 음치로 언제나 제대로의 놀림감이지마는 경상도 빈촌 태생에 직업까지 무미건조하게 바삐 서둘며 살아서 오페라는 물론 다른 음악에도 무디어서 '조야(粗野)'한지라 제대로와의 취향이 극히 대조적이다. 내가 좋아하는 '대니 보이'나 '동백 아가씨'는 그가 좋아할 리 없고 굳이 취향의 접점을 찾는다면 프랑스 샹송이나 독일 리드 정도일 것이다. 음식도 맛있는 집만 찾는 사람인데 술도 학생 때의 진한 배갈을 빼고는 좋은 것만 마신다. 아주 잘 숙성된 프랑스 와인을 조용히 음미하는 제대로의 모습은 딱 제격이지마는 빈대떡 놓고 소주, 막걸리에 기염을 토해 내는 그를 상상하기 힘들다. 제대로는 약간 여자에게 쉽사리 끌려드는 습성은 있다. 그가 울린 여자가 필시 한둘이 아니겠지만 우리네 장사치처럼 허튼 수작은 안 했을 게다. 초두에서도 언급했지마는 그는 '대인(大人)'다운 풍모

에서 덕을 보는데 그의 진가는 그러나 그 이상이다. 가끔 그를 오해하는 사람도 있으나 그들은 사람 보는 눈이 없고 잘 모르기 때문일 뿐이다. 그는 줄곧 대학교수와 신문기자를 겸했지마는 보통명사나 고유명사냐에 상관없이 그는 정녕 '대기자(大記者)'다. 60년 교우에 한 가지 한이 있다면 그가 골프를 치지 않기 때문에 둘이서 저 푸른 들판을 함께 쏘다녀 보지 못한 것이다.

모하 서재에서 만난 철학과 동기(오른쪽부터 이헌조, 차인석, 필자)

선배

3

계간《현대사》와 한독 포럼

• 고병익 박사

(1924~2004)

계간《현대사》창간에 얽힌 얘기

고병익 선생을 나는 가까이 모시거나 자주 뵙지는 못했다. 그러나 먼발치에서나마 선생을 알고 존경하고 있어 생전에 두 번 가까이 모셔보려 마음먹고 찾아뵌 일이 있다.

한 번은 1980년 이른바 '서울의 봄'을 맞은 신/구(新/舊) 군부정권의 중간 과도기에 나는 관악산 밑의 서울대학교 총장실로 고 선생을 찾아뵈었다. 그때 우리는 새로운 계간지의 창간을 준비하고 있었다. 여기서 '우리'라고 한 것은 중견 언론인들이 몇 해 전에 조직한 사단법인 서울언론문화클럽을 두고 하는 말이다. 이제 그 모임도 하나의 역사가 됐으니 여기에 그 멤버의 구성을 적어보면 김진현을 이사장으로 김용원, 백승길, 신동호, 심재훈, 예용해, 이규행, 최서영, 최정호, 홍두표(가나다순) 등이 이 사진에 포진하고 있었다.

당시 대우재단의 지원을 받아 현역 언론인의 국내외 연수, 저술 출판 지원 등을 사업내용으로 하고 발족한 클럽은 그와 함께 기관지의 발행을 구상하고 있었다. 언론계의 현역을 떠나 대학에 몸을 담고 있던 교수 중에선 유일한 이사로 클럽에 관여한 나는 새로 창간할 기관지는 현대사 연구와 계몽에 기여할 매체가 됐으면 한다는 오랜 숙원을 이사회에 개진하여 어렵사리 동의를 얻어냈다.

현대사에 관한 계간지를 발간했으면 하는 데에는 다음과 같은 배경이 있었다. 첫째, 나라의 분단 상황에서 북쪽의 경우를 보면 그네들의 이른바 '국사' 편찬에서는 거의 절반 또는 그 이상의 비중을 20세기 현대사에 두고 있다. 그에 반해서 우리나라의 국사 교재에서는 마지못해 책의 말미에 약간의 지면을 할애하고 있는 것이 실정이었다. 안타깝기도 하고 그 이상으로 우려되는 일이라 아니 할 수 없었다.

현대사에 대한 관심과 연구의 소홀은 비단 북쪽과의 대비에서만 문제가 되는 것은 아니다. 선진국의 경우 제2차 세계대전 후엔 현대사가 대학의 정규 커리큘럼에 편입되고 있을 뿐만 아니라 현대사를 다루는 월간지, 계간지가 쏟아져 나오고 있다. 특히 지난날 분단국가 서독은 과거엔 제3제국의 나치스 전체주의, 오늘날엔 동독의 소비에트 전체주의에 대해서 이념적인 대결과 극복을 위한 '정치교육'을 주로 현대사에 관한 연구와 계몽을 통해 하고 있었다. 중고등학교(김나지움)에서 가르치는 통합사인 '역사' 교재도 전체의 3분의 1 또는 2분의 1을 근현대사에 할애하고 있다. 그걸 보더라도 우리나라에서의 현대사 연구에 대한 사보타주는 그대로 방치해선 안 되겠다고 생각됐다.

그리고 그 무엇보다도 당대사(當代史)의 기록에선 세계에 으뜸가는 《조선왕조실록》 등 찬란한 역사편찬의 전통을 자랑하는 우리나라의 옛날에 견주어 보더라도 우리 시대의 당대사에 대한 무관심과 학문적 소홀은 용납될 수 없는 학문적·사회적 사보타주라 여겨졌다.

둘째, 외국의 경우, 특히 독일의 경우를 보면 현대사 연구는 그 영역의 본성상 전쟁이나 혁명, 또는 노동운동이나 경제개발의 주제들처럼 그 대부분의 문제가 다학문적(multi-disciplinary) 접근을 필요로 하는 학제적인 연구의 대상이 되고 있다. 뿐만 아니라 그 주제들은 그 본성에 있어 학계와 언론계의 제휴 내지 협업이 필연적으로 요청

되는 현재적 내지 현재관련적 특성을 보여준다. 현대사에 관한 외국의 저널들도 그래서 대학인과 언론인이 함께 글을 쓰고 있음을 흔히 본다. 소련 공산주의에 관한 세계적인 권위자였던 리햐르트 뢰벤탈(Richard Loewenthal)은 영국《옵서버》지의 독일 특파원 출신의 베를린 자유대학 교수였고 방대한 히틀러 전기 상하권을 저술한 요하임 페스트(Joachim C. Fest)는《프랑크푸르트 알게마이네 신문》의 논설위원 출신이다.

이처럼 언론계와 학계 공동의 연구 협업을 위한《현대사》 계간지를 마침내 창간하게 된다는 것은 당시 나에겐 오랜 숙원사업을 성취하는 듯한 감회에 자못 젖게도 했다. 김경동, 김영호, 양호민, 차기벽, 차하순, 한배호, 홍순일(가나다순) 등을 잡지의 편집위원으로 영입하면서 나는 편집고문으로 홍종인, 김상협, 천관우, 고병익 선생을 모시기로 했다. 앞의 두 분은 쉬이 수락을 해주셨으나 뒤의 두 분은 사양하셨다. 천 선생 사양의 변에 관해서는 얼마 전에 출간된《거인(巨人) 천관우 : 우리 시대의 언관(言官) 사관(史官)》(일조각, 2011)에 이미 소상히 적은 일이 있으니 여기서는 생략하겠다.

그러나 수락해주실 것으로 믿고 서울대학교 총장실로 찾아간 고병익 선생은, 취지를 설명 드리자 "아, '차이트게쉬히테(Zeitgeschichte, 현대사)'에 관한 계간지를 내시겠다는 것이로군요" 하고 금세 그 내용을 알아차리셨다. 고 선생이야말로 고문으로 도와주실 수 있는 최적임자라 믿었던 까닭은 그로부터 20여 년 전에 내가 고 선생을 처음 뵌 것이 태평로 옛 조선일보사 사옥의 지하 다실이었고 그때 고 선생은 그곳에서 논설위원으로 계셨던 전력을 내가 기억하고 있기 때문이기도 했다. 당시 나는 독일 유학을 앞두고 이미 독일에서 학위를 받고 돌아오셔서 대학과 신문사에 다 같이 나가신 고 선생을 아마도 천관우 선생의 소개로 찾아간 듯싶다. 게다가 고 선생이 유학 가서 학위를 얻은 뮌헨에는 독일에서 가장 큰 현대사 연구소가 있고 현대사에 관한 학술 계간지도 그 연구소에서 발행되고 있다. 그건 어떻든 국립대학교 총장의 현직에 계셨던 고 선생은 현역 언론인들의 단체에서 내는 잡지의 편집고문 위촉 제안을 완강히 사절하셨다.

그해(1980) 가을 계간《현대사》는 마침내 창간호를 냈다. 10월 하순의 어느 날 오

고병익 선생 말년의 모습

후 나는 신문회관에서 마련한 창간기념 축하연에 준비 관계상 한 시간쯤 먼저 서둘러 택시를 잡아타 가고 있었다. 그때 차 안의 라디오 뉴스에선 신군부가 강행한 정기간행물에 대한 이른바 '대량학살'의 살생부가 발표되고 있었다. 《문학과 지성》, 《뿌리 깊은 나무》, 《창작과 비평》 등 가나다순으로 읽어간 그 명단에는 마지막에 'ㅎ'자로 시작되는 《현대사》도 끼어있었다. 어이없는 뉴스였다. 덕택에 창간 파티는 폐간 파티를 겸하여 함께 치르게 됐다.

그러고 보니 하루살이 프로젝트에 고병익 선생을 끌어들이려 부질없는 수작을 한 것 같아 돌이켜 보면 겸연쩍기도 하고 송구스럽기도 했다. 고 선생은 그런 정도의 잡지조차 용납하지 못하는 그 시대의 속내를 이미 꿰뚫어 보고 있었던 것일까.

독일 '현대사 논쟁'에 얽힌 이야기

그로부터 2년 후 1982년에는 일본의 제1차 교과서 왜곡 파동이 한국, 중국 등 주변 국가들의 분노를 야기했다. 원수를 은혜로 갚겠다는 전후 중국의 대일관계에도 변화가 일었다. 덩샤오핑(鄧小平) 수상은 일본의 난징(南京)대학살(1937년)이 있고 45년이 지나서야 일본의 과거사 왜곡을 보고 이 비극의 도시에 거의 반세기 만에야 '청소년 역사교육'을 위한 대학살 기념관 건립에 나섰다.

한편 일본의 전시 동맹국이었던 독일은 전후의 일본과는 완전히 대척적인 길을 걷고 있었다. 한쪽은 1930년대의 과거를 깡그리 잊어버리려 하고 난징이건 대학살이건 아예 없었던 것처럼 탈탈 털어버리고 멀쩡하게 부정하고 있는 데 반해서 다른 한쪽에선 반세기가 지난 뒤에도 계속 1930년대를 문제 삼는 역사적 기억에 파묻혀 헤어나지 못하고 있었다. 일본이 체계적으로 기억 말살의 정치를 추구하고 있는 것과는 달리 독일은 지속적으로 기억 환기의 정치를 추구하고 있다. 그 과정에서 불거진 사건이 1987년에 일어난 '독일 역사학자들의 전쟁'(스탠퍼드대학교의 Gordon A. Craig 교수의 말)이라고 일컫는 현대사 논쟁이었다.

당초 프랑크푸르트의 사회철학자 하버마스(Jürgen Habermas)는 함부르크의 한 저명한 주간지에 〈일종의 손실 청산〉이란 제목으로 독일 현대사 서술의 '변론적 경향'을 공격한 논문을 실었다. 이를 발단으로 이내 서독의 저명한 역사학자들만이 아니라 철학자, 사회학자, 언론인 등이 다투어 논쟁에 참여하게 되면서 신문, 잡지, 단행본 등의 여러 지면 위에서 1년 여를 끌어가게 된다. 바로 얼마 전 일본의 현대사에 대한 망각의 정치와 역사 교과서에 대한 왜곡을 가까이 보아온 나는 서독 역사학계의 논쟁에 무관심할 수가 없었다. 관련 잡지와 서적 등을 주문해서 그 논의의 줄기를 힘닿는 대로 공부해보았다.

브로사르트(Martin Broszart), 페스트(Joachim C. Fest), 하버마스, 힐그루버(Andreas Hillgruber), 호프만(Hilmer Hoffmann), 몸젠(Hans & Wolfgang J. Mommsen) 쌍둥이 형제, 놀테(Emil Nolte), 슈나이더(Michael Schneider), 슈튀르머(Michael Stürmer) 등이 이 논쟁에 참여한 논객들이었다. 나는 그들의 논문들을 섭렵하고 그 결과를 나름대로 정리해서 1987년 11월 한일문화교류기금에서 개최하는 한일문화강좌에 나가 〈일본의 교과서 왜곡 시비에 붙이는 방주(傍註): 서독 현대사에 관한 논의를 중심으로〉라는 제목으로 발표했다. 당일 강좌에는 작가 서기원, 이홍구 교수 등이 참석해 훌륭한 논평을 해주었다. 그러나 나를 가장 기쁘게 해준 것은 그로부터 한참 뒤에 들은 '덕담'이었다.

그날 모임에 참석하지 않은 고병익 선생은 뒤에 가서 그 강연원고를 구해 보신 모양이다. "우리나라 역사학자들이 해야 할 작업을 최 교수가 대신 해준 셈이 됐다"는 것이었다. 현대사에 관한 내 관심을 긍정적으로 평가해주며 후배를 격려하는 말이라 믿으며 나는 고맙게 받아들였다.

그로부터 다시 10년 후, 1996년 연말 나는 뉴욕의 호텔에서 조선일보 문화부의 박

서울대학교 규장각 전시장에서 고 선생(중앙), 왼쪽은 한영우 교수

성희 기자(현재 이화여대 교수)에게 급한 전화를 받았다. 정부가 내년 1997년을 '문화유산의 해'로 정했으니 신년 초부터 조선일보 지면에 《한국의 문화유산》이란 기획물을 연재해달라는 원고 청탁이었다. 외국의 객사에서 곁에 아무 자료도 참고서적도 없이 착수한 첫 회분부터 약 10개월 동안 계속한 이 연재는 내 힘에 겨운 어려운 프로젝트였다. 당시 고병익 선생은 '문화유산의 해'를 추진하는 조직위원장을 맡고 계셨다. 그때도 선생은 나를 우연히 만난 자리에서 전문가들보다 비전문가인 최 교수가 쓴 문화유산에 대한 글이 훨씬 잘 읽힌다고 격려해준 말을 나는 지금껏 기억하고 있다.

'한독 포럼'에 얽힌 이야기

2000년대에 들어서서 한독 협회를 녹십자사의 허영섭 회장이 맡게 됐다. 허 회장은 협회를 맡게 되자마자 나에게 무엇을 해야겠느냐고 물었다. '한독 포럼'을 지금이라도 바로 창립하라고 주문했다. 스페인, 이탈리아, 브라질 하고도 포럼이 운용되고 있는데 한독 포럼이 아직 없다고 해서야 말이 되느냐 하자 허 회장은 "그건 꼭 하겠습니다"라고 즉석에서 대답해주었다. 그 뒤 허 회장은 정신적 · 물질적 · 시간적으로 온갖 희생을 마다하지 않고 포럼 창립에 정성을 쏟아주었다. 그 결과 2002년 6월 말 때마침 방한한 독일 요하네스 라우 대통령과 한국의 이한동 총리 임석하에 제1회 한독 포럼 창립 모임을 갖게 됐다.

포럼의 공동의장에는 독일 측에선 《디 차이트(DIE ZEIT)》지의 전 발행인 테오 좀머 박사가 추대됐고 한국 측에선 고병익 선생을 추대키로 하고 내가 교섭에 나섰다. 《현대사》의 편집고문 추대 때와는 달리 한독 포럼의 의장을 맡아주시라는 요청은 금방 수락해주셔서 나를 기쁘게 했다. 그러나 불행히도 포럼 발족 당일에는 한국 측 의장은 신양(身恙)으로 참석하지 못하였다.

고병익 선생을 처음으로 가까이 그리고 오랜 시간 모셔보기는 다음 해 2003년 베를린에서 열린 한독 포럼 제2회 모임 때였다. 그때는 건강도 많이 회복하셔서 독일까지 가는 10여 시간의 장거리 비행도 잘 견뎌내고 이틀간에 걸친 포럼에도 의장직을 맡아 사회도 보시고 양국 문화 교류에 관한 주제발표도 해주셨다. 나에게 무엇보다도 소중한 추억은 서울~프랑크푸르트 간 왕복 20여 시간을 바로 고 선생 옆에 자리 잡아 많은 얘기를 주고받을 수 있었다는 것과 그때의 다양한 화제였다.

고 선생의 은사로 서울대학교 문리대 학장을 역임한 동양사학의 김상기 선생이 실은 나의 선친과 일본 와세다대학교에서 쓰다 소키치(津田左右吉) 교수를 함께 사사(師事)한 동기 동창이었다는 말도 그때 했다. 당시 도쿄 유학생 사회를 휩쓸었던 러시아 혁명 후의 사회주의 사상 열풍에 관한 이야기도 나눴다. 심지어 1920년대 말의 일본에서는 코민테른(공산주의 인터내셔널)의 기관지까지 일역판이 매달 발행되고 있었다고 했더니 고 선생은 "Unter dem Banner des Marxismus"라고 정확히 그 제호를 외고 있었다. 보셨느냐고 물어봤더니, 이름만 알고 있을 뿐이라고 하시기에 내가 소장한 고물을 언젠가 한번 보여드리겠다고 약속드리기도 했다.

이른바 해방 공간에서부터 한국전쟁에 이르는 기간의 한국현대사 기록의 빈약함을 아쉬워하자 고 선생은 김성칠의 《역사 앞에서》와 김태길 선생의 《체험과 사색》이 뛰어난 문헌이라고 추천해주었다. 《역사 앞에서》는 나도 이미 읽은 책이지만 김태길 선생에게 그런 회고록이 있었던가 했더니 귀국 후 바로 《체험과 사색》 상하권을 보내주셨다. 그 책을 받곤 나는 몹시 부끄러워졌다. 1993년에 나온 김 교수의 이 회고록은 그해 가을 내 회갑기념문집 출판기념회에 김태길 선생이 손수 서명한 상/하권

2003년 한독 포럼 베를린 회의 스냅 사진(두 사진 다 왼쪽에서 두 번째가 고병익 선생)

을 가져다 주셨는데도 내가 게을러 그때까지 펼쳐보지 못하고 있었던 것이다. 나는 귀국 후 빨려들 듯 두 권의 책을 바로 읽어보고 깊은 감동에 사로잡혔다. 특히 김태길 선생의 한국전쟁 체험은 가스실과 화장장만 없는 KZ(나치스의 유태인 강제수용소) 체험기를 읽는 듯한 전율조차 나에게 안겨주었다. 고 선생의 부지런한 독사(讀史)의 넓이와 깊이를 짐작할 수 있게 된 한 에피소드이다.

돌이켜 보면 2003년 봄에서 여름이 고 선생의 건강이 마지막 고양(euphoria)을 보였던 때가 아닌가도 싶다. 그해 봄에는 서울 근교의 녹십자 본사 공원에서 개최한 야회 연회에도 나오셔서 낭랑한 음성으로 즉석에서 독일어로 건배사도 해주셨고 술과 음식도 같이 드셨다. 이제는 아무 걱정 없이 고 선생이 한독 포럼도 이끌어주시겠구나 하고 속으로 은근히 기대했으나 그해를 넘기지 못하고 운명하셨다는 부음은 충격이었다. 아직도 하실 일이 많고 나로서도 배울 일이 많은데도….

계간《현대사》의 고문을 사양하셨을 때엔 잡지 자체가 요절했기 때문에 아쉬워할 겨를조차 없었다. 그때완 달리 한독 협회 의장직은 쾌히 수락해주시고 포럼도 아직까지 건재한데도 이번에는 고 선생이 너무 일찍 떠나시니 그 아쉬움의 꼬리가 길다.

2013년

우리 시대의 언관(言官) 사관(史官)

• 천관우 주필

(1925~1991)

사학계와 언론계에 남긴 굵직한 발자국

종래 우리나라에서 '언론사'라고 하면 대부분의 경우 신문의 역사였다. 그건 신문사(社)의 역사, 신문 미디어의 역사였다. 언론의 범주에 방송이 들어온 뒤에도 마찬가지로 그것은 방송사(社)의 역사, 방송 미디어의 역사를 다루고 있다. 언론사(史)가 언론사(社)의 역사로, 곧 미디어의 역사로 동일시되어온 것이다.

그러나 인간 사회의 언론 현상, 언론 활동은 근대적인 신문 방송의 출현 이전에도 있었다. 원래 언론 현상, 언론 활동은 1차적으로 미디어가 아니라 사람이 있어서, 메시지를 주고받는 사람이 있어서 비로소 가능했다. 그러한 메시지를 가진 사람이 곧 그 시대의 언론인이었다. 메시지가 먼저 있고 그 뒤에, 훨씬 후에 미디어가 나타났다. 먼저 언론인이 있고 그 뒤에, 훨씬 뒤에 언론사가 나타난 것이다.

따라서 언론의 역사는 언론사(社)가 아니라 언론인(人)의 역사에서 출발해야 마땅하다. 독일의 뮌헨대학에서는 이미 1980년대 초에 언론인(Publizist)의 역사를 다룬 세미나가 개설되어 있던 것을 보았다. 그에 앞서 1970년대의 출판계에선 언론사학 시리즈에서 마르틴 루터로부터 시작되는《언론인사》가 간행되고 있었다.[1]

신문(Presse)의 역사를 엮어낸 또 다른 총서에서도 그 출발을 유럽에서 최초의 근대적 신문 매체가 등장한 17세기보다 앞선 15세기로부터 시작하고 있다.[2]

몇 해 전부터 우리나라에서도 작고한 언론인에 관한 평전(評傳)들이 간행되고 있다는 것은 매우 의미 있는 일이라 나는 생각하고 환영하고 있다. 미디어(언론 매체)의 역사에 가려져 버린 메시지(언론인)의 역사를 비로소 조명하게 됐다는 뜻에서다. 한국언론연구회에서《한국 언론학 설계자들》을 기획 · 출판한다는 이야기를 듣고 여기에 기꺼이 참여하게 된 연유이다.

후석(後石) 천관우는 바로 그처럼 미디어를 초월해서 자기의 말, 자기의 메시지를 가졌던 대언론인이었다. 뿐만 아니라 학자로서도 한국의 언론사를 신문 방송과 같은 근대적 미디어가 등장하기 이전으로, 왕조시대의 언론인[언관(言官), 사관(史官)]으로까지 거슬러 올라가서 조명한 아마도 최초의 사학자가 아닌가 나는 생각한다.[3]

다만 꺼림직함은 조금 남는다. 천관우를 과연 한국 언론학의 설계자로 자리매김하는 데 문제는 없는 것일까 하는…….

학문의 전공(discipline)으로 따지자면 그는 원래 역사학자였다. 그것도 여느 역사학자가 아니라 재야 사학자로서 틈틈이 발표한 후석의 논문이나 저서들은 그때마다 대학의 어느 역사학 교수 못지않은 비중으로 학계의 주목을 끌고 화제가 되곤 했었다. 이미 20대 초반에 쓴 졸업논문《반계(磻溪) 유형원(柳馨遠) 연구: 실학발생에서 본 이조사회의 일 단면》은 국사학의 태두 이병도 박사가 이를 두고 "실학연구의 방향을 제시한 군계일학(群鷄一鶴) 같은 업적"이라고 격찬했다는 것은 널리 알려진 얘기이다.

그럼에도 사학계와 언론계의 두 영역에 걸쳐 큰 족적을 남긴 후석을 감히《한국

1 Heinz-Dietrich Fischer, Deutsche Publizisten des 15. bis 20. Jahrhunderts, 1971 참조.

2 Margot Lindemann, Deutsche Presse bis 1815, 1969 참조.

3 천관우,《언관 사관》, 배영사, 1969.

언론학의 설계자들』 쪽에 모시려 하는 것은 그 스스로 "기자를 업(業)으로 삼으면서 틈틈이 한국사에 관계되는 글을 써온 나"[4]라 자임하고 있고, "스스로 직업란을 기입할 때엔 '기자' 혹은 '신문인'이라고 했다"[5]라는 신상 언급을 그대로 받아들이고자 하기 때문이다.

추모 문집 《巨人 천관우》의 표지에 실린 호걸스러운 후석의 모습

이뿐만 아니라 보다 일반적인 견지에서 보더라도 언론학과 같은 새로운 학문의 설계자들은 당연히 언론학 탄생 이전의 인접 학문분야, 예컨대 정치학, 경제학, 역사학, 어문학 등 다양한 분야의 석학들이었다는 것은 독일이나 미국의 초기 언론학에서도 매한가지였다.[6]

따라서 역사학자가 언론학자, 심지어 언론학의 설계자가 된다는 것 자체에는 아무런 문제가 없다. 실제로 후석은 1952년 9월부터 다음 해 5월까지 6·25 전쟁 중에 미국 대학에서 유학한 최초의 언론인으로서 귀국한 후에는 서울대학교 문리과대학 등에서 신문학에 관한 역시 최초의 강의를 개설한 위인이기도 했다. 물론 본인은 1년도 채 안 되는 미국 유학에 대해서 "미네소타대학에서 신문학 공부를 합네 하고 돌아왔다."라고 겸양을 떨고는 있지만….[7]

4 《한국사의 재발견》, 1974, 서문.

5 〈나의 학문의 길〉, 《천관우 산문선》 심설당, 1991.

6 Otto Groth, Die Geschichte der deutschen Zeitungswissenschaft. Probleme und Methoden, 1948; Hanno Hardt, Social Theories of the Press. Early German & American Perspective, 1979 참조.

7 천관우, 〈六十自敍〉, 《천관우선생환력기념한국사학논총》, 1985.

'이십 대 주필 대망론'의 아우라 속에서

후석 천관우는 '거인(Titan)'이었다. 몸집부터 기골이 장대한 거구였을 뿐만 아니라 그의 삶의 궤적이 또한 거인다운 생애였다. 나는 다소의 머뭇거림을 누르고 그를 '영웅적인 생애'였다고 적어두련다.

실제로 내 회상 속의 천관우에게는 언제나 여러 개의 '수퍼러티브(superlatives, 최상급)'가 따라붙었다. 이미 앞에서도 그의 미국 유학과 대학의 신문학 강의에 '최초'란 수퍼러티브를 몇 차례 선보였다. 그에 이어 그는 내가 만난 최초의 언론사 시험관이었다. 1955년 1월 내가 한국일보사의 수습기자 시험을 치렀을 때 그는 반년 전(1954년 6월)에 창간한 이 신문사의 논설위원으로 나를 면접했다. 그의 나이 당시 만 29세. 그는 내가 아는 한 그 무렵 우리나라 언론계에서 가장 젊은 논설위원이 아니었던가 싶다.

당시 한국일보는 '젊은 신문', '젊음의 활기에 넘치는 신문'으로 독자들을 모으고 있었다. 거기에는 물론 34세의 약관에 한국은행 부총재(1960년)가 되고 36세에 조선일보 발행인(1952년)이 되고 38세에 한국일보를 창간한 장기영(1916~1977) 사주의 인품과 비전이 큰 몫을 하고 있었다. 장 사장은 평소 《동아일보》 창간사의 대문장을 쓴 주간이 당시 25세의 장덕수(1895~1947)였다는 사실을 떠올리면서 '이십 대의 주필 대망론'을 기회 있을 때마다 되뇌곤 했었다.

과연 1950년대 말의 한국일보사에는 그러한 '대망론'에 부응할 만한 젊은 논객들이 많았다. 최병우(1924~1958) 《코리아타임스》 편집국장, 홍승면(1927~1983) 《한국일보》 편집국장 등이 그런 반열에 오른 사람들이다. 이들이 아직 편집국의 외신부장 자리를 이어받고 있을 때 천관우(1925~1991)는 이미 가장 먼저 논설위원으로 필봉을 날리고 있었다.

거의 연년생인 이 세 논객 중에서 후석은 가장 한문(漢文)의 조예가 깊었다. 서울대학교 교수들 사이에서도 그건 이미 소문이 나 있었다. 후석은 악수할 때 사람 손을 잡기도 쉽지 않은 매우 불편해 보이는 오른손(육손)으로 펜보다는 붓으로 집필하는 것을 즐기는 듯했다. 그는 내가 받은 엽서도 대부분 붓으로 써 보냈을 뿐만 아니라 급할 때도 (한가할 때만이 아니라) 먹을 갈아 붓으로 사설을 써내곤 했다.

한국일보사에 입사해서 얼마 되지 않은 어느 날 저녁 나는 혜화동 로터리에서 우연히 친구랑 어울려 지나가던 후석을 만난 일이 있다. 그는 나를 알아보고 반기면서 같이 한 잔 하러 가자고 로터리 옆의 어느 술집으로 끌고 갔다. 놀라운 것은 후석의 주량이었다. 그는 소주를 대접으로 마시며 나에게도 권했다(1950년대의 소주는 요즈음의 싱거운 희석주가 아니라 독주였다). 그때는 나도 이십 대 초반의 원기 왕성한 주도(酒徒) 시절이라 사양 않고 소주 대접을 들이마셨다. 그러나 그것으로 끝난 것이 아니다. 통행금지 시간이 가까워오자 친구들과 헤어진 후석은 날더러는 집에 가 2차를 하자며 혜화동 골목 안으로 이끌고 갔다. 어느 큰 저택의 별채에 사는 누님 댁에 같이 살던 후석은 술상을 차려 와서 한 되 병의 정종을 함께 마셔 비웠다. 그러고선 다시 정종 한 되 병을 꺼내오는데 소주를 대접으로 들이마신 뒤끝에 두 병째 정종을 마셔야 한다 생각하니 너무 끔찍했다. 나는 가짜로 자는 척하느라 앉은 채 코를 골았다. 후석은 이 친구 벌써 곯아떨어졌나 하면서 그제야 비로소 잠자리를 폈다. 이후 나는 같이 대작하기 가장 힘든 몇 안 되는 모주꾼의 한 사람으로 후석을 든다.

후석은 또한 주사의 난폭함에 있어서도 언론계에 타의 추종을 불허했다. 술 취해 야밤중에 신문사에 후석이 나타나면 그날 밤으로 편집국의 전화통은 온통 절단이 났다. 후석을 아끼던 장기영 사장은 그 주사를 잘도 참아주는 듯했다. 그러나 후석이 조선일보사로 옮긴 뒤에도 그 주사를 계속하자 방우영 회장은 도저히 감당할 수 없었다고 회고록에 적은 것이 기억난다.

그건 어떻든 조선일보사에 가 있던 후석이 1960년 4·19 혁명 전에 다시 한국일보사로 돌아왔다. 그때는 그러한 시절이었다. 나도 1955년에 수습기자로 한국일보사에 입사한 뒤 열 달도 못 돼 퇴사하고 (최병우 부국장의 강권으로 '사직원'을 '휴직원'으로 바꿔 썼지만) 1957년에 다시 복직했다가 반년 만에 또 때려치우고 1958년 초에 세 번째 재입

무슨 생각을 하고 있는 것일까? 애연가 천관우주필의 매서운 눈매

사하면서 그때부터야 비로소 자리 잡고 열심히 일하게 된 전과가 있다. 그 무렵엔 기자들이 신문사를 무상출입하며 여러 군데를 오가는 일이 관행처럼 받아들여진 때였다.

후석의 한국일보사 복귀는 모두가 반기는 일이었고, 특히 그의 명문을 높이 사고 있던 장기영 사장이 가장 반겼다. 그러고 보니 생각이 난다. 《한국일보》 창간 사주 장기영은 우리나라 신문 사주 가운데서 아마도 드물게 보는 빼어난 문장력과 문장 감각을 지닌 분이 아니었던가 생각된다. 나는 그의 미국 기행(《태평양 항로: 눈으로 보고 눈으로 들은 미국, 미국인, 미국 경제》, 1956)이 책으로 나오기 전 신문에 월여 동안 연재되고 있을 때 그 글을 읽고 편집하면서 그렇게 생각하게 됐다. 그 뒤에도 장 사장은 이따금 글을 써서 편집부에 보내올 때면 이 글을 먼저 논설위원실의 후석에게 보이라고 메모해오곤 했다.

확고한 역사의식과 이로(理路)정연한 논설

후석이 한국일보사에 다시 돌아온 그 무렵(1959년)은 해방 후 우리나라 신문사가 처음이자 마지막으로 조·석간 제도를 도입해서 하루에 두 차례 신문을 발행하던 때였다. 신문의 칼럼을 무척이나 좋아한 장기영 사장은 후석이 재입사하자 그를 위층의 논설위원실에 '가둬'두지 않고 편집국의 맨 앞쪽 홍승면 편집국장 석 옆에 또 하나의 국장급 책상과 의자를 마련하여 앉혔다. 조간의 단평란 '지평선(地平線)'과 같이 석간에도 '메아리'란 새 칼럼을 개설해서 후석으로 하여금 집필 연재케 하기 위해서였다. 이렇게 해서 당대의 두 명문 칼럼니스트가 한 신문의 조간과 석간에 다투어 날카로운 필봉을 휘두르던 《한국일보》 칼럼의 쌍두마차 시대가 열렸다.

세상은 바야흐로 이승만 정부의 장기집권을 위한 갖가지 무리수가 극으로 치달아 올라가면서 어떤 극적인 상황이 벌어지지 않을까 불안한 조짐이 점차 짙어가던 때였다. 그러다 1960년 봄, 3·15 부정선거에 대한 항의 시위가 불붙기 시작하면서 마침내 마산 사태가 벌어졌다.

장기영 사장은 이런 때엔 신문의 논설에도 현장 감각을 살려야 된다면서 천관우 논설위원을 편집국 정치부 기자단과 함께 마산 현지로 '특파'해서 사건 현장에서 사설을 집필해 송고토록 조치했다. 장 사주다운 아이디어였다.

한국일보사를 그만두고 나갔다가 재입사한 후의 후석은 전과는 달리 어딘지 사내에서 겸연쩍어하는 눈치였다. 점심 때가 되면 조선일보사에서 비슷한 시기에 한국일보사로 옮겨온 이목우 씨 하고만 늘 같이 나가 요기하고 돌아오는데 그때마다 반주로 소주 한두 병을 비운다는 것이었다. 그러나 예전과 같은 주사는 볼 수 없었다. 다만 '특파 논설위원'으로 마산에 다녀온 때는 달랐다. 술에 만취한 모습으로 후석이 편집국에 나타난 것이다. 소리는 지르지 않고 주사도 없었지만 후석의 내공(內攻)하는 노기와 분만이 폭발 직전임이 금세 감지됐다. 웬일인가 알아봤더니 마산 앞바다에서 김주열 군의 시체가 떠오른 날 밤에도 동행한 정치부 간부가 현지 경찰서장의 기생 파티에 초대받아 갔다는 것이었다.

독한 술을 그리 많이 마시면서도 후석의 글은 흐트러지는 일이 없었다. 신문에는 언제나 이로정연하고 당당하고 기품 있는 논설과 칼럼을 쏟아내고 있었다. 뿐만 아니라 후석은 사설란에만 갇혀 있는 논설위원은 아니었다.

얘기가 뒤로 거슬러 올라가지만, 《한국일보》가 창간된 이듬해인 1955년 당시 후석은 그해 8월 15일부터 12월 1일까지 64회에 걸쳐 《한국일보》 2면에 "사료(史料)로 본 해방십년약사(解放十年略史)" 제하의 내리닫이 기사를 장기 연재하고도 있었다. 그를 아직 기억하고 있는 까닭은 그 연재를 위해 옛 동아일보사의 원로 나절로 선생 댁에 가서 해방 후의 신문 자료들을 내가 자주 빌려 후석에게 전했기 때문이다.

돌이켜보면 이 기획은 한국 현대사를 정리 기록한 최초의 시도가 아니었던가 생

편한 한복 차림으로 자택 서재에서 저서에 서명하는 천 주필

각된다. 당시 구미 선진국에서도 현대사 연구는 저널리즘과 아카데미즘이 생산적으로 만나 협력해야 하고 또 협력할 수 있는 영역으로 자리 잡고 있었다. 그러고 보면 사학자이자 언론인인 후석이 해방 후 한국 현대사의 정리 기록에 선편(先鞭)을 쳤다는 것은 당연한 일이요, 다행스러운 일이었다고도 생각된다.

후석을 위해 알게 된 나절로 선생과는 또 다른 인연도 있다. 나는 대학에 입학하기 전후해서 지어본 내 아호, 하이재(何異哉)와 제대로(諸大路)에 대해 후석의 자문을 구한 일이 있다. 그때 후석은 '제대로'는 '나절로'의 모방이라 안 된다고 언하에 실격시켜버리는 것이었다. 실은 그때까지 나는 나절로(본명 우승규)란 사람의 이름도 알지 못했던 터라 좀 억울한 생각이 들기는 했지만, 그 후 수십 년 동안 '제대로'란 호는 쓰지 않았다.

나절로 선생과 관련한 사사로운 얘기를 하나만 덧붙이겠다. 나는 이십 대 초반의 풋내기 수습기자 시절에 1955년 10월 27일부터 11월 22일까지 〈한국일보〉에 〈북한에서의 운명: 독일 신부, 수녀들의 수난기〉라는 번역 기사를 26회에 걸쳐 연재한 과분한 영광을 누린 일이 있다. 그때 이 연재가 시작되는 첫날의 지면에 장문의 '소개의 말'을 써주신 분이 나절로 선생이었다.

유신 독재체제에 온몸으로 맞선 용감한 언론인

한편 이 무렵 한국일보에는 우리나라의 근현대사 정리를 위한 또 하나의 큰 기획번

역물이 아마도 후석의 발의로 연재되기 시작했다. 1955년 5월 21일부터 이후 해를 거듭하고 수백 회에 걸쳐 이어갔던 〈韓末風雲秘話(한말풍운비화) 梅泉野錄(매천야록)〉이 그것이다. 지면에는 국사편찬위원회 초록(抄錄)으로 돼 있으나 실제로는 후석이 초역자가 아니었나 생각된다. 마감 시간을 앞두고 후석이 쫓기듯 붓으로 적어 갈긴 번역원고를 내놓는 걸 나는 여러 번 보았다.

4·19 혁명 후 후석은 내가 존경하는 고우(故友) 김철순 형이 그의 숙부 김원전(金元全) 사장과 함께 창간한 《민국일보》에 편집국장으로 옮겨갔다. 나도 오라는 끈질긴 권유가 있었지만, 독일 유학을 앞두고 있던 때라 고사했다.

1960년 10월 말 나는 독일로 떠나고 다음 해 5월 객지에서 외신을 통해 한국의 쿠데타 소식을 들었다. 그로부터 훨씬 뒤 귀국해서 들은 얘기지만 박정희 군사정부는 집권 초기에 후석을 공보부 장관에 기용하려고 교섭했으나 성사시키지 못했다는 것이다. 그랬을 것이라고 나는 생각했다. 후석은 장관직을 고사한 한국 현대사의 불과 몇 사람 안 되는 인사 가운데 첫 번째 사람이다. 그게 얼마나 장한 일이요, 희한한 일인지…….

유럽 체류 중 나는 1966년 가을 베를린 오페라의 서울 공연을 위해 일시 귀국한 일이 있다. 그때 《동아일보》 주필로 있던 후석을 찾아가 인사드렸다. 그는 내가 지난해(1965년) 비엔나에서 프란체스카 여사의 친정 언니를 만나 이승만 대통령 처가와 영부인의 초혼 및 재혼 사실을 파헤친 특종 기사를 크게 칭찬해주었다. 우리나라에도 외국처럼 신문 기자상이 있다면 그건 당연히 최 형의 비엔나 특종이 타야 했을 것이란 과찬의 말도 해주었다.

1968년 내가 유학을 마치고 귀국하자 이내 동아일보사에서 연락이 왔다. 고재욱 사장, 천관우 주필, 박권상 논설위원이 광화문 근처의 어느 한정식 집에 나를 불러 '동아'에서 같이 일하자고 권유하는 것이었다. 불행히도 나는 대학교수직의 겸직 문제 등이 걸려 그때도 후석의 권유를 받아들이지 못했다.

그 뒤 박정희 정권이 유신체제를 빙자해 장기, 영구 집권을 획책하게 되자 후석은 언론계조차도 물러나 유신정권에 맞서 재야의 거물 인사로 사회 참여에 앞장서는 투사가 됐다. 그는 참으로 용감한 언론계(출신)의 몇 안 되는 투사, 아니, '지사'로 주목받았다. 이후 천관우의 삶은 유신독재체제에 정면으로 맞선 민주 수호, 민주 회복을 위한 재야의 '영웅적' 투쟁의 역사 그 자체였다. 그 암울한 시대에 힘겨운 저항운동의 최전선에서 후석은 온몸을 던져 이 땅에서 민주 수호 역사의 큰 줄기를 이끌어갔다.

박정희 유신체제는 1979년 10월 26일 궁정동의 총성으로 갑작스러운 종언을 맞는다. 1980년 서울의 봄, 나는 그때 지금이 기회라 생각하고 오래 전부터 기획해온 일을 하나 꾸미고 있었다. 바로 한국 현대사에 대한 학계와 일반의 관심을 진작시키기 위해 계간지《현대사》를 창간해보자는 프로젝트이다. 그래서 그 무렵 창립된 '서울언론문화 클럽'의 이사진을 설득해서《현대사》를 클럽의 기관지로 발행하기로 찬의를 얻는 데 성공했다.《현대사》야말로 학계와 언론계가 함께할 수 있는, 아니 함께 해야 될 최적의, 가장 생산적인 분야라는 내 평소의 소신을 이사진이 수긍해준 것이다. 편집위원의 인선(김영호, 양호민, 차기벽, 차하순, 한배호, 홍순일)과 창간호 편집계획 등은 마음먹은 대로 큰 어려움 없이 진행되었다. 편집인으로서 잡지의 책임을 맡은 나는 고문도 서너 분 모시고자 생각하고 있었다. 원로 언론인 홍종인 선생과 김상협 당시 고려대 총장은 금방 고문직을 수락해주셨다. 그러나 그분들에 앞서 꼭 모시고자 했던 첫 번째 분이 후석이었다.

당시 불광동에 살던 후석을 찾아간 것이 1980년 4월경이었을까. 나는 1955년 후석이 내 수습기자 시절의 〈한국일보〉 지면에 "사료로 본 해방십년약사"를 연재하여 광복 후 우리나라 최초의 현대사 정리와 기록을 시도한 사실을 상기시키며 우리가 창간을 기획하고 있는《현대사》 전문지의 고문을 맡아주시기를 간청했다. "그 뜻은 좋으나 지금은 맡을 수 없다"라는 후석의 반응은 뜻밖이었다. 유신체제하에 강제로 해직된 '동아 투위'의 동지들이 전원 회사에 복직될 때까지는 어떤 자리도 맡지 않기로 했다는 것이 고문직 수락 불가의 이유였다. 그 서릿발 같은 해명은 너무나도 엄중하고 단호했다. 나는 크게 실망은 했으나 후석에 대한 경의를 새롭게 하며 그냥 물러섰다.

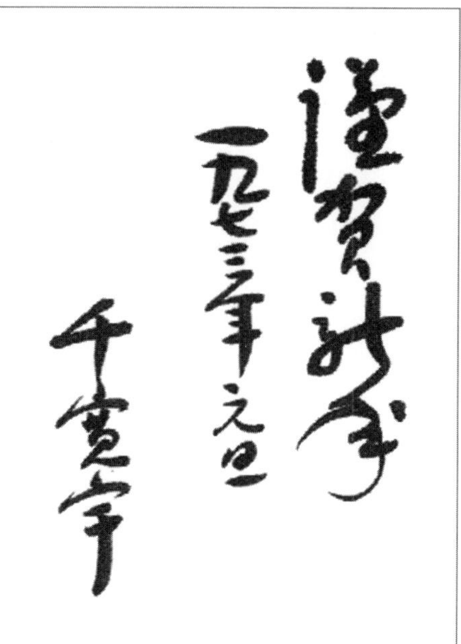

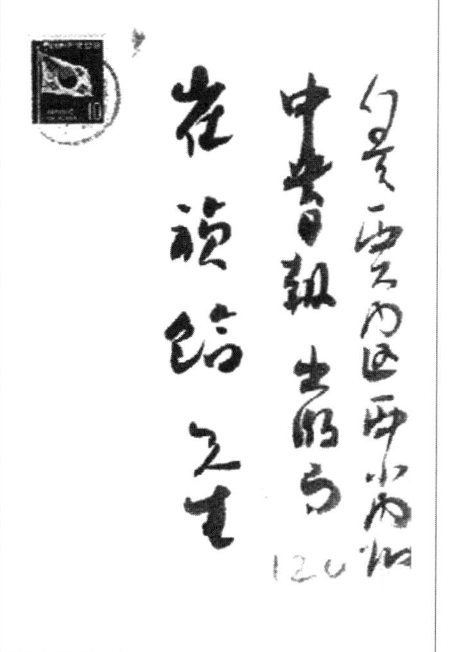

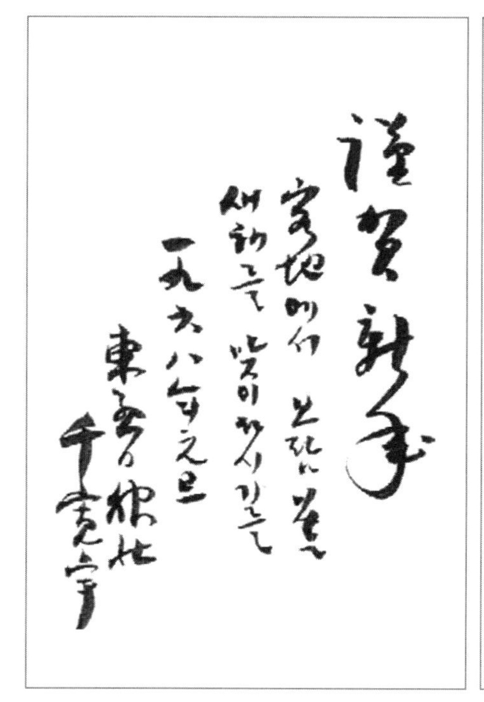

후석이 붓으로 적어 필자에게 보낸 연하장

'타이타닉호 침몰'의 충격

바로 그런 일이 있었기에 그로부터 얼마 후 5·18 광주의 피바다를 거치며 집권한 전두환의 대통령 취임식 단상에 후석이 임석했다는 소식은 청천벽력이었다. 후석은 도저히 풀이할 수 없는 '가장 어려운' 수수께끼라는 또 하나의 '수퍼러티브'를 갖다 안겨준 것이다. 후석의 그 처신은 아무리 머리를 굴려봐도 나에겐 이해하기 어려운 수수께끼이다. 그리고 이 수수께끼에 대해서 아직까지 아무도 내게 시원한 풀이를 해주지 못하고 있다.

후석이 내가 그처럼 경모하던 '거인(巨人)'이 아니었다면 수수께끼는 쉽게 풀 수 있었을 것이다. 그러나 그 야릇한 변신의 주인공은 그 누구도 아닌 후석, 한국 언론계의, 한국 지식인 사회의 타이탄(Titan, 巨人) 후석 그 사람이다. '동아자유언론수호투쟁위원회'의 정신적 지주이고 '재야 민주화 투쟁의 중심'에 자리 잡고 있던 거함(巨艦) 후석이다. 그 거함이 가라앉다니……. 그것은 아무도 있을 수 없는 일이라고 생각한 거함 '타이타닉호의 침몰' 소식에나 비길 충격을 여러 사람에게 안겨주었다.

혹시 후석이 그동안 온몸으로 저항 투쟁을 한 맞수는 그쪽도 거인인 이승만이나 박정희라야 하지, 쩨쩨한 신군부의 전(全), 노(盧) 같은 졸자들은 맞수가 못 된다는 말인가.

아무도 예측하지 못했던, 예측할 수 없었던 거인의 변신에 대해서는 그의 생전이나 사후에나 갖가지 추측, 억측만 무성하게 나돌고 있다. 그러나 그 어느 것도 나를 납득시킬 수 있는 설득력은 없다. 돈을 먹었을 거라고 말하는 사람은 후석이 아니라 그 말을 하는 사람의 됨됨이만 밝혀줄 뿐이다.

한 가지 분명한 것은 후석이 신군부의 유혹에 발목 잡혔다거나 심지어 매수당했다고 떠벌리는 사람들은 유신독재시대에 후석의 천 분의 일, 만 분의 일도 저항하지 않던 사람들, 그저 세상을 방관만 하고 집에서 편하게 발 뻗고 지내던 사람들이 대부분이고 그 암울한 시대에 민주 회복을 위해 함께 저항하고 투옥되고 고생한 사람들 가운데엔 그렇게 가벼운 입놀림을 하는 사람은 거의 찾아볼 수 없다는 사실이다.

후석과 민주화 운동을 같이하고 옥고도 같이 치렀던 작가 이호철은 그의 저서 《이 땅의 아름다운 사람들》(현재, 2003)에서 그가 만난 '아름다운 19명' 중 제일 먼저 천관우를 들고 있다.[8]

유신체제하에서 민주 수복 운동에 참여했던 김정남도 "민수협의 활동은 그 대부분이 천관우가 주도한 것"이었으며 "3인, 또 4인 대표 시절에도 언제나 그 중심은 천관우였다"라고 밝히고 있다.[9]

"영웅은 지쳐있던 것"일까? 세상이 또 한 번 크게 바뀐 1988년 가을쯤. 서울 프레스센터에서 고(故) 홍승면 선배의 평론집 《和而不動(화이부동)》의 출판기념회가 있었다. 내 기억이 틀림없다면 후석은 홍승면 유저(遺著)의 간행위원장을 맡았던 듯싶다. 그날 밤은 천, 홍 두 선배의 많은 후배 언론인들이 모인 자리였으나 웬일인지 후석의 주위에는 민망할 정도로 아무도 가까이 가지를 않았다. 내가 다가가 인사드리고 그렇게 약주를 많이 드셔도 괜찮겠느냐고 물어봤다. 이런 기쁜 날에 어찌 마시지 않을 수가 있겠느냐는 대답이었지만 그리 기쁜 모습은 아니었던 것처럼 보였다.

김정남은 이러한 후석에 대해서 "내가 생각하기로는 그분은 그 무렵 너무 지쳐 있었고 그리고 자신을 지켜나가기 힘들 만큼 가난에 쪼들리고 있었다"라고 적어놓고 있다. '영웅들은 지쳐 있던 것(L'heros sont fatigue's)'일까?

그 뒤 최일남과 고인이 된 이규태를 만나 그날 밤의 얘기를 했다. 두 친구는 지금도 예전처럼 후석을 계속 모신다는 것이었다. 최일남은 '동아'의 해직 언론인이고 이규태는 후석이 《조선일보》 편집국장 당시 발굴한 언론인이었다.

2010년

8 《이 땅의 아름다운 사람들》의 제1장 제목인 〈재야 단체의 효시, 민주수호국민협의회 활동의 핵〉이 가리키는 사람이 천관우다.

9 김정남, "되새기는 잊힌 거목", 《거인 천관우》, 2011.

다음에 천관우의 언론계 활동에만 국한해서 간략한 연표를 적어둔다.

1925년 충북 제천에서 태어났다. 청주 제일공립중학교 졸업

1944년 경성제국대학 예과 문과 을류(인문계) 입학

1945년 일제 치하에서 해방

1946년 국립 서울대학교 문리과대학 사학과에 진학, 1949년 졸업

1951년 6·25 전란 중 임시수도 부산에서 《대한통신》 기자가 됨

1952년 유네스코 기금으로 미국 유학, 미네소타대학 신문학과 수학

귀국 후 서울대학교 등에서 강사로 매스컴 이론에 관해 강의

1954년 《한국일보》 창간에 조사부 차장으로 입사, 곧 논설위원이 됨

1956년 《조선일보》 논설위원으로 옮겨가서 1958년엔 편집국장이 됨

1959년 다시 《한국일보》 논설위원으로 복귀

1960년 《세계일보》(후에 《민국일보》가 됨)에 입사. 1961년 편집국장

1961년 《서울일일신문》 주필로 있다 5·16 쿠데타로 폐간되자 퇴사

1963년 《동아일보》 편집국장

1965년 《동아일보》 주필 이사

1968년 '신동아 필화사건'으로 《동아일보》 퇴사

1969년 신문론 논집 《언관(言官) 사관(史官)》(배영사) 간행

1970년 《동아일보》에 상근이사로 복귀

1971년 《동아일보》 재퇴사

1980년 국토통일원 고문

1981년 민족통일중앙협의회 창립의장. 《한국일보》 상임고문

1991년 자택에서 서거

전통과 현대를 이은 실학의 큰 선비

• 실시학사의 이우성 박사

(1925~2017)

유신 계엄령하에 종합잡지 편집을 맡다

1972년 10월 17일. 이 날을 기억하고 있는 사람들이 더러는 있을까? 많은 사람들이 '시월 유신'은 알고 있어도 이 날짜까지 기억하고 있지는 않을 것이다. 내가 그런데도 이 날짜를 정확히 외고 있는 데는 개인적인 사유가 있다.

당시 나는 성균관대학에 교수로 있으면서 그해 6월 말부터는 중앙일보사의 논설위원으로 발령을 받아 두 직장에서 일하고 있었다. 그때는 그러한 겸직이 가능했던, 어떤 면에선 '좋은 옛 시절'이었다.

그러다가 같은 해 10월 17일 이른 오후 중앙일보사 사장실에서 연락이 왔다. 잡지 《월간중앙(月刊中央)》의 주간을 맡아달라는 것이었다. 그럼 논설위원직은 면해주는 것인가 했더니 그것도 그냥 계속하라는 것이다. 참 난감한 꼴이 됐군, 하고 투덜대며 사장실을 나오는데 현관에 느닷없는 무장군인들이 들이닥쳐 보초를 서고 있다. 웬일인가 싶었는데 계엄령이 선포되었다는 것이다. 이른바 '10월 유신'이 시작된 것이다.

박정희 대통령의 영구 집권체제를 마련하기 위해 언론 자유를 비롯한 민주주의의 기본권이 억압되는 유신계엄체제의 첫날에 하필이면 종합월간잡지의 편집책임을 맡다니, 그 악연으로 해서 10월 17일은 내게 잊을 수 없는 날짜가 되어버린 것이다.

대학교수로 있으면서 일간신문의 논설위원, 월간잡지의 주간까지 맡으라는 것도 억지 춘향이다. 그러나 그러한 억지 타령보다 더욱 나를 기차게 한 것은 앞으로 찬성하는 언론 자유(?)만 허용되고 반대하는 자유는 철저히 금압한다는 유신계엄령 치하에서 도대체 어떻게 종합잡지를 기획하고 편집한다는 말인가 하는 난제였다. 언론에 종사하지 않는 사람이라면 이런 경우 침묵이라는 소극적인 저항이 가능할 수 있다. 그러나 세상에서 일어난 모든 일에 대해서 발언하는 것이 언론인의 권리이자 의무이다. 침묵한다는 것은 언론인의 책무 회피요 자기 부정이다.

이럴 때면 내게 떠오르곤 하는 에피소드가 있다. 20세기 전반기의 프랑스 문단을 주름잡던 두 친구 앙드레 지드와 폴 발레리가 어느 날 산책을 하며 주고받았다는 이야기이다.

지드 "나는 내가 글을 쓰지 못하도록 강요받는다면 자살해버리겠다!"
발레리 "그래? 나는 내가 글을 쓰도록 강요받는다면 자살해버리겠네."

하고 싶은 말을 못하도록 강제하는 것은 소극적 언론 탄압이라 할 수 있다. 그에 대해 하고 싶지 않은 말, 하기 싫은 말도 하도록 강제하는 것은 적극적 언론 탄압이요, 더욱 괴롭고 견디기 힘든 탄압이다. 언론인만 아니라면 소극적 탄압이건 적극적 탄압이건 다 침묵으로 비껴갈 수 있으나 언론인에게는 그러한 침묵이 허용되지 않는다. 그는 언제 어디서나 어떤 일에 대해서도 말을 해야 하고 글을 써야 된다.

잡지를 안 낸다면 몰라도 잡지를 내는 이상 침묵으로 백지의 잡지를 낼 수는 없다. 종합 계획을 세우고, 다룰 주제들을 정하고, 집필자도 선정해서 원고를 받아와 잡지 지면을 메우지 않으면 안 된다. 그러나 아무리 침묵이 용납되지 않는다고 해도 하기 싫은 이야기, 속에도 없는 이야기로 지면을 꾸밀 수는 없다. 그런 상황 속에서 나는 나름대로 유신독재체제하의 편집 방향을 혼자 모색한 끝에 두 가지 큰 주제를 일종의 탈출구처럼 구상해봤다.

지금 이곳에서 마음대로 이야기 못 할 때엔 여기 아닌 밖의 이야기로, 또는 지금 아닌 과거의 이야기로 오늘의 우리 이야기를 빗대서 해볼 수도 있지 않겠느냐. 국제 사회의 기사, 역사적 주제의 기사를 다루면서 오늘의 주제를 그 행간에 심층적으로 시사할 수도 있지 않겠느냐 하는 복안이었다. 하지만 독자들에게는 아무래도 밖에서 벌어진 남의 이야기보다는 역시 이 땅에서 우리가 과거에 겪고 살아온 우리 이야기가 더욱 호소력이 있을 것으로 여겨졌다. 새것을, 보다 더 새로운 것을 좇는 일간 신문과는 달리 과거에서 미래까지 넓은 시간의 지평이 열려 있는 월간잡지이기 때문에 충분히 그럴 수도 있겠고 그래서 좋겠다고 생각한 것이다.

잡지 주간을 맡고 나서 처음 꾸미게 된 1973년 신년 특집호를 위해 나는 장기연재물로 우선 두 가지 큰 주제를 떠올려 보았다. 하나는 '한국사의 왜곡사(歪曲史)'이고 다른 하나는 '이조(李朝)의 선비사(史)'였다. 우리는 외세의 지배하에서 오늘의 '산 권력'을 위해 어제의 역사가 왜곡된 숱한 사례를 보아왔다. 권력과 역사의 거리는 멀리 떨어져 있을수록 좋으나 전체주의 독재체제는 역사를 제 수중에 장악하려 한다. '한국사의 왜곡사'는 그러한 위험에 대한 경종을 미리 울려보자는 것이다.

'이조의 선비사'는 어느 면에선 세계에 자랑할 만한 한국 지성사의 큰 광맥을 이루고 있다고 여겨졌다. 물론 거기에는 영욕의 양면이 다 있기는 하지만 이 땅의 지난날에는 학문에 대한 열(熱)과 성(誠), 우국충정의 애국심, 시류에 나부끼지 않는 곧은 지조 등에서 참으로 우러러볼 많은 일련의 선비들이 있었다. 지식인 사회를 덮친 유신계엄체제하에서 그처럼 우러러볼 실존했던 선대들의 역사적 사례를 안다는 것은 오늘을 사는 우리에게도 힘이 되어주리라 생각해본 것이다.

중요한 것은 누가 글을 쓰느냐, 누구를 첫 필자로 삼느냐 하는 연재의 출발이다.

1972년 필자는 성균관대학교 교수 시절 중앙일보 논설위원을 겸직하던 중 그해 10월에 월간 《중앙》의 주간도 맡게 됐다. 바로 그날 유신 개헌을 준비하는 계엄령이 발표되면서 언론의 자유가 극도로 제한된 상황에서 종합잡지를 편집해야 하는 시련을 맞게 된다. 그 난관을 극복하는 탈출구를 역사 속에 찾기로 하고 〈이조의 선비사〉, 〈한국사의 왜곡사〉 등 장기연재를 기획했다. 사진은 그를 위한 자문화의 모습(왼쪽부터 시계 방향으로 이우성, 김열규, 이기백, 필자, 이종복, 천관우)

'왜곡사'는 서강대학교의 이기백 교수를 찾아가 어렵사리 설득해서 집필 약속을 받았다. '선비사'는 성균관대학교의 이우성 교수를 모시기로 하고 같은 대학의 동료이기도 하나 기자를 보내지 않고 내가 직접 섭외에 나서 청탁을 했다. 비교적 쉽게 집필을 수락해준 것은 아마도 연재를 기획한 취지를 호의적으로 이해해준 때문으로 생각되었다.

벽사의 명문에 눈물을 흘리다

이우성 교수가 원고를 보내왔다. 나는 그 자리에서 봉을 뜯고 단숨에 읽어 내려갔다.

〈임금을 피한 임금의 스승: 운곡(耘谷) 원천석(元天錫)〉 이라는 글이었다

이우성 교수의 글은 읽는 그 자리에서 내 심금을 울렸다. 가볍지 않은 충격을 받았다 해야 할 것이, 나는 데스크에서 원고를 읽다가 격동해서 그만 낙루(落淚)를 해버린 것이다. 그러고 보니 정감이 무딘데도 글을 읽다가 더러 눈물을 흘린 일이 과거에 한두 번 있었다.

가령 한 재일교포 미망인의 수기와 단가(短歌)를 읽었을 때다. 6·25 전쟁이 나자 그녀의 두 자식이 모두 모국으로 돌아와 자원해서 한국군에 입대해 참전하고 이내 낙동강 전선에서 둘 다 전사했다. 그 비통한 모정을 하소연할 길이 없어 그녀가 일제치하에서 배운 일본어로 단가(短歌)를 적어갔다. 모국어는 배울 기회가 없었고 배운 게 일본말뿐이라 누구에게 보이기에도 부끄러워 망설이다가 김소운 선생에게 보냈다. 그 글을 읽고 감동한 소운이 이 단가들을《한국의 어머니》란 제목으로 일본에서 출판된 수필집 권두에 실은 걸 나는 대학 시절에 보고 낙루한 기억이 있다.

이른바 동베를린 간첩사건으로 1960년대 말 옥중에서 50세 생일을 맞는 작곡가 윤이상을 위해 아무것도 선물을 할 수 없던, 역시 옥중의 아내 이수자 씨가 그동안 자기 머리카락을 모아 오랜 시간과 정성을 들여 검은 꽃송이 조화를 만들어서 변호사를 통해 생일 아침에 보냈다는 이야기도 나를 낙루케 했다.

우리 시대의 이야기요, 현대사 속 연인들의 이야기이다. 그러나 운곡 원천석(1330~?)은 600여 년 전의 옛날 인물이요, 우리들이 살고 있는 현대의 감성세계, 공감세계와는 너무나도 멀리 떨어진 여말(麗末) 선초(鮮初)의 역사시대 속 인물, 그것도 여인의 정감세계와도 아랑곳없는 근엄한 선비 이야기이다.

운곡은 이색(李穡-牧隱) 정몽주(鄭夢周-圃隱) 등과 사귄 고려 말의 선비. 시국의 문란함을 보고 치악산에 들어가 농사를 지으며 산 은사(隱士)이다. 그는 일찍이 글공부를 해서 과거로 입신해보려는 이방원을 가르쳐 스승 노릇을 한 적이 있었다. 그 방원이 새 왕조의 제3대 태종으로 즉위하자 여러 차례 옛 스승을 찾았으나 운곡은 응하지 않았다. 태종이 그 후 순행 길에 치악산에 들려 직접 운곡을 정중히 예방하였을 때

도 그 기미를 알고 어디론지 피신해버렸다.

운곡은 만년에 당대의 야사(野史) 여섯 권을 저술해서 궤짝 속에 넣어 열쇠를 채우고 가묘(家廟)에 숨겨두었다. 이 '비밀의 기록'을 후세의 바른 역사를 위한 증언으로 남겨두려 했던 것이다. 그러나 후손 대에 와서 운곡의 유언을 어기고 궤를 열어 책을 펼쳐 보자 어안이 벙벙했다. 그 책은 고려 말의 역사를 사실대로 바로 적어 조선조의 내력을 송두리째 흔들어놓은 것이다. 자손들은 이 책이 멸족의 화를 가져올 것이라 여겨 불살라버렸다.

'비밀의 기록'은 사라졌으나 운곡의 사시(史詩)는 세상에 남아 길이 역사의 증언이 되었다. 후세의 공론은 운곡의 증언을 따랐다. 퇴계는 "국가만세후(國家萬世後, 조선조가 끝난 뒤)에 나는 운곡의 의리를 좇겠노라"고 했고 상촌(象村 申欽), 순암(順菴 安鼎福) 등도 그의 역사편찬에서 정식으로 운곡의 견해를 받아들였다. "한 선비의 주체적 자세가 역사의 왜곡을 막는 것이다"라는 말로 벽사는《임금을 피한 임금의 스승》의 글을 맺고 있다.

벽사의 글을 읽으며 왜 낙루를 했을까? 나는 두고두고 생각해봤다. 글의 내용이나 서술 방식 어디를 살펴봐도 내 누선(淚腺)을 자극할 만한 대목은 눈에 띄지 않았다. 감성에 호소하는 형용구나 부사구, 주관적 견해나 과장된 표현 따위는 일체 억제된 채 질박한 조사(措辭)로 객관적인 사실만을 서사하고 있을 뿐이다. 마치 물이 흐르듯 자연스러운 행문(行文)으로 담담하게 엮어놓은 그 글에 나는 낙루를 했고 그러고 나서 다시 읽어보곤 그 글의 아름다움에 홀렸다.

그 아름다움은 개골산(皆骨山)이라 일컫는 겨울 금강산의 아름다움이라 느꼈다. 여러 형색의 수목이 화려하게 우거져 봉래산(蓬萊山)이라 일컫기도 하는 여름 금강산과는 달리 모든 너스레와 군더더기를 털어버리고 오직 뼈대만 남은 겨울의 금강산처럼 벽사의 문장은 언어의 무성한 형용 수사를 일체 털어버리고 오직 역사적 사실이라는 '팩트(fact)'만으로 일궈낸 문장 구조의 아름다움, 그것은 절제된 금욕적인 아름다움이 아닌가 생각되었다.

나는 벽사의 애독자가 됐다. 물론 그렇다 해서 내가 벽사의 그 많은 저술을 두루 섭렵한 부지런한 독서가라고 참칭할 생각은 추호도 없고 사실이 그렇지도 않다. 다만 그때그때 참고할 일이 있어 벽사의 저서들을 펼쳐보게 되면 그때마다 벽사 문장의 짜임새 있는 단단한 구조와 빈틈없는 행문 조사에 탄복하고 만다는 이야기이다.

가령 조선시대의 공론(公論) 구조에 있어 특이한 자리매김과 구실을 가졌던 산림(山林, 벼슬을 하지 않고 향리에 묻혀 살던 재야의 선비들)에 관한 벽사의 논저[10]는 우리나라 전통사회의 언론사 및 언론사상사를 알아보려는 나 같은 후학들을 계몽하는 진중한 연구논문이자 그 문장에 있어서도 귀감이 될 만한 명문으로 나는 기억하고 있다. 이러한 벽사의 글이 지닌 저력의 바탕은 그의 아무도 넘볼 수 없는 깊은 한문학의 온축에 있지 않은가 짐작해본다.

교직에 있으면서 나는 어떤 의미에선 아주 대척되는 두 대학에서 재직하게 되었다. 우리나라 유학 교육의 본산이라 할 성균관대학교와 기독교대학의 효시라 할 연세대학교가 그 두 대학이다. 물론 오늘날에 와서는 모든 대학이 세속화된 일반 교육기관이 되고는 있다. 하지만 두 대학의 내부 분위기를 차례로 장기간 체험해본 나 같은 사람에게는 대조적인 두 대학 문화의 차이가 두드러지게 느껴질 수가 있다. 그리고 그것은 유교와 기독교의 본질적 차이에서 우러나온 것이라 생각한다.

유교가 원래 경전의 종교, 글(書)의 종교라 한다면 기독교는 본시 말씀의 종교, 말(로고스)의 종교라 해서 좋을 줄 안다. 유교의 선비라면 1차적으로 글을 읽는 사람, 글을 잘하는 사람, 글의 사람이다. 그에 비해 기독교의 목사는 설교하는 사람, 말을 잘하는 사람, 말의 사람이다

글을 숭상한 유교문화권에서는 말은 오히려 서툴기를 바라는 것이 군자("君子欲訥於言")라거나 말재주는 어질지 못한("巧言…鮮矣仁") 것으로 치고도 있었다.[11] 한편 기

10 〈李朝 儒教政治와 '山林'의 存在〉, 《李佑成 歷史論集 : 韓國의 歷史像》, 창비, 1983.

11 《論語》 卷第一 學而.

독교의 포교 및 기독교 사상의 발전에 큰 기여를 제공한 서양의 고전문화에서는 말(로고스)의 문화를 크게 발전시키면서 철학자 소크라테스처럼 말을 물질에 기록하는 글, 문자(로고그라포스) 따위는 얕잡아본 경우도 있었다.[12]

중국을 비롯한 동북아 유교 문화권에서는 "글이 나라를 다스리는 큰 사업이요, 썩지 않은 성대한 사업(文章經國之大業 不朽之盛事-魏文帝)"이라 일컫고 있었다면 "처음에 말이 있었다"고 믿은 서양의 기독교 문화권은 말의 문화가 활짝 꽃핀, 레토릭의 제국(l'empire rhétorique)이요, 그것은 고대 그리스로부터 나폴레옹 3세의 프랑스에 이르기까지 2,500년 동안을 군림해오면서 그사이 여러 정권, 여러 종교, 여러 문명들을 흡수한 하나의 초(超)문명(une sur-civilization)이라 일컫고 있다.[13]

유교문화와 기독교문화, 글의 문화와 말의 문화의 이 같은 대척적인 차이를 내가 실감하고, 생각해보고, 논의해보게 된 것도 성균관대학교와 연세대학교의 두 대학교에 재직하게 된 것이 그 기연이 됐던 것이다. 사사로운 얘기지만 성균관대학교에서 연세대학교로 전직한 후 한동안 나는 일종의 문화 충격을 경험하기도 했다. 매주 열리는 채플 시간, 기회만 있으면 반복되는 기도의 생활화 등등. 본래 게으른 탓에 그런 자리에 별로 많이 나가지도 못했지만 숫기가 없어 남 앞에서 말하기 꺼리는 어눌한 나는 연세대로 자리를 옮긴 뒤 한동안은 그 낯선 캠퍼스 문화와 거기에 익숙한 달변의 동료 교수 앞에서 여간 주눅이 들지가 않았던 것이다.

그러한 상이한 두 대학 문화를 상징하는 인격으로 여기에 두 분씩을 부각시켜 본다. 먼저 말의 문화를 꽃피운 기독교 문화권의 대표적인 대학 교수로는 용재 백낙준 박사와 김동길 박사를 든다면 글의 문화를 꽃피운 유교 문화권의 대표적인 대학 교수로는 서울대학교에서 정년퇴직 후 성균관대학교로 오신 열암 박종홍 박사와 벽사 이우성 박사를 들고 싶다. 굳이 그 까닭을 설명할 필요는 없을 줄 안다. 대학 사회를 떠나서도, 대학 사회 밖에서도 백낙준, 김동길 박사는 말의 사람이요, 열암과 벽사

12 Platon, Phaidros, 274E~275A.

13 Roland Barthes, L'ancienne rhétorique. Aide-mémoire, Vol. 16, Communication, 1970, p. 174.

1992년 2월 서귀포에서 열린 한일 학술회의 휴식 시간에 벽사와 필자

는 글의 사람임을 부인할 수 없을 것이다.

열암이 철학자로서 방대한 논리학 체계의 고구와 함께 불교와 유학을 아우른 한국 사상사의 저술에 심혈을 기울였다면 벽사는 한문학을 바탕으로 우리나라 전통사회 문화의 문·사·철(文·史·哲)을 통섭한 한국학의 체계화에 큰 기여를 했다. 성호 이익 등을 배출한 명문 여주 이 씨의 후손으로 벽사는 일찍이 실시학사(實是學舍)를 세워 실학사상의 연구와 그 전적의 역간 사업을 벌여왔다. 그러한 벽사의 학문과 인품을 사숙한 열암의 제자 모하 이헌조 LG전자 전 회장이 100억 가까운 사재를 기부해서 실시학사를 재단법인으로 키운 것은 잔잔한 감동을 일으켜 세상의 화제가 되기도 했다.

벽사의 한시와 난사 동인들

벽사와 모하는 실은 이미 그 이전부터 다른 인연으로 해서 수십 년 동안 사귀어오고 있었다. 한시(漢詩) 동호인들의 모임인 난사(蘭社)가 그것이다. 그 멤버의 한 사람인 김용직(金容稷) 서울대학교 명예교수는 이 모임에 대해서 벽사가 "좌장이요 실질적인 지도교수"이며 그렇기에 "그의 친절 정녕한 지도가 없이는 모임 자체가 성립될 수가 없다"라고 술회하고 있었다. 벽사가 실질적인 지도교수로 있었다는 난사의 회원들이 그러나 누구인가. 그 면면을 일부 소개해보면 고병익, 김종길, 김호길, 유혁인, 이용태, 이헌조, 조순 등 이 나라 학계 · 재계의 쟁쟁한 인사들이다.

나는 한시의 세계라면 그 언저리도 얼씬거리지 못한 문외한인데도 벽사나 모하는 한시 선집이 나올 때면 그 귀중한 사화집(詞華集)을 보내주기도 해서 조금은 무안하기도 하고 조금은 당황스럽기도 했다. 그러나 이 한시의 까막눈에조차 벽사의 한시들을 훑어보고는 놀라움을 금할 수 없는 것을 깨닫게 된다. 시는 이해 못 해도 벽사의 시가 다루는 제재(題材)가 너무나 의표를 찌르는 경우가 많기 때문이다. 몇 가지 보기를 들어본다.

- **蘇聯紀行**(소련기행) 2 **列寧格勒 追感十月革命及獨蘇戰爭時事** (레닌그라드에서 시월혁명과 독소전쟁 당시의 일을 회상하다)
- **電視器中 見獨島風景 聞有日本人移籍於此 惹起外交問題 因復憶安龍福事 三絶** (텔레비전에서 독도의 풍경을 본 바 일본인들이 이곳으로 호적을 옮겨 외교문제를 야기시킨 사실을 알게 되어, 안용복의 일을 회상하며 절구 세 수를 짓다)
- **美國都市建物爆破慘事 世界震驚 余爲作地球問答詩** (미국 도시 건물 폭파 참사로 세계가 경악하였다. 이에 내가 지구와의 문답시를 지어본다)
- **越南 訪胡志明廟** (월남에서 호지명 사당을 방문하고)
- **觀伊拉克戰爭** (이라크 전쟁을 보고)
- **中國 東北工程** (중국의 동북공정)
- **北京六者會談之後 我南北問題明暗如前 有賦** (북경 육자회담 이후 남북문제의 명암이 바뀌지 않기에 시를 지어 읊다)

위의 보기들은 벽사 생애의 만년에 나온 사화집《憶(억)》(푸른세상, 2012)에 수록된 120여 수의 작품 가운데 시사에 관한 시편들의 극히 일부의 제목만을 들어본 것이다.

분명한 것은 우리가 한시라면 흔히 떠올리는 회고조의 음풍농월(吟諷弄月)과는 달리 벽사의 한시는 그 제재부터 매우 현대적이요, 시사적이요, 개방적이요, 서구적이기까지 하다는 사실이다. 거기에 놀라지 않을 수가 없다.

위에 든 한시 중에서 몇 편을 김용직 교수의 번역문과 함께 소개해본다.

越南 訪胡志明廟 二千二年 二月 三日(월남에서 호지명 사당을 방문하고 2002년 2월 3일)

一

勝敗元同一局棋 (승패란 본디부터 한 자리 바둑판을)

自由獨立儘酸悲 (자유와 독립 위해 갖은 고초 다 겪었지)

胡公志業終千古 (호공의 뜻과 공덕 천고에 걸치리니)

澤被生靈無盡時 (많은 백성 입은 은혜 끊어질 리 없으리라)

二

(省略) (생략)

中國 東北工程 二千四年 九月 五日 (중국의 동북공정 2004년 9월 5일)

隨兵喪魄薩江頭 (수나라 병사 그 넋들이 살수 가를 헤매이고)

唐帝落眸遼野秋 (당 태종 빠진 눈알 요동 들에 굴렀거니)

東北工程斯我甚 (허랑하다 동북공정 엄청난 속임수여)

先靈憤怒震通溝 (우리 선조 품은 분노 남만주 벌 휘덮겠다)

그 밖에도 벽사의 사화집《憶(억)》에는 2005년 금강산 남북이산가족 상봉장에서

96세의 어머니와 73세의 아들이 만났다가 다음 날 작별하면서 통곡하는 장면을 텔레비전에서 보고 지은 이런 절구도 있다.

母別子 (어머니와 아들의 이별)

山川草木亦含哀 (산과 시내 풀과 나무 슬픔에 목이 멘다)

母子相離淚莫裁 (모자가 헤어짐에 흘릴 눈물 어이 막나)

今日何人揮大斧 (어기차라 오늘이여 누가 큰 도끼 휘둘러서)

南天北地坦途開 (남쪽 하늘 북녘 땅에 탄탄대로 열어 내나)

퇴계가 일찍이 운곡 원천석의 시를 읽고 "사우어시(史寓於詩, 역사가 시에 실려 있다)"란 명언을 남겼다는 말이 전해지고 있는데 그건 오늘날의 경우 벽사의 한시를 두고서도 능히 할 수 있는 말이 아닐까 생각해본다.

나는 성균관대학교에 재직하고 있을 때부터 교수 식당에서 벽사와의 자진 담론을 통해서 이 한문학의 석학은 시무(時務)에도 관심이 많다, 현실 상황에 대해서도 도피적이 아니라 참여적이다. 그리고 그 시각도 퇴영적이 아니라 매우 진보적이라는 것을 짐작하고 있었다. 뿐만 아니라 그는 언행일치의 선비로서 서재의 사색인(思索人)으로만 머물지 않고 나름대로 행동인(行動人)인으로서 실천에 나서는 것도 주저하지 않은 참 선비였다. 그렇기에 1960년대의 학원 민주화 운동에도 과감히 나섰고 1980년대에는 신군부의 집권을 비판하는 교수 성명을 주도해서 해직되기도 했던 것이다.

퇴계 아닌 다산을 들다

마지막으로 벽사에게 개인적으로 신세 진 이야기를 하나 적어두련다. 1990년대 후반 이탈리아의 공영방송 RAI(Radiotelevisione Italiana)는 그곳 철학연구소의 협력을 얻어 베네치아에 가상의 박물관 '제3의 세계(MONDO 3. The Museum of Digital Humankind)'를 설립하고 거기에 인류의 창조적 재능의 소산으로 수장해야 할 대상들을 선정하는 40인 위원회를 구성해서 거기에 나도 초청받은 일이 있다.[14]

재단법인 '실시학사' 창립 기념식장의 모하(왼쪽)와 벽사(오른쪽)

장차 인터넷을 통해 전 세계의 어디서나, 누구나, 언제나 찾아볼 수 있는 멀티미디어 시대의 박물관, 그곳에 유형 · 무형의 대표적 한국 문화유산 10점을 추천해보라는 초빙을 받게 된 것이다. 그것은 어려운 작업이었다. 10점을 '뽑는' 어려움보다도 10점 이외의 나머지 모두를 '잘라내는' 것이 더욱 힘이 드는 어려움이었다.

물론 선정 작업은 내 개인적인 주관에 의한 것이긴 하지만 나는 처음 여덟 점은 그래도 객관적 · 일반적 시각을 크게 벗어나진 않을 것으로 믿고 비교적 쉽게 선정을 해봤다.

불국사와 석굴암, 일본에 있는 '구다라 간농(百濟觀音)', 팔만대장경과 장서각, 조선왕조실록, 한글, 영산회상(靈山會相), 판소리 심청전, 혜원 신윤복의 풍속화 등이다. 내가 정말 어렵다고 생각한 것은 이에 덧붙여 오랜 시간에 걸친 우리나라 사상사의 가장 창의적이요, 대표적인 업적을 무엇으로 선정하느냐 하는 문제였다.

이럴 때 가장 먼저 여쭈어보고 싶은 분은 물론 열암 박종홍 선생님이지만 이미 안 계신다. 나는 벽사를 모시고 자문했더니 기꺼이 응해주면서 즉석에서 불교 사상

14 최정호, 《한국의 문화유산》, 나남, 2004, pp. 403-410.

사에서 원효대사, 그리고 유학 사상사에선 다산 정약용을 추천해주었다. 이렇게 해서 앞에 든 여덟 점에 원효대사의 《대승기신론소》와 정다산의 《목민심서》로 열 점을 채웠다.

한국 사상사 2,000년의 두 인물로 선뜻 원효와 다산을 든다는 것은 벽사만이 능히 할 수 있는 일이고 그건 또 매우 벽사다운 선정이라고 느꼈다. 만일 열암 선생님이 살아 계셔서 여쭈어봤다면……? 아마도 불교 사상에선 역시 원효요, 유학 사상에선 다산 대신 혹시 퇴계를 들지 않으셨을까? 열암과 퇴계, 벽사와 다산…… 물론 이건 한 문외한의 외람된 억측에 불과하지만….

2019년

정치 저널리즘을 천직으로 살다

• 박권상 선배

(1929~2014)

1940년대 말의 입원실 동창

박권상 형을 처음 만난 것은 1949년 가을이 아니었나 생각된다. 박 형이 대학교 2학년에, 나는 중학교 4학년(지금의 고등학교 1학년)에 재학 중일 때의 일이다. 전주의 한 병원에서 두 사람 다 수술을 받고 입원하고 있었으니 말하자면 우리는 병원 동창의 인연이 있었던 셈이다.

요즘 같으면 통원치료도 가능한 작은 수술을 위해 그 무렵에는 4주 동안이나 입원했으니 참 옛날 얘기다. 무료한 입원 생활에서 병원 동창 박 형과의 만남은 내게 깊은 인상을 남겨주었다.

그는 어린 중학생의 눈에도 꽤나 진지하고 순수한, 그리고 열정적인 대학생처럼 보였다. 서울대학교 문리대 영문과에 재학하고 있었지만 그것은 자기 뜻이 아니라 형들과의 타협의 결과라는 것이었다. 원래 가고 싶은 대학은 미술대학이었으나 형들이 그것만은 안 된다 하고, 그 대신 법 · 정 · 경 · 상 쪽은 본인이 싫다 해서 나온 타협안

이 영문과였다는 것이다. 그러나 마음은 아직도 미술 쪽에 미련을 버리지 못하고 있다며 당시의 나에겐 무척이나 값비싼 호화판으로 보인 영문의 미술 전집들을 자랑 삼아 보여주고 빌려주기도 했다.

미술 전집보다 박 형이 더욱 자랑 삼아 열변을 토했던 것은 그해(1949년) 여름 흉탄에 쓰러진 백범 김구 선생의 운구 대열에 끼어 서울 시가를 행진했다는 얘기였다. 백범 선생과 그의 암살에 화제가 미치면 입원실의 열혈 청년 눈에는 이슬방울이 맺히기도 했던 것으로 나는 기억한다.

반세기도 훨씬 지난 까마득히 먼 옛날 얘기다. 그러나 그로부터 60년의 세월이 흐르는 동안 나는 멀리서, 때로는 가까이서 박 형을 만나 더러는 같이 일을 한 때도 있었지만 박 형은 1949년 가을 평화로운 병원 입원실에서 사귄 첫인상을 배신한 일이 거의 없었다. 사적(私的)으로는 진지하고 순수한, 그리고 공적(公的)으로는 열정적 참여정신의 모습, 객기는 있어도 허황되지 않고 흥분은 해도 페어(공정)한 입장을 지키려는 그 모습을 박 형은 그 뒤 평생 동안 유지해왔다. 이 난세를 겪으며 그러한 입장을 일관하기란 눈에 띄지 않는 엄중한 자기통제를 관철해야만 비로소 가능한 일이라 생각된다.

"다시 태어나도 기자가 되겠다."

우리가 겪은 그 격동의 시대에 순수한 초지를 일관한다는 것이 쉬운 일이 아니다. 박권상 형은 언론인을 천직으로 자부하고 언론인으로 일관한 일생을 살았다. 언젠가 우리가 외국에서 만났을 때 그는 다음 세상에 다시 태어나더라도 역시 기자가 되겠다는 말을 내게 한 일이 있다. 스스로의 직업에 대한 그의 만만치 않은 자부심은 감명을 줄 만했다.

기자직이란 어떤 면에선 유혹이 많은 직업이다. 돈의 유혹, 벼슬의 유혹, 그런 모든 유혹에 나부끼지 않고 기자직을 천직으로 생각한다는 것은 박 형이 무욕(無慾)한 사람, 다른 헛된 욕망을 접은 사람이기에 가능한 일이었다.

박 형은 1952년 대학을 졸업하자마자 6·25 전쟁 중의 피난 수도 부산에서 《합동통신》 정치부 기자로 언론계에 발을 들였다. 기자를 천직으로 삼는다 할 때 박 형의 경우 좁게 말해서 정치부 기자를 천직으로 삼았던 것 같다. 경제부나 사회부 또는 문화부가 아니라 ―기자로서나 논객으로서나 그리고 편집자로서나 ―오직 정치 담당 언론인으로서 그는 일생을 살았고 그 직분에 자족하고 자부를 느끼고 있었던 것으로 생각된다.

언론인이나 정치인을 막론하고 한국전쟁 와중에 우리나라의 정치판, 좋게 말해서 정계에 발을 들인 뒤 21세기까지 서바이브한 사람들 중에는 1952년의 부산 정치파동을 일선에서 겪은 박 형에 앞선 사람은 아무도 없다. 김영삼, 김대중 전 대통령도 그들의 정계입문 과정을 박권상 기자가 '올챙이 정치가'로서 취재한 새내기였으니 그 뒤에 나온 김종필 전 총리를 포함한 3김과 그를 따랐던 일단들은 더 말할 나위가 없을 것이다.

원로 정치부 기자, 한국 정계에 으뜸가는 시니어로서 박 형의 면목이 처음으로 가장 잘 가시화된 신문 사진이 있다(182쪽 사진 참조). 1971년 6월 1일 동아일보사 사장이 그의 덕소 별장에 윌리엄 포터 주한 미국 대사의 환송연에 초청한 인사들의 기념사진이다. 참석한 면면들은 주인(김상만)과 주빈(포터) 외에 앞줄에는 정일권, 이철승, 김대중, 김성곤. 그리고 뒷줄에는 이후락, 김영삼, 고흥문 그리고 이 무대를 연출한 《동아일보》 박권상 편집국장 등이다.

지금으로서는 아무렇지도 않은 기념 사진으로 보일지 모른다. 그러나 1971년 사생결단의 치열한 대통령 선거를 불과 두 달 전에 치른 정국에서 어떻게 이런 인사들이 자리를 함께 할 수 있었을까 하고 당시 독자들은 고개가 갸우뚱해지지 않을 수 없었다. 그것은 자못 '경탄'스럽기까지 한 사진이었다. 71년 대선은 우선 그 대결 구도가 잡힐 때까지도 무척이나 소연했다. 여당의 박정희 후보는 3선 금지의 헌법 올가미

정치 저널리스트 박권상의 작품 〈그 모두를 한 자리에〉 앞줄 왼쪽부터 시계 반대 방향으로 김성곤, 김대중, 김상만, 이철승, 정일권, 박권상, 이후락, 포터 주한 미 대사, 김영삼, 고흥문(1961년 6월 1일 덕소에서)

를 떨쳐 버리기 위해 무리한 개헌을 강행했다. 당시 후계자로 물망에 올랐던 5·16의 주역 김종필계의 반대를 억압하기 위해 쿠데타 동지인 처조카 사위 JP를 무장해제시켰다는 소문도 나돌았다. 박정희 3선을 위해 온갖 무리수를 썼던 그 강권 정치의 두 주역이 이후락 비서실장과 김형욱 중앙정보부장이었다.

71년 6월의 덕소 모임에는 그 이후락과 함께 여당에서는 당 의장서리(정일권 전 국무총리)와 재정위원장(공화당의 4인방에 속하는 김성곤 의원) 그리고 야당에서는 40대 기수로 대통령 후보 자리를 경합했던 세 사람이 다 자리를 같이했다. 박정희를 빼고는 참으로 그 당시 한국 정계를 주름잡던 주역들을 한자리에 모아 놓을 수 있는 솜씨, 그것은 원로 정치 기자 박권상 국장만이 해낼 수 있는 기막힌 연출 솜씨라 나는 평가했다.

난세의 처세술 — 행(go)정(stop)학?

박권상 형이 기자로 논객으로 또는 편집자로 이 나라의 정치판에서 주름을 잡고 있던 시절이란 결코 평안하고 좋은 세상은 아니었다. 그것은 이승만, 박정희, 전두환으로 이어지는 후진국형 권위주의 대통령이 군림하던 세월이요 그 휘하에는 김형욱, 이후락 등의 무시무시한 정보부 책임자가 남산의 복마전에 똬리를 틀고 있던 시절이었다.

그런 험난한 세상에서 언론인으로서 정치 일선에 뛰어다녔던 박권상 형은 물론 숱한 곤욕을 치르며 해직도 되고 언론계에서 강제 추방을 겪기도 했다. 그러나 그럼에도 이 나라의 대표적인 야당 신문, 특히 권위주의적인 세 대통령이 다 혐오했던 동아일보사에서 요직을 두루 맡은 박권상 형은 다른 동료들, 가령 진철수 씨나 송건호 씨 등에 비해 험한 일은 별로 당하지 않고 비록 굴곡은 있었으나 크게 다치지 않은 채 언론인으로 종신할 수 있었다고 봐도 좋지 않을까 회고된다.

물론 거기에는 운도 따랐다. 다만 박권상 형에게는 그러한 독재권력의 '돌직구' 폭력이 비껴가도록 한 — 의도한 것이건 의도하지 않은 것이건 — 몇 가지 기재(機才)가 있었던 것으로 내게는 느껴진다.

첫째는 덕소 만찬의 연출처럼 박 형은 적대하는 정치세력의 실세들 사이에 가급적 넓은 대화와 소통의 담론권(談論圈)을 넓히는 데 앞장섰다. 이렇듯 폭력화하기 쉬운 권력 사이에 완충지대를 확장하는 데 기여한 것이 정치권만이 아니라 본인의 신상에도 안전판 역할을 해주었던 것은 아닌가 생각해본다.

둘째는 더 개인적이고 비의도적, 비인위적인 우연한 요인이 될지 모르나 박권상 형이 타고난 백만 불짜리의 파안(破顔)이라고나 할 웃는 용모가 있다. 모든 사람 사이의 긴장을 금방 풀어주는 (한국인의 관상에선 흔치 않은) 두 입술 끝이 위로 치켜 올라가는 박권상표 미소의 인간 친화적 효력이라고나 할 것인가. 그렇게 장난꾸러기 어린이처럼 웃는 얼굴을 형사들이나 정보부 사람들이나 미워하기란 쉽지 않으리라 생각된다.

박권상의 미소

셋째는, 의도적인 것인지 비의도적인 것인지 판단을 내리지 못하고 있지만, 이른바 '행정학'에 대한 박권상 형의 몰입이다. '행정학(行-停-學)'이란 말은 그의 중학교 동창 정인양(관훈클럽 창립 동인이자 전 방송개발원 이사장) 씨의 조어(造語)로 'GO(行) STOP(停)'의 한문 번역어라나? 하긴 그런 걸 떠나서 박권상 형의 언론인 생애를 되돌아본다면 참으로 그는 난세에 나갈(行) 때와 멎을(停) 때를 분명히 알고 처신한, 그런 의미에서도 행정학(行停學)의 일가를 이루고 있었다고 할 만했다. 그러나 박 형이 진짜 몰입한 행정학은 문자 그대로의 '고스톱'이었다. 그는 잠시의 짬만 나면 고스톱을 했다. 해외 출장을 떠날 때엔 고스톱 판에서 집으로 전화해 세면도구와 내의 몇 벌만 공항으로 가져오도록 해서 '행정학'으로부터 바로 항공기에 갈아탄다는 '전설'도 있다. 나는 행정학에 입문을 못 해서 한 번도 자리를 같이하진 못했으나 소문에 의하면 설날마다 박 형 댁에선 문전성시를 이룬 후배 세배객들이 신년 인사가 끝나자마자 온 집안의 방마다 그득 메우며 행정학의 일대 총회를 개최한다 하는데 거짓말이 아닌 듯하다. 독재 공포 정치체제에서 무탈하게 살아남기 위한 카무플라주 또는 알리바이 조작이라고도 볼 수가 있을 것이다. 하기야 정치적 야심이 없다는 알리바이를 위해선 가령 여색에 몰입하는 수도 있다고 들었으나 그에 비한다면 '행정학'에 몰입하는 것이 훨씬 건전하다고 보아주지 못할 것도 없을 것 같다.

정보부도 어쩔 수 없는 청렴결백

그러나 이 모든 것은 자잘한 얘깃거리에 불과하다고 해야겠다. 난세의 정치판에서

편집인 박권상

박권상 형이 크게 흠집 나지 않고 살아온 참으로 가장 큰 힘은 그가 인간적으로 청렴했다는 사실에 있다고 나는 본다.《동아일보》의 편집국장으로서 김형욱 중앙정보부장 시절에 박정희 3선을 위한 대통령 선거전을 치르고 있을 때 나는 우연히 박 형을 만나서 나눈 긴 얘기 끝에 박 형이 당시 살고 있던 마포 집에 처음으로 가서 저녁을 얻어먹은 일이 있다. 그날 밤 나는 박 형 댁 밥상의 자못 충격적일 정도의 소찬(素饌)에 놀랐다.

그때 들은 얘기다. 검은 돈, 구린내 나는 돈이 정치판에 소용돌이 치고 있던 대통령 선거의 계절이라, 이런저런 계기에 지면이 있는 사람의 수상한 방문이 잦았던 모양이다. 그런 경우 조촐한 선물이라며 들고 온 케이크 상자의 바닥엔 수표가 깔려 있는 경우가 비일비재였다. 그때마다 박 형은 보내온 사람을 반드시 찾아서 돌려보냈다는 것이다. 그뿐만 아니라 비판적 언론의 입에 재갈 물릴 구실을 삼을 수 있는 그 밖의 온갖 수작들에 관한 체험담도 들었다. 그러한 유혹을 얼마나 강직하고 당당하게, 그리고 어떤 면에서는 또 얼마나 당연하고 자연스럽게 물리치고 있는지 박 형

댁의 저녁 밥상은 내게 보여주고 있는 것 같았다.

그러고 보면 박권상 형은 한국전쟁 전후의 1세대 언론인 중 제일 앞선 시니어 기자일 뿐만 아니라 이미 1950년대에 미국으로 건너가 대학에서 저널리즘을 전공한 제1세대의 시니어 언론학자이기도 하다. 그 후에도 그는 신문사와 대학을 왕래하는 좀 희한한 전업 언론인의 경력을 보여주고 있다. 그런 의미에선 전두환 신군부 치하 7년은 박 형의 시계추가 영미 대학의 연구소에 쏠리고 있던 시기라고 할 수 있겠다. 마침내 1987년 민주화 시민혁명의 성취로 언론의 자유가 회복되자 박 형의 제2의 언론 활동이 시작됐다. 일간신문이 아니라 주간신문에서.

1989년 그는 새로 창간한《시사저널》의 편집인 겸 주필로 언론계에 복귀했다. 당시 안식년으로 대학에서 휴가를 얻어 독일에 가 있던 나는 그곳에서 명색이 14명의 대형 객원 편집위원의 한 사람으로 창간에 동참했다. 그를 위해 나는 머지않아《시사저널》의 초청으로 방한하게 될 이른바 '동방 정책'의 기수 빌리 브란트 수상을 본에서 만나 1시간 반에 걸친 인터뷰 기사를 창간호에 싣게 됐다. 그 인터뷰에서 스스로 언론인 출신으로 자처하고 있는 브란트가 방한 초청과 관련해서 내게 한 말은 되새겨볼 만하다.

> "우선 언론사의 초청을 받고 한국을 방문하게 된다는 것이 아주 기쁘다는 것을 고백해 두어야겠다. 언론 자유가 민주주의의 받침돌이라는 사실에는 추호의 의문도 있을 수 없다. 그것은 언론 자유가 때때로 악용될 경우에도 마찬가지이다. 언론 자유의 일시적 악용은 언론 자유가 억압되고 있는 통제 사회의 악폐에 비하면 극히 비중이 작은 문세에 불과하다."

언론, 언론인의 대학살이란 악몽에서 아직 멀리 벗어나지 못했던 1980년대 말에 언론 자유에 관한 브란트의 신앙 고백도 가슴에 와 닿았으나 나에겐 그가 언론사의 초청으로 방한하게 된 것을 아주 기뻐한다는 말에 자못 사적인 감회가 깊었다.

빌리 브란트 초청의 외교 역량

실은 그로부터 사 반세기 전에 박정희 대통령이 서독에 첫 국빈 방문을 했을 때 나는 당시 빌리 브란트 서베를린 시장과의 단독 인터뷰에서 혹시 초청이 있으면 방한할 용의가 있느냐고 물었으나 부정적인 답을 들은 일이 있다. 그 기사가 박 대통령 서베를린 방문 직전에 신문에 보도됐음에도 불구하고 시장 초청의 만찬 석상에서 화제가 궁했던지 박 대통령은 다시 브란트의 방한 초청을 거론했다. 국가 원수의 초청이라 브란트는 예를 다한 공손한 말로 언제가 될지 모르나 기회만 오면 기꺼이 가고 싶다고 대답했다. 못 가겠다는 뜻이다. 그 외교사령의 본뜻을 해독하지 못한 당시 청와대 대변인은 의기양양하게 기자실에 나타나 브란트가 대통령 초청을 수락하고 곧 방한한다고 발표했다. 그러자 브란트가 방한할 수 없다는 단독 기자회견을 실은 신문에 다음 날 브란트가 곧 방한다는 기사를 대서특필한 우스꽝스러운 일이 벌어졌다.

브란트가 오기는 뭘 와? 곧 방한하리라는 청와대의 발표가 있고 나서 25년이 지나서야 그의 방한이 성사된 것은 《시사저널》 창간을 준비하던 박권상 형의 공이었다. 이제는 밝혀도 되리라 싶으니 전말을 얘기하면 이렇다. 그해 여름, 혹은 봄에 박 형은 서베를린의 한 회의에서 독일 시사 주간지 《디 차이트》지의 베르트람 순회 특파원을 만나 브란트 방한의 주선을 타진한다. 베르트람이 브란트의 동아시아 담당 비서 호프만에게 문의해보니 조건은 한국 정부의 책임자와 한국의 야당 지도자가 다 같이 방한을 환영한다는 뜻을 전해오면 가겠다는 답신이 왔다. 그것은 박권상 형에겐 전혀 어려운 일이 아니었다. 이홍구 통일원 장관과 야당 평민당의 김대중 총재의 서신을 곁들인 시사저널사의 초청이 공식화되면서 브란트 방한은 마침내 성사된 것이다.

정부와 민간, 여당과 야당을 다 같이 넘나들면서 정치적 담론권을 넓히는 일에 정치 저널리스트 박권상 형은 오래 전부터 투철한 사명의식과 빼어난 친화력에 바탕을 둔 센스를 지니고 있었다. 1971년《동아일보》 시절에 덕소 모임을 연출한 이후에도 1980년대 후반의《시사저널》 시절에는 다시 박 형이 여야 정치인을 한자리에 초청한 상설 모임을 꾸몄다는 사실은 남재희 씨가《한겨레신문》에 특별 기고한 글에 소상히 나와 있으니 여기에선 생략한다.

언론 자유의 보루, 관훈 클럽의 발의

다만 한 가지 마지막으로 보다 더 강조해두어야 할 것이 있다. 그것은 그 모든 것에 훨씬 앞서 박권상 형이 이미 1957년에 전후 시대 한국 언론의 선각자 최병우 씨(《코리아타임스》 편집국장 역임)와 함께 관훈 클럽의 창설을 주도했다는 사실이다.

19세기 말의 대한제국 시대에는 처음 등장한 근대적 민간 신문《독립신문》의 창간으로 개화주의 언론의 시대가 열렸다. 국권을 빼앗긴 20세기 전반기의 일제 치하에서는《동아일보》의 창간,《조선일보》의 개편으로 민족주의 언론이 시도되었다. 광복 이후, 특히 6·25 전쟁 이후, 안팎으로 전체주의 독재체제의 위협에 노출된 나이 어린 대한민국에선 자유민주주의를 새로운 언론의 시대정신으로 정착해가는 데 관훈 클럽이 적지 않은 기여를 했다. 관훈 클럽과 그 창립을 주도한 박권상을 앞으로 한국 언론사는 기억할 것이다.

2014년

한국과 독일
사이에서

4

한독 포럼을 같이 창립하다

• 허영섭 녹십자사 회장

(1941~2009)

2002 FIFA 월드컵 대회를 유치하며 꿈꾼 한독 포럼

모임을 꾸며본 일이 내게는 두 번 있다. 인덕(仁德)이 모자란 위인이 사람들을 모아 모임을 꾸며낸다는 것은 스스로의 힘이 아니라 좋은 사람을 만난 인복(人福)의 덕택이라 생각하고 있다.

1960년대의 독일 유학 시절에 우리도 앞으로 '미래의 충격'을 대응하기 위해선, 그리고 '미래로부터 기습'을 당하지 않기 위해선 앞일을 진지하게 학문적으로 생각해 보는 모임을 가져야 되겠다고 생각했다. 그때 같이 유럽에 와있던 이한빈 주 스위스 대사를 만나 뜻을 같이 해서 귀국 후 '한국미래학회'를 창립할 수 있었다(1968년). 훌륭한 선배를 해후한 덕택이요 그 소산이다.

1990년대 중반 좀 엉뚱한 일에 관여한 일이 있다. 2002 FIFA 월드컵 대회를 유치하는 위원회의 집행위원이 된 것이다. 뒤늦게 유치 활동에 나선 데다 선수를 친 일본은 당시 '세계 축구계의 황제'라 일컫던 브라질의 아벨란제 FIFA 회장의 절대적인 지지를 얻고 있어 한국의 유치 활동은 무모하고 무망한 것으로 보였다.

그럼에도 2002 FIFA 월드컵 대회를 한일 공동으로 개최토록 하는 데 성공한 것은 우리 측의 정확한 정세 분석과 탁월한 전략에 힘입은 성과였다. 당시 월드컵 개최지를 결정하는 FIFA 집행위원은 남북미 대륙 8명, 유럽 8명, 아프리카 3명, 아시아 3명의 대륙 분포를 보이고 있었다. 이미 일본으로 기울어버린 위원장을 포함한 미대륙 표에 맞서기 위해선 유럽 표를 잡는 수밖에 없었다. 축구의 '축' 자도 모른다는 전직 유럽 대사들과 함께 나 같은 문외한이 유치위원회 집행부에 합류하게 된 배경이다.

당시 유럽축구연맹에서 강한 발언권을 지니고 있던 독일축구연맹(DFG)의 H. 피셔 사무총장은 만나자마자 첫 대면에서 2002 FIFA 대회의 한일 공동 개최를 강하게 권하고 있었다. 조그마한 탁구공이 얼어붙은 미국과 중국의 관계 정상화에 기여한 것처럼 축구도 한일 양국의 친선에 크게 기여하리란 생각이었다. 만일 유치전에서 어느 한 나라가 승자 또는 패자가 된다면 그건 양국의 우호관계를 10년은 후퇴시킬 것임이 불 보듯 하다는 것이다. 2002 월드컵에 2년 앞서 열리는 2000년 유럽컵 대회를 네덜란드와 벨기에 두 나라가 공동 개최한다는 것이 좋은 보기라는 귀띔도 해주었다.

문제는 한일 어느 나라도 공동 개최를 받아들일 분위기가 아닌 양국의 여론이었다. 뿐만 아니라 표 대결에서 일본의 단독 개최를 확신하고 있던 아벨란제 회장조차 개최지 결정 일주일 전까지 월드컵 공동 개최는 내 눈에 흙이 들어오기 전에는 불가능하다고 언론에 공언하고 있었다. 그러나 유럽 표는 이미 '공동 개최' 쪽으로 굳어갔고 아프리카, 아시아의 표도 일본의 단독 개최를 지지하는 쪽은 줄어들었다.

문제는 공동 개최를 내놓고 주장하면 심지어 '매국노', '역적' 운운하는 양국의 일부 과격한 국수주의적 여론이었다. 이러한 배경에서 때마침 제주도에서 개최된 한일 포럼에 참가한 두 나라의 양식 있는 인사들은 저마다 돌아가서 자국 내의 여론을 돌리는 데 소리 없이 기여를 하였다.

시기가 성숙하지 못해 내놓고 추진하기는 어려운, 그러나 꼭 추진해야 될 일을 꾸며나가기 위해서는 공식적·외교적인 협의 통로 이외에 포럼과 같은 비공식적·비관

한독협회 허영섭 신임 회장이 필자에게 제3회 이미륵상을 시상하고 있다(2003년 11월).

변적인 채널이 마련되어 있다는 것이 매우 중요하고 필요한 일이라고 깨닫게 되었다. 우리나라에는 이미 그러한 포럼들이 비단 한일 간만이 아니라 한미, 한영, 한중, 한불 간에도 있고 브라질, 스페인과도 마련되어 있다.

그런데도 여러 면에서 한국과 각별한 관계에 있는 한독 사이에는 포럼이 없었다. 그대로 두어선 결코 안 될 큰 공백이라 생각되었다. 특히 2002 한일 월드컵 공동 개최 유치를 성공적으로 성취시키면서 내게는 그 아쉬움이 더욱 커졌다.

허영섭 한독협회장, 포럼 창설에 나서다

그로부터 머지않아 허영섭 회장을 만나게 된 것은 참으로 행운이라 생각된다. 그것은 지난 2000년, 우리나라의 유수한 제약회사인 녹십자사의 허영섭 회장이 한독협회의 8대 회장으로 선임되면서부터이다. 참고로 적어두자면 1956년에 설립된 한독협회는 초대 및 3~4대 회장이 대한민국 초대 문교부 장관을 지낸 철학자 안호상 박사, 2대가 동아일보 사장을 역임한 최두선 전 국무총리, 5~6대가 조선일보사의 방우영 회장, 7대가 대우그룹 김우중 회장이다

2001년 허영섭 회장이 한양대학교에서 명예공학박사학위를 받은 축하연 때로 기억된다. 허 회장은 나를 보자 한독협회가 무얼 했으면 좋겠는지 자문해왔다. 나는 그 자리에서 마땅히 있어야 할 한독 포럼이 아직도 없으니 그걸 만들어보라고 제안했다.

허 회장은 말뜻을 이해하는 것도 빨랐고 반응도 빨랐다. "그건 꼭 하겠습니다"라고 즉석에서 시원스럽게 대답하는 것이었다. 해야 할 일이라 생각하면 어떻게든 꼭 해내고야 만다는 기업의 최고경영자다운 결단과 솜씨를 그때부터 허 회장은 보여주기 시작했다. 그러면서 나는 허 회장과 자주 만나게 되었다.

포럼은 상대가 있기 때문에 우선 독일 측의 동의와 참여를 끌어내지 않으면 안 된다. 그와 함께 독일 측에서도 일을 추진해주는 중심인물을 찾아야 된다. 그를 위해 우리는 당시 독일 대사관과 한독상공회의소 친구들을 자주 만나 가교 역할을 부탁했다. 한독 양측에서 포럼을 대표할 공동의장의 인선도 마치고 본인들 수락도 받아냈다. 한국 측 공동의장으론 해방 후 제1세대 독일 유학생인 고병익 서울대학교 전 총장을, 그리고 독일 측은 유럽의 권위지 《디 차이트》의 전 발행인이자 대기자인 테오 조머(Theo Sommer)를 선임했다.

다음 해 드디어 2002 FIFA 월드컵 대회의 개막식이 시울에서 개최됐다. 그로부터 한 달 동안 온 나라 사람들을 뜨겁게 달군 6월 말, 대구에서 한국과 독일의 준결승전이 벌어지는 전야에 요하네스 라우(Johannes Rau) 독일 대통령이 방한한다는 일정이 잡혔다. 그 기회를 이용해 우리는 숙원사업인 한독 포럼 창립을 서둘렀다. 마침내 2002년 6월 29일 남산의 한 호텔에서 독일의 라우 대통령과 한국의 이한동 국무총리가 임석한 가운데 제1회 한독 포럼을 발족시킬 수 있었다(불행히도 그날은 고병익 박사

가 병환으로 참석을 못 하여 내가 대신 테오 조머 박사와 함께 제1차 포럼의 공동의장으로 사회를 봤다).

한독 포럼 창립의 꿈을 이처럼 훌륭하게 실현할 수 있었던 것은 전적으로 허영섭 회장을 해후한 덕택이었다. 글로 몇 줄 적으니 간단한 것 같지만 2001년 여름 포럼 창립에 뜻을 같이해서 불과 1년 안으로 두 나라의 국가원수와 정부수반을 모시고 창립 첫 모임을 갖게 되기까지에는 적지 않은 노력과 시간과 비용의 투자가 필요했다. 그리고 그 대부분의 몫을 허 회장이 거의 혼자서 감당했다.

새로 창립한 녹십자사를 그처럼 단시일 내에 세계적인 제약회사로 키우고 이끌어온 허영섭 회장. '꼭 해야 할 일은 아무리 어려워도 반드시 해내고야 만다'는 신념으로 일해왔다는 허영섭 회장의 경영철학과 추진력—그 구체적인 또 하나의 실례를 나는 한독 포럼을 창립하는 과정에서 보게 된 것이다.

순조롭게 첫발을 디딘 한독 포럼은 제2회 포럼을 통일독일의 수도 베를린에서, 제3회는 제주시, 제4회 함부르크, 제5회 서울, 제6회 뮌헨, 제7회 부산으로 한국과 독일을 서로 오가며 양국 간의 정치, 외교, 안보, 경제, 교육, 문화의 여러 분야에서 전문가들이 모여 현안을 논의 · 토의하고 그 성과를 정리해서 양국 정부 수반에 현실적인 정책 입안에 자(資)하도록 건의서를 전달해왔다.

한독 포럼은 발족한 지 5~6년도 못 돼서 이미 우리나라의 많은 포럼 가운데 가장 잘되고 있는 세 포럼 가운데 하나라는 평판을 듣게 됐다. 다만 포럼의 한국 측 공동의장으로 모신 고병익 박사가 신양으로 제1회 창립모임에 못 나오시고 제2회 베를린 포럼에만 참석하신 후 애석하게도 타계하셨다. 그래서 제3회 제주 포럼부터는 내가 테오 조머 박사와 공동의장을 맡게 됐다.

한독 포럼의 평판이 좋다는 것은 단순한 자화자찬은 아니라 여긴다. 포럼이 양국 정부 수반에 제출하는 정책건의서 역시 형식적인 요식 절차가 아니라는 것도 그 건의서에 대한 상세한 비답의 서신들을 메르켈 독일 총리로부터 내가 직접 받아보고 확인하게 된 것이다.

20~30명의 인사가 먼 곳으로 오고 가며 40~50명 회원이 참여하는 포럼을 2~3일

2002년 독일의 라우 대통령, 한국의 이한동 총리 등이 참석한 제1회 한독 포럼이 개최되었다. 앞줄 가운데 이한동 총리와 그 왼쪽에 허영섭 회장

에 걸쳐 개최한다는 것은 작은 프로젝트가 아니다. 그 행사 비용도 만만치 않다. 그러나 그에 관련한 지출의 상당 부분을 초창기에는 허 회장이 그 때마다 거의 혼자서 기꺼이 주선해주었다.

싫어하는 일을 그렇게 하지는 못할 것이다. 일을 하는 동안 허 회장은 스스로 즐거워하고 또 즐거운 표정으로 주변의 분위기를 이끌어가는 것을 보았다. 그 배경에는 그가 젊은 날에 유학한 독일에 대한 애틋한 향수 내지 각별한 애정이 배어 있는 것으로 보였다. 뿐만 아니라 거기에는 또한 허 회장의 어떤 한(恨)의 심정도 서려 있던 것으로 느껴졌다.

여기서 그의 이력서를 잠시 살펴보면, 경기고등학교를 거쳐 1964년 서울대학교 공과대학을 졸업한 허영섭은 같은 해 유럽의 MIT라 일컫는 아헨 공과대학(RWTH Aachen)에 유학, 금속공학을 전공하면서 1968년에는 공학석사(Diplom Ing.) 자격증

한독 포럼 창립을 주동한 4인방. 오른쪽부터 슈프너 한독 상공회의소 대표, 허영섭 회장, 테오 좀머 대기자, 필자

을 얻고 박사과정에 들어간다. 연구 주제는 〈고속에서의 금속과 흑연의 마찰계수〉로, 순풍에 돛을 단 듯한 실험은 1970년에 들어서면서 결과가 매우 좋아서 지도교수로부터 "6개월만 더 하면 끝날 것 같다"라는 말을 듣게 된다. 유학생 허영섭이 '나는 참 운이 좋구나' 하고 한참 신이 나 있던 바로 그때 청천벽력처럼 귀국하라는 얘기를 듣게 된다. 많은 유학생들이 병역을 기피한 채 외국에 체류하고 있다면서 사회적으로 문제시되자 입영연기를 해둔 유학생까지 일단 모두 귀국해 군 복무를 마치라는 정부 명령이 떨어진 것이다. 박사과정 이수를 눈앞에 둔 허영섭의 경우는 대학총장이 박정희 대통령에게 직접 탄원서한을 보내기도 했으나 소용없었다. 허영섭은 그의 부친의 간절한 소원이었던 독일 박사학위를 단념하고 귀국한다. 그것이 두고두고 허영섭 회장의 '한'이 되었던 것 같았다.

독일 대학사에 남을 아헨 공대 한국인 명예원로

사람의 운명은 중도에서가 아니라 대단원을 보고서 논해야 된다는 잠언들은 많다. 경기도 개풍군 출신의 개성 상인으로 원래 석회석 사업(1961년 한일시멘트공업 주식 회사 창업)을 일으켜 기업인으로 성공한 부친 우덕(友德) 허채경은 허영섭이 독일 유학 중에 극동제약주식회사에 대주주로 참여하게 된다. 만일 허영섭이 순탄한 유학 생활을 마치고 귀국했더라면 그는 어느 공과대학에서 교수의 길을 걸었을지도 모른다.

그러나 유학 생활 중단으로 허영섭은 바로 경영인의 길로 들어서게 된다. 가업인 시멘트 사업은 장남이 승계하고, 새로 대주주가 된 제약회사는 차남인 허영섭이 맡아 이어가게 된 것이다. 극동제약 공무부장으로 입사한 허영섭은 다음 해인 1971년에는 주주들을 설득해서 회사명을 '녹십자'사로 바꾼다. 그와 함께 그는 녹십자사를 창의력과 도전정신을 발휘해서 그때까지 불모지나 다름없던 국내 생명공학 반전을 이끄는 선도산업으로 키워간다. '만들기 힘든, 그러나 꼭 있어야 할 의약품'의 개발과 생산이 그의 모토였다. 녹십자사는 머지않아 인터페론, 아이비글로블린, 그린진 등 혈액제제 전문 기업으로 성장하게 된다.

그로부터 10년, 허영섭 사장이 취임한 1980년부터는 사옥 준공, 업무 전산화 등 인프라 구축과 동시에 1983년 우리나라 보건역사에 한 획을 긋는 B형 간염 백신 '헤파박스-B'를 탄생시킨다. 세계에서 세 번째로 개발에 성공한 이 백신으로 우리나라 간염바이러스의 보균율을 선진국 수준으로 떨어뜨리고 녹십자사는 제약업계의 선도기업으로 우뚝 서게 된다.

이 밖에도 녹십자사는 유행성출혈열 백신, 수두 백신, AIDS 진단시약 등을 개발하여 우리나라 바이오 약품 분야의 수준을 끌어올리고 1992년 회장 취임 이후에는 백신제제의 국산화에 더욱 진력하여 계절독감 백신, 신종인플루엔자 백신 개발과 자급자족에 힘써 국가의 보건 안보에도 큰 기여를 한다. 허 회장의 삶이 곧 백신산업의 역사라 일컫는 말이 납득이 갈 만하다.

허 회장은 B형 간염 백신 개발 등으로 얻은 이익으로 목암(牧岩)연구소를 설립해 생명공학 연구 기반을 조성하고 선천성 유전질환인 혈우병 환자들의 체계적인 치료와 재활을 위한 한국혈우재단도 설립했다. 그 밖에도 북한어린이돕기 의약품지원사업, 장애인을 위한 의약품지원사업, 외국인노동자 지원사업 등에도 나서 이웃사랑을 실천해왔다.

허영섭은 성실과 신의의 개성상인 후예일 뿐만 아니라 마음이 다스한 활수(滑手)의 사람이다. 그는 가족을 사랑하고 고향을 사랑했다. 나는 특히 허 회장이 선친을 사랑하고 존경하는 지극한 효심에서 펴낸 저서《글무식(文無識) 인무식(人無識): 아버님을 그리며》(문이당, 2005)를 감명 깊게 읽었다.

한편 허 회장에겐 제2의 고향이라 할 독일과 그곳에서 공부한 모교에 대한 사랑도 유난한 데가 있었다. 개인적으로 허 회장은 우리나라 굴지의 와인 수집가요 미주가(美酒家)였다. 그런데도 그는 술자리에선 곧잘 서민적 음식인 소시지와 사우어크라우트(Sauerkraut, 독일 김치)를 찾곤 하는 소탈한 면모도 있었다. 유학생 시절에 대한 향수 때문인가 싶다.

특히 박사학위를 눈앞에 두고 갑자기 귀국하게 된 독일의 모교 아헨 공과대학에 대한 허 회장의 사랑은 각별한 듯했다. 우리나라엔 아헨 공대 출신의 동문들이 많다. 그래서 아헨 공대 본부와 한국 동문들을 위한 행사도 이따금 서울에서 열리곤 하는 모양이다. 그럴 때마다 허 회장은 발 벗고 나서서 '모교'의 행사에 앞장섰던 것으로 기억된다.

2002년 늦가을 어느 날이었다. 허 회장은 좀 서운한 표정으로 아헨 공과대학에서 이런 서신을 받았다고 내게 귀띔을 해주었다. 사연인 즉 대학에서 학위를 마치지 못한 자신에게 명예박사학위쯤 수여해줄 것으로 은근히 기대했는데 엉뚱한 것을 제안해왔다는 것이다. 대학의 'Ehrensenator'라니, 이게 도대체 무어냐는 것이다. 나는 그 말을 듣는 순간 내 귀를 의심할 정도로 깜짝 놀랐다.

아니, 한국인에게 독일 명문 대학의 Ehrensenator(원로회 명예회원, 명예원로)라니! 나는 1960년대 독일 유학 시절 대학교 소개 책자나 학기 강의록 책자의 맨 첫 장을 장식한 7~8명 안팎의 'Ehresenator' 이름을 보고 대학의 위신과 권위를 느끼곤 했다. 이미 반세기 전의 옛날이라 많은 이름들은 기억에 없으나 가령 하이델베르크대학교의 명예원로로는 철학자 카를 야스퍼스 교수, 빌헬름 뢰프케 교수(에르하르트 수상의 스승) 등의 이름이 떠오르고, 뮌헨대학교의 경우엔 독일을 대표하는 기업 지멘스 가문의 사람들 이름이 눈에 띄었다.

대학 안내책자의 첫 장을 장식하는 명예원로 명단에서는 그 지역 사회와 대학의 역사에 길이 남을 국제적으로도 저명한 학자나 기업인 이름들을 보게 된다. 종합공과대학으로 전 유럽에 명성을 얻고 있는 아헨 공대 명예원로 명단에 한국 기업인 허영섭의 이름이 오른다는 것은 비단 허 회장 개인의 영예에 그치지 않고 우리나라의 영예다. 수락 여부가 어디 있느냐, 어서 사장(謝狀)을 보내라 나는 재촉했다.

얼마 후 아헨 공대에서는 내외의 귀빈을 모시고 저녁 시간에 허영섭 명예원로 취임을 축하하는 성대한 기념식이 열렸다. 식후에는 아헨시에 바로 인접한 네덜란드 마스트리히트 고성(古城)의 유서 깊은 식당에서 다음 날 새벽까지 이어지는 축하 만찬이 있었다. 1991년 12월 유럽의 12개국 정상이 모여 유럽공동체(EC)를 유럽연합(EU)으로 발전시키고 유럽 중앙은행 창설과 유로(Euro) 단일통화 발행을 결의한 '마스트리히트 조약'을 체결한 후 정상들의 만찬이 베풀어진 바로 그 유서 깊은 식당이었다. 이날 저녁은 허영섭 생애의 한 '슈테른슈툰데(Sternstunde, 정점)'라고 할 수 있다.
(허영섭은 아헨 공과대학의 150년 역사에 겨우 48명밖에 내지 않는 명예원로로 추대된 것이다).

그 후에도 우리는 매년 개최되는 한독 포럼을 계기로 자주 만났고, 그때마다 허 회장은 늘 건강한 모습으로 열심히 일하며 훌륭한 와인도 즐기곤 했다. 그러니 2009년 뜻밖에 날아온 그의 부음은 더욱 충격이었다. 아직 일흔도 되기 전, 한참 일할 나이에 그렇게 일찍 가다니…. 그러나 인명은 재천이라는데 어찌할 것인가? 그는 68세의 생애에 100세 장수를 한 사람보다 훨씬 많은 일을 했고, 훨씬 많은 것을 이룩해놓고 갔다.

허영섭 회장이 이름을 짓고 키운 녹십자사는 그의 계씨와 자제가 인수해 계속 사

독일 아헨대학교 명예 원로 평의원으로 추대된 축하연의 허 회장(윗줄 왼쪽에서 세 번째)

포도주 애호가이자 수집가 허 회장(왼쪽에서 두 번째)이 일행을 라인 와인의 명산지 뤼데스하임의 포도 농가를 안내하고 있다.

운이 번창해서 최근 수년 동안에도 제약업계의 매출 순위에서 부동의 2위를 지키고 있다. 뿐만 아니라 그의 아호를 얹은 목암연구소도 해마다 10여 건의 제약관계 발명 출원을 통해 지적 재산권을 확충해가고 있다.

고인이 끔찍하게 사랑한 모교 아헨 공대에서는 허 회장이 기부한 100만 유로에 대한 감사의 표시로 대학 캠퍼스의 한 건물을 '목암 하우스'로 명명하고 그 맨 위층은 한국 유학생의 전용 공간을 마련했다.

허영섭 회장이 간 지 올해 벌써 10주기가 된다.

2019년

합창 지휘의 카라얀

• 발터 하겐-그롤 교수

(1927~2018)

베를린 : "이 도시를 들으라!"

합창 지휘의 세계적인 거장 발터 하겐-그롤(Walter Hagen-Groll)이 2018년 타계했다. 멀리 떨어져 있고 자주 만날 수도 없는 처지였으나 나에겐 각별한 우정을 베풀어주곤 하던 친구여서 그의 부음을 들으니 지난 일들이 자못 그리움과 함께 회상된다.

발터 하겐-그롤. 그에 관한 추억은 어쩔 수 없이 베를린에서 출발하고 있고, 베를린과의 관련 속에서 이어진다. 그 베를린은 또 20대 말에서 30대 중반의 내 젊은 시절을 보낸 삶의 터전이었으니 미수(米壽)를 눈앞에 둔 내 나이에 50년 전의 옛일을 그리움 없이 더듬어볼 수는 없다.

베를린 …

그러나 어떤 베를린이었던가?

그건 카이저 독일제국의 수도도, 바이마르 공화국의 수도도 아니다. 패전 독일, 분단된 독일의 다시 분단된 도시 서베를린, 장벽으로 둘러싸여 갇혀버린 서베를린, 동서 냉전시대의 전초도시 서베를린이었다. 그리고 그것은 무엇보다도 빌리 브란트가 시장으로 있던 당시의 서베를린이었다.

위기는 인물을 낳는다. 동유럽 소비에트체제 안쪽으로 깊숙이 파고들어 섬처럼 고립되어 있던 냉전의 전초도시 서베를린은 두 차례의 큰 위기를 겪었다.

첫 번째는 1948년에 시작된 스탈린의 베를린 봉쇄. 200만 시민의 생필품, 날마다 소용되는 밀가루에서부터 석탄까지를 거의 전적으로 서독으로부터 공급받고 있던 서베를린을 봉쇄해서 서독과 연결되는 모든 지상통로(아우토반과 철도)가 하루아침에 차단돼 버린 것이다. 전 시민을 아사(餓死)와 동사(凍死)의 위협 앞에 내몬 이 봉쇄 작전에 과감히 맞서 1년여 동안 서베를린을 지킨 인물이 에른스트 로이터 시장이었다.

두 번째는 냉전과 탈냉전의 역사적 상징의 기념물이 된 베를린 장벽 구축. 소련의 흐루쇼프는 1950년대 말부터 서베를린 '자유시화'안을 들고 위협해오더니 마침내 1961년 8월 동독 정권을 시켜 서베를린시 전역을 완전히 고립시켜 버리는 이른바 '베를린 장벽'을 구축했다. 그리고 이 위기에 대처하면서 서베를린 시장으로부터 서독 수상으로 선출되며 전후 냉전질서를 대신할 새로운 동서 평화체제 구축에 선편을 쳐서 노벨 평화상을 수상한 인물이 빌리 브란트였다.

이야기가 좀 거창해져서 겸연쩍지만 사사로운 얘기를 꺼내기 위해서도 불가피한 전제가 되기에 좀 어색한 서두를 꺼낸 것이다. 왜냐하면 베를린의 위기 상황과 빌리 브란트가 아니었더라면 나는 이 도시와 관련 없는 젊은 시절을 충분히 보낼 수 있었을 것이라 생각되기 때문이다.

1961년 8월 13일 일요일 새벽, 돌연 동독의 인민경찰이 나타나 철조망을 치면서 그때까지 자유로웠던 동서 베를린 시민의 왕래를 차단하고 서베를린을 동베를린 및 주변의 동독지역으로부터 완전히 봉쇄해버리는 일이 벌어졌다. 철조망은 곧 벽돌과 콘크리트로 강화되면서 긴급뉴스로 세계 언론의 헤드라인을 장식하게 된 이른바 '베를린 장벽' 사태가 발발한 것이다.

당시 하이델베르크에서 공부하고 있던 나는 여름방학을 맞아 남쪽의 광활한 삼림 지역 슈바르츠발트(검은 숲)의 한 아담한 산장에서 시름없는 휴가를 즐기고 있었다. 신문도 방송도 없던 숲 속의 시골집에 그러나 8월 중순의 어느 날 지급 전보가 날아왔다. 바로 베를린에 가서 취재를 하고 기사를 보내라는 한국일보사의 전문 지시였다.

나는 허겁지겁 짐을 싸고 산장을 나와 기차 편으로 본(당시 서독 수도)으로 향했다. 그곳에서 연방정부 공보실의 극동 담당관 코트케 씨를 찾아갔더니 그는 마침 잘 왔다 하면서 베를린으로 가는 다음 날 새벽 첫 비행기 티켓과 함께 켐핀스키 호텔에 숙소까지 예약해주었다.

이렇게 해서 나는 8월 19일 아침 네 명의 기자들만이 탑승한 1번 비행기로 베를린에 도착했다. 호텔에 짐을 풀자마자 시청으로 가서 빌리 브란트 시장과 그의 공보실장 에곤 바르를 만나 기자단을 위한 브리핑을 듣게 된다. 베를린의 첫 방문이자 브란트와의 첫 대면이었다.

그리곤 숨 돌릴 겨를도 없이 일행과 함께 템펠호프 공항으로 달려가서 케네디가 특사로 보낸 린든 존슨 (당시) 부통령과 클레이 장군[과거 스탈린의 베를린 봉쇄 당시에 200만 시민의 생필품을 1년여 동안 군용기로 실어 나른 이른바 '공수작전(Luftbrücke)'의 영웅]을 환영하고 바로 이들을 모시고 서베를린 시청 앞 광장의 시민대회에 가서 존슨 부통령의 연설과 브란트 시장의 사자후(獅子吼)를 듣게 되었다.

무엇보다도 가장 인상적이었던 것은 브란트의 목소리, 아주 낮고 굵직한, 그리고 좀 쉰 목소리, 그건 한 번 들으면 잊을 수 없는 독특한 목소리였다. 사민당(SPD)에서 그의 라이벌이자 뒤에 가서 총리직의 후계자가 된 헬무트 슈미트도 어느 글에서 "브란트의 연설을 들으면 불 속으로도 뛰어들 것 같다"라고 한 목소리. 나는 이 목소리를 베를린에 도착한 첫날부터 듣게 되면서 그에 매혹되어 버렸다.

한편 이 와중에도 서베를린에선 또 하나의 기념비적인 이벤트가 있었다. 장벽이 구축되고 6주 후(1961년 9월 24일), 서베를린의 새로운 가극장 '베를린 도이치 오페라(Deutsche Oper Berlin)'의 준공 개관공연이 그것이다. 이로써 베를린은 지난날 한 도시에 4개의 오페라 무대가 경연했던 바이마르 공화국 시대의 '황금의 20년대(Goldene Zwanziger Jahre)'처럼 동베를린에 국립 오페라(Staatsoper)와 코믹 오페라(Komischer Oper), 그리고 서베를린에 도이치 오페라(Deutsche Oper)와 시립 오페라(Städtische Oper)의 네 가극장이 다시 경연하는 음악적 수도의 면모를 과시하게 됐다.

장벽 구축으로 세계적 뉴스의 초점이 된 서베를린에 새로 문을 연 이 도이치 오페라에는 다름슈타트 극장장으로 명성을 떨쳤던 구스타프 루돌프 젤너(Gustav Rudolf Sellner) 감독이 총지배인으로 선임됐고 그와 함께 발터 하겐-그롤이 오페라 합창단의 단장으로 부임하게 됐다. 그리고 나는 1961년 8월의 베를린 체험과 브란트 시장의 인품에 매료되어 다음 해 봄 하이델베르크에서 베를린으로 이주하게 된다.

뒤에 가서 알게 된 일이지만 도이치 오페라의 젤너 총감독이나 하겐-그롤 단장도 어떻게 보면 다 내가 그때까지 묻혀 살던 하이델베르크 주변에서 활동하다 비슷한 시기에 베를린으로 모인 사람들이었다. 다름슈타트는 하이델베르크에서 가까운 이웃 도시로 대학에서는 이따금 희망하는 외국 유학생을 모집해 전세버스로 싣고 가서 저녁에 연극 공연을 보여주고 밤에 돌아오곤 했다. 나는 그곳 무대에서 젤너 감독이 연출한 화제작, 사르트르의 〈파리〉를 본 기억이 있다.

하겐-그롤은 1957년부터 하이델베르크 시립극장의 합창단장으로 있다가 1961년에 베를린으로 상경, 젤너의 도이치 오페라에 합창단장으로 합류한다. 그런 연유로 우리는 이따금 하이델베르크 얘기를 꺼내곤 했다. 대학광장과 가까운 이 시골 극장에서 내가 처음으로 모차르트의 가극 〈코지 판 투테〉를 구경했을 때 나는 가장 싼 티켓을 사서 가수들의 머리통만 겨우 내려다보이는 '천당(paradise)석'에 앉았다는 자랑(?)과 함께.

베를린은 물론 지방 대학 도시 하이델베르크와는 비교도 할 수 없는 왕년의 제국 수도요 바이마르 시절엔 파리와 자웅을 다툰 문화적 메트로폴리스였다. 젤너나 하겐-그롤에겐 이제 새로운 무대가 크게 마련된 것이다. 젤너가 1961년 9월 24일 도이치 오페라의 총감독으로 부임하면서 그는 세 작품을 선보였다. 전임자 카를 에버트

(Carl Ebert)가 연출하고 페렌츠 프리차이(Ferenc Fricsay)가 지휘한 〈돈 조반니〉, 빌란트 바그너(Wieland Wagner) 연출에 카를 뵘(Karl Böhm) 지휘의 〈아이다〉 그리고 젤너가 연출하고 하인리히 홀라이저(Heinrich Hollreiser)가 지휘한 〈알크메네〉가 그것이다. 의욕적인 개관 기념 레퍼토리였다.

뉴욕의 '메트', 밀라노의 '스칼라'와 같은 '오페라 스타지오네'(시즌마다 유명 가수들을 모아 계약하는 오페라)와는 달리 일정한 전속 가수들을 안고 있는 앙상블 오페라인 베를린 도이치 오페라의 솔리스트들을 보면 엘리자베트 그뤼머(Elisabeth Grümmer), 필라르 로겐가르(Pilar Lorengar), 에리카 쾨트(Erika Koetz) 같은 소프라노, 디트리히 피셔-디스카우(Dietrich Fischer-Dieskau), 발터 베리(Walter Berry), 요제프 그라인들(Josef Greindl) 같은 베이스바리톤의 면면들로 군침이 돌 만한 스타들이었다.

1962년 봄 하이델베르크에서 베를린으로 이사 온 나는 부지런하게 도이치 오페라의 모든 공연을 섭렵하고 다녔다. 물론 베를린에는 도이치 오페라만 있는 것은 아니다. 도이치 오페라보다 세계적으로 훨씬 널리 그리고 훨씬 오래 전부터 이름을 떨치고 있던 카라얀의 베를린 필하모니 오케스트라가 여기에 자리 잡고 있다. 나는 베를린 필의 공연도 어렵사리 표를 구해서 열심히 들으러 다녔다.

다만 아쉬웠던 것은 도시로서의 베를린은 알려고 노력하면 할수록 시각적으로는 영 매력이 없는 도시로서 내게 환멸을 안겨주고 있었다는 점이다. 공간적으로 너무도 멋없는 도시건축의 조형과 스카이라인은 마음에 병이 들 정도(!)로 나를 우울하게 하고 있었다. 파리를, 비엔나를, 또는 제네바를, 밀라노를 여행하고 베를린에 돌아오면 그 볼품없는 몰골이 내 마음을 아프게 했다.

이따금 서독에서, 또는 서울에서 나를 찾아 베를린으로 친구가 찾아오면 그럴 때마다 내가 되풀이했던 '관광안내'의 서두가 있었다. 베를린을 구경하시려면 "눈 감고 숨죽이고 귀만 남아 있어라"고 한 어느 시인의 시구를 따라야 한다고 중얼대는 서두이다. 그러고선 베를린은 '볼거리(Sehenswürdigkeit)'라고는 별로 없고 있다면 오직 '들을 거리(Hörenswürdigkeit)'가 있을 뿐이라고 부연하곤 했던 것이다.

1978년 가을 자필 서명을 해서 내게 보내준 하겐-그롤의 작업복 사진

나는 근래에 우연히 젤너가 베를린의 장벽이 무너지고 동서독 통일을 눈앞에 두면서 타계하게 되자, 그의 후임자가 된 도이치 오페라의 괴츠 프리드리히(Götz Friedrich) 총감독이 자기 전임자를 추모하는 글을 읽었다. 그러면서 "어? 이거 봐!" 하고 혼자 놀라움과 함께 반색한 일이 있다. 1940년대 말 스탈린의 베를린 봉쇄 당시 그를 이겨내고 있는 자랑스러운 시민들 앞에서 에른스트 로이터 시장이 세계를 향해 "이 도시를 보라!(Schaut auf diese Stadt!)"라고 외친 유명한 고사에 빗대어 젤너 감독은 분단도시의 도이치 오페라가 세계적 명성을 떨치면서 "이 도시를 들으라!(Hört auf diese Stadt!)"라고 소리치곤 했다는 것이다. 역시 베를린은 '들을 거리의 도시'라는 내 생각을 뒷받침이라도 해주려는 듯이.

굳이 밝혀두자면 베를린을 찾아온 친구나 손님들에게 당시 내가 추천했던 '들을 거리'로는 셋이 있었다. 베를린 필하모니, 도이치 오페라, 그리고 빌리 브란트의 연설이 그 셋이었다. 그러던 어느 날 나는 이탈리아에서 온 친구가 도이치 오페라를 신랄하게 비판하는 말을 들었다. 〈아이다〉에 나오는 솔리스트들 노래가 그게 뭐냐는 것이다. 〈스칼라〉에서 듣던 이탈리아의 테너나 소프라노에 익숙한 그의 귀엔 독일 가수들의 가창이 마음에 차지 않을 수도 있겠다고 생각했다. 그런데도 그 친구는 다만 한 가지, 도이치 오페라의 '합창'만은 단연 세계 최고라고 극찬하고 있었다.

사람이나 돌이나 보석은 숨어 묻혀 있지만은 않다. 오페라의 화려한 솔리스트가 아니라 익명의 다중성 속에 혹은 그 막후에 합창 지휘자 하겐-그롤은 무심한 많은 사람들에게 있어선 숨어있는 보석이었다. 그러나 그런 보석이 음악도시 베를린의 제왕적 지위에 있던 베를린 필의 카라얀의 눈에 띄지 않을 수는 없다.

내 자료를 뒤져보니 1963년 베를린 필의 새 콘서트 홀 신축 개관 기념 공연으로 카라얀이 베토벤 9번 〈합창교향곡〉을 연주할 때까진 성 헤트비히 교회의 합창단을 썼으나 이듬해 봄, 1964년 3월에 베를린 필하모니에서 벤저민 브리튼의 〈전쟁 진혼곡〉을 지휘할 때, 그리고 11월에 브람스의 〈독일 진혼곡〉을 지휘할 때엔 카라얀은 이미 하겐-그롤의 도이치 오페라 합창단을 등장시키고 있었다.

서울 공연을 위해 방한한 도이치 오페라 총지배인이자 연출가인 구스타프 루돌프 젤너와 비원에서

뿐만 아니라 (얼마나 자기 마음에 들었는지) 카라얀은 1965년부터는 1988년까지 23년 동안 그가 주재하던 잘츠부르크 페스티벌에서 공연되는 모든 오페라의 합창 부분을 맡아서 지도하도록 하겐-그롤을 상임감독에 임명했다. 그래서 1962년부터 1984년까지 22년 동안 도이치 오페라의 합창단장으로 있던 하겐-그롤은 초가을부터 이듬해 초여름까지의 오페라 시즌엔 베를린에서, 그리고 시즌 오프의 한여름 동안은 잘츠부르크에서 일하게 됐다.

잘츠부르크에서의 재회, 산장에서의 밤샘

발터 하겐-그롤을 개인적으로 가까이 알게 된 것은 1966년 도이치 오페라의 서울 공연이 계기가 되었다. 일본은 이미 도쿄 올림픽을 앞두고 그 한 해 전인 1963년 도이치 오페라를 통째로 불러와서 초청공연을 성사시킨 일이 있었다. 우리도 그럴 수

1966년 서울 공연을 위해 방한한 베를린 도이치 오페라단의 김포 공항 도착 광경. 맨 앞에 선글라스와 모자를 쓴 하겐-그롤의 옆모습이 보이고 그 왼편에는 젊은 날의 박경리 여사가 "닦고 닦아진 가장 고귀한 보물 같다"고 찬사를 아끼지 않던 프리 마돈나 엘리자베트 그뤼머의 미소 짓는 모습도 보인다.

공연 도중 서울의 관객 분위기를 몸으로 느껴보려고 의상과 가발을 갖추고 무대에 엑스트라로 나가 한 바퀴 돌고 온 하겐-그롤과 함께

없을까 하는, 당시로선 좀 무모한 꿈을 그래도 실현시킬 수 있도록 고무해주고 조언을 해준 분은 같이 베를린에서 살던 윤이상 씨였다.

1년여에 걸친 힘든 협상 끝에 1966년 드디어 도이치 오페라의 서울 공연이 성사됐다. 오페라 측에서는 부지배인 제펠너(Egon Seefehlner) 교수가, 그리고 서울 공연을 주최하는 한국일보사를 대신해서는 내가 계약서에 서명을 마쳤다. 지금은 불타 없어진 세종문화회관 자리에 있던 서울 시민회관에서 세 번 공연하기로 된 레퍼토리는 모차르트의 〈피가로의 결혼〉. 이 작품은 1963년 잘츠부르크 페스티벌에 초청받아 절찬을 받은 젤너 감독의 뉴 프로덕션이었다.

베를린에서 이 작품을 서울로 가져가는 전세 비행기에는 솔리스트들, 무용 단원,

젤너 총지배인의 기자회견과 고궁 산책 모습

오케스트라 단원에 합창단원 및 스태프까지 150명의 일행이 탔고, 나도 동승했다. 발터 하겐-그롤과 가까워진 기회였다. 그가 임원석에 자리 잡지 않고 비행기 뒤편에서 단원들과 어울려 허물없이 담소하는 소탈한 모습이 내게도 편한 인상을 주었던 것으로 기억된다.

아마 이때부터 발터는 오페라에 관한 내 모든 궁금증을 풀어주는 가이드가 되어

주었다. 모차르트의 〈피가로의 결혼〉처럼 바로크 시대 오페라 가수들이 입고 나오는 의상과 뒤집어쓰고 나오는 페뤼케(Perücke, 가발)들이 엄청나게 비싸다는 것도 처음 알았다. 베를린에 돌아와서는 오페라 무대 뒤의 중소기업 수준의 봉재 공방, 무대 세트 공방, 의상 창고 등도 다 안내해주었다. 내겐 다 개안(開眼)의 체험들이다.

서울 공연에서 잊히지 않은 일이 있다. 발터는 공연 도중에 무대 뒤에만 있지 않고 합창단원들과 같은 서바로크 복식을 차려 입고 페뤼케까지 뒤집어쓴 채 무대 위로 나가 한 바퀴 돌고 들어왔다. 관객들의 반응을 직접 몸으로 느껴보기 위해서라는 것이다. 단원들과 호흡을 같이하기 위해 무대 경험을 공유해보겠다는 뜻으로 여겨졌다. 그러고 보니 카라얀도 사후에 발간된 화집을 보면 1967년 오페라 〈카르멘〉을 촬영할 때엔 이 세기의 마에스트로가 제3막에 등장하는 밀수꾼들의 일원으로 차려 입고 나타나는 모습이 실려 있다.

1967~1968년경 내가 귀국을 준비하고 있을 때이다. 한번은 발터가 부인과 함께 차를 몰고 와서 좋은 구경을 시켜줄 테니 같이 가자고 불러주었다. 바이마르 시대의 독일 영화 메카였던 우파(Ufa-Theater AG)사의 아틀리에에서 도이치그라모폰(Deutsche Grammophon)의 음반 녹음이 있으니 구경시켜 주겠다는 것이다. 작품은 카를 오르프(Carl Orff, 1895~1982) 작곡의 〈카르미나 부라나〉. 오이겐 요훔(Eugen Jochum, 1902~1987) 지휘의 베를린 필하모니에 합창은 발터 하겐-그롤 지도의 도이치 오페라 합창단. 솔리스트는 군둘라 야노비츠와 디트리히 피셔디스카우.

귀한 만남이었고 소중한 체험이었다. 오케스트라, 합창단, 솔리스트들은 유리 벽 저쪽의 무대에서 한창 작업 중이고 우리는 유리 벽 안쪽에 커다란 부스가 있는 작은 방으로 안내받았다. 스페인 문학을 전공한다는 부인과 함께 녹음을 지켜보던 오르프 영감은 우리를 보자 장난기 서린 눈으로 웃으며 반겨주었다. 그러나 이 작은 방의 주인은 단연 녹음기기와 그를 다루는 '톤 마이스터(음향기사)'라는 엔지니어였다.

나는 이때 세계에서 가장 권위 있는 음악 비평가는 《뉴욕타임스》의 저명한 비평가 숀버그(Harold C. Schonberg)도 베를린과 프랑크푸르트에서 평필을 휘두르고 있는 슈투켄슈미트(H. H. Stuckenschmidt) 교수도 아니라 여기 음반 녹음실 부스에 앉아 있는 이름 없는 음향기사라는 사실을 깨달았다. 요훔이 지휘봉을 들고 몇 소절 연주를 시작하자마자 음향기기 앞의 엔지니어가 중지 신호를 보내며 다시 시작하라고 지시를 한다. 요훔이 다시 지휘봉을 흔들자 또 얼마 안 있다 중지 신호가 나갔다. 그런 일이 서너 차례 반복되더니 벌겋게 익은 백발의 요훔이 땀을 흘리며 부스로 달려들어 왔다. 무어가 잘못됐냐는 것이다.

노 거장 앞에서 젊은 엔지니어는 기탄없이 지적한다. 금관악기의 음향이 너무 강하니 바로잡아야 되겠다는 투이다. 그러자 마에스트로는 군말 없이 알겠다고 고개를 끄덕이며 돌아간다. 톤 마이스터의 말이 이론의 여지를 주지 않는 절대적 권위가 있는 것은, 그것이 사람의 귀로 듣는 주관적 비평이 아니라 기계가 듣는 객관적 판단이기 때문이다. 더 정확하게 표현하자면 지휘자에 대해 압도적 권위를 갖는 톤 마이스터는 음악을 귀로 듣지 않고 눈으로 듣는다. 소리로 듣지 않고 계기판의 눈금으로 시각화해서 듣는다. 천하의 마에스트로도 거기에는 무조건 순종하지 않을 수가 없다.

나는 발터에게 모든 지휘자들이 톤 마이스터 앞에서는 다 저렇게 쩔쩔매야 하느냐고 물었더니 그렇다는 것이다. 카라얀은 어떠냐 물었더니 카라얀은 카라얀이라는 대답이었다. 톤 마이스터와 사전에 협의를 해서 일단 중단 없이 한 곡 전체를 연주한 다음에 다시 고쳐야 될 부분을 세세하게 손대어가는 것이 카라얀 방식이라는 것이다. 몇 해 전 바르샤바에서 만난 가수 크리스타 루트비히가 카라얀이 음악에서 가장 중요시하는 것이 '레가토(Legato, 단절되지 않는 음향의 매끄러운 흐름)'라고, 가수들이나 연주자들에게 강조하고 또 강조했다는 말을 들었을 때 나는 반세기 전에 발터가 베를린의 음반 녹음 현장에서 얘기해준 카라얀 스타일을 떠올려봤다.

귀국 후에도 나는 베를린을 여행할 기회가 있으면 발터를 찾아가 만났다. 언젠가 오페라에서 나를 맞아준 발터는 우리가 서울로 가져갔던 젤너 감독 연출의 〈피가로의 결혼〉을 10여 년 만에 내려놓고 그 후임으로 온 괴츠 프리드리히 감독이 새로 연출한 〈피가로의 결혼〉을 보고 가라고 해서 카를 뵘 지휘의 공연을 보았다. 극장에서는 당시 베를린에 와있던 젊은 지휘자, 30대의 바렌보임(Daniel Barenboim, 1942~)도 소개해주었고 그의 목소리에 극장 벽이 진동한다는 거구의 베이스 마르티 탈벨라도 발터는 그 '웅대한' 아랫배를 툭 치며 내게 인사시켜 주었다.

정확한 기억은 없으나 아마도 1970년대 말 베를린을 방문했을 때인 것 같다. 발터가 잘 왔다면서 새로 장만한 스포츠카를 몰고 와 집에서 파티를 하고 있으니 같이 가자고 나를 태우고 갔다. 가보니 수십 명의 베를린 필 오케스트라 멤버들을 초청한 파티가 한창이었다. 사람이 너무 많아 정신을 차리지 못하고 있는 판에 베를린 필의 솔로 클라리넷 주자 카를 라이스터(Karl Leister)가 다가와 자기소개를 하며 한국에 한 번 가보고 싶다는 말을 했다. 나는 당시 한국국제문화협회(지금의 한국국제교류재단)와 신문사에 있는 친구에게 그 뜻을 전했다. 라이스터의 한국 공연은 그 뒤 성사됐다는 얘기를 들었다.

나이가 들면서 외국에 나갈 기회도 줄어들고 그러다 보니 발터를 만날 기회도 뜸해졌다. 마지막으로 그를 만난 것이 1982년인가 싶으니 이미 30년의 세월도 훌쩍 지나버렸다. 그건 아마도 내가 거의 마지막으로 방문한 잘츠부르크 페스티벌이 아닌가 싶기도 하다. 나는 오랜만에 이 모차르트의 도시에 도착하자마자 발터에게 전화를 걸었다. 언제나처럼 반기는 목소리로 몇 마디 인사말을 건넨 발터는 바로 내일 밤에 환영 파티를 열 테니 내가 구경하는 오페라가 끝나면 바로 자기 산장으로 택시를 잡아타고 오라고 벼락치기 초대를 해주는 것이었다.

나는 가지 않았다. 오페라가 끝나면 이미 밤 열 시가 넘는 시간인데 그때부터 파티에 가게 되면 호텔에는 새벽 시간에나 돌아오게 될 테니 여독도 풀리지 않은 상태라 파티가 내키지 않았다. 게다가 몇 해 전 발터의 집들이 파티 때도 가보니 너무 많은 사람들이 모여서 이번에는 나 하나쯤 안 가도 무방하려니 생각했었다.

다음 날 저녁에도 대극장에서 오페라를 보고 밖에 나오니 잘츠부르크의 단골인 비가 줄줄 쏟아지고 있었다. 택시를 잡는 긴 줄에 서서 차례를 기다리고 있는데 누가 뒤에서 덥석 어깨를 안으면서 소리진다. 발터였다. 왜 어젯밤 안 왔느냐고 다그치기에 "피로해서 나 하나쯤 빠져도…"라고 변명하려 했더니 "무슨 소리야! 당신만을 초대했는데. 두말 말고 우리 집으로 가요, 아직 어제 준비한 음식이 있을 테니" 하고 막무가내로 차 있는 데로 나를 끌고 갔다(참고로 무대 예술인들은 음악인이나 연극인이나 무용가 할 것 없이 공연 전이 아니라 공연이 끝난 뒤 밤 열 시, 열한 시 이후에 저녁을 든다. "배가 부른 카나리아는 노래를 못 한다"고나 할 것인가?).

카라얀의 잘츠부르크 페스티벌에서 공연되는 모든 오페라의 합창 부분을 맡아 여름마다 이곳에 내려온 지도 이때가 이미 17년이 된다는 발터는 시가의 전경과 멀리 빙하에 덮인 다하슈타인 봉우리도 바라볼 수 있는 가이스베르크산 중턱의 꽤 널찍한 산장을 장만하고 있었다. 그곳에 도착하니 또 하나의 '뜻밖'이 기다리고 있었다. 과거 주한 프랑스 대사로 있었던 피에르 랑디 씨가 식객으로 와 있었던 것이다. 정년 퇴직한 전직 외교관 랑디 씨는 우리 모두가 존경하는 슈투켄슈미트 교수의 책 《라벨 론(論)》을 번역해서 최근 출판(H. H. Stuckenschmidt, Ravel. Variations sur l'homme et l'oeuvre, 1981)했다고 자랑하고 있었다.

1981년, 10여 년 만에 찾아온 잘츠부르크는 나에게 많은 새로운 볼거리, 들을 거리를 안겨준 충만한 체험의 축제 도시였다. 그건 유럽 공연예술무대의 한 변곡점처럼 느껴졌다. 무엇보다도 비엔나, 베를린, 잘츠부르크 등에서 카라얀과 함께 제2차 세계대전 후의 유럽 악단을 이끌어오던 기숙(耆宿) 카를 뵘이 페스티벌 기간 중에 타계했다. 그러고 보니 얼마 전 발터 주선으로 베를린에서 괴츠 프리드리히가 새로 연출한 〈피가로의 결혼〉을 지휘하던 공연이 내가 본 뵘의 마지막 무대가 됐다.

한편 1981년의 잘츠부르크에는 대서양 건너편에서 혜성처럼 떠올랐던 새로운 스타가 화려하게 등장했다. 뉴욕 메트로폴리탄의 제임스 러바인! 그는 이번에 모차르트의 〈마적(魔笛)〉과 오펜바흐의 〈호프만 이야기〉 두 작품을 지휘하게 된 것이다. 또 하나 반가운 소식은 내가 높이 평가하던 연출가 파리의 장 피에르 포넬이 러바인의 콤비가 되어 있었다는 것이다. 그리고 카라얀은? 청중의 열광적인 박수 따위는 무시해버리고 준마처럼 무대에 나타나 지휘대 위에 단숨에 뛰어오르던 그의 옛 모습은 온데간데없고 절름발이 걸음으로 비틀비틀 무대에 나타나는 모습이 차마 보기가 민망할 지경이었다. 무대에서 넘어진 낙상의 후유증이라고 발터는 알려주었다. 어쩐지 화려했던 유럽 전후 음악의 한 시대가 저물어가는 것을 보는 듯한 감회가 없지 않았다.

그럴수록 그해의 잘츠부르크는 내게 더욱 소중한 추억으로 간직되고 있다. 호텔 예약을 아예 단념하고 무작정 달려와서 전혀 뜻하지 않게 15세기 고성을 개조한 5성급 호텔 슐로스 묀히스베르크에 방을 얻을 수 있었다는 행운(미국인의 예약 취소 덕분에)에 이어 발터를 재회하고 심야의 산장에서 만찬에 초대받고 그간의 유럽 음악계에 관한 폭넓은 소식들을 듣고, 그러고 보니 이 잘츠부르크의 만남이 발터 하겐-그롤을 직접 만난 마지막이 되었다.

"최대의 오페라 합창단을 최고의 합창단으로!"

그 후 발터와 나는 우편이나 팩스로 더러 연락은 있었다. 기억에 틀림이 없다면 나는 발터를 또 한 번, 이번에는 그 혼자만 한국에 초대하고 싶었다. 양적으로나 질적으로나 세계 어느 나라에 내놓아도 손색이 없을 것 같은 우리나라 합창단들을 그에게 보여주고 싶었고, 또 우리나라 합창단들을 위해서도 하겐-그롤의 방한은 귀중한 만남이 되리라고 믿었기 때문이다. 그를 위해 국제교류재단의 지원 동의도 얻어 그 뜻을 발터에게 전하며 방한 초청을 수락할 것을 부탁했다. 그러나 그의 유럽 일정이 너무 빡빡해서 초청에 응할 수 없겠다고 해서 나를 실망시켰다.

내가 보관하고 있는 마지막 발터의 서신은 1986년 정초의 것으로 이 편지만 보더라도 그의 당시 분주한 생활이 짐작되고도 남는다. 발터는 베를린과 잘츠부르크 이외에도 런던의 뉴 필하모니아 악단의 합창단장도 맡았고 비엔나 국립 오페라 합창단, 비엔나 성악 아카데미 합창단의 단장도 겸임했으며 1986년부터는 잘츠부르크의 음악 및 공연예술대학 '모차르테움'의 합창지휘자 클래스 교수로도 임명되었다.

나에게 보낸 마지막 기별이 된 1986년 정초 서신의 전문을 옮겨놓으면서 하겐-그롤 회상의 이 글을 맺고자 한다.

친애하는 최 박사

비엔나에서 1986년 1월 9일

당신의 다정한 새해인사를 우리는 반기고 있습니다. 우리도 마음속으로부터 새해 인사를 보냅니다.

당신의 연하장은 베를린의 도이치 오페라로 왔어요. 그러나 나는 1984년 가을부터 비엔나 국립오페라(Staatsoper)의 합창단장으로 와있습니다. 로린 마젤이 나를 이리로 불러 왔어요. 다만 내가 여기 오자, 마젤은 떠나버렸습니다. 그러나 그건 내 자신에겐 전혀 문제가 되지 않아요. 왜냐하면 비엔나 국립 오페라 합창단이야 1965년부터 잘츠부르크 페스티벌을 통해서 잘 알고 있거든요. 우리는 깊은 우정으로 맺어 있습니다. 비엔나 오페라와의 작업은 훌륭하고 만족스러웠다 하겠습니다. 나는 지금 "스러웠다"고 과거형으로 적었지요. 왜냐하면 내겐 전혀 다른 새로운 일이 닥쳐왔기 때문입니다.

1986년 9월부터 나는 잘츠부르크의 모차르테움 음악대학의 정교수 자리를 맡게 되겠어요. 나는 그곳에서 합창지휘자 클래스를 담당합니다. 나는 그러기로 결심했어요. 왜냐하면 합창지휘자의 후진양성 문제가 지금 심각하거든요. 그에 대해선 반드시 무언가 수를 써야 한다는 것이 내 생각입니다.

그래서 앞으로는 나도 좀 더 많은 시간을 내서 음악에 관해서 '성찰'을 해보고 음악을 넘어서 생각도 해보고자 하고 있어요. 비엔나에서는 내가 떠난다는 것을 좋아하지 않아요. 그러나 내 생각엔 잘츠부르크의 일이 더 중요한 것 같군요. 비엔나 오페라하고는 앞으로도 계속 매 시즌마다 한 차례의 큰 오페라 합창 지도와 국립 오페라 합창단의 콘서트를 맡기로 합의를 보았습니다. 그 밖에도 내게는 계속 잘츠부르크 페스티벌이 있습니다.

이상이, 최 박사, 아마도 이곳 소식이 되겠소.

당신을 다시 한번 만나게 되면 우린 무척 기뻐할 겁니다. 그동안에도 내내 안녕하시고 다복한 새해가 되기를 빌며.

당신의 발터 하겐-그롤

뒷얘기를 한 가지만 더하자면 1961년부터 1984년까지 합창단을 이끌었던 발터 하겐-그롤이 2001년 도이치 오페라의 명예단원(Ehrenmitglied)으로 포상되던 축하연에서 발터는 "유럽 최대의 오페라 합창단을 유럽 최고의 합창단으로 만들겠다"라는 것이 자신의 포부라고 술회했다. "그 소망을 그는 이미 여러 해 동안 실현해왔다"라고 당시 베를린의 권위지 〈디 벨트〉는 논평하고 있었다.

2020년

Ihr Walter Hagen-Groll
u. Frau

86 16 40.

Alles Gute, lieber Herr Choe!
Wir würden uns sehr freuen, wenn Sie den Silvesterabend nach dem Konzert bei uns zu Hause verbringen wollten. Sollten Sie in Begleitung sein, so ist auch diese herzlich eingeladen. Vielleicht rufen Sie vorher einmal bei uns an!

하겐-그롤의 손편지

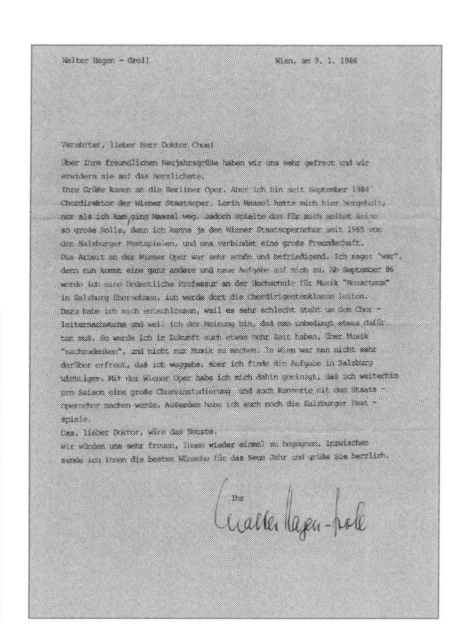

Walter Hagen - Groll   Wien, am 9. 1. 1986

Verehrter, lieber Herr Doktor Choe!

Über Ihre freundlichen Neujahrsgrüße haben wir uns sehr gefreut und wir erwidern sie auf das Herzlichste.
Ihre Grüße kamen an die Berliner Oper. Aber ich bin seit September 1984 Chordirektor der Wiener Staatsoper. Lorin Maazel hatte mich hier hergeholt, nur als ich kam, ging Maazel weg. Jedoch spielte das für mich selbst keine so große Rolle, denn ich kenne ja den Wiener Staatsopernchor seit 1965 von den Salzburger Festspielen, und uns verbindet eine große Freundschaft.
Die Arbeit an der Wiener Oper war sehr schön und befriedigend. Ich sage: "war", denn nun kommt eine ganz andere und neue Aufgabe auf mich zu. Ab September 86 werde ich eine Ordentliche Professur an der Hochschule für Musik "Mozarteum" in Salzburg übernehmen, ich werde dort die Chordirigentenklasse leiten.
Dazu habe ich mich entschlossen, weil es sehr schlecht steht um den Chor - leiternachwuchs und weil ich der Meinung bin, daß man unbedingt etwas dafür tun muß. So werde ich in Zukunft auch etwas mehr Zeit haben, über Musik "nachzudenken", und nicht nur Musik zu machen. In Wien war man nicht sehr darüber erfreut, daß ich weggehe, aber ich finde die Aufgabe in Salzburg wichtiger. Mit der Wiener Oper habe ich mich dahin geeinigt, daß ich weiterhin pro Saison eine große Choreinstudierung und auch Konzerte mit dem Staats - opernchor machen werde. Außerdem habe ich auch noch die Salzburger Fest - spiele.
Das, lieber Doktor, wäre das Neuste.
Wir würden uns sehr freuen, Ihnen wieder einmal zu begegnen. Inzwischen sende ich Ihnen die besten Wünsche für das Neue Jahr und grüße Sie herzlich.

Ihr
Walter Hagen-Groll

하겐-그롤의 근황을 알리는 편지

그녀의 편지에 무궁무진한 재미가 …

• 화가·문필가·동화작가 사노 요코 여사

(1938~2010)

사노 요코를 처음 만난 이야기부터 해보라고요? 그렇게 주문해주시니 다행입니다. 왜냐하면 그 얘기는 한 번 적은 일이 있었거든요. 그렇지 않다면 우리의 첫 만남이 1967년. 거의 반세기 전의 옛날입니다. 그걸 그냥 희미한 기억에만 기대어 적는다면 무슨 엉뚱한 거짓말을 하게 될지 장담 못하겠거든요.

내가 사노 요코(佐野洋子)에 관해서 이미 글을 쓴 것은 1970년대 초반, 그건 첫 만남으로부터 불과 4~5년 내의 일입니다. 무슨 계기로 글을 썼느냐구요? 바로 이번에 한 권의 어엿한 책으로 나오기 훨씬 전에 나는 사노 요코의 편지들을 이미 40여 년 전 서울에서 나온 한 잡지에 번역해 소개한 일이 있었습니다. 당시엔 일본에서도 사노 요코는 별로 알려지지 않던 무명인 시절이었습니다.

그 무렵에도 나는 사노 요코의 모든 편지들 가운데서 가장 긴, 그리고 가장 재미있는 것들을 벌써 10여 편이나 가지고 있었습니다. 그것들은 혼자 읽고 그냥 사장해 버리기엔 너무나 아까운 글들이라 생각되었습니다. 나는 오랜 유럽 생활에서 귀국한 후에 여러 친구들에게 사노의 편지를 보여주었습니다. 그 반응은 하나같이 내가 예

도쿄 근교의 별장지대 가루이자와에 신축한 사노의 작업실 계단 옆에서

상했던 대로였습니다. 혼자만 보기엔 너무 아까운 글이라는 것입니다.

자기에게 보낸 한 여인의 편지를 남에게 보인다는 것—그것은 무뢰한(無賴漢)의 무례한 수작이라고 지탄받을지도 모릅니다. 그러나 사사로운 편지를 돌려본다는 것은 반드시 무뢰한들만의 짓거리도 아니요, 어제오늘에 시작된 일도 아닙니다. 이미 17세기 프랑스의 상류사회에선 근대 서한문학의 남상(濫觴)이라 일컫는 세비녜 후작부인(1626~1696)의 수많은 내간(內簡)들이 그녀의 생전에 복사되어 여러 사람들이 돌려 읽었다고 알려져 있습니다. 한국에서는 조선시대부터 선비들의 서간은 비싼 값으로 거래되어 왔습니다. 독일 철학자 게오르크 짐멜은 "글로 적는다는 것은 모든 비밀 유지와는 반대되는 특성을 지닌다"라는 말로 '편지의 사회학'에 관한 담론을 시작하고도 있습니다.

그러나 내가 사노 요코의 편지를 공개한 데에는 또 다른 이유, 그리고 사노 요코도 그 책임을 면피할 수 없는 더욱 근원적인 이유가 있습니다. 그건 글쎄요, 사노의 편지가 어디 단순히 편지이기만 하느냐? 아니 그게 도대체 편지란 말이냐? 나에게 보낸 '사사로운 편지'란 말이냐? 하는 의문입니다.

아닙니다. 그건 편지의 모양을 빙자한 하나의 에세이. 한 수신자에게 부친 편지라는 대화 형식을 '도용'한 독백. 편지의 수신자는 대답이나 반응이 필요 없고 그저 버티고 있을 따름인 벽. 대답하는 것보다 침묵으로 일관하는 것이 더욱 그녀의 독백을 조장해줄 수 있는 벽. 그렇습니다. 나는 그 벽이었습니다. 아니 그보다도 나는 장차 바깥에서 타이틀 매치를 싸울 복서의 필력(筆力)을 기르는 연습용 샌드백(!?)이었다 싶었던 것입니다.

생각해보니 고약한 사노 요코입니다. 내가 연습용 샌드백이라니? 그녀가 장차 문단이라는 링 위에 올라가 화려하게 솜씨를 보일 필력의 펀치를 묵묵히 얻어맞고만 있는 연습용 샌드백이라니… 그럴 수는 없는 노릇이지요. 그래서 나는 그에 대한 '복수'로 이들 '편지 아닌 편지'들을 그녀가 화려한 각광을 받는 문단의 링 위에 오르기 전에 서울의 한 이름 없는 잡지에 공개해버린 것입니다. 우리가 처음 만났던 시절에 관한 다음과 같은 얘기를 곁들여서.

… 독일의 베를린에서 내 유학 생활을 마무리할 무렵 동시에 두 일본 여성을 알게 되었습니다. 케이 부인과 와이(사노 요코) 부인. 그녀 둘은 도쿄에서부터 친구였답니다. 케이는 남들 앞에선 '프라우(Frau, 부인)'로 행세하고 있었지만 사랑만 하고 있을 뿐 미혼이었으나 와이는 남편 있고 결혼신고도 한 틀림없는 프라우였습니다. 그녀는 남편을 몹시 사랑하고 있었고 그것을 나에게 몇 번이나 강조하곤 했습니다. 그들 부부는 미술대학의 동창으로 학교를 졸업한 뒤에는 함께 아틀리에를 차리고 책의 장정이나 삽화 등을 맡아 제작하기도 하고 스스로 그림책을 만들기도 해서 맞벌이를 하고 있었습니다.

집안에 들어앉아 일해야 되는 화가가 더욱이 어엿한 유부녀의 몸으로 그처럼 사랑한다는 남편을 떼어놓고 유럽으로 혼자 왔다는 것은 아무래도 좀 미심스러웠습니다. 소개받자마자 나는 그 사연부터 물어보았습니다. 대답은 간단하고 어이가 없었습니다.

어느 날 와이는 자기가 곧 서른이 된다는 것을 깨닫고 "싫다!" 하고 남편에게 어리광을 떨었답니다. 마음 착한 남편은 그 말에 크게 동정을 한 모양입니다.

"그럼 너 서른이 되기 전에 하고 싶은 게 있으면 말해보렴. 무어든지 하게 해줄게."

"그럼 나 유럽이나 구경할래."

"그래? 그게 꼭 소원이라면 다녀오렴."

이렇게 해서 와이는 홀연히 케이가 사는 베를린으로 찾아오게 됐다는 것입니다. 나이 먹어가는 젊은 아내를 위로하기 위해 단신 해외로 내보내는 남편이란 얼마나 어질고 착한 사람일까 아니 그보다도 이들 부부의 절대적이라고 하리만치 강한 상호신뢰에 나는 감동해버렸습니다.

그러나 모처럼 유럽이라고 찾아온 와이의 베를린 생활은 날이 갈수록 질곡이었습니다. 케이는 영어를 했고 금방 사람들을 사귈 수 있는 사교적인 천성이었습니다. 사업가인 그녀에게는 일이 있었습니다.

와이에겐 그 모든 것이 없었습니다. 케이와는 달리 내성적인 성격의 와이는 언어가 통하지 않으니 외국에서의 그녀의 고립은 완전한 것이 되고 있었습니다. 게다가 '일'조차 없다 보니 무료한 시간은 더욱이 감당하기 어려웠습니다. 게다가 그녀의 심미적인 안목에 당시의 서베를린은 도시로서 전혀 매력이 없었습니다. 아름다운 옛 시절의 베를린은 전쟁으로 자취를 감췄고 전후에 응급으로 세워진 서베를린의 모습은 도무지 조형적인 관광의 대상은 못 되었습니다. 와이는 고독과 무료의 시간에 혼자서 베를린을 미워하고 베를린 사람을 미워하고 아니 도대체 서양 사람을 (그녀의 잘 쓰는 말투로는 '적'으로) 미워하고 있었습니다. 그녀는 허구한 날들을 하염없이 고향을 그리워하고 남편을 그리워하고 그리곤 눈물을 흘리고 있었습니다.

이런 상황 속에 있는 그녀 앞에 내가 나타났다는 것은 그녀에겐 거의 구원이었는지 모르지요. 우리의 첫 만남은 1966년 섣달 그믐날 한 독일 친구한테 초대받은 송년파티였습니다. 케이도 와이도 기모노(일본의 전통의상)를 입고 왔습니다. 나는 초대면의 와이에게 화제도 없고 해서 기모노가 예쁘다고 공치사를 했더니 "나 이따위 기

다니카와의 부친 철학자 다니카와 데쓰조(谷川徹三)의 서재에서

모노를 걸치기란 난생 처음이야. 답답해 죽겠어!" 하는 솔직한 대답이 내 마음에 들었습니다.

파티가 끝나 돌아오는 도중에 케이는 내가 두 숙녀를 에스코트해준 답례로 자기 집에서 한턱내겠다고 초대를 했습니다. 사랑하는 이의 품을 몇 달이나 떠나 있는 두 생과부에 붙잡혀갔다가는 정월 초하루 새해를 성한 사지로 맞게 될지 모르겠네 하고 농을 하면서 나는 유혹을 받아들였습니다.

그동안 남이 들여다본 일이 별로 없던 두 여인의 숙소는 도무지 질서라곤 없는 카오스였습니다. 그 카오스가 내겐 독기 있는 섹스어필로 느껴졌습니다. 나는 무언가 거척(拒斥)을 해야겠다는 자위본능의 충동을 받았는지 모릅니다. 상대가 '일본' 여인이라는 것, 게다가 둘 다 남자를 알고 있는 생과부들이라는 것 때문이었을까?야릇한 섹스의 독기 속에서 브랜디의 독주를 들이마시면서 나는 날이 새도록 독설을 퍼부은 모양입니다.

일본, 일본인, 일제시대를 매도하고, 그리고 특히 "과거를 씻고 한일 간에 젊은 세대들끼리의 새로운 미래" 운운하는 케이의 '건설적인' 말들을 매도했습니다. 독주에 취했는지, 스스로의 독설에 취했는지 한참 동안을 혼자 떠들다가 문득 와이를 보니 그녀는 학질에 걸린 것처럼 오들오들 떨고 있었습니다. 새벽 추위에 떨고 있나 싶어 외투를 뒤집어 씌워주려 했으나 괜찮다고 사양을 합니다. 그 뒤에 받은 그녀의 편지를 보니 와이는 그때 내 독설로 비로소 일제 식민지 시대를 산 한국인의 처지를 생각하고 떨었다는 것입니다. 그날 밤 내내 내 얘기에 말대꾸를 하고 있었던 것은 케이였지만 나는 그 뒤로는 한마디 말참견 않던 와이야말로 내 얘기가 통한다고 일방적으로 단정해버렸습니다.

한번은 내가 베를린 필하모니에 와이를 초대한 일이 있습니다. 당시 음악 팬들의 우상신으로 군림하고 있던 카라얀의 티켓은 독일 팬들도 쉽게 구할 수 없었습니다. 그러나 와이는 연주회 내내 별 감흥이 없는 듯 카라얀을 그리고 관중들을 구경하고 있다가 음악회가 끝나자 어처구니가 없는 얘기를 했습니다.

"나 카라얀이 도쿄에 왔을 때 TV로 본 일이 있어. 정말 본 거야. 음향은 꺼버리고 카라얀이 지휘하는 모습만 조용히 한 시간 남짓 구경했거든. 얼마나 재미가 있든지. 아침에 일어나서 밤에 잘 때까지 일상생활의 모든 몸짓을 보여주고 있었으니…"

원 세상에 카라얀을 그렇게 감상하는 법도 있나 하고 나는 혀를 찼습니다. "눈 감고 숨죽이고 귀만 남아 있어라" 하는 어느 시인의 음악송을 온전히 뒤집어놓은 역(逆)을 와이는 실천하고 있는 모양입니다. "귀 막고 소리 죽이고 눈만 남아 있어라."

그러한 와이의 눈앞에선 대지휘자 카라얀도 한낱 팬터마임의 비르투오소(virtuoso)로 전락해버리고 만 것이지요. 그림을 잘 그리거나 못 그리거나, 또는 그림을 그리거나 안 그리거나 상관없이 내가 만난 사람 가운데엔 세상을 본질적으로 '화가의 눈'으로 보고, 인생을 '화가의 자세'로 사는 유형의 사람들이 있습니다. 와이가 그러한 유형의 사람이라는 것을 나는 느꼈습니다. 나는 그녀 속에 '눈의 사람'의 순종형을 발견한 듯싶었습니다.

세상을 비껴 서 있는 듯한 그녀의 스탠스도 눈과 대상과의 거리를 유지하려는 자연스러운 자세인지 모릅니다. 그녀의 시선에는 '화가의 눈'에 고유한 비정한 데가, 새침한 데가, 불경스러운 데가, 타부 무시적인 데가, 도둑스러운 데가, 외설스러운 데가, 익살스럽고 장난스러운 데가, 결국 자유스러운 데가 있었습니다.

베를린 시절 와이가 내 집을 찾아왔을 때 나는 다시 한번 반일론의 독설을 뿜어댄 일이 있었습니다. 그녀는 아무 대꾸 없이 그저 고개를 끄덕이면서 무릎 위의 종이에 무엇인가 열심히 끄적거리고 있었습니다. 아무 반응이 없는 독설에 절로 풀이 죽어버린 나는 그녀가 종이 위에 적고 있는 것이 무언지 들여다보았습니다. 그녀의 무릎 위에는 일본 제국주의를 저 혼자 성토하고 있는 방 안 구석의 항일투사의 교만하고 노기에 찬 모습이 희화(戱畵)가 되어 있었습니다. 아주 절제된 선(線)과 대담한 과장으로 내 바보스러운 본질을 유감없이 척결(剔抉)한 이 크로키를 나는 좋아합니다.

사노 요코가 세상을 떠난 뒤 일본에 있는 친구가 그녀가 쓴 글 가운데서 나에 관해 적은 대목들을 한 스무 편 모아 보내주어서 읽어본 일이 있습니다. 여전히 '귀 막고 소리 끄고 눈만 남겨 본' 한국 친구에 관한 묘사가 자유분방한 상상으로 과장해낸 '악의 없는 거짓말'이요, 실물 무시의 '데포르마시옹'이라고나 할까… 그럼에도 불구하고 그것들은 하나같이 재미있었습니다.

사람의 생각이 원래 사물의 추상적인 파악이요, 우리들의 표상이 현실이 아님은 회화가 사진이 아닌 것과 다를 게 없습니다. 사노 요코의 나에 대한 표상이 왜곡되고 과장되었다는 것도 진부한 진리라 해야겠지요. 문제는 여느 사람의 그것과는 달리 사노 요코의 왜곡되고 과장된 그림이 하나같이 지루하지 않고 재미가 있다는 사실입니다. 그 비밀이 어데 있을까?

사물을 어느 위치에서 보느냐 하는 시좌(視座)에 그 비밀이 있지 않나 하고 생각해봅니다. 그녀는 세상이나 사람을 위에서 내려다보지 않고 아래서 올려다보는 안전한 시좌를 고집하고 있는 것으로 느껴집니다. 나무 위에 올라가 사람의 머리를 내려다보지 않고 나무 밑에서 나무 위에 올라간 사람의 엉덩이를 쳐다보는 시각이라고 할까요? 나는 그걸 '아래로부터의 전략'이라고 불러봅니다. 그녀의 불경스럽고, 외설

장욱진 화백이 생전에 마지막으로 살았던 수원 근교의 한옥에서 하룻밤을 묵은 사노, 다니카와 그리고 필자

스럽고, 타부 무시의, 신성모독적인, 그러나 그래서 더욱 익살스럽고 장난스럽고 재미있는 말투, 글투의 배후에는 바로 아래로부터의 전략을 일상적으로 구사하고 있는 화가의 눈이 있다고 생각해봅니다.

니콜로 마키아벨리는 로렌초 데 메디치에게 《군주론》을 헌정하면서 "산과 고지의 특징을 알려면 먼저 몸을 낮춰 스스로 평지에 자라잡고 또 평지를 알기 위해선 높은 산 위에 있어야 한다"고 적고 있습니다. 군주의 마음을 살피기 위해서는 자기처럼 신분이 미천한 백성의 자리에 있어야 한다고 말하려 한 것 같습니다. 그것도 일종의 '아래로부터의 전략'이라고 할 수 있겠지요. 그렇다면 사노 요코는 멀쩡한 사람을 높은 나무 위에 올려놓고 밑에서 엉덩이를 살펴보는 일상생활의 '마키아벨리스트'라고나 해야 할까?

놀라운 것은 사노 요코의 문학적 다산성입니다. 공저를 포함해서 생전에 170여 권의 저서를 냈다는 기록은 나를 아연케 합니다. 삶의 모든 것을 소녀처럼 생생한 감각

사노 요코가 당시 남편인 시인 다니카와 타로와 함께 서울에 와서 우리 집을 찾았다.

으로 감수하고 그 경험을 최단시간에 바로 언어화하고 그 언어를 또 최단시간에 민첩하게 글이나 그림으로 전환하는, 전환하지 않고는 못 배기는 사노 요코는 천생적으로 '요설'의 작가가 될 수밖에 없겠다고 느껴집니다. 그녀의 무명시절에 내가 받은 편지들을 보면 짧은 것이 2,000자, 보통이 3,000자, 긴 것은 4,000자가 넘는 장편인 경우가 예사입니다. 할 말이 너무너무 많았던 것이지요. 그 말을 그녀가 처음으로 마음껏 문장화해본 것이 내가 받은 그녀의 초기 편지들입니다.

과묵이 덕이요 요설은 부덕이라 배운 유교적인 분위기에서 자란 한국인에게 처음 만난 일본 부인의 장문 편지는 이국적인 낯설음에 못지않게 한번 읽기 시작하면 그냥 빠져버리는 재미가 있었습니다. 그러나 사노 요코가 과연 요설의 사람이었을까? 따져 보면, 그렇지도 않았던 것 같습니다. 오히려 그녀는 어눌한 편이었다고 생각이 됩니다. 그녀는 스피치에 능란한 사람은 아니었습니다. 그걸 잘 입증해주는 것이 사노 요코가 영예의 고바야시히데오상(小林秀雄賞)을 받을 때 했던 수상 스피치입니다. 나는 세상에 가장 스피치답지 않은 그 스피치의 텍스트를 그녀의 사후 책에서 보고 거의 분반(噴飯)할 뻔 했습니다. 성대한 축하연의 주인공이 된 그녀의 눌변의 스피치 속에서 나는 그녀의 비장한 '아래로부터의 전략'도 다시 확인할 수 있었기 때문입니다.

결국 사노 요코도 말에는 어눌하고 글에는 날렵했던("訥於言敏於行"-《論語》) 사람이었다 해서 잘못이 없을 줄 압니다. 그 점에선 우리는 한일 간의 경계를 넘어서 다 같은 동북아시아 사람이라고도 여겨집니다. 내가 받은 사노 요코의 편지들이 책으로 상재되어 한국 사람과 일본 사람의 상이(相異) 상동(相同)을 이해하는 데 다소라도 도움이 된다면 뜻하지 않은 요행(僥倖)이라 하겠습니다.

2016년

폴란드와 그 동족

5

동유럽 대전환기의 트리오

• 바웬사, 야루젤스키, 요한 바오로 2세

(1943~) (1923~2014) (1920~2005)

공산권 몰락 진원지엔 낙엽만…

13년 만에 다시 찾은 10월 말의 폴란드의 수도 바르샤바는 온 시가가 노랑 낙엽으로 물결치는 황금빛이었다. 시민들의 증오의 대상이었던 소련 문화 과학 궁전만이 홀로 군림하던 과거 바르샤바의 스카이라인은 이제 고층 건물의 숲을 이뤄 '폴란드의 기적'이란 풍문을 실감하게 한다.

20세기 말 동유럽 소비에트제국의 총체적 붕괴로 냉전시대의 막을 내리게 한 대역사의 출발지 폴란드–공산권 군사동맹 바르샤바 조약 기구를 결성했던 장소에서 그 기구를 해체하는 물꼬를 튼 폴란드–동유럽 공산권의 몰락은 바로 이 폴란드에서 번진 노동자의 파업 시위가 발단이 됐다.

시위에 참여한 노동자 지식인의 연대 세력, 그리고 이를 진압하려는 당국 사이의 기나긴 대립이 계속되는 동안 민주화 시위는 처음에는 서서히, 그러나 뒤에 가서는 격렬한 속도로 동유럽 전역에 확산되었다. 폴란드에서 10년이 걸린 민주화가 헝가리에서는 10개월, 동독에서는 10주일, 그리고 체코에서는 10일 만에 성취되는 가속도가 붙은 것이다. 끝내 '철의 장막'은 철거되고 베를린의 장벽이 헐렸으며 독일은 통일되고 유럽은 하나의 세계가 되면서 새로운 세기를 맞게 되었다.

프랑스 대혁명 200주년을 맞은 1989년에 이뤄진 소비에트 연방의 평화적 해체와 동유럽의 민주화는 1789년의 대혁명에나 비길 '진정한 혁명'이며, 그에 비해 1917년의 볼셰비키 혁명은 레닌의 쿠데타에 불과했다고 말한 것은 영국의 역사학자 마이클 하워드였다.

세기 말을 장식한 그 세계사적 사건의 진원지가 폴란드 북쪽의 항구도시 그단스크 공산체제 아래서 처음 조직된 반체제 자유노조연합 '솔리다르노시치'(영어의 Solidarity로, '연대'라는 뜻)가 1980년 이곳에서 태어났다. 바로 사 반세기 전의 일이다.

폴란드 현대사의 주역인 노조 지도자 레흐 바웬사, 그리고 그와 대결한 군부의 계엄사령관 보이치에크 야루젤스키 장군(훗날 폴란드 대통령) 등을 현지에서 만나 소비에트 체제의 붕괴와 냉전의 종식, 새로운 세기 개막의 의미 등에 대해 들어봤다.

요한 바오로 2세와 폴란드 자유화 혁명

'프라하의 봄'과 '바르샤바의 가을'은 동유럽의 대표적인 음악제 이름인 동시에 두 수도의 가장 아름다운 계절이다. 유명한 뒤몽 출판사의 '유럽 예술관광총서' 폴란드편을 보면 음악에 관한 장(章)에선 두 음악가의 그림만 싣고 있다. 애인 조르주 상드가 그린 쇼팽의 그림과 만화가 에드문드 만차크가 그린 펜데레츠키의 그림. 전후에 등장한 세계의 작곡가 중에서 스트라빈스키는 펜데레츠키를 가장 높이 평가했다고도 한다.

1985년 이탈리아 여행 중 밀라노의 스칼라 극장에서 펜데레츠키가 자신의 〈폴란드 진혼곡(Requiem Polacco)〉을 직접 지휘한 연주를 처음 들었다. 공연이 끝난 뒤 그를 만난 인연으로 훗날 그에게 한국을 주제로 한 작품을 위촉해서 그의 교향곡 5번 〈Korea〉를 낳게 된 것을 나는 큰 보람으로 여기고 있다. 올해(2005년) 9월 방한한 펜데레츠키는 요한 바오로 2세를 추모하는 신작 〈샤콘〉을 한국의 청중에게 들려줬다. 오랜만에 만난 그는 이것을 〈폴란드 진혼곡〉의 마지막으로 삼아야 되겠다고 귀띔해주었다.

원래 〈폴란드 진혼곡〉은 여러 계기에서 여러 사람의 죽음을 위령하면서 이뤄졌다. 시작은 1970년 그단스크 노동자 봉기(蜂起)의 희생자를 추모하는 기념비 개막을 위해 1980년 '솔리다르노시치(연대)'가 그에게 진혼곡을 맡기면서부터이다.

과거 동유럽 공산권에서는 여러 차례 반체제 봉기가 있었다. 1953년 동베를린 노동자의 반공시위, 1956년 헝가리 국민의 자유화 투쟁, 1968년 체코의 '프라하의 봄'이라 일컫던 개혁운동 등. 그러나 모든 봉기는 소련군의 무자비한 유혈 진압으로 끝장나고 말았다. 그러고 보면

REQUIEM
POLACCO
KRZYSZTOF PENDERECKI

DIRETTORE
KRZYSZTOF PENDERECKI

SOPRANO
MARIANA NICOLESCO
CONTRALTO
VERA BANIEWICZ
TENORE
SIEGFRIED JERUSALEM
BASSO
ALFRED MUFF

ORCHESTRA DELLA SCALA

CORO DELLA
FILARMONICA NAZIONALE
DI VARSAVIA
DIRETTORE DEL CORO
HENRYK WOJNAROWSKI

TEATRO ALLA SCALA · 24 FEBBRAIO 1985

〈폴란드 진혼곡〉의 공연 프로그램 표지. 작곡자 펜데레츠키가 1985년 밀라노 스칼라 극장에서 이 작품을 직접 지휘한 공연을 관람하면서 펜데레츠키와 나는 사귀게 됐다. 이 작품은 원래 동유럽 소비에트 체제 내부에서 자유화·민주화 혁명에 물꼬를 튼 폴란드 자유노조 솔리달리리노스치의 위촉으로 처음에 작곡이 시작돼 그 후 폴란드 현대사의 이정표가 될 만한 죽음의 비극적 위대함을 기념하는 장들로 이어지고 있다.

폴란드는 정치적 전환의 고비마다 비교적 평화적으로 위기를 극복해온 셈이다. 1956년 공산권의 소위 해빙기(解氷期)에 크렘린과 대립각을 세웠던 임레 너지 총리의 부다페스트가 소련의 개입으로 참혹한 피의 헝가리 광시곡 무대가 된 것과는 대조적으로 고무우카가 권좌에 복귀한 폴란드는 해빙기의 권력 이동을 비교적 무난히 소화해냈다.

뿐만 아니라 폴란드는 1980년대 소비에트 체제하에서 최초로 반체제 자유노조를 결성하여 계엄령 치하를 뚫고 합법 · 비합법 투쟁을 전개하며 당국을 협상 테이블로

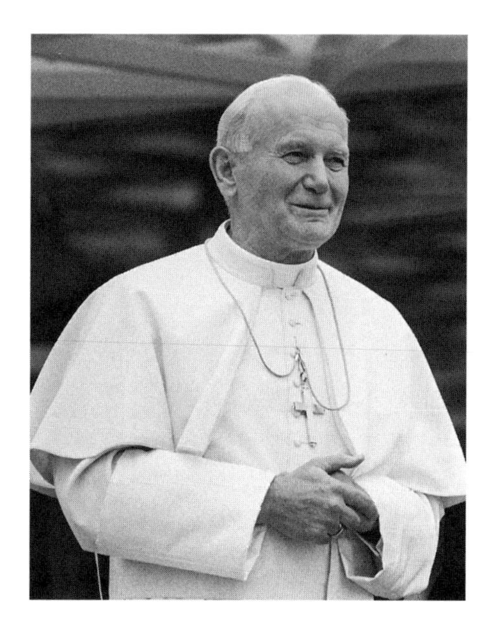
성 요한 바오로 2세

끌어내 마침내 부분적·점진적 자유선거를 쟁취해냈다. 공산주의체제에서 처음 있는 이 획기적 사건이 기폭제가 되어 1980년대 말에는 동유럽 전체가 자유화되는 대역사를 이루게 된다.

일당 독재체제의 평화적 해체와 민주화의 길, 그것이 어떻게 가능했던 것일까? 오늘의 북한 체제를 지켜보고 한반도의 미래를 생각할 때 궁금한 문제가 아닐 수 없다.

1980년대 폴란드의 체제 전환 과정을 살펴보면 세 사람의 주역이 금세 시야에 들어온다. 그단스크의 노조 지도자 레흐 바웬사, 바르샤바의 실력자 보이치에크 야루젤스키 장군, 그리고 크라쿠프의 추기경 카롤 보이티(훗날 교황 요한 바오로 2세)다. 폴란드의 사회와 정부 그리고 교회를 대표하는 상징적 인물이다.

폴란드의 가톨릭교회는 나치와 소비에트 전체주의에 저항하는 힘의 거점이었다. 그에 앞서 18세기 말부터 20세기 초까지 폴란드가 지도상에서 사라져버린 망국의 140여 년 동안에도 가톨릭교회는 폴란드 민족을 하나의 문화적 공동체로 유지하는 데 큰 기여를 했다. 제2차 세계대전 중에는 나치에 대항하는 레지스탕스에 참여해 전 성직자의 4분의 1이 살해되는 엄청난 희생을 치렀다. 그중엔 아우슈비츠 수용소에서 사형에 처해질 젊은이를 대신해 자기 목숨을 내놓은 막시밀리안 콜베 신부도 있다. 1982년 콜베 신부가 로마 교황으로부터 성인으로 시성됐을 때 펜데레츠키는 〈폴란드 진혼곡〉의 일부인 '디에스 이라에(Dies irae, 최후의 심판일)'를 작곡했다.

제2차 세계대전 후 소비에트 체제에 대한 폴란드 저항운동의 중심에는 스테판 비신스키 추기경이 있었다. 그는 재판도 받지 않고 3년 동안 감금됨으로써 국내외의 항의 파동을 불러일으키기도 했다.

바르샤바에서 가까운 젤라조바 볼라 마을의 쇼팽 생가의 대문 앞에서(1991년 2월)

폴란드 현대사에서 교회와 국가의 관계에 결정적인 전기를 마련하게 된 사건은 1978년에 일어났다. 그해 10월 16일 카롤 보이티와 추기경이 폴란드인으론 처음으로 교황에 선출된 것이다. 요한 바오로 2세. 비(非)이탈리아계로는 456년 만에 비로소 교황으로 선출된 요한 바오로 2세는 장차 동유럽 소비에트 체제가 총체적으로 붕괴되는 세계사적 변혁의 물꼬를 트게 된다. 그 서주가 1979년 교황의 모국 폴란드 방문이었다.

요한 바오로 2세의 고국 방문은 크라쿠프, 바르샤바 등 가는 곳마다 수십만 명이 운집하는 인파의 태풍을 몰고 왔다. 10월 28일 자신의 사무실에서 필자를 만난 바웬사는 "믿는 사람도 안 믿는 사람도 다 같이 한자리에 모여 십자가를 그었다"라고 당시를 회고했다.

"나는 1970년 무참히 짓밟힌 봉기에도 참가했다. 그러나 당시 그단스크의 유혈 진압 후 우리는 고립되었다. 그래서 1980년 자유노조연대를 조직할 때까지 나는 10명의 동지와 10년 가까이 외로운 싸움을 하며 버티지 않을 수 없었다. 그러나 교황의

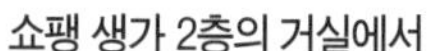

쇼팽 생가 2층의 거실에서

바르샤바시 중심부에 자리잡은 쇼팽 공원 안의 쇼팽 동상

폴란드 방문 이후 이 10명이 10만 명이 되고 급기야 1,000만 명이 됐다."(1,000만 명이란 숫자는 바웬사뿐만 아니라 교황의 폴란드 방문에 불안해하던 공산당이 기록한 숫자이기도 하다. 그건 폴란드 국민 중 성인의 절반을 의미한다).

"폴란드 체제 전환의 성공 요인이 무엇이냐고? 그 50%는 단연 교황의 힘이었지. 나머지 30%가 솔리다르노시치의 힘, 그리고 20%는 고르바초프, 옐친 덕이었다"라고 바웬사는 잘라 말했다.

제2차 세계대전 후 동서 분단의 세계사를 바꾸게 될 교황 요한 바오로 2세의 폴란드 방문이 공산당 치하에서 어떻게 가능했을까? 정부의 고위층과 협상해서 그의 방문을 허용하도록 설득한, 교황보다 20년 연상의 비신스키 추기경의 공로였다. 그것은 고국에 대한 성직자로서의 마지막 봉사이기도 했다. 1981년 비신스키 추기경이 타계했다는 부음을 들은 펜데레츠키는 그날 밤 망자의 넋을 달래는 〈폴란드 진혼곡〉의 또 다른 일부 '아뉴스 데이(Agnus Dei, 하느님의 어린 양)'를 작곡했다.

야루젤스키 장군과 국가이성

폴란드 개혁이 성공한 또 다른 배경에는 파업 노동자와의 협상에 응한 보이치에크 야루젤스키 장군의 비교적 온건한 정부와 현실을 직시한 그들의 합리적 대응이 있었다는 것도 밝혀두어야 될 것 같다. 파업은 물가고와 저임금에 대한 노동자들의 불만과 정부의 경제정책 실정에 대한 불신이 직접적 원인이었다. 악화일로를 걷는 생필품 공급 상황에서 1980년 여름, 다시 육류 가격이 인상되자 불만은 절정에 달하면서 그단스크를 비롯한 여러 도시에선 파업이 꼬리를 물었다

이때 종전과는 다른 새로운 양상은 개별 공장과 기업을 넘어 모든 사업장이 연대하는 '통합파업위원회'가 결성된 것이다. 그 위원회의 리더가 그단스크의 레닌 조선소 전기공 레흐 바웬사. 한편 많은 개별 노조가 '연대'한 통합위원회엔 처음으로 노동자와 지식인이 손을 잡은 '연대'도 이루어졌다.

그해 8월 파업 노동자들은 바웬사가 이끄는 위원회를 정부의 협상 파트너로 인정하라는 요구를 관철시켰다. 그것은 당의 승인과 비밀경찰의 감시하에서만 조직이 허용되던 동유럽에서는 전대미문의 일이다. 정부 대표와 노조 대표는 당으로부터 독립한 자유노조를 인정한다는 그단스크 협정에 서명하게 된다. 당시 폴란드의 정부, 군부 그리고 당을 장악한 실력자가 야루젤스키 장군이었다. 그가 왜 이런 엄청난 양보를 했을까, 그는 어떤 인물인가.

1980년대 초 폴란드에 계엄령을 선포하면서 늘 군복, 군모에 검은 색안경을 쓰고 TV에 등장한 그의 모습은 결코 호감이 가는 인상이 아니었다.

그러나 그 색안경에는 내력이 있다. 농장을 관리하던 귀족 아들로 태어난 그는 열

여섯 살 때 제2차 세계대전이 발발하자 많은 폴란드인과 함께 시베리아로 강제 이주됐다. 그곳에서 부친을 잃은 그는 1943년 소련군 지휘하의 폴란드군에 지원한다. 폴란드 병사의 장비는 열악해 겨울 전투에 필수적인 스노우글라스도 지급되지 않았다. 이때 야루젤스키 신병은 눈 벌판에 반사된 태양빛에 망막이 상해 그때부터 항상 선글라스를 쓰게 됐다.

전쟁이 끝난 후 폴란드 참모학교를 우등생으로 졸업한 그는 33세에 별을 달고 국방차관, 합참의장, 당 중앙위원, 국방장관으로 출세가도를 달린다.

솔리다르노시치와 대결하게 된 1981년엔 총리가 되고 같은 해 당 제1서기로 선출되면서 명실상부한 폴란드의 제1 실력자가 된다. 1989년 민주화의 과도기에 대통령에까지 선출된 뒤 하야한 그를 이번에 바르샤바의 사무실로 찾아가 2시간 가까이 얘기를 나눴다.

왜 자유노조를 받아들였느냐고? 길은 둘뿐이었다. 무력진압이냐 협상이냐, 나는 협상을 택했다. 그러나 솔리다르노시치를 단순히 노동조합이라는 차원에서만 승인했을 뿐, 이 조직이 장차 '정치적인 파워'로 급변신할 것은 예상하지 못했다. 솔리다르노시치를 승인하지 않는다면 강제진압의 길만 남는데 그건 원하지 않았다. 동유럽 제국의 과거(가령 1956년의 헝가리의 경우)와 비교될 만한 점이다. 폴란드에서는 여태까지 유혈사태 없이 평화적으로 개혁을 추진해서 오늘의 상황으로 '소프트 랜딩'할 수 있었다. 다행스러운 일이라 생각한다. 이것은 나 혼자의 결단이 아니고 각료들의 합의된 의견에 근거한 것이다. 모두 다 현실론적인 입장에서 분명한 입장 표명을 해주었다.

그런데도 왜 계엄령(1981년 12월 13일~1983년 7월 22일)을 선포했느냐고? 계엄령 선포로 이어지는 1년 반 동안은 나에겐 100년처럼 길게 느껴진 초조한 시간이었음을 고백한다. 물론 통제 불능의 1,000만 명의 조직된 노조연대가 파업에 파업을 계속하는 동안 국가 경제는 파탄지경이었다는 사실도 언급하지 않을 수 없다. 그러나 보다 더 큰 무게를 갖는 배경으로 폴란드 사태가 다른 동유럽 제국으로 번질 것을 염려하는 소련이 브레주네프 독트린을 내세워 무력 개입할 개연성이 있었다는 걸 잊어선 안 될 것이다. 나는 그것만은 막아야 되겠다고 마음먹고 계엄령을 선포한 것이다. 그때엔 나도 몰랐으나, 최근 밝혀진 사실로는 당시 소련은 실제로 10만 명의 군 병력을 폴란드 국경에 이동 배치하고 있었다는 것이다.

근 10년 동안 계엄령으로 솔리다리노스치와 대치했던 야루젤스키 장군(뒤에 대통령)의 퇴임 후 그의 질박한 사무실에서 대담을 마치고(2005년 11월)

계엄령 선포는 야루젤스키 장군과 관련해 폴란드 현대사에서 가장 논란거리가 되고 있는 대목으로, 이에 관한 논쟁은 아직도 계속되고 있다. 여기에 관한 그의 여러 가지 구구한 설명으로 1시간 예정의 대담은 2시간으로 늘어났으며 소련 군 배치에 관한 극비 도면의 사본까지 내게 보여주었다. 더 자세한 내용은 곧 출판될 그의 저서 《역류(Pod Prad)》에 상술해놓았다던가.

요컨대 계엄령 선포가 당과 정부의 기득권 수호를 위한 방책이었느냐, 외세의 무력 개입으로부터 폴란드를 수호하기 위한 '국가이성'의 결단이었느냐 하는 문제이다.

이에 대해선 의견이 갈린다. 그러나 그 어느 쪽도 권좌에 있을 때나 하야한 뒤나 금욕적인 사생활과 높은 교양인으로 알려진 야루젤스키 개인의 품성을 문제 삼지는 않고 있다. 그의 방은 값싼 이케아식 책상, 책장, 소파 세트로 꾸며져 있어서 도무지 전직 대통령의 사무실 같지가 않았다. 노조 지도자 바웬사의 사무실보다 훨씬 검소한 사무실은 차라리 교수 연구실 같았다.

먼발치에서 일찍부터 그를 '해체의 영웅'이라 일컫던 독일 평론가 한스 마그누스 엔첸스베르거. 1980년대 중반에 그를 만나본 빌리 브란트 전 서독 총리는 "야루젤스키를 손가락 끝까지 애국자"라 적고 있다. 그와 오래 얘기해본 헬무트 슈미트 전 서독 총리도 "야루젤스키는 첫째 폴란드인이고 둘째는 군인이며 셋째가 공산당원이다"라고 회고하고 있다.

그의 과거를 추궁하는 재판은 아직도 진행 중이다. 역사에 어떤 인물로, 어떻게 기록되길 바라느냐는 마지막 질문엔 "모든 것을 객관적으로 밝혀 공정하게 기록되기를 바랄 뿐"이라고 대답했다.

레흐 바웬사와 과거사 문제

북해(北海)의 '한자(Hansa)' 도시 그단스크에는 지금도 고풍스러운 아름다움이 있다. '긴 장터'란 이름의 중앙광장 끝 '그린 게이트' 건물 4층의 사무실로 솔리다르노시치의 영웅 레흐 바웬사를 찾아가 만났다. 권좌에 오르고서도 필부 시절의 땟물을 벗지 못하는 무지렁이도 있고 그 반대의 경우도 있다. 전자는 우리 주변에서 심심치 않게 구경하고 있으니 예를 들 필요도 없고, 후자의 경우는 바웬사가 제왕적 보기가 아닌가 싶다. 그단스크 조선소의 파업(1980년)을 주도했던 전기공이 새 공화국의 초대 대통령이 됐을 때(1990년)만 해도 바웬사는 노동자의 땟물을 벗지 못한 무지렁이였다.

그러나 이번에 만나본 그는 잘 손질한 은빛 콧수염과 은발이 점잖은 온화한 풍모의 '전직'이었다. 나는 대담을 시작하자 이내 그의 개방적인 성품에 매료됐다. 농담 육담을 거리낌 없이 섞어 얘기하는 그의 넉살도 사람을 끄는 데가 있었다.

소련이 두렵지 않았느냐고? 물론 소련은 핵의 초대강국이다. 그러나 무얼 가졌다는 것과 그걸 쓴다는 것은 차원이 다르다. 그렇지 않다면 세상의 모든 남성은 예비 강간범으로 잡아 가둬야 되지 않나?

폴란드인 교황의 탄생. 그것은 폴란드를 위한 희망의 신호였다. 그의 고국 방문을 통해 '우리'는 얼마나 많으며 얼마나 힘 있는지 느꼈고 공산당이 실제론 소수파라는 것도 알게 됐다.

미하일 고르바초프의 등장도 우리들의 성공에 중요한 요인이었다. 그는 공산주의를 개혁하려 했으나 실패했다. 공산주의란 개선될 수가 없는 것이다. 고르바초프의 패배가 곧 그의 승리인 셈이다.

폴란드 민주화 이후 왜 공산당의 후신(사회민주당)이 다시 집권하게 됐느냐고? 그게 민주주의다. 정권 교체가 가능한 세상을 만들기 위해 우리는 싸웠던 것이다. 다행히 사민당에 범죄자는 없었다. 게다가 폴란드엔 예나 지금이나 진짜 공산주의자도 없다.

나는 일생 동안 꼭 한 사람의 진짜 공산주의자를 만났는데 그는 곧 당에서 축출되고 말더라. 폴란드인은 겉만 빨갛고 속은 하얗다. 아니 속은 검다고? 그렇지, 겉으론 공산당원이고 속은 가톨릭 신자지.

폴란드의 개혁 과정에서 계엄령이 선포되자 자유노조 내부에 모든 걸 일시에 쟁취하자는 '맥시멀리즘(과격주의)'과 점진적 개혁을 모색하는 '살라미(얇게 썰어 먹는 이탈리아 소시지) 전술' 사이에서 노선 투쟁이 벌어졌다. 체제전환이 평화적으로 이뤄진 것은 바웬사가 이끈 후자의 승리를 뜻한다.

1989년 보이치에크 야루젤스키 장군과 바웬사 측의 원탁회의 협의를 통해 자유노조 연대가 다시 합법화되고 '자유선거'를 쟁취했을 때도 자유노조 측은 하원에서 합의된 '권력 분점'의 35%만을 차지해 투표로써 야루젤스키 장군을 대통령으로 선출했다.

그 대신 신임 대통령은 자유노조 지지자인 타데우시 마조비에츠키에게 조각을 위촉해서 1989년 9월 공산권에서 최초의 비(非)공산당 정부를 출범시킨다. 마조비에츠키가 총리로 내린 결정 중에 가장 유명할 뿐 아니라 논란이 되고 있는 것이 과거사 문제에 대한 이른바 '비엘키에 자코인체니에(굵직한 종지부)'를 긋자는 것이다. 공산당 치하에 있었던 여러 비리, 비행 등을 따지고 캐묻는 끝없는 천착을 대범하게 끝맺어 버리자는 것이다.

가령 과거 '소련 비밀경찰의 주구(走狗), 폴란드의 스탈린'으로 악명 높았던 볼레스와프 비에루트 전 당수는 오늘날에도 바르샤바의 거창한 무덤에 묻혀 있다. 그를 문

그단스크 조선소의 전기공 노동자에서 폴란드의 민주화 이후 자유선거로 초대 대통령이 된 레프 바웬사와 퇴임 후 그의 그단스크 사무실에서

제 삼은 시의회의 논쟁은 "사자를 평화롭게 잠들게 하고 신이 그를 재판케 하라"는 말로 종결짓고 말았다.

물론 반대와 불만이 없을 수 없다. 폴란드가 민주화된 후에도 정당만 옮기고 계속 특권을 누리려는 무리들. 그들에 대해 "공산당 시절엔 전화기 셋을 놓았던 책상에 지금은 전화기 둘만 놓아주어도 여비서와 카펫, 화분이 있는 사무실에서 일할 수만 있다면 어떤 정부 밑에서도 여전히 충성스럽고 재치 빠르게 봉사한다"라고 폴란드의 대표적 작가 안제이 슈치피오르스키는 쏘아붙였다.

그처럼 '전천후 특권층'을 보는 일반 시민의 눈이 고울 수가 없다. 이러한 배경에서 2005년 가을 대선에서 좌파를 누르고 승리한 우파의 레흐 카친스키 대통령은 다시 '과거사'를 문제 삼겠다고 나섰다. 그에 대한 바웬사의 견해를 물어봤다.

마조비에츠키 총리는 대선에서 내 반대편에 돌아섰다. 같은 뿌리에서 나온 사람들이 적대하는 건 좋지 않다. 그러나 지금 말할 수 있는 것은 과거사에 대한 '굵직한 종지부'를 찍은 것은 마조비에츠키가 한 일 중에서 최선의 것이라는 점이다.

나 자신도 그 자리에선 같은 정책을 폈을 것이다. 이제 와서 공산당의 과거를 다시 들춘다는 것은 위험한 일이다. 물론 범죄자는 단죄돼야 한다.

그러나 단순히 당원으로 있었던 사람들은 편하게 있게 해줘야 한다. 그들에겐 가족도 있다. 그보다도 오늘날 가장 중요한 것은 새로 시작하는 것, 폴란드의 재건이다.

야루젤스키 장군에 대해서 어떻게 생각하느냐고? 내가 장군의 자리에 있었다면 달리 처신했을 것이다. 그러나 이제 와서 사람들의 과거를 판단한다는 것은 쉬운 일이 아니다. 우리는 많은 것을 모르고 있고 모든 행동의 동기를 알 수는 없다. 그렇기에 사람을 함부로 판단해선 안 된다. 나는 야루젤스키에 대한 판단을 내리고 싶지 않다. 과거사는 역사가의 판단에 맡겨야 된다.

과거사 문제에 대해선 1980년대에 자유노조 연대와 같이 싸웠던 사람들을 만날 때마다 물어봤다. 가령 자유노조와 연대한 경제학자로 예지 부제크 총리의 고문으로 있던 발데마 쿠친스키도, 또는 노동자 출신으로 관세청장을 지내고 바르샤바 시장선거에서 낙선한 뒤 솔리다르노시치에 관한 박사학위 논문을 쓰고 있다는, 무척이나 진지한 즈비그니에프 부야크도 과거사 재론에 대해선 부정적 내지 회의적이었다.

심지어 자유노조와 연대한 지식인 가운데서 가장 많이 알려진, 폴란드 최고의 권위지《가제타 비보르차》의 주필 아담 미흐니크도 "1981년의 계엄령은 아마도 나라를 소련의 간섭으로부터 지키기 위해서 선포됐을 것"이라고 말했다.

다만 한 사람, 이번 여행 중 바웬사와의 우의를 특히 자랑하며 과거사에 대한 척결을 단호하게 주장하는, 가장 옷 잘 입은 신사를 보았다. 국회의 고위직에 있었고 그 뒤 외국에 대사로 근무하다 은퇴했다는 사람이다. 국회 고위직에 있던 시절의 당적을 알아보니 한 대도시의 노동당(공산당) 제1서기로 돼 있었다.

"비엘키에 자코인체니에. 과거사의 판단은 역사가에게 맡겨라."

바웬사 앞에서 나는 진짜 '통 큰 사람'을 만났음을 깨달았다.

2005년

교향곡 5번 <Korea> 작곡가

• 크쉬스토프 펜데레츠키

(1933~2020)

2020년 3월 27일 크쉬스토프 펜데레츠키가 세상을 떴다.

28일 자 조간신문에서 그의 부음을 접한 나는 이내 마음을 가다듬고 미망인 엘즈비에타에게 이메일로 조문을 보냈다

현대 음악은 가장 생산적인 작곡가를 잃었고
폴란드는 가장 자랑스러운 자식을 잃었고
한국은 가장 소중한 폴란드 친구를 잃었습니다.
심심한 조위를 표하며

실은 지난해 우리는 펜데레츠키의 방한을 기다리고 있었다. 그는 서울에 와서 그의 삶과 음악에 큰 전기를 마련한 작품 <누가 수난곡(Lukaspassion)>(1966)의 공연을 직접 지휘하기로 되어 있었다. 그러나 신양으로 방한이 취소됐다는 소식을 공연 직전에 듣고 기대했던 재회가 무산된 것을 나는 아쉬워했으나 이렇게 쉽게 그가 가리

무대 위의 크쉬스토프 펜데레츠키

라곤 예상 못 했다.

과체중이 좀 걱정되긴 했다. 그러나 언젠가 뮌헨에서 필하모니를 지휘할 때 보니 그 육중한 몸을 포디움에서 '공중부양'까지 하는 모습을 보고 놀란 일도 있었다. 게다가 짬이 나서 그의 거대한 장원(莊園)에 내려가 있을 때엔 두 정원사와 함께 웟옷을 벗어 부치고 흙일을 하는 걸 보곤 그의 건강에 관한 걱정은 기우라는 생각도 했었다. 게다가 그는 무대에 나가기 전 코냑 같은 독주도 즐겨 마시는 걸 보았다. 그래서 이번에 그의 부음을 들으니, 물론 언제 가도 이르다 할 나이는 아니기는 하지만, 나에겐 역시 가벼운 충격이 아닐 수 없었다.

펜데레츠키는 한국과 깊은 인연을 맺고 있다. 거기엔 어떤 면에선 내가 다리를 놓았다고 할 수도 있겠다. 나는 그를 천거해서 한국을 주제로 한 그의 교향곡 5번을 작곡하도록 했다. 펜데레츠키가 내 친구가 되고 한국의 친구가 된 것을 나는 내 생애의 가장 보람 있는 행운의 하나로 여기고 있다. 타계한 세기의 작곡가의 명복을 빌면서 여기에 그와의 짧지 않은 사귐을 회상해보고자 한다.

교향곡 5번 이전

베를린 이야기

1960년대의 베를린 시절부터 이따금 펜데레츠키의 이름을 듣곤 했다. 물론 그때도 제2차 세계대전 이후의 현대음악은 서양음악의 본고장이라 할 수 있는 베를린이나 비엔나에서도 일반 음악 애호가들로부터는 외면 내지 경원 당하고 있었다. 제2차 세계대전만이 아니라 제1차 세계대전 후의, 아니 도대체 20세기에 등장한 이른바 신

(新)음악 일반이 유럽의 클래식 음악 팬들로부터는 찬밥 신세의 대접을 받고 있었던 것이다.

그럼에도 내가 베를린에서 지내던 1960년대에 유럽의 현대음악에 비교적 가까이 접근할 수 있었던 것은 두 가지 좋은 인연 때문이라 여기고 있다.

첫째는 윤이상과의 만남이다. 당시 포드 재단의 지원으로 서베를린시가 기획한 '아티스트 인 레지던스' 프로그램으로 베를린에 이주해온 윤이상은 그 스스로 전후 현대음악의 일부가 되어가고 있었다. 같은 프로그램으로 당시 베를린에 초대받아 와 있던 음악가로는 미국의 원로 엘리엇 카터(Elliott Carter)에서부터 프랑스의 질베르 아미(Gilbert Amy), 독일의 한스 베르너 헨체(Hans Werner Henze), 그리고 르코르뷔지에 문하에서 일한 건축가이자 작곡가인 그리스의 야니스 크세나키스(Iannis Xenakis), 일본의 약관 다카하시 유지(高橋悠治) 등이 있었다. 이들이 베를린 체재 중 개최한 작품 발표회에 나는 윤이상의 초청으로 이따금 나가서 새로운, 더러는 기상천외한 현대음악의 실험음향에 조금씩 길들이기를 시도해보고 있었다.

둘째는 도시 베를린이 1920년대의 바이마르 공화국 시대 때부터 세계에 시위한 새로운 모든 예술적 실험이나 시도에 대한 개방적인 성격을 들어서 좋을 것 같다. 유럽 고전음악의 두 수도라 할 베를린과 비엔나를 비교해보면 그러한 성격은 두드러지리라 본다. 내가 직접 체험한 경우로는 이미 현대의 고전이라 할 스트라빈스키의 오페라 〈방탕아의 편력(The Rake's Progress)〉 공연이 베를린의 도이치 오페라에서는 만석의 청중들로부터 박수갈채를 받고 반복되고 있었는데도 비엔나의 슈타츠오퍼(국립 오페라)에 가서 보니 아직도 보수적인 청중들로부터 "부우우우!" 하는 야유를 받기도 하는 걸 나는 보았다.

무엇보다도 고마운 일은 세계 클래식 음악의 메카라 할 베를린 필하모니의 정기 프로그램에는 1960년대 내내 해마다 '20세기의 음악'이란 세 번째 카테고리가 마련돼 있어 쇤베르크, 베베른에서부터 루이지 노노, 슈토크하우젠에 이르기까지 현대음악의 거의 모든 작품들을 선보여주고 있었다. 윤이상, 펜데레츠키도 이 프로그램의 일환으로 베를린 필에 소개된 바 있다.

제2차 세계대전 후 신예 작곡가들에게 일종의 국제적인 '백일장'이 되었던 곳은 그러나 베를린이나 파리, 혹은 비엔나나 런던과 같은 대도시가 아니라 일반 문외한들은 그 이름도 잘 알지 못하는 조그마한 두 지방도시였다. 독일 헤센(Hessen)주의 인구 10여 만의 소도시 다름슈타트. 이곳에선 패전 직후인 1946년부터 이미 '새로운 음악을 위한 바캉스 코스(Ferienkurs für Neue Musik)'가 매년 개최되고 있었다.

그리고 또 다른 도시는 독일 남부의 거대한 삼림지대 슈바르츠발트 속에 파묻힌 인구 2만 이쪽저쪽의 산촌 도나우에싱겐. 이곳에선 이미 1920년대의 바이마르 시대에 5년 동안 개최됐던 '동시대 음향예술을 위한 음악 주간(Donaueschinger Musiktage für Zeitgenössische Tonkunst)'이 1950년에 부활되면서 역시 해마다 세계의 현대음악 작곡가들이 새로운 작품을 선보이고 그들끼리 평론, 토론하는 포럼이 마련되고 있었다. 다름슈타트와 도나우에싱겐은 동시대 작곡가들의 백일장일 뿐만 아니라 현대음악의 '메카'였다고 해도 좋을 것이다.

예컨대 미국의 존 케이지(John Cage)가 그의 작품 〈뒤죽박죽(Chaotism)〉을 들고 와 파괴적 신비주의 음향미학을 선보인 곳이 1958년의 다름슈타트였다면 20대 말의 폴란드 젊은이 펜데레츠키가 그의 〈형광판(Fluorescences)〉이란 작품으로 휘황하고 단절적인 음향의 다양한 색상을 시위한 곳은 1962년의 도나우에싱겐이었다.

당시 윤이상은 부지런하게 다름슈타트와 도나우에싱겐을 다녀왔으며 그에 관한 여러 가지 소식도 들려주었다. 그런 얘기를 귀동냥하면서 '서당개 삼 년'처럼 풍월은 못 한다 해도 현대음악이 어느덧 숫제 낯설지만은 않게 된 것 같았다곤 할 수는 있을 성싶다. 펜데레츠키의 이름을 알게 된 것도 윤이상을 통해서라고 기억된다.

그 무렵 베를린의 음악계에는 자못 흥분할 만한 이벤트가 있었다. 그건 나에게도 적지 않은 센세이션이었다. 스트라빈스키가 베를린을 방문해 필하모니 콘서트홀에서 직접 지휘봉을 들고 자기 작품만으로 하룻밤의 공연을 갖게 된다는 낭보이다. 1964년 9월 말의 일이다. 현대음악의 이미 레전드가 된 82세 옹이 냉전의 전초도시를 찾아와 베를린 필의 지휘대에 선다는 것은 그것만으로도 이미 전 유럽적인 큰 뉴스였다.

당일 밤 필하모니의 맨 앞줄 한가운데엔 서독의 수도 본에서 날아온 륍케 대통령 내외와 빌리 브란트 베를린 시장 내외가 자리 잡았다. 정치인들이 이러니 하물며 전업 음악인들에 있어서랴. 당국의 주선으로 '아티스트 인 레지던스' 프로그램으로 베를린에 와 있던 음악가들—윤이상, 크세나키스 등 두세 명은 공연이 끝난 뒤 따로 스트라빈스키와의 면담이 주선되었다. 윤이상은 그때의 사진을 두고두고 집 거실의 넓은 벽에 붙여두고 있던 것이 기억난다.

리허설하는 크쉬스토프 펜데레츠키

스트라빈스키와의 만남에서 주고받았다는 윤이상의 얘기는 거의 다 잊어버렸다. 50여 년 전의 옛일이다. 한 가지 그래도 기억이 나는 것은 제2차 세계대전 후에 나온 현대 작곡가 가운데서 스트라빈스키가 가장 주목하고 있는 신예로 폴란드의 펜데레츠키를 들고 있더라는 얘기이다. 내가 1960년대 말에 유럽에서 귀국하기 전 이미 펜데레츠키의 작품들을 수박 겉핥기로나마 귀동냥했던 것은 그런 연유들 때문이다.

밀라노 이야기

1980년대로 껑충 넘어온다. 그 사이 한국은 이른바 '한강의 기적'이라 훤전(喧傳)된 경제의 고도성장을 이룩하고 문화적으로도 1950~60년대와는 다른 모습과 기획들이 쏟아져 나오고 있었다. 음악 분야도 빠지지 않았다. 엄청나게 비싼 해외의 유명 악단이나 독주자들이 초청공연을 갖는 것도 일상다반사가 되어 있었고 음악 전문 월간지도 여러 군데서 간행되었다.

그런 잡지 가운데 하나로 동아일보사에서 발행한 《음악동아》도 있었다. 어느 날 동아일보사의 당시 남시욱 출판국장으로부터 이탈리아를 다녀와서 음악기행문을 연재해줄 수 있겠느냐는 청탁이 왔다. 나는 쾌히 승낙하고 바로 밀라노로 날아갔다. 구경 복이 많은 나는 바로 두 공연의 티켓을 구했다. 하나는 그러지 않아도 보고 싶었던 장 피에르 포넬 연출의 로시니 오페라 〈세비야의 이발사〉, 그리고 다른 하나는 펜데레츠키가 자기 작품을 직접 지휘하는 〈폴란드 진혼곡〉! 내가 펜데레츠키를 만나 개인적으로 사귀게 된 계기가 마련된 공연이다. 당시 나는 이 밀라노의 해후에 대해서는 꽤 긴 글을 적어놓은 게 있기에 그 일부를 다음에 요약해본다.

밀라노의 스칼라 무대에서 펜데레츠키의 작품과 그 작곡가를 만나게 된 것은 이탈리아 여행에서 전혀 예상하지도 기대하지도 않았던 뜻밖의 행운이었다.

크쉬스토프 펜데레츠키! 나는 그 이름만 들어도 어쩐지 가슴에 가벼운 설렘을 느끼게 된다. 그 까닭이 무엇일까?

물론 그 첫째 이유는 20년 전에 그의 작품을 처음 들었을 때의 너무나 강렬한 인상과 신선한 충격 때문이다. 펜데레츠키의 초기 작품에서 한 절정을 이룬 〈누가 수난곡〉을 나는 1960년대 유럽 체재의 마지막 시절에 베를린에서 들었던 것이다.

세 명의 독창자, 한 사람의 변사, 3개의 혼성합창과 소년합창단 그리고 관현악을 위해서 작곡된 이 대곡은 무엇보다도 나에겐 그 특이한 합창 기법이 인상적이었다. 이른바 '음향합성' 또는 '음향복합(tone cluster, Klang-Komplex)'의 기법을 절묘하게 구사한 합창 부분의 효과는 처음엔 충격적이라 하리만큼 신기하면서도 내겐 은근한 호소력이 있었다.

두 번째로는 펜데레츠키가 폴란드 사람이라는 사실이 내 마음을 설레게 하는 또 다른 이유이다. 강대국 틈에 끼어 그들의 세력정치에 시달려온 폴란드의 역사는 왜정 치하를 살아본 나에겐 어렸을 때부터 별나게 가슴에 와 닿는 것이 있었다. 더욱

이 이처럼 약육강식의 국제정치에 제물이 된 나라는 미개한 나라가 아니라 문명한 나라였다. 코페르니쿠스와 퀴리 부인, 그리고 그 누구보다도 쇼팽의 나라였다.

한 문명한 나라가 다른 문명한 나라로부터 유린을 당하는 울분과 애통이 어떠한 것인지 우리는 그것을 세상에도 가장 의젓하고 점잖은 바로 우리들의 아버지, 할아버지 세대들의 한 맺힌 생애를 통해 가슴에 사무치게 알고 있는 터였다.

세 번째로 펜데레츠키에 대해 내가 남다른 관심을 갖게 된 까닭은 개인적인 이유 때문이다. 비록 양의 동서가 다르고 이념과 체제가 다른 세계에 살고는 있지만 양차 세계대전의 골짜기에서 태어나 전쟁 및 전후 시대에 성장하여 전란과 평화, 냉전과 해빙이 요동치는 동시대사를 같이 체험하며 늙어가는 동갑내기로서 우리는 서로가 어디에 어떻게 떨어져 살건 저마다 무엇을 느끼며 무엇을 생각하고 있는지 궁금하지 않을 수 없는 것이다.

비평가 H. J. 헤어보르트에 의하면 펜데레츠키는 폴란드에서 이미 오래 전부터 우상적 숭배의 대상(Kultfigur)이 되고 있다는 것이다. 올바른 순간에 올바른 것을 말하고 쓰고 창조할 줄 아는 능력과 행운을 타고난 사람, 많은 사람들이 생각하고 느끼고 행하고 있는 것을 한발 앞서서 한층 정확히 들추어주는 사람, 그런 뜻에서 '현대의 예언자'라고 할 수 있는 사람, 펜데레츠키는 그러한 사람으로 폴란드에서 숭배의 대상이 되고 있다는 것이다.

독일의 H. H. 슈투켄슈미트 교수는 "폴란드 음악가들에 있어서는 현대의 작곡 기법과 음악의 언어 수단이 어떤 특별한 목적의식에 구애됨이 없이 '절대적인 것'으로 구사되고 있으면서도 그들의 창작에는 무어라 규정할 수 없는 상위 개념으로서 정치적 '참여'의 정신이 살아 있다"라고 적은 일이 있다

그러한 정치적 참여의 정신이 펜데레츠키에게는 1939년부터 1945년에 이르는 동안 나치에 의한 폴란드 점령의 악몽을 통해 싹이 텄고 1956년부터는 반스탈린주의 폭동을 통해서 이른바 '제2의 해방'이란 파토스로 나타났다. 마지막 제3의 주요한 계기가 된 것은 그의 내면세계에 항상 자리 잡고 있는 종교적인 감정 속에서 구체화

되어 갔다.

1963년 쾰른 방송국은 펜데레츠키에게 누가 복음서에 의한 〈누가 수난곡〉 작곡을 위촉하여 1965년 뮌스터 대성당에서 성대한 초연을 열게 된다. 이 초연이 다시 한번 세계 음악계에 펜데레츠키 선풍을 일으켰다. 이 〈누가 수난곡〉에 이어 〈그리스도의 매장〉(1970), 〈그리스도의 부활〉(1971), 〈아가〉(1973), 〈성모 마리아 송가〉(1974) 등 작품이 뒤를 잇는다.

1978년 크라쿠프 출신의 추기경 카롤 보이티와가 교황 요한 바오로 2세가 되자 펜데레츠키는 그를 위하여 사은찬미가 〈테 데움(Te Deum)〉을 작곡한다. 1950년대에 카롤 보이티와가 배우로 무대에 선 일이 있었던 크라쿠프 극장에서 펜데레츠키는 작곡가로서 일한 일도 있었다.

1980년 펜데레츠키는 10년 전의 노동자 폭동을 기념하여 폴란드 자유노조 '솔리다르노시치'의 위촉으로 〈눈물의 골짜기(Lacrimosa dies illa)〉를 작곡하였다. 이어 1981년 5월 27일 국가 권력에 대한 폴란드 가톨릭교회의 저항의 상징이던 비신스키 추기경이 서거하자 그는 〈하느님의 어린 양(Agnus Dei)〉을 불과 6시간 만에 작곡해 추기경의 장례식에서 초연하였다. 이 〈눈물의 골짜기〉나 〈하느님의 어린 양〉은 가사가 그다지 정치적인 것은 아니다. 그러나 바로 이 두 가사에 수많은 폴란드 국민들은 스스로를 일체시하고 있었다.

'십자가로 가는 폴란드의 길'을 노래하는 〈폴란드 진혼곡〉에는 앞에 든 두 주제에 상징되는 사건 이외에 또 다른 두 이정표가 있다. 하나는 아우슈비츠의 강제수용소에서 한 젊은이를 살리기 위하여 자진해서 대신 죽음을 청한 프란체스코 교단의 성 막시밀리안 콜베 신부를 추념하여 작곡한 〈기억하라(Recordare)〉, 다른 하나는 1944년 바르샤바 폭동을 기념해서 쓴 〈최후의 심판일(Dies Irae)〉이다. 그리고 이 모두가 〈폴란드 진혼곡〉의 핵심 내용이 되고 있다.

내가 이 독창, 합창 및 관현악을 위한 진혼곡을 들은 것은 1985년 2월 말 밀라노의 스칼라 극장이었으나 원래 이 곡은 서남독일방송사와 뷔르템베르크 주립극장의 위촉으로 작곡되어 1984년 슈투트가르트에서 로스트로포비치의 지휘로 세계 초연되었다. 밀라노에서는 작곡가 자신이 지휘봉을 들었다. 독창에는 저명한 바그너 가수인 지크프리트 예루살렘도 끼어 있었고 합창은 바르샤바 국립 필하모니 합창단, 오케스트라는 스칼라 극장 전속 오케스트라였다.

나는 공연의 첫 순간부터 마음 편안하게 실망하고 말았다. 마음 편안했다는 것은 언제 어디서 무슨 엉뚱한 소리가 튀어나와 나를 놀라게 할지 모른다는 긴장감이 거의 없었다는 뜻이다. 실망했다는 것은 1950년대에 현대음악의 '무서운 아이(enfant terrible)'로 평판이 난 펜데레츠키의 도전적 음향의 해프닝은 전혀 경험할 수가 없었기 때문이다.

펜데레츠키의 음악은 과연 그동안에 소문난 대로 조성(Tonality)을 되찾음으로써 전통적인 음악언어로 회귀한 듯한 인상을 주고 있었다. 그리고 거기에는 평론가 지오반나 케슬러가 "바그너-브루크너-말러의 차원으로의 일탈"이라고 일컫고 있는 일종의 음악적인 장광설 같은 것이 느껴지기도 했다.

조성에의 전향을 한 이후의 작품에 대해서는 그에 관심을 갖는 사람들 사이에 의견이 크게 갈리고 있다. 한편에서는 그의 조성음악으로의 회귀에 매료되어 그를 '새로운 바그너'로 칭송하기도 하는가 하면 다른 한편에서는 그걸 '지루한 넋두리' 또는 '전위음악에 대한 배신'이라 힐난하기도 하고 있다.

그러나 펜데레츠키는 다시 멜로디 있는 음악을 작곡하고 장화음(Dur-Akord)을 사용하고 있다는 비난에 대해서 자기의 관심은 위대한 유럽 음악의 전통 계승과 발전에 있다고 태연하게 대응하고 있다. 나아가 그는 마치 바벨탑을 둘러싼 얘기와 같이 모든 음악가가 저마다 서로 다른 언어를 지껄이고 있는 카오스적인 다양성의 시대에 "나는 보편적인 언어를 발견하는 데 성공한 것으로 믿는다"라고 자신을 피력하고도 있다. 지난날의 가공할 어린이는 이제 원숙한 '전통주의자'가 되려는 것일까?

〈폴란드 진혼곡〉의 스칼라 공연은 성공적이었다. 청중들의 반응은 언제나 매섭게 비판적인 지붕 밑 천장석의 청중들(이른바 '로지오니스트'들)까지도 포함해서 매우 긍정

펜데레츠키는 책이나 CD에 사인할 때마다 이름만 쓰지 않고 자기 작품의 한 소절을 그 자리에서 5선을 그어 적어 넣어준다(1985년 밀라노에서).

적이며 호의적이었고 박수갈채도 뜨거웠다. 나에겐 특히 어느 깨끗한 노부인이 무대 밑으로 조용히 걸어나가서 펜데레츠키에게 빨간 장미 한 송이를 건네주는 모습이 인상적이었다.

공연이 끝난 뒤 나는 동행한 친구와 함께 다 빈치 동상이 서 있는 광장을 가로질러 갈라리아 입구 뒤편의 '리스토란테 디 스칼라'에서 포도주를 곁들인 밤참을 들었다. 마신 포도주가 거나하게 취해올 무렵 갑자기 식당 입구가 웅성거렸다.

조금 전에 무대에서 노래한 독창 가수들 및 합창단원 일행과 함께 펜데레츠키가 저녁을 들러 온 것이다. 그런데 이탈리아 식당에 온 이 폴란드 사람들이 대부분 독일말로 담소를 하고 있었다.

나는 옆 좌석으로 건너가 펜데레츠키에게 인사했다. 독일에서 〈누가 수난곡〉을 들은 뒤 20년 만에 다시 이탈리아에서 그의 신작을 들은 기쁨을 털어놓으면서 우리는 다 같이 '숙명적인 해'에 태어난 동갑이란 얘기도 놓치지 않았다.

"숙명적이라니요?"

"1933년은 히틀러가 권력을 장악한 해거든요!"

"그렇지, 그야 그렇지요."

"또 있지…, 루즈벨트가 집권한 해이기도 하지요."

"아, 그래요? 루즈벨트…, 그 위대한 바보말이군요."

루즈벨트…, 그레이트 이디오트!

펜데레츠키가 내뱉듯이 던진 그 한마디 속에 폴란드가 겪어온 현대사의 아픔이 응축되어 있는 것처럼 느껴졌다. 제2차 세계대전 중에 너무나 많은 것을 너무나 헤프게 스탈린에 양보함으로써 수많은 동유럽 국가의 국민들이 겪어야 했던 현대사의 아픔이….

그리고 그 아픔이 어찌 우리들 한국인에겐 무관한 아픔이라고 할 수 있겠는가.

프로그램에 사인을 하면서 펜데레츠키는 그냥 이름만 적지 않고 획획 오선을 그어 악보의 한 대목을 그려주는 품이 우리나라 장욱진 화백이 그림을 곁들여주는 사인처럼 내게는 반가웠다.

교향곡 5번 〈Korea〉

서울 - 뮌헨 이야기

그러고 4~5년의 세월이 흘렀다. 그동안 세상은, 그리고 우리들의 20세기는 엄청난 변화를 겪게 된다. 1988년엔 서울에서 올림픽이 개최되었다. 그 이전에 세계의 양대 열강이 유치한 모스크바와 LA 올림픽은 동서 냉전으로 반쪽짜리 오륜 대회로 전락해 버렸는데도 하필이면 분단된 한국이 주최한 서울 올림픽에는 전 세계가 갈리지 않고 모두 참가하는 큰 축전이 되는 데 성공했다. 그를 계기로 한국에도 '철의 장막'이 점차 걷히면서 동유럽의 몇몇 나라들과 왕래하는 길이 열리게 됐다.

어려운 시절에 문화공보부 장관직을 오래 맡았던 고우(故友) 김성진이 국제문화협회(오늘의 국제교류재단) 이사장으로 있을 때였다. 하루는 저녁을 같이하자고 해서 나가봤더니 고우 예용해와 그해 신설된 문화부 장관이 된 이어령이 나와 있었다. 김성진, 예용해와 나는 옛 한국일보사의 동료였고 이어령은 내 대학 동기이다.

모든 면에서 의욕적이고 적극적인 이어령 신임 장관은 그날 저녁 한 포부를 털어놓았다. 내년 광복절까지 한국의 해방을 테마로 하는 작품을 세계적인 작곡가에 위

1992년 1월 뮌헨에서 그해 8월 서울서 세계 초연될 그의 교향곡 5번 〈Korea〉 작품의 구상 등에 관해서 환담을 마치고 펜데레츠키와 함께

촉해서 8·15 경축식전에 공연했으면 좋겠는데 누구 좋은 사람을 소개할 수 없겠느냐는 것이다. 나는 좋은 생각이라고 찬동하면서 그 즉석에서 펜데레츠키 이상의 다른 작곡가는 없을 것이라고 적극 천거했다.

좌중엔 낯선 이름이었는지 모두 그가 누구냐고 묻기에 나는 몇 년 전 밀라노의 스칼라에서 그를 만난 이야기, 그에 대한 스트라빈스키의 높은 평가 등과 함께 무엇보다도 그가 폴란드인이기 때문에 외세의 압제로부터 해방된 민족의 파토스를 세계에서 폴란드인 이상으로 공감할 수 있는 국민은 없을 것이라고 열을 올려 추천했다. 그 말이 설득력이 있었는지 이내 펜데레츠키에게 작품을 위촉하기로 결정이 났다.

1991년 정초 김성진 이사장으로부터 지금 스위스 루체른에 체류 중인 펜데레츠키를 찾아가서 바로 작품을 위촉하는 계약을 맺고 왔으면 한다고 내게 연락이 왔다. 나는 다른 일정이 있어 사양을 하고 대신 서울대학교의 강석희 교수를 보내자고 했더니 강 교수가 쾌락해서 일을 성사시켰다. 그 대신 나는 다음 해(1992년) 정초 마침 뮌헨에 체류 중인 펜데레츠키를 만나 한국을 테마로 하는 교향곡 5번 작곡 구상과 진행에 대해 상세한 얘기를 나눌 수 있었다(그에 관한 기사는 1992년 1월 15일 자《문화일보》1~2면에 톱기사로 게재됨).

펜데레츠키는 지난 1985년 밀라노에서 〈폴란드 진혼곡〉을 공연한 후 스칼라 식당에서 나와 만나 잠시 대화를 나눈 것을 기억하고 있었다. 그것이 인연이 되어 8·15 경축 음악작품을 내가 당신에게 위촉하자고 국제문화협회에 추천했음을 실토하자

1992년 1월15일 수요일 [일간]

금세기 최고 巨匠 펜데레츠키作曲

「韓國교향곡」 서울서 初演

光復節경축제서 「음향합성」技法 선보여

"鄭明勳지휘안되면 직접來韓"

문 화 일 보 1992년 1월15일 수요일

펜데레츠키 그는 누구인가

前衛와 傳統 융화로 연 새地平

펜데레츠키와의 대담 내용을 보도한 《문화일보》(92년 1월 25일 자 1~2면)

그는 무척이나 반가워했다.

지난해 방한 때 얻은 한국과 한국 사람들의 인상이 그에게는 아주 호감이 갔던 모양이다. 일본에서는 눈에 띄지 않는 벽 같은 것이 가로막고 있어 사람에 접근하기가 도무지 쉽지 않은 데 비해서 한국에서는 "집에 온 듯" 편안한 기분이었고 사람들의 태도도 자연스럽기만 하더라는 것이다.

광복절 경축 음악제 작품은 5월까지 탈고를 목표로 이미 수많은 스케치를 해두었으며 30분 내지 40분 길이의 단악장 교향곡이 될 5번 교향곡에는 한국과 관계되는 부제가 붙을 것이나 아직은 미정이라고….

작품 속에는 지난번 한국 방문 때 수집해온 범종소리 및 북소리와 함께 달을 노래한 민요 가락(달아 달아 밝은 달아. 혹은 새야 새야 파랑새야. 둘 다 같은 가락임)이 들어갈 것이라는 귀띔도 해주었다. 그러나 그러한 한국적인 모티브는 어디까지나 자기의 음악 언어 속에 '용해'될 것이며 그대로 '인용'되지는 않을 것이라 말하고 있었다. 올 여름 교향곡 5번의 세계 초연 지휘는 파리의 정명훈이 맡으면 가장 좋을 것 같지만 여의치 않을 경우엔 자기가 지휘봉을 들 의향도 있다는 뜻을 비쳤다….

뮌헨의 만남에서 나는 뜻하지 않은 귀한 선물을 받았다. 펜데레츠키의 손으로 적은 7개의 작품 악보들을 한 장 한 장 특별 제작한 고급용지에 레이저 프린트해서 첨부한 '화집', 거기에 붙인 'Ideographies(표의문자, 뜻글)'이란 표제가 절묘하다.

나는 아예 '화집'이라고 적었다. 이 카탈로그는 원래 1988년 6월 크라쿠프시의 '크쉬스토프 펜데레츠키 음악 축제' 때 열린 '펜데레츠키의 서법(書法)' 전시회를 위해 제작된 다채색의 도록(圖錄)이다. 넘버링된 600부 한정판에서 내가 받은 책자엔 73의 번호가 적혀 있다. 펜데레츠키는 여러 가지 소리를 여러 가지 색으로 표기하고 있어 그 악보는 어느 비평가의 말에 따르면 악보라기보다 "기하학 숙제를 풀어놓은 노트"처럼 보이기도 한다.

여러 가지 색상이 화려하게 춤을 추고 있어 실제로 악보들은 미술작품처럼 전시되기도 한다. 악보의 카탈로그를 내가 굳이 '화집' 또는 '도록'이라고 이른 까닭이다. 동유럽 소비에트 체제가 붕괴된 몇 해 후 서독의 옛 서울 본에선 새로 설립한 신축 미술관에서 '소비에트 체제하의 동유럽 전위미술'이란 전시회가 열렸다. 여행 중에 짬을 내어 들러보니 펜데레츠키의 대형 악보도 한 점 전시돼 있었다. 전위 '미술' 작품으로!

오선지 위에 그린 악보를 '표음문자, 소리글"이라 하지 않고 '표의문자, 뜻 글'이라고 우긴 것은 무슨 영문이 있어서인가. 이 화집의 왼쪽 면에는 그에 관한 매우 철학적인 해설이 부연되어 있다. 다소 현학적인 글이긴 하지만 재미가 없진 않기에 일부를 소개해본다.

"작곡하는 사람은 그의 마음에 떠오르는 음향을 다루지 않는다. 그는 음악적 악상을 대신하는 기호를 가지고 일을 한다. 이 기호들을 지면에 옮기면서 그는 가장 추상적인 예술의 추상성을 이루어내며 그럼으로써 보편적인 하모니의 이미지를 결정한다."

그다음이 더욱 흥미롭다.

"음악은 말(word)에서부터 나온다. 로고스(말)는 예전이나 오늘날에나 다소 차이는 있다 해도 분명한 음악의 근원이다. 근원을 숨긴다는 것은 뜻하는 것(meaning)을 덮어둔다는 것이다. 왜냐하면 예술을 한다는 것은—파울 클레(Paul Klee)의 말과 같이—무엇보다도 하나의 생산과정(genesis)이지 결코 하나의 생산품(product)으로 받아들여서는 안 된다."

내가 이 글에서 특히 흥미롭게 느끼는 것은 음악이 근원적으로 '말'에서 나왔다는 명제이다. 나는 그 전부터 내가 알고 있는 윤이상, 강석희, 진은숙—어떤 면에선 한국 현대음악의 3세대를 대표한다고 볼 수 있는—세 사람이 다 같이 자기 작품을 해석하는 뛰어난 말솜씨들을 보고, 작곡가도 표현은 음향으로 하지만 생각은 언어로 한다는 얘기를 해오던 터였다.

덧붙여 얘기해두자면 그로부터 수삼 년(수십 년?) 후 강석희도 서울의 한 화랑에서 그의 고희 기념 음악회에 곁들여 악보 전시회를 연 일이 있었다. 그 반가운 잔치에 초대받으며 나도 전시회 프로그램에 축사로 적은 일문이 있어 참고로 이 절 뒷부분에 덧붙인다.

세계 초연의 무대 위아래서

얘기가 너무 옆길로 새버렸다. 펜데레츠키는 약속대로 서둘러 그의 교향곡 5번을 마무리했다. 그 세계 초연이 1992년 8월 예술의 전당서 개최된 광복절 경축 음악회에서 KBS 교향악단을 펜데레츠키가 직접 지휘하면서 이뤄졌다. 현대의 세계음악을 선도하는 작곡가가 한국을 모티브로 해서 쓴 교향곡을 직접 서울에 와서 스스로 지휘봉을 들고 세계 초연을 한 것이다. 길이 기념할 만한 현대 한국의 한 문화사적 이벤트라 해서 지나친 과장은 아닐 것이다.

나는 이 작품에 관해서 전문적으로 해석하거나 논평할 수 있는 사람은 아니다. 다만 만당의 객석을 메운 청중의 한 사람으로서 펜데레츠키의 작품이 우리나라에서 긍정적으로 받아들여졌다는 사실을 확인했고 그것이 내 마음엔 대견하게 여겨졌다. 이런 말을 굳이 하는 까닭은 이와는 다른 좀 불행한 경우가 내 마음속에는 하나의 앙금처럼 자리하고 있었기 때문이다.

아마도 오늘의 'K-Pop 세대'들은 이해 못 할 노인 세대의 푸념처럼 들릴지도 모른다. 그건 어떻든 우리들이 젊었던 시절엔 세계 속의 한국 부재(不在), 세계인의 한국 부지(不知) 때문에 외국에 나가면 자존심이 상하고 기분이 우울할 때가 많았다. 서구인이 알고 있는 동양 3국이라면 중국, 인도, 일본이요 그들의 '극동'에도 일본과 중국만 있고 한국은 존재하지 않았다. 그래서 그 무렵 해외공보관장을 지냈던 고우(故友) 유태완은 왜 푸치니가 일본을 무대로 〈마담 버터플라이〉를 쓰고, 중국을 무대로 〈투란도트〉를 쓰면서 한국은 지나쳐버렸냐고 곧잘 푸념대기도 했다.

88서울올림픽대회는 기회였다. 당시 우리는 전 세계가 한국을 보러 오게 되는 이 기회에 한국을 무대로 한 오페라 작품을 세계적으로 알려진 음악가에게 위촉해서 올림픽대회 개막에 맞춰 무대에 올려보자는 데 합의했다. 작곡가 선정 과정에선 한국 오페라의 기숙 김자경 여사가 참 좋은 제안을 해주셨다. 미국에서 활약하고 있는 이탈리아 작곡가 메노티(Gian Carlo Menotti)! 기막힌 인선이라 생각됐다.

적당히 현대적이면서 적당히 전통적이요, 무엇보다도 그의 오페라 작품이 세계의 여러 극장에서 공연되고 있어 우리나라에서도 수 삼차 그의 소품들이 공연되었던 메노티. 계약은 대우그룹 김우중 회장의 지원으로 수월하게 성사됐고 작품은 오영진 원작의 인기작품 〈맹 진사댁 경사〉 줄거리를 〈Giorna da Nozze(결혼, 시집가는 날)〉이란 제목으로 작곡가가 직접 이탈리아어로 리브레토(대사)도 쓰고 해서 올림픽 개막에 맞춰 서둘러 완성했다.

이로써 저명한 이탈리아 작곡가가 서울에서 개최된 국제적 대행사인 88서울올림픽 전야에 한국을 주제로 창작한 오페라 〈결혼〉이 마침내 그해 9월 17일 세종문화회관에서 세계 초연되기에 이르렀다. 그러나 그러고 그만이었다. 내가 보기엔 이 작품은 그런대로 무대 위에 자주 올리고 새로운 연출과 새로운 무대미술로 새로운 공연을 계속 반복하게 된다면 한국을 알리는 오페라로 얼마든지 키워나갈 수도 있겠다고 여겨졌다. 그러나 국내의 반응은 냉담했다. 단 두 차례의 공연으로 한 거장의 작품을 철저하게 사장시켜 버린 것이다.

그러한 거부 반응에 이유가 있다는 것은 나도 들었다. 그건 내놓고 밝히기엔 썩 내키지 않는 사연들이다. 메노티 자신은 88올림픽 개막에 맞추느라 너무 서둘렀기에 그 뒤 기회가 있으면 작품을 다시 손보고 싶다는 얘기를 하곤 했다는 말도 들었다. 그런 기회마저 깔아뭉개버린 것이다. 그로부터 한참 후의 일이다. 1994년 내가 로마 오페라 극장에서 푸치니의 〈마농 레스코〉 새 연출작품의 프리마 세라에 초대받아 가봤더니 메노티가 로마 오페라의 극장장으로 부임해 와 있었다. 뿐만 아니라 그때 나는 메노티가 이탈리아의 스폴레토시에서 해마다 개최하는 '두 세계의 축제(Festival dei Due Mondi di Spoleto)'를 주재하고 있다는 것도 알았다.

두 세계의 축제! 참으로 메노티만이 할 수 있는 축제의 타이틀이라 생각됐다. 서구 사람들에게 '두 세계'란 구대륙과 신대륙, 유럽과 미국이다. 이탈리아인으로 이 두 세계에 걸쳐 활약한 가장 저명한 음악가를 든다면 토스카니니요, 그리고 메노티이다. 나는 1960년대 초 처음 이탈리아를 방문했을 때 밀라노에 있는 토스카니니의 무덤을 찾아가본 기억을 떠올렸다. 커다란 대리석의 가족 묘비에는 유럽의 이민을 처음 미국에 수송하던 선박 메이플라워호의 조각 작품이 장식돼 있었다. 잘 알려진 대로 토스카니니는 무명의 메노티를 미국 음악계에 소개해서 키워준 멘토였다.

그 메노티가 대본을 쓰고 작곡한 한국의 〈Giorna da Nozze〉를 우리가 좀 더 대접하고 좀 더 사랑해주었더라면, 당초엔 일본 냄새도 별로 나지 않던 오페라 〈마담 버터플라이〉나 억지스러운 사이비 중국풍(거기에는 일본 민요의 가락도 들어 있다)의 〈투란도트〉 부럽지 않게 세계의 오페라 극장에는 한국을 주제로 한 작품이 시즌 레퍼토리에 오를 수도 있었을 것을, 하는 아쉬움이 내게는 있다.

펜데레츠키의 교향곡 5번. 한국에서 위촉받고 한국을 방문 취재해서 한국의 5음계 민요가락이 피날레에 울려 퍼지는 교향곡 5번은 〈Korea〉란 부제를 붙여서 당연하다고도 하겠지만 단악장의 이 작품은 그렇대서 표제음악은 아니요 절대음악이다. 그건 가령 모차르트의 교향곡 36번과 38번에 각각 〈린츠〉, 또는 〈프라하〉란 별칭이 붙기도 하는 것과 같다. 펜데레츠키의 5번도 외국선 〈Korea〉란 부제 없이 그냥 공연되곤 한다.

메노티의 경우와는 달리 서울서의 세계 초연에서 만석의 한국 청중은 이 펜데레츠키 작품을 따뜻하게 내지는 열렬하게 받아들였다. 나는 안도의 한숨을 쉬고 성공했다고 생각했다. 그것은 하나의 성공적인 만남이었다. 예술의 전당 콘서트홀을 메운 한국의 천여 명의 청중과 그들이 결코 쉽게 수용하고 소화할 수 없는 난해한 현대음악과의 만남, 복합적이고 다층적인 만남이었다.

프로그램

국 악 햇살의 북소리
Drumbeat of Sunlight
시/최승범
Poem/Choi, Seung-Beom
작곡 · 지휘/이상규
Music & Conduct/Lee, Sang-Kyu
연합국악관현악단
Joint Korean Traditional Music Orchestra
독창/김영애, 박성원
Soloists/Kim, Young-Ae(Sop.) Park, Sung-Won(Ten.)

교향곡 교향곡 제 5번 "한국"
Symphony No.5 "Korea"
작곡 · 지휘/펜데레츠키
Music & Conduct/K. Penderecki
KBS교향악단
KBS Symphony Orchestra

교성곡 햇빛 쏟아지는 푸른지구의 평화
Peace on the Brilliant Green Earth
시/이흥우
Poem/Lee, Heung-Woo
작곡/강석희
Music/Kang, Suk-Hi
지휘/펜데레츠키
Conduct/K. Penderecki
KBS교향악단 · 연합합창단
KBS Symphony Orchestra · Joint Choir
독창/곽신형, 김신자, 최현수
Soloists/Kwak, Shin-Hyung(Sop.)
Kim, Shin-Ja(M.Sop.)
Hans Choi(Bar.)

펜데레츠키 〈교향곡 5번 코리아〉

서울 예술의 전당에서 펜데레츠키의 지휘로 개최된 교향곡 5번 〈Korea〉 세계 초연의 프로그램

제2차 세계대전 후 현대음악의 최전선에서 새로운 모든 것에 도전한 전위음악의 기수(旗手) 펜데레츠키. 그러나 거기에 빠져버리거나 오래 머물러있지 않고 일찍이 조성(調性)도 작품에 되살려 유럽 낭만주의 음악의 위대한 전통의 계승자로 자처하고 나선 펜데레츠키, 폴란드 가톨릭교회의 독실한 신도로서 수많은 종교적 전례음악을

〈교향곡 5번〉 발표 후 현대중공업 정몽준 회장 초청의 만찬을 마치고(왼쪽부터 펜데레츠키 부인 엘즈비에타, 장정자 여사, 펜데레츠키, 필자, 강석희 교수, 1991년 경주에서)

쓴 작곡가이자 동시에 폴란드가 경험한 유럽 현대사의 수난과 저항을 노래한 현실 참여의 음악가 펜데레츠키. 전통과 전위, 종교와 역사, 성(聖)과 속(俗)의 모둔 것을 아울러 음악 속에 녹여낸 위대한 작곡가 펜데레츠키와 그의 작품을 그날 밤 서울의 청중들은 만난 것이다.

펜데레츠키와 한국 청중의 만남은 거기에 다리 놓는 데 관여한 나와 펜데레츠키의 우정도 깊게 해주었다. 서울 공연을 통해서 펜데레츠키는 많은 한국의 친구와도 사귀게 되었다. 현대중공업의 정몽준 회장이 그의 숙모인 첼리스트 출신 장정자 여사를 통해 펜데레츠키 부부와 그 음악의 후원자가 된 것은 경하할만한 일이라 하겠다. 8월 15일 경축 공연이 끝난 펜데레츠키는 그날 밤의 기념품으로 〈누가 수난곡〉 CD를 그의 독특한 사인과 함께 내게 선물로 주었다.

공연 일정을 다 마친 뒤 정몽준 회장은 펜데레츠키 일행을 위해 서산의 아산 농장

나무 수집가요 정원 전문가인 펜데레츠키에게 방한 중 깊은 감동을 준 울산 김영조 씨 댁 정원

에서부터 경주를 거쳐 울산까지 둘러보는 여정을 짜주었다. 펜데레츠키와 그의 부인이자 매니저인 금발의 미인 엘즈비에타, 서울대학교 음대의 작곡가 강석희 교수, 국제문화협회의 윤금진 이사 그리고 나까지 다섯이 일행이었다.

가히 문화적 국빈을 모시기나 하듯 정성을 다한 알찬 여정이었다. 벌써 30년 전의 일이라 모든 것이 가물가물하지만 두 가지 일은 지금도 생각이 난다. 개관을 한 지 한 달도 안 된 경주의 신축 현대호텔에서 정몽준 회장이 베푼 만찬 자리에서 저녁 늦도록 담소하다가 일행은 헤어져 침실로 들어갔다. 그러자 얼마 있다가 엘즈비에타로부터 전화가 왔다. 야단났으니 빨리 자기네 방으로 올라오라는 것이었다.

올라가보니 놀랄 만했다. 펜데레츠키 부부를 위해선 호텔 오픈 후 아직 주인을 맞지 않은 듯싶은 최상층의 프레지덴셜 스위트가 마련돼 있었던 것이다. 여러 수행원을 위한 방들도 입구에 마련된 이 스위트엔 그야말로 없는 것이 없는 한 채의 호화 빌라였다. 이런 데서 어떻게 그냥 잠만 자야 한다는 말이냐, 우리 같이 곯아떨어질

때까지 여기 있는 술이나 실컷 마시자는 것이었다. 펜데레츠키 부부, 장정자 여사, 강석희 교수와 나는 이렇게 해서 경주의 하룻밤을 호텔의 국빈 스위트에서 새벽녘까지 포도주와 담소를 즐겼던 생각이 난다.

울산에서는 현대그룹의 주력기업인 현대 자동차와 현대 조선소를 시찰했다. 그러고 나서 우리는 울산 시내를 조금 벗어난 곳으로 정몽준 회장의 고모부 김영조 사장 댁을 방문했다. 그 댁의 정원을 구경하러 간 것이다. 그건 흔히 보는 집에 딸린 정원이 아니었다. 산골짜기 하나를 통째로 정원으로 끌어들여서 되도록 있는 그대로의 자연을 살리기 위해, 말하자면 '최소한의 정원화를 위해 최대한의 손질'을 한 것으로 보이는 자연 정원이었다. 장관이었다

나는 이번 여행에서 이때처럼 펜데레츠키가 좋아하고 몰입하고 수시로 카메라 셔터를 누르는 것을 본 일이 없다. 그에게는 이곳이 이번 나들이의 하이라이트인 듯싶었다. 펜데레츠키에게는 소리에 대한, 음악에 대한 정열 못지않게 나무에 대한, 정원에 대한 정열이 있다는 것을 나는 이때 알았다.

교향곡 5번 이후

크라코프, 루스와비체, 그단스크 이야기

교향곡 5번이 서울에서 세계 초연된 이후 펜데레츠키와 한국과의 관계는 친밀해졌고 그가 한국을 찾는 기회도 잦아졌다. 그와 함께 우리 사이 또한 가까워졌다. 강석희 교수의 회고에 의하면 우리가 만난 지 10년쯤 됐을 때라고 하니 아마도 2000년을 전후해서 크쉬스토프와 엘즈비에타 펜데레츠키 부부, 그리고 강교수와 나 네 사람은 서로 허교(許交, Duzen, 프랑스의 tutoyer)하는 사이가 되었다.

사실 1992년 서울에서 초연된 〈교향곡 5번〉은 그 후 펜데레츠키가 작곡가로서만이 아니라 오케스트라 지휘자로서도 한국을 자주 방문하게 되는 계기가 되었다. 그

건 한국의 청중들을 위해서도 환영할만한 일이었다. 유럽 비평가들이 그한테서 후기 리햐르트 슈트라우스를 곧잘 연상하는 것처럼 스스로 작곡한 작품의 음향을 들어가면서 지휘대에서 자기 음악을 제 뜻대로 처방·조제하는 지휘 솜씨를 보이고 있는 그는 이미 '정상급의 지휘자(Dirigent von hohem Graden)'로 평가되고 있다. 작곡가로서 칩거와 몰입의 삶을 사는 그에게 지휘자로서의 삶은 변화와 역동적인 삶을 제공해주는 것일까?

그가 한국에 자주 온 것만큼은 아니더라도 92년 이후 나도 몇 차례 폴란드에 가서 펜데레츠키를 만났다. 1999년 여름 그가 살고 있는 크라코프를 방문한 것이 그 시작이었다. 폴란드에는 이전에도 한두 번 다녀왔으나 그건 1991년 소비에트 체제 붕괴 직후의 수도 바르샤바를 방문한 짤막한 여행들이었다. 자유화 직후의 폴란드는 체코나 헝가리 등 다른 동유럽 국가에 비해서도 내겐 가장 어둡고 우울한 인상이 각인되고 있었다.

"20세기 최대의 두 악령 히틀러와 스탈린의 손톱, 발톱에 가장 잔혹하게 긁힌 도시 바르샤바", 이 폴란드의 새 수도는 아늑한 구석이라곤 없는 것 같았고 어디 가나 황량하고 음습하게만 느껴졌다. 그에 비해 폴란드의 옛 수도(1320~1609)였던 크라코프는 제2차 세계대전의 피해를 거의 입지 않은 도시요, 특히 역사적 유적과 건조물이 많은 구시가지는 유네스코의 세계문화유산으로 일찌감치 등재되고 있다.

이 크라코프시의 공항에서 멀지 않은 외곽에 자리한 (그의 빈번한 해외 연주 여행을 생각하면 매우 실용적인 자리에 터를 잡은) 펜데레츠키의 집은 밖에서 보아도 놀랄 만한 대저택이었다. 안으로 들어가니 이번엔 두루 값진 골동 가구와 장식들이 또 놀랄 만했다. 그러나 진짜 나를 압도한 세 번째 놀람은 그의 별장이었다. 크라코프 동쪽으로 40여 분 차로 달려가야 하는 마을 루스와비체에는 약 20에이커(25,000평) 넓이의 대 장원(莊園)과 그 '영주(領主)!?'가 거처하는 백악관(manor house)이 있다. 장관이다.

끝이 가물가물해 보이는 이 별저(別邸) 전체는 일종의 정원 박물관. 그 안에는 자연스러움에 내맡긴 듯한 영국식 정원, 기하학적 도형의 프랑스식 정원, 옴브렐로(우산 모양의 소나무)도 반가운 이탈리아식 정원, 장미 정원과 또 무슨 무슨 정원, 심지어 큰 연못에 주색(朱色)의 구름다리가 놓인 일본식 정원조차 갖춰 있다. 열정적인 수목 수집가로 알려진 펜데레츠키는 이곳에 1,700종 이상의 수종을 가꾸고 있다던가.

작곡 활동에서와 마찬가지로 정원 가꾸기에도 그는 참으로 부지런한 일꾼이다. 루스와비체의 수목원과 수목에 대한 그의 정렬은 《뉴욕타임스》에 기사가 날 정도로 이미 국제적으로 소문이 나있다. 그는 한국을 찾아올 때도 언젠가 남쪽의 전주시 어느 동에 몇 백 년 된 은행나무가 있는데 이번에 가볼 수 없겠느냐고 물어와서 그 '정보력'에 나는 놀라기도 했다.

펜데레츠키는 음악의 세계와 식물의 세계엔 유사성(parallel)이 있다고 말한다. 모든 식물에는 뿌리가 있다. "나는 뿌리가 있는 음악을 믿는다" 그래서 특히 "유럽의 음악에 뿌리가 있다는 것을 잊어서는 안 된다"고도 강조한다. 그의 중요한 어록이다. 그건 내 생각엔 단순한 신앙 고백에 그치지 않고 논난(論難)도 많던 그의 작곡 편력, '전향', '배신'이란 비난의 소리까지 들었던 그의 음악적 생애에 대한 하나의 의미심장한 아폴로지로 여겨진다.

앞에서도 언급했지만 펜데레츠키의 이른바 전향, 배신이란 논의가 일게 된 큰 계기는 1966년 독일 뮌스터 성당의 건립 700주년을 기념하기 위해서 위촉받은 작품 〈누가 수난곡〉이었다. 그에 앞서 1960년 발표된 〈히로시마 애가〉가 단숨에 그를 유럽 전위음악의 정상에 끌어 올렸을 때엔 비평가들로부터는 박수를, 오케스트라 단원들로부터는 항의를 받았다. 그와는 대조적으로 전통에의 회귀를 시사한 〈누가 수난곡〉이 발표되자 수많은 청중을 연주회장으로 몰려들게 한 반면 음악 비평가들을 당황케 하고 골수 아방가드로부터는 신뢰와 존경을 잃게 됐다. 명성과 비난을 언제나처럼 함께 거둬들인 것이다. 평론가들은 1960년대라면 전위음악이 대세였고 젊은 음악인들은 아직도 전후 시대의 '진보' 신앙에 묻혀 있어 세리엘 기법을 충실하게 추구하고 있을 때였다고 회상한다. 그러한 전위의 최전선에 있던 펜데레츠키가 갑자기 전선을 이탈해서 전통 음악으로 회귀하는 듯한 〈누가 수난곡〉을 내놓은 것이다. 그를 따랐던 음악가들로부터 '배반자'라는 비난이 쏟아진 것은 당연하다고도 할 것이다.

펜데레츠키는 흔들리지 않았다. "내가 전위를 배반한 것이 아니라 전위가 음악을 배반했다"는 것이 그의 반응이다. 그가 보기엔 전위가 이젠 오히려 시대에 뒤떨어지고 있으며 모든 것을 발견했던 전위의 실험은 막다른 골목에 들어섰다, 그러기에 스스로 그 무렵을 '건설적이라기보다 파괴적'이었다고 회상하기도 한다. 그가 네오 로맨티시즘으로 돌아서게 된 배경이다. 그게 '전향'인가? 그는 이에 대해 "나는 언제나 로맨티스트였다"(2003년)고 말하고 있다.

그가 전위음악에서 벗어나게 된 사실은 여러 차원에서 성찰해볼 수 있겠다. 먼저 음악적인 차원, 작곡 기법적인 차원에서 본다면 그는 전위를 이탈 또는 배신했다기보다 전위는 그것대로 간직한 채 그의 음악 세계가 보다 넓은 차원으로 확대되면서 작곡 기법도 보다 다양화됐다고 보는 것이 온당할 듯싶다. 사실 그는 현대의 음악적 기법과 전래의 표현 기법을 동시에 그리고 동등하게 사용하고 있다. 예컨대 그레고리오 성가의 조성(調性)의 선율과 무조(無調)의 12음계 음악이 병행되기도 하는 따위다.

따라서 〈수난곡〉 이후의 그를 단순히 '전위로부터의 이탈' 또는 '전통으로의 회귀'라 보는 것은 적절하지 못하거나 전체의 한 면만을 본 것이라 할 수 있겠다. 요컨대 그는 모든 음악적 기법, 모든 음악적 양식에 개방적인 입장에서 일부 비평가들로부터 '절충주의자'란 비난을 받아도 개의치 않고 다채로운 음향 언어를 구사하는 다양식적인(polystilistisch) 음악을 내놓고 있는 것이다. "나에게는 모든 수단이 다 괜찮다"("Mir waren alle Mittel recht")고 한 말에는 그의 자부심이 베어나 있다.

"사람들은 내 음악을 이해한다"는 것이 자기 작품에 대한 자부심의 근거이다. 사실 그의 작품은 어디서나 연주가 되고 어디서나 받아들여지고 있다.

"나는 서랍 속에 넣어두기 위해 작품을 쓰진 않는다"고 한 널리 회자된 말은 자신에 찬 그의 또 다른 어록이다. 내게는 이 말이 우리나라 작곡가 강석희 교수가 이끌던 〈범 음악제(Pan Music Festival)〉의 1985년 주제로 '포스트 모더니즘'을 다룰 때 나

온 표제 "쓰는 음악에서 듣는 음악으로!"를 연상케 해 흥미가 있다.[1]

펜데레츠키가 '60년대의 전위' 음악으로부터 이탈한 배경에는 정치적 차원의 고려도 있었을 것이란 해석도 소개해두고자 한다. 1960년대라면 폴란드만이 아니라 대부분의 동유럽 국가들은 정치·사회·문화 등 모든 분야에서 철저하고 엄격한 소비에트 체제의 통제 아래 있었다. 예술 분야에서는 당이 교조적으로 강요하는 '사회주의적 리얼리즘'! 거기서 조금이라도 벗어나면 바로 '부르주아적 형식주의'에 타락했다는 엄중한 비판을 받던 시대였다. 그러한 소비에트 체제에서 전위음악이 나오게 되면 공산당 치하의 '자유'에 대한 잘못된 환상을 외부 세계에 줄 수도 있겠다는 우려를 펜데레츠키는 미국의 친구에게 토로한 일이 있었다는 것이다.

펜데레츠키 음악의 지평은 크고 넓다. 〈교향곡 5번〉 이후에도 그는 부지런하게 작품을 쓰고 연주 여행을 계속하면서 밭을 줄 모르는 정력과 영감을 과시했다. 세계의 모든 저명한 음악당이 그를 위해 문을 열어 놓았다. 비엔나와 베를린, 런던과 파리 그리고 뉴욕의 주요 콘서트 홀, 밀라노의 스칼라에서부터 심지어 카라얀의 잘츠부르크 축제 극장까지 그의 작품을 무대에 올렸다.

서울에서 〈교향곡 5번〉이 1992년에 초연된 뒤 후속 작품이 이어졌다. 〈교향곡 3번〉은 1988년에 착수했으나 〈교향곡 5번〉이 먼저 나온 뒤 1995년에 마무리되었다. 이태백(李太白)등의 당시(唐詩)를 텍스트로 해서 바리톤과 오케스트라를 위해 쓴 〈교향곡 6번〉은 2008년에 착수해서 2017년, 거의 10년 만에야 발표되었다. 번호는 늦지만 〈교향곡 7번〉이 이미 1996년에 완성되고 〈교향곡 8번-생멸무상(生滅無常)〉도 2004~5년에 세상에 나왔다.

루스와비체의 수목원에서 언젠가 펜데레츠키와 죽음과 관련해서 얘기하면서 나는 베네치아를 처음 찾아간 얘기를 한 일이 생각난다. 밀라노 스칼라에서 그의 〈폴란드 진혼곡〉을 들은 다음날 나는 바쁜 일정에 겨우 하루 오후 시간을 내서 벼락치

1 최정호, 〈범(汎)음악제: 세계와 한국의 창구. 작곡가 강석희〉. 《사람을 그리다: 동시대인의 초상과 담론》 시그마북스. 2009. pp. 621-636 수록.

기로 베네치아를 다녀왔다. 첫 방문인데도 관광은 일체 포기하고 오직 스트라빈스키의 묘지 한 군데만 겨우 수소문해서 참배하고 온 것이다. 미국에서 운명한 스트라빈스키의 시신을 굳이 대서양을 건너 이탈리아의 베네치아에까지 운구해 와서 다시 거기서도 한참 떨어진 산미키레섬(Isola S. Michele)에 매장을 한 까닭이 무엇인지 나는 궁금했던 것이다.

산 미케레 묘원에는 스트라빈스키의 무덤 가까이에 디아길레프의 무덤이 있음을 발견하고 비로소 내 궁금증은 풀렸다. 나는 그때 다시 한 번 동북아 문화권에는 없는, 유럽의 고전적 고대, 그리스 로마시대부터 이어온 '우정론(amicitia)의 문화'를 재확인했다는 얘기를 펜데레츠키에게 했다. 그는 자기도 베네치아에 가서 산 미케레 성당에서 있었던 영결 미사에 참여했다면서 그 자리에는 음악인으로는 로스트로비치와 자기만 있었다는 얘기도 해 주었다.

나는 이따금 펜데레츠키의 음악 세계를 그가 숨 쉬고 있는 세 공간에 결부해서 세 차원으로 범주화해보곤 한다: 현대 폴란드의 근현대사에서 주 무대가 된 수도 바르샤바의 정치철학적 차원, 동 유럽 최초의 교황을 배출한 영원한 가톨릭의 고도 크라코프의 종교철학적 차원, 그리고 은둔과 사색의 보금자리인 루스와비체 수목원의 자연철학적 차원.

굳이 무리한 분류를 시도해본다면 그의 초기작이라 할 〈히로시마의 희생자들을 위한 애가〉(1960~1961)가 첫 범주에, 〈누가 수난곡〉(1965~1966)은 두 번째 범주에, 그리고 그의 마지막 〈교향곡 8번〉을 세 번째 범주에 속한다고 봐서 큰 망발은 아니라 여겨진다.

물론 그의 작품 세계에선 이 세 차원이 언제나 따로 따로 갈라져 있다기보다는 둘 또는 세 차원이 하나의 작품 속에 융합돼 있는 경우가 많다. 그 대표적인 경우가 〈폴란드 진혼곡〉(1980~1984)이라 생각된다. 이것은 그 가사와 형식에 있어선 가톨릭교회의 전례음악의 격식을 갖추고 있으나 진혼의 대상과 주제는 폴란드 현대사를 주름잡은 저항과 희생의 영혼들이다: '솔리다리노시치'에서 시작하여 공산당의 국가권력에 대한 교회의 저항의 상징이었던 비신스키 추기경, 그리고 아우슈비츠에서 한 젊은이를 살리기 위해 대신 죽은 성 막시밀리안 콜배 신부 등등.

나는 여기에서 현대 폴란드 음악가들의 작품에는 "뭐라 정의하기 어려운 상위 개념으로서 정치적 참여의 정신"이 살아 있다는 말을 다시 떠올린다. 그 배경엔 제2차 세계대전 중 나치 점령 치하의 잊을 수 없는 악몽의 체험이 있고 전후에는 바로 뒤이어 스탈린주의의 소비에트 체제에서 산 어두운 체험이 있다. 그러기에 탈(脫)스탈린주의 징후를 '해빙'의 문화 운동으로 시위한 동유럽 지식인들은 1956년을 1945년에 이어 '제2의 해방'이란 파토스로 받아들였다. 펜데레츠키가 철의 장막을 뚫고 현대 전위음악의 최전선에서 이름을 떨치게 된 것도 이 무렵이다.

그러나 펜데레츠키에겐 그러한 모든 변화의 차원을 넘어서 그 배후에 일관하고 있는 상수로서 종교적 감정이 내재해있다. 그의 엄청난 작품의 전체 목록을 잠시 살펴보면 누구나 알 수 있을 것이다. 그 많은 작품 가운데서 종교적·교회적 관련이 전혀 없는 작품은 추려내기가 오히려 어려울 것이다. 특히 〈누가 수난곡〉 이후의 작품 세계는 그렇다.

나는 2000년대에 들어와 쓴 비교적 후기작품이라 할 그의 8분 정도의 짤막한 〈샤콘느(Ciaconna)〉를 2009년 서울에서 처음 들은 연주회 체험을 잊을 수가 없다. 그건 나에겐 전혀 새로운 펜데레츠키 음악의 체험이었다. 대부분 어둡고 우수에 찬, 더러는 비창하기도 한 그의 과거 음악 작품들에서 벗어나 〈샤콘느〉를 듣고 있는 동안 나는 황홀한 황금빛의 광휘 속에 탐닉하고 있는 것만 같은 느낌에 빠져들었다. 음악의 문외한으로선 그를 설명도 해명도 할 수가 없지만 〈샤콘느〉를 듣고 있던 10분 미만의 시간 동안 나는 왠지 세 시간 남짓하는 바그너 가극 〈파지팔(Parsifal)〉을 들을 때 느낀 음악적 또는 음향적 감동 비슷한 걸 체험했다.

중세 그리스도교의 전설에 나오는 성배(聖杯-Gral)를 받드는 기사들의 이야기를 신성화한 축제극 〈파지팔〉은 유럽에서도 평소엔 잘 공연되지 않고 부활절에나 이따금 듣게 된다. 그래서 더욱 일상적·세속적 인간의 욕망을 초월한 듯한 〈파지팔〉 음악에는 무언지 지상적인 것을 초월한 피안의 세계, 천상의 세계를 암시하는 울림과 향기가 감돌고 있는 것 같기도 하다.

〈샤콘느〉는 교황 요한 바오로 2세가 2005년 봄 선종하자 그를 추모하기 위해 "단숨에"(작곡가의 말) 썼다는 작품이다. 2016년 가을이었던가 펜데레츠키가 '심포니아 바르소비아'를 이끌고 와서 예술의 전당에서 공연을 했을 때 나는 무대 뒤로 가서 〈샤콘느〉를 들은 감동을 그에게 털어 놓았다. 그는 아주 만족해하는 표정이었다. 〈폴란드 진혼곡〉은 〈샤콘느〉로서 피날레로 할까 한다는 말이 내겐 감명 깊었다.

요한 바오로 2세, 그가 누구인가

카롤 보이티와가 1978년 10월 제264대 교황으로 선출되자 크라쿠프 시절의 오랜 친구 펜데레츠키는 신에 감사하는 찬가 〈테 데움〉을 써서 발표했다. 카롤 보이티와는 비단 폴란드뿐만이 아니라 도대체 동유럽에서는 처음으로 나온 교황이자 20세기에 들어와선 가장 젊은 나이로 선출된 교황이다. 그는 바티칸의 2,000년 역사에서 세 번째로 오랜 기간인 27년 동안 재위하면서 선종 후 성(聖) 요한 바오로 2세로 시성(諡聖)되었다.

카롤 보이티와가 교황으로 선출된 1978년과 교황 요한 바오로 2세가 선종한 2005년 사이에 세계는, 특히 폴란드와 동유럽 세계는 혁명적인 대변화를 경험했다. 처음에는 서서히 그러나 갈수록 가속화가 되면서 동유럽 전역에선 소비에트 체제가 붕괴하고 자유민주주의 체제로의 전환이 이뤄졌다. 그러한 동유럽 혁명에 선편을 친 곳이 바로 폴란드요, 그를 선도한 영웅이 그단스크의 자유노조 '솔리다리노시치'의 지도자 레흐 바웬사였다.

펜데레츠키의 〈폴란드 진혼곡〉은 이 솔리다리노시치의 위촉으로 1970년 단치히 노동자 폭동의 희생자들을 추모하기 위해 쓰기 시작한 작품이다. 그로부터 10년이 지난 1980년 그단스크의 조선소에서 레흐 바웬사가 앞장선 자유 노조의 투쟁은 계

펜데레츠키가 살고 있는 폴란드의 옛 수도 크라코프의 왕궁터 바벨 성에서

루스와비체에 자리잡은 펜데레츠키의 거대한 장원 안에 있는 백악의 별장

루스와비체의 주인과 객

루스와비체 별장의 상징물로 보이는 고대 그리스의 악기 리라 모양의 화분대

엄령으로 그를 진압하려는 야루젤스키 장군의 군사정부와 10년 동안의 치열한 길항 끝에 마침내 동유럽 소비에트 체제하에서 최초로 자유선거를 쟁취하여 민주정부를 수립하는 대역사를 성취했다.

폴란드의 성취는 뒤이어 헝가리, 체코슬로바키아, 동독으로 자유화 혁명의 도미노 현상을 불러일으켜 동유럽 소비에트 체제의 총체적 붕괴라는 역사적 대변환을 몰고 온 것을 우리는 목격했다. 나는 2005년 가을 폴란드를 방문한 기회에 이제는 대통령직에서 물러난 바웬사를 그단스크의 사무실로 찾아가 만나 본 일이 있다. 나의 궁금한 물음에 그는 참으로 시원하게 대답해주었다

"폴란드 체제 전환의 성공 요인이 무엇이냐고? 그 50%는 단연 교황의 힘이오. 나머지 30%가 솔리다리노시치의 힘, 그리고 20%는 고르바초프와 엘친의 힘이었다"는 것이다. 1945년, 그리고 1958년에 이어 1990년은 폴란드인에게는 '제3의 해방'이란 파토스를 안겨주었다.

승리! 승리한 것이다.

폴란드의 그 기막힌 수난과 희생의 역사 속을 뚫고 자라온 크라코프의 신부 카롤 보이티와는 요한 바오로 2세가 됨으로써 마침내 그의 조국과 세계에 커다란 승리를 안겨주었다. 크라코프의 음악가 펜데레츠키는 그 비극적인 조국의 현대사를 〈폴란드 진혼곡〉에 담아 오면서 그가 〈테 데움〉의 찬가를 바친 교황이 하늘과 땅의 큰 역사를 이룩하고 선종하는 것을 보며 〈샤콘느〉를 작곡하여 〈폴란드 진혼곡〉을 마무리했다. 어두운 화음으로 시작된 〈테 데움〉은 마침내 황금빛 넘실거리는 밝은 〈샤콘느〉로 피날레를 삼은 것이다. 펜데레츠키도 또한 승리한 것이다.

바르샤바와 서울 이야기

펜데레츠키의 승리, 그의 인생 승리를 시위하는 큰 마당은 머지않아 폴란드의 현 수도 바르샤바에서 벌어졌다. 2008년 5월, 폴란드의 베토벤 협회 총재이자 '베토벤 부활절 페스티벌' 총감독인 부인 엘즈비에타 펜데레츠카가 조직한 이 해의 부활절 음악 축제의 프로그램은 성대했다. 베를린, 뮌헨, 브레멘 등의 교향악단이 참가하고 크리스타 루트비히, 루돌프 부흐빈더 등 스타 솔리스트들도 등장하는 호화 프로그램이었다.

특기해야 할 것은 부활절 페스티벌의 공식 프로그램이 시작되기 전에 그 테두리

밖에서 한국을 위한 특별 음악회를 개최한 것이다. '장인(匠人)과 도제(徒弟)(Master and Apprentice)'란 타이틀이 붙은 이 특별 프로그램은 펜데레츠키가 길러낸 한국의 제자 유재준 작곡의 〈진혼 교향곡(Symphonic Requiem)〉과 스승 펜데레츠키의 바이올린 협주곡 2번 〈변신(Metamorphoses)〉의 두 곡이 공연되고 거기에 폴란드의 방송 오케스트라와 방송 합창단 및 독주자로는 한국에서 온 소프라노 김인혜와 바이올린의 김소옥이 출연했다.

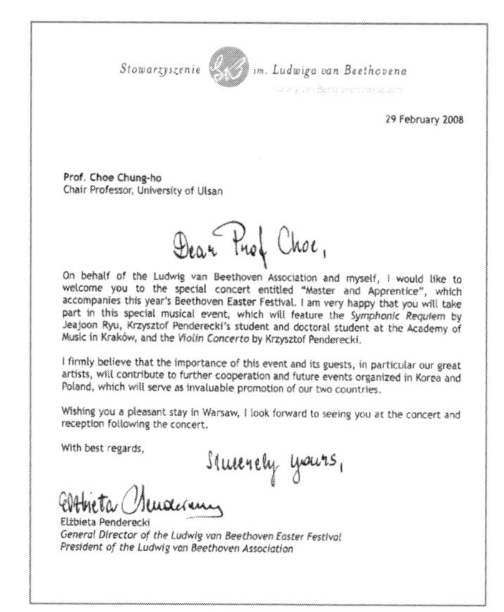

Stowarzyszenie im. Ludwiga van Beethovena

29 February 2008

Prof. Choe Chung-ho
Chair Professor, University of Ulsan

Dear Prof Choe,

On behalf of the Ludwig van Beethoven Association and myself, I would like to welcome you to the special concert entitled "Master and Apprentice", which accompanies this year's Beethoven Easter Festival. I am very happy that you will take part in this special musical event, which will feature the *Symphonic Requiem* by Jeajoon Ryu, Krzysztof Penderecki's student and doctoral student at the Academy of Music in Kraków, and the *Violin Concerto* by Krzysztof Penderecki.

I firmly believe that the importance of this event and its guests, in particular our great artists, will contribute to further cooperation and future events organized in Korea and Poland, which will serve as invaluable promotion of our two countries.

Wishing you a pleasant stay in Warsaw, I look forward to seeing you at the concert and reception following the concert.

With best regards,

Sincerely yours,

Elżbieta Penderecki
General Director of the Ludwig van Beethoven Easter Festival
President of the Ludwig van Beethoven Association

엘즈비에타가 총감독인 바르샤바의 베토벤 부활절 음악 페스티벌 초대장. 2008년의 이 페스티벌엔 펜데레츠키의 75세 생일을 축하하는 큰 잔치가 바르샤바 국립 오페라 극장에서 열렸다.

여담이지만 그날 저녁 연주회장에서 바로 내 앞자리에 앉은 크리스타 루트비히 부부를 엘즈비에타에게 소개받았다. 나는 너무 반가운 나머지 무심코 "아아 우리들의 영원한 레오노레!"라고 혼잣말처럼 중얼거렸더니 크리스타는 "영원한 레오노레!"라고 맞받으며 미소 지었다. 베를린 도이치 오페라에서 그녀가 타이틀 롤 '레오노레'를 맡아 부른 베토벤

Urodzinowe siedem bram

JUBILEUSZOWY FESTIWAL | JACEK MARCZYŃSKI

Tłum gości, życzenia i muzyka w tle. Tort z 75 świeczkami czekał na Krzysztofa Pendereckiego w Operze Narodowej

Na jubileusz stawili się w niedzielę artyści z zagranicy i kraju, dyrektorzy najważniejszych instytucji artystycznych i fani muzyki Pendereckiego z Europy. Prezydent Kaczyński i premier Tusk wystosowali listy gratulacyjne, prezydent Juszczenko przysłał kwiaty, w imieniu warszawiaków hołd mistrzowi złożyła Hanna Gronkiewicz-Waltz.

Urodzinowe uroczystości przyćmiły muzykę, mimo że towarzyszył im czterodniowy festiwal twórczości Pendereckiego. Stały się niemal świętem narodowym z niedzielną mszą w warszawskiej archikatedrze św. Jana. Miały ponadto nurt nieoficjalny, niedostępny dla publiczności i mediów, jak familijne spotkanie Pendereckich i Bergerów (rodzina matki kompozytora).

Sam jubilat przyjmował wszystkie hołdy z serdecznością, ale i z typowym dla siebie dystansem. A na jednym z festiwalowych koncertów słuchał swego „Concerto grosso" z jedną z wnuczek i widać było, że jej obecność sprawia mu szczególną radość.

W niedzielę musiał natomiast dyrygować „Siedmioma bramami Jerozolimy". Wielkie dzieło, odwołujące się do korzeni chrześcijaństwa, doskonale nadaje się na tak uroczysty wieczór. Ale ponieważ urodzinowy koncert rejestrowała TVP, symfonię zamieniono w widowisko.

Oglądaliśmy zatem animacje Tomasza Bagińskiego, autora „Katedry", utrzymane w charakterystycznej dla niego estetyce. Ponad głowami muzyków i chórzystów tańczyli artyści z Kieleckiego Teatru Tańca. Były to byty niezależne, niewzbogacające muzyki. A przecież to ona stała się wartością największą jubileuszu. Festiwal rozwiewał wątpliwości, czy dawne utwory kompozytora przetrwały próbę czasu, zaskakiwał tym, co pisze obecnie.

Niektórzy zżymają się, iż Penderecki stał się tradycjonalistą, a w jego utworach słychać echa Mahlera lub Szostakowicza. A jednak, gdy słucha się powstałej w 1961 r. „Polymorphii", która nadal olśniewa oryginalnością pomysłów brzmieniowych, jakich nie osiągnęli inni twórcy awangardy, trzeba docenić jego wielkość. Skomponowana zaś 28 lat temu II symfonia wciąż ma ten sam ładunek dramatyzmu. A ukończony tuż przed festiwalem III kwartet smyczkowy zaskakuje kontrastami oraz przetworzeniami melodii zapamiętanej z dzieciństwa. To inny Penderecki – nostalgiczny i refleksyjny, ale wciąż prowokujący. Oby taki pozostał w kolejnych utworach.

On sam zdmuchnąwszy po koncercie świeczki z urodzinowego tortu odlatuje dziś do Helsinek. Jubileusz trwa. ■

▪ **Krzysztof Penderecki** wczoraj sam stanął za dyrygenckim pulpitem i zaprezentował „Siedem bram Jerozolimy"

펜데레츠키 75세 생일 기념 축제를 보도하는 바르샤바 현지 신문

2008년 베토벤 부활절 페스티벌에는 《장인과 도제》라는 표제 밑에 펜데레츠키와 한국인 제자 유재준 교수의 작품 발표회가 사전 행사로 개최됐다. 사진은 그날 공연된 유재준 작곡의 〈진혼 교향곡〉 연주 장면 전경

축제를 구경하는 2층 객석. 1열 왼쪽부터 프랑스의 명배우 폴-에밀 데베, 그의 말년의 반려자가 된 세계적 가수 크리스타 루트비히, 국제교류재단 이사장 임승준 대사 부부. 2열에는 필자와 강석희 교수

의 〈피델리오〉! 그 영원히 잊을 수 없는 명창을 떠올린 순간적인 일화이다. 그 옆에는 왕년의 부군 발터 베리가 아니라 재혼한 코메디 프랑세즈의 배우 폴-에밀 데베(Paul-Emile Deiber)가 앉아 있었다.

3월 바르샤바에서 2주간에 걸쳐 꾸며진 이 부활절 페스티벌은 정작 같은 해 11월 23일 펜데레츠키의 75세 생일을 기념하는 대축전의 긴 프렐류드 같기도 했다. 한 음악가의 생일 날인 11월 23일 밤 바르샤바 국립 오페라극장은 마치 무슨 국경일 행사장만 같았다. 국빈 방문차 해외로 떠난 대통령을 제외하곤 폴란드 정부의 대부분 요인, 바르샤바 시장과 20여 개국의 주 폴란드 대사들이 자리를 메웠다. 그 밖에 수많은 문화 단체의 기관장들과 국내외의 내빈 소개는 일일이 좇아갈 수도 없고 내 귀엔 그 가운데서 쇼스타코비치의 미망인 이름이 거명되는 것만 기억에 남는다.

행사의 하이라이트는 펜데레츠키의 〈교향곡 7번〉으로 알려진 〈예루살렘의 일곱 문(Seven Gates of Jerusalem)〉—다섯 명의 독창에 한 명의 변사(辯士), 세 그룹의 혼성 합창단에 오케스트라라는 이 거대 편성의 합창 교향곡은 지난 1990년대초 동예루살렘 탄생 3,000년을 기념하기 위해 예루살렘 시와 예루살렘 교향악단 및 독일 바이에른 방송교향악단이 펜데레츠키에게 공동 위촉한 작품이다. 1996년 말에 작곡이 완성되자 다음 해 1997년 1월에 예루살렘에서 로린 마젤 지휘로 세계 초연됐다.

작곡가의 75회 생신 축하를 위해 초연 이후 11년 만에 바르샤바 국립 오페라 극장에서 공연된 이 초대형 합창 교향곡 〈예루살렘의 일곱 문〉은 다시 발레단까지 등장하는 무용극으로 꾸며서 시청각 무대로 확대가 됐다. 안타깝게도 이미 국경일 행사 같은 의전의 진행에 조금 지친 내 신경은 소리와 빛의 시청각적인 초대형 향연을 즐길 수가 없었다. 들을 거리 볼거리가 너무 많아 넘쳐나면 나는 도무지 모든 게 산만해져 아무것도 잘 듣지도 잘 보지도 못하는 불출이 되고 만다. 모처럼의 잔치판에 초대받고 가서 미안하고 민망하기 그지없다. 언제 한번 시간을 내서 차분하게 그때 구해온 CD를 감상해볼 생각이다.

다음 해 2009년에는 한국국제교류재단(이사장 임성준 대사)이 주최한 제1회 서울국제음악제(Simf)가 5월 22일부터 30일까지 개최되었다. 유재준 예술감독 총괄로 꾸며낸 음악제 프로그램은 제1회 기획으로선 군색함 없는 내용을 보여주었다. 특히 그가 사사한 마에스트로 펜데레츠키 내외가 방한해 적극 협조해 줌으로써 서울 국제음악제는 어떤 면에서는 서울의 조촐한 펜데레츠키 페스티벌처럼 되었다.

펜데레츠키는 이 음악제에 작곡가로서 6회, 그리고 지휘자로서도 한 번 참여했다.

서울 국제음악제의 첫날 첫 프로그램이 바로 내 영혼을 사로잡은 펜데레츠키의 〈샤콘느〉! 그리고 음악제 마지막 날 펜데레츠키가 직접 지휘자로서 공연한 작품이 〈교향곡 8번 덧없음의 노래〉이

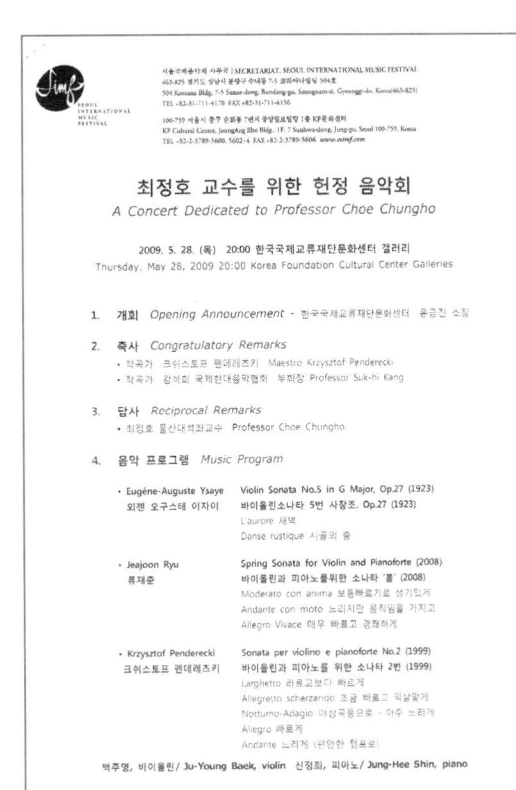

Simf SEOUL INTERNATIONAL MUSIC FESTIVAL

서울국제음악제 사무국 | SECRETARIAT, SEOUL INTERNATIONAL MUSIC FESTIVAL
463-825 경기도 성남시 분당구 수내동 7-5 코리아나빌딩 504호
504 Koreana Bldg, 7-5 Sunae-dong, Bundang-gu, Seongnam-si, Gyeonggi-do, Korea(463-825)
TEL +82-31-711-4170 FAX +82-31-711-4156

100-759 서울시 중구 순화동 7번지 중앙일보빌딩 1층 KF문화센터
KF Cultural Center, JoongAng Ilbo Bldg., 1F, 7 Sunhwa-dong, Jung-gu, Seoul 100-759, Korea
TEL +82-2-3789-5600, 5602-4 FAX +82-2-3789-5606 www.esimf.com

최정호 교수를 위한 헌정 음악회

A Concert Dedicated to Professor Choe Chungho

2009. 5. 28. (목) 20:00 한국국제교류재단문화센터 갤러리
Thursday, May 28, 2009 20:00 Korea Foundation Cultural Center Galleries

1. 개회 *Opening Announcement* - 한국국제교류재단문화센터 윤금진 소장
2. 축사 *Congratulatory Remarks*
   - 작곡가 크쉬스토프 펜데레츠키 Maestro Krzysztof Penderecki
   - 작곡가 강석희 국제현대음악협회 부회장 Professor Suk-hi Kang
3. 답사 *Reciprocal Remarks*
   - 최정호 울산대석좌교수 Professor Choe Chungho
4. 음악 프로그램 *Music Program*
   - Eugéne-Auguste Ysaye 외젠 오구스테 이자이 — Violin Sonata No.5 in G Major, Op.27 (1923) / 바이올린소나타 5번 사장조, Op.27 (1923)
     L'aurore 새벽
     Danse rustique 시골의 춤
   - Jeajoon Ryu 류재준 — Spring Sonata for Violin and Pianoforte (2008) / 바이올린과 피아노를위한 소나타 '봄' (2008)
     Moderato con anima 보통빠르기로 생기있게
     Andante con moto 느리지만 움직임을 가지고
     Allegro Vivace 매우 빠르고 경쾌하게
   - Krzysztof Penderecki 크쉬스토프 펜데레츠키 — Sonata per violino e pianoforte No.2 (1999) / 바이올린과 피아노를 위한 소나타 2번 (1999)
     Larghetto 라르고보다 빠르게
     Allegretto scherzando 조금 빠르고 익살맞게
     Notturno-Adagio 야상곡풍으로 · 아주 느리게
     Allegro 빠르게
     Andante 느리게 (편안한 템포로)

백주영, 바이올린 / Ju-Young Baek, violin 신정희, 피아노 / Jung-Hee Shin, piano

2009년 5월 국제교류재단에서 나를 위해 마련한 헌정음악회 프로그램

서울 국제음악제에서 펜데레츠키의 〈바이올린과 피아노를 위한 소나타 2번〉을 연주하고 있는 바이올린의 백정희 씨

음악제에 앞서 축사를 한 펜데레츠키

다. 2005년에 발표된 이 마지막 〈교향곡 8번〉은 룩셈부르크 정부 문화성의 위촉으로 19세기에서 20세기 초의 독일 시를 텍스트로 해서 세 명의 독창(소프라노, 메조, 바리톤)과 합창 및 오케스트가 공연하는 합창교향곡이다.

〈교향곡 8번〉의 표제가 된 〈덧없음 또는 생멸무상(生滅無常, Vergaenglichkeit)〉은 이 합창 교향곡에 나오는 헤르만 헤세의 시 제목이기도 하다. 실은 〈교향곡 8번〉을 나는 귀로 듣기 전에 먼저 텍스트를 눈으로 읽으면서 이미 가벼운 흥분을 억누를 수 없었다는 걸 고백해야 될 것 같다.

펜데레츠키는 자기의 음악에 대해 얘기한다는 것은 "과거로 가는 감상적인(sentimental) 여행"을 하는 것과 같다는 말을 한 일이 있다. 내겐 그의 〈교향곡 8번〉이 과거로 가는 하나의 감상적인 여행에 초대하는 것처럼 느껴졌다. 이 음악의 텍스트로 그가 고른 괴테에서부터 헤세에 이르는 여섯 명의 독일 시인의 작품들은 나도 대학을 다니던 젊은 날에 애송했던 시들이었기 때문이다. 특히 아이헨도르프의 〈밤〉, 릴케의 〈가을날〉, 헤세의 〈안개 속에서〉 등등.

우리는 이민족의 압제 속을 살고 처절한 전쟁을 치른 현대사의 고난에 찬 체험의 시간을 공감하고 있을 뿐 아니라 그 시대를 살아가는 인간의 감성과 감상의 공간도 공감하고 수 있다는 점에서도 펜데레츠키와 나는 '동시대인'이라는 것을 〈교향곡 8번〉을 눈으로 들으며 새삼 깨닫게 된 것이다. 작품의 표제 〈덧없음〉을 노래하기 위해 고른 여섯 시인의 열 편의 시에 공통되는 것은 다 같이 나무나 숲(식물)을 은유로 삼아 생멸무상(生滅無常), 목숨의 덧없음을 노래하고 있는 점이다. 내가 위에 적은 펜데레츠키 음악의 세 번째 공간범주 루스와비체 수목원이 빚어내는 자연철학적 명상의 표백이 아닌가 싶다.

이 〈교향곡 8번〉의 맨 처음에 나오는 시가 "나는 마치 인생의 가장자리와 같은 숲의 그늘 속에 서 있다"로 시작되는 아이헨도르프의 '밤'이다. 나도 젊은 대학생 시절 독문학 강의시간에 특히 이 시에 탐닉했던 생각이 떠올라 새삼 우리가 양(洋)의 동서(東西)를 초월해서 동시대를 살았구나 하는 감회를 새롭게 했다.

대학을 다니던 1950년대 초라면 히틀러가 집권한 1933년에 태어난 우리는 아직 십 대 말의 젊은이였다. '인생의 가장자리 같은 밤'이 아니라 먼동이 트는 아침 녘에 서 있었다. 그럼에도 우리는, 이쪽에선 피비린내 나는 동족 전쟁의 와중에서, 그리고 저쪽에선 히틀러에서 스탈린으로 이어지는 전체주의의 압제 속에서 아침의 어둠을 저녁의 어둠처럼 느낀 한계 상황 속에서 잃어버린 청춘을 살고 있었던 것이다.

그로부터 50여 년, 우리는 그동안 참으로 많은 것을 맞고 겪고 당하고 견디고 싸우고 이기고 그리고 이룩해냈다. 한국은 동족 전쟁을 치른 물리적·심리적 폐허 위에서 벌거벗은 산야를 녹화시키고 산업화를 통해 경제의 고도성장을 이룩하고 맨 주먹으로 군부통치를 종결시켜 정치를 민주화했다. 한편 폴란드는 아우슈비츠의 악몽과 소비에트 체제의 일상을 이기며 자유노조 솔리다리노스치의 10년에 걸친 사투(死鬪) 끝에 동유럽 민주화의 대혁명에 선편을 치는 위업을 이룩했다 '주여, …지난 여름은 참으로 위대하였습니다."(릴케)

우리가 태어난 1930년대만 하더라도 세계 지도엔 한국이라는 나라도 폴란드라는 나라도 없었다. 폴란드는 히틀러 독일의 처절한 인종 청소의 대량 학살 무대가 됐고 한국은 히틀러의 동맹국인 "2류 제국주의 국가 일본"(에릭 홉스봄)의 식민지가 되어 태평양 전쟁에 인명과 물자를 강제 공출당하고 있었다.

1945년, 한국과 폴란드는 다 같이 외세의 지배에서 해방되고 국권을 찾는 광복을 맞았다. 그러나 그로부터 다시 폴란드는 45년에 걸친 소비에트 공산주의의 압제 속에서 살아야 했고 분단된 한반도는 동족 전쟁을 치렀다. 그 뒤를 잇는 한국의 군부 정권과 개발독재체제. 우리는 거기에서도 끝내 벗어나면서 1980년대 말에 문민 민주 정부를 쟁취했다. 한편 폴란드는 1970년의 노동자 봉기로 시작된 장장 20년에 걸친 반체제 저항의 지구전 끝에 마침내 폴란드만이 아니라 동유럽 전역에 걸친 소비에트 체제의 붕괴와 자유화 혁명을 성취했다.

해방, 해방의 파토스…, 그것이 무엇을 뜻하는 것인지.

이 지구상에서 해방의 파토스를 폴란드 민족처럼 우리와 같이 공감·공유할 수 있는 민족이 또 있을까? 1990년대초 정부가 8·15 광복절을 기념하는 작품을 세계적인 작곡가에게 의뢰하고 싶다고 물어왔을 때 내가 서슴지 않고 즉석에서 펜데레츠키를 천거했던 것은 너무나 당연했다. 참 잘했다고 생각된다.

그 사이 우리도 나이를 먹었다. "생명의 나무에서 잎이 하나씩 하나씩 떨어지네"(헤세) 그래서 우리도 "언제부터인가 눈앞에 만물의 변화가 보이네"(릴케) 하리만큼 세상을 달관하게도 됐다. 성경의 언어, 라틴어 가사로 된 펜데레츠키의 지난날 음악에선 시간 속의 역사가 영원 속에 축성(祝聖)되고 있었다. 그러나 이제 그가 처음으로 세속의 언어, 독일어의 시들을 가사로 노래한 마지막 교향곡에서는 세속의 삶, 덧없는 삶이 생멸무상의 저편에서 지상의 것이 영원으로 축성되고 있는 것일까?

그의 부음을 들으며 왜 〈교향곡 8번〉이 환속하듯 세속어의 가사를 택하고 그 표제를 〈생멸무상〉으로 했을까 하고 다시 생각해보게 된다.

남은 먹물로…

2009년의 서울 국제음악제에는 좀 쑥스러운 행사가 곁들여졌다. 유재준 예술 감독이 막무가내로 강권하는데 못 이겨 내가 가지고 있던 음악 공연 관련의 잡동사니들을 단장시켜 전시회를 꾸미게 된 것이다. 내가 주로 유럽에서 구경하고 수집해둔 1,000여 점의 음악, 무용, 연극 등 공연예술의 프로그램 및 사진 자료 등이 더러는 유일무이한 희귀자료가 되기도 한다는 것이다. 스트라빈스키가 지휘봉을 흔든 스트라빈스키 콘서트 프로그램, 힌데미트가 지휘한 힌데미트의 오페라 프로그램 또는 베를린 필하모니 신축연주회관 개관 첫 콘서트 프로그램 따위다.

그래서 이런 잡동사니를 추려 모아서 정동의 국제교류재단문화센터 갤러리(옛 중앙일보 미술관 자리)에서 5월 22일부터 30일까지 〈스트라빈스키에서 진은숙까지—최정호 교수의 세계공연예술현장기행〉이라고 한 특별전을 연 것이다. 더욱 민망하고 면구스러운 것은 전시회 도중에 나를 위한 소위 '헌정 음악회'를 열어 준 것이다. 프로그램은 위젠-오귀스트 이자이의 〈바이올린 소나타 5번〉(1923), 유재준이 2008년 작곡해 내게 헌정한 〈바이올린과 피아노를 위한 소나타 '봄'〉 그리고 펜데레츠키의 〈바이올린과 피아노를 위한 소나타 2번〉(1999).

한편 음악회가 시작하기 전에 축사가 있었다. 강석희에 앞서 펜데레츠키가 마이크를 잡고 얘기하는 동안 나는 식은 땀만 줄줄 흘렸다. 공연 후 소연에선 그가 바이올린의 백주영을 격찬하는 말이 흐뭇했다. 같은 작품을 연주한 아내 소피 무터보다 그날 밤의 백주영 연주가 더 마음에 든다는 말까지 했던 것으로 생각이 난다.

2020년

펜데레츠키와 최정호 – 강석희

우리는 너무 자주 만나서 날짜들을 일일이 기억할 수 없는 것이 유감이지만 어느 날인가 펜데레츠키와 마담 펜데레츠키 그리고 최정호 교수에게, 여러분들이 만난 지 10년도 넘었으니 이제부터는 반말을 쓰면 어떻겠느냐고 내가 제안했다. 독일어로 '두첸(duzen)'이란 반말을 의미하는 것으로 친한 친구 간에만 사용하는 언어다. 그랬더니 반가워하며 "글세 말이야. 우리들이 만난 지가 얼마나 지났는데 아직도 존대를 하다니"라며 즐거운 표정으로 앞으로는 반말을 쓰자고 이구동성으로 말했다. 일반적으로 음악가들은 쉽게 반말을 쓰지만 다른 분야의 사람들과 만나서는 쉽게 마음을 열지 않는다. 더욱이 최정호 교수같이 체면을 중요시하는 이에겐 여간 해선 반말이 나을 리가 없을 것이다. 독일의 반말에는 여러 종류의 층이 있어서 독일을 잘 알지 못하는 사람들에게는 반말을 쓰자고 하면 곧바로 어린아이들이 쓰는 수준의 반말을 쓰기 일쑤지만 독일을 오랫동안 경험한 사람들은 반말도 존댓말처럼 사용한다.

나는 펜데레츠키 선생이나 최정호 선생 두 분을 거의 40여 년간 알고 지냈지만 펜데레츠키 선생과는 벌써 반말을 쓴 지가 30년이 넘었다. 내가 반말을 쓰도록 제안하고 나서는 서로 (펜데레츠키와 최정호) 누구보다도 가까운 친구들이 되면서 나는 거의 외톨이가 된 느낌이었다. 물론 내가 그런 호의(?)를 베푼 것은 그만한 이유가 있어서다. 최 교수는 우리나라 문화부를 설득해서 펜데레츠키 선생에게 교향곡을 위촉하도록 주선을 했고, 결국 교향곡 5번 〈Korea〉를 탄생시킨 공로(?)를 보답하고자 한 내심이 작용했기 때문이다. 그래서 1992년 8·15 광복절을 기념하여 펜데레츠키의 교향곡 5번 〈Korea〉와 나의 교성곡 〈햇빛 쏟아지는 푸른 지구의 평화〉를 펜데레츠키 지휘로 세계 초연을 하였고, 이 연주가 끝나고

우리는 같이 기념사진도 찍었다. 정몽준 의원의 초청으로 현대중공업과 경주를 방문하여 현대호텔에서 하루를 머물면서 즐거운 시간을 보내기도 하였다.

작곡에 몰두하고 있는 펜데레츠키

내가 처음으로 펜데레츠키의 작품을 듣고 놀란 것은 〈누가 수난곡〉이었다. 60년대 말에 들은 합창곡으로 이렇게 감동적인 음악이 있었다는 것이 그저 놀라울 뿐이었다. 순수한 선법을 사용하는가 하면 그가 세상에 처음으로 등장할 때 사용한 합성 음향까지 모든 기법이 사용된 곡이었다. 그의 출세작으로 도나우에싱겐에서 세계 초연되었던 〈아나클라시스〉나 〈히로시마의 희생의 애가〉에 사용되었던 합성음향의 용법보다 더 강렬한 음악적 메시지로서 〈누가 수난곡〉은 지금까지 작곡되었던 지구상의 어떤 작곡가들의 합창곡보다 뛰어난 음악이었다. 물론 비교할 수 있는 내용이나 글이 아니겠지만 한국에서는 또 다른 사건이 일어나고 있었으니 바로 최정호의 〈예(藝)〉라는 《주간 한국》에 실린 글이었다. 아마도 지식을 갈망하는 대한민국의 모든 사람들이 빼놓지 않고 읽은 이 글의 무대는 한국이란 좁은 땅이었지만 세계를 주름잡던 펜데레츠키의 작품보다 더욱 많은 영향을 끼친 글이 아니었을까 생각된다. 유럽의 예술 무대를 손에 잡을 듯이 표현한 최정호의 글은 모든 독자들에게 막 신선하게 경험한 예술 세계를 마치 자신의 경험으로 착각하게 할 정도로 세계 각국의 예술가들의 표정 하나, 손가락 하나, 음정 하나 빼놓지 않고 상상 속으로 끌어들였다.

1970년대에 들어서면서 펜데레츠키는 여러 현악 협주곡들을 중심으로 신낭만파(neo romanticism)적 음악으로 변하기 시작한다. 독일 쪽에선 신낭만파적 음악을 독일의 젊은 작곡가들이 처음 시작한 것으로 표현하고 있지만 볼프강 림의 경우 오히려 표현주의적인 음악을 더욱 많이 사용했다. 분명하게 말하건대 신낭만주의는 펜데레츠키의 것이다. 앞에서도 말했지만 여러 현악 합주곡이나 협주곡들에서 그는 거침없이 신낭만주의적인 음악을 작곡해 나갔다. 그리고 그는 오늘날까지도 신낭만주의적인 작품을 계속해서 작곡하고 있다. 요즘 가끔 최정호 교수는 이 세상에 다시 태어난다면 창작을 하는 사람이 되고 싶다고 말한다. 나는 최 교수의 글은 충분히 창작적인 것이라고 말하지만 아직도 최 교수는 만족하지 않는 것 같다. 나는 최 교수가 표현하는 인물론을 읽으면 추상적인 인물상을 보는 것 같다. 아무도 글로 그릴 수 없는 포트레이트(초상화)를 최 교수는 그리고 있는 것이다. 그의 글도 펜데레츠키가 신낭만주의를 작곡하듯이 쉽고 부드럽게 쓰고 있다는 것을 느낀다. 독일의 음악학자 슈트켄슈미트 교수의 "글은 쉽게 써라"라는 충고를 최 교수의 글 속에서 느낀다.

나도 작곡을 하는 사람이지만 펜데레츠키의 작품처럼 계속되는 명작을 작곡할 자신이 없다. 어느 땐가 갑자기 타계한 교황을 위한 작품 〈샤콘느〉를 우연히 듣게 되었다. 나는 그 음악의 아름다움에 매료되었다. 나도 작곡가이기 때문에 항상 남의 작품을 들을 때는 비판적인 생각이 앞서서 좋게 느껴본 적이 별로 없다. 그런데 〈샤콘느〉는 너무나 아름다웠다. 이런 아름다운 작품을 아직까지 작곡할 수 있는 펜데레츠키를 생각하면 부럽기 짝이 없다. 어느 날은 크라코프에 낮에 다녀오느라 바르샤바에서 열리고 있는 음악제에 너무나 늦게 도착해서 미처 지금 연주하고 있는 바이올린과 피아노를 위한 소나타가 누구의 무슨 곡인지 몰랐다. 이 곡을 들으면서 나는 '누가 작곡을 했는데 이렇게 작곡을 잘했지?' 하며 감탄하고 있었다. 곡이 끝나자마자 옆 사람의 프로그램을 빌려서 보았더니 1999년에 작곡한 펜데레츠키의 〈바이올린과 피아노를 위한 소나타 제2번〉이었다. 나는 바로 펜데레츠키에게 전화로 곡이 너무 좋았다고 칭찬을 해주며 서로 웃었다. 그래서 그 이듬해에 이 곡을 한국에서 초연하는 음악회를 열었다.

강석희와 펜데레츠키 부부

난 작곡을 하는 사람이어서 음악보다는 글에 더 감동을 받아왔는지도 모른다. 그래서 최정호 교수의 글을 읽으면서 그의 뛰어난 글재주에 내 작품에서도 그런 글의 구조 같은 능력을 발휘할 수 있을까 자주 생각해본다. 무엇보다도 최 교수의 뛰어난 기억력은 나를 더욱 놀라게 한다. 세계 정상들이 모인 것을 표현할 때도 "드골이 전혀 움직이지 않고 앞만 쳐다보고 있었지만 미국 존슨 부통령은 얼굴도 긁고 몸도 긁는 등 잠시도 가만히 있지 못했다"는 기록은 역시 최 교수의 관찰력이 얼마나 섬세한지 알 수 있다. 그러니까 최 교수는 예술만을 철저하게 분석하고 기록한 것이 아니라 모든 상황에서도 똑같은 관찰을 한다는 것을 알 수 있다. 최 교수의 60년대의 기록이야말로 보석과 같은 것이었다. 이러한 기록은 영원히 우리나라의 모든 기록의 귀감이 되는 것이 아닐까 생각한다. 그래서 나는 그의 〈예〉를 '서방 견문록'이라고 부른다.

펜데레츠키는 날이 갈수록 상상을 초월하는 작품들을 작곡하고 있다니 어떤 사람도 쫓아갈 수 없는 일이 아닐까 생각한다. 특히 이스라엘 정부와 국가

펜데레츠키, 강석희, 엘즈비에타, 필자(1992년, 경주의 한 일식당에서)

에서 위촉한 〈예루살렘의 일곱 문〉은 지금까지 특히 합창곡의 작곡에 뛰어난 펜데레츠키의 작품들을 뛰어넘는 명작이다. 그런가 하면 금년 5월 30일에 서울 예술의 전당에서 아시아 초연을 할 교향곡 제8번은 우리에게 더 많은 기대를 갖게 했다. 펜데레츠키의 미래는 어떤 것들로 채워질까? 역시 계속되는 명작들이 양산될 것이다. 상상만으로 그를 추측해보는 것은 즐거운 일이 아닐 수 없다. 왜냐하면 그는 지금까지 우리를 늘 놀라게 만들었기 때문이다.

최정호, 펜데레츠키가 우연하게도 만 75세의 동갑내기라는 것도 즐거운 일이다. 앞으로도 두 거장의 작업이 더 많은 희망과 비전으로 우리의 미래를 이끌어주기를 기대한다.

폴란드의 전위적인 옵아트 화가

• 보이치에크 판고르

(1922~2015)

나에게 폴란드는 무엇인가

폴란드란 나라에 대해서 나는 십 대 말의 소년 시절부터 다소 감상적인 공감을 지니고 왔었다. 우리나라가 약소국임을 싫어도 자인(自認)할 수밖에 없었던 일제 식민지 치하에서 자란 나에게 중학교 서양사 시간에 배운 1차, 2차, 3차에 걸친 강대국의 폴란드 분할의 역사는 내 심금을 아프게 울렸다. 더욱이 이처럼 약육강식의 국제정치에 공물(供物)이 된 폴란드란 나라는 미개한 나라가 아니요, 문명한 나라, 코페르니쿠스와 퀴리 부인, 미키에비치와 센키에비치, 그리고 그 누구보다도 프레데리크 쇼팽의 나라였다.

한 문명한 나라가 다른 문명한 나라로부터 유린을 당하는 애통한 울분이 어떠한 것인지… 우리는 그것을 이 세상에서 가장 의젓하고 점잖은 바로 우리들의 어버이, 할아버지 세대들의 한(恨)이 맺힌 생활사를 통해서 뼈에 사무치게 알고 있는 터였다.

정치적 현실세계에 비로소 눈이 트이고, 동시에 문학 · 예술의 세계에도 함께 끌리기 시작한 사춘기 시절의 나는 그 무렵 쇼팽 음악의 울음을 같이 울고 쇼팽 음악의 위안 속에 스스로의 위안을 찾았었다. 폴란드는 그 쇼팽의 고국이었다. 폴란드는 쇼팽을 통해 나의 귀를 뚫고 내 안으로 들어와 있었다.

그러나 나의 십 대 후반은 한갓 감미로운 사춘기의 감상에만 젖을 수 있는 그러한 시기는 아니었다. 쇼팽의 음악이 지배하던 음향 공간은 그를 압도하는 폭탄과 포탄의 굉음(轟音)에 산산조각이 나고 말았다. 우리는 전쟁을 겪었다. 그리고 그 전쟁은 이 땅 위에 언제부터 있었던 것인지 알 수 없는 허구로운 이데올로기의 명분 밑에 수십만, 수백만 명의 귀한 인명을 살육하고 있었다.

아직도 동족전쟁의 전화가 가시지 않고 있었던 대학 시절에 나는 빅토르 프랑클 교수의 아우슈비츠 유태인 수용소 체험기를 통해 제2차 세계대전 당시 폴란드에서 600만 명의 인명에 대한 대학살이 자행된 전율할 현대사를 배웠다. 폴란드는 여기서도 한국의 현대사를 앞질러 체험하고 있었던 것이다. 폴란드는 유럽의 한국이요, 한국은 극동의 폴란드라는 나의 감상적인 공감은 짙어지기만 했던 것이다.

한편 폴란드는 또 다른 차원에서도 나의 젊은 날의 사색에 중요한 계기가 되어 주었다. '정치'와 '예술'이 영원하고 숙명적인 양자 관계를 생각할 때마다 나는 폴란드를 상기하곤 했다.

십 대 후반이란 나이는 대학 진학을 눈앞에 두고 앞으로 무엇을 할 것인가, 무슨 사람이 될 것인가를 결단해야 되는 포부에 부푼 때이기도 하다. 법률이나 경제학을 공부해서 권력의 세계에, 실천의 세계에 들어갈 것인가, 문학이나 철학을 공부해서 자유의 세계에, 관조(觀照)의 세계에 침잠할 것인가, 집단 속에 뛰어들 것인가, 개인으로 남아 있을 것인가, 행동의 사람이 될 것인가, 인식의 사람이 될 것인가, 나는 어느 쪽에나 끌리고 있으면서 어느 쪽으로도 결단하지를 못하고 망설였다. 그러나 결국은 전자를 버리고 후자를 택했다.

초등학교와 중학교 과정에서 외국의 식민지 지배와 국제적인 대리전쟁(代理戰爭)을 체험해야 했던 나에게는 권력의 세계를 지향하고 정치적 실천에 뜻을 두기에는 한국이라는 나라의 운명 공간이 이미 너무나도 앞이 막혀 있는 것처럼 느껴졌다. 레코드 음반을 통해서 슈베르트의 〈음악의 순간들〉 등을 즐겨 들었던 피아니스트 파데레브스키는 폴란드 공화국의 초대 수상이고 망명정부의 국회의장을 지내기도 한 사람이었다. 그러나 정치가로서의 파데레브스키는 음악가로서의 파데레브스키에 비해 그 당시의 나에게는 너무나도 초라하고 그림자가 희미한 존재로만 여겨졌다. 폴란드가 인류에 공헌한 것이 어찌 그 나라의 정치가들을 통해서란 말인가? 나는 그러한 정치가의 이름을 한 사람도 모른다. 그보다도 폴란드는 한 사람의 쇼팽을 낳음으로 해서 인류를 위해 지대한 공헌을 한 것은 아니었던가? 나는 철없이 그렇게 생각해보았다. 정치에 대하여 예술이 우위(優位)에 있다는, 어떻게 보면 주제 넘고 어떻게 보면 가냘픈 생각이 폴란드란 나라에 대한 센티멘트가 곁들여 내 삶의 행로를 그 갈림길에서 사로잡게 된 것이다.

폴란드는 그 뒤 1956년의 반(反) 스탈린주의 운동을 동유럽 위성국가군(群)에서 선구함으로써 세상의 이목을 모았다. 폴란드의 정치가 세상 사람들의 관심의 대상으로 부상했던 것이다.

60년대 폴란드의 폴란스키, 펜데레츠키

그러나 폴란드가 나에게 더욱 큰 관심과 놀라움을 불러일으키게 한 것은 1960년대에 들어와서가 아닌가 생각된다. 그리고 그것은 이번에도 역시 '예술'을 통해서.

먼저 폴란드는 그의 전위적인 영화를 통해서 '철의 장막'을 뚫고 서방세계의 영화시장과 영화팬들을 매료하기 시작했다. 로만 폴란스키는 그러한 폴란드 영화의 누벨바그의 기수로 등장했다. 그의 작품은 전체주의적인 세계의 테두리를 멀리 벗어나고 있었다. 그것은 이미 서방적인, 그것도 훨씬 앞선 의미에서 서방적인 예술이었다. 과연 그는 멀지 않아 서방세계로 월경하여 영국으로 귀화해 버리고 말았다. 나는 베를린 영화제에서 그의 작품과 함께 당시로는 아직 보기 드문 장발을 한 폴란스키의 실물을 기자회견에서 본 일이 있다.

한편 폴란드의 수도 바르샤바에서는 1957년부터 해마다 가을에 국제적인 음악제가 개최되었다. '바르샤바의 가을'이라 불리는 이 페스티벌에는 세계 모든 나라의 모든 경향의 작곡이 논의의 대상으로 채택되어 왔다. 그래서 이 음악제에서는 '사회주의적 리얼리즘'의 찌꺼기 같은 작품들이 소련에선 '부르조아적 형식주의'라고 낙인찍히는 서방세계의 실험적인 작품과 함께 발표된다. 예술에 대한 소비에트 전체주의의 통제가 힘을 펴지 못하고 있다는 증거이다.

1945년이 폴란드 국민에게 나치스 치하로부터의 해방이었다고 한다면 스탈린주의의 사슬에서 벗어난 1956년은 폴란드 국민에겐 '제2의 해방'을 의미하고 있었다. 이러한 '해방의 파토스' 속에 폴란드의 지식인에게 전통적으로 내재하는 민족주의적 참여의식과 종교적 감정을 종합하여 음악적 세계로 승화시킨 작곡가가 1933년 태생의 펜데레스키이다. 아마도 제2차 세계대전 이후에 출현한 작곡가 가운데서 동 · 서의 경계를 초월하여 전 세계적으로 가장 큰 주목을 받고 있는 펜데레스키의 특히 〈누가 수난곡〉에 대해선 일찍이 비평가 슈투켄슈미트 교수는 "사회주의 국가에 소속된 한 인간이 신(新) 음악과 전례적(典禮的) 정신의 사이에 안톤 베베른이나 스트라빈스키의 코러스 작품 이후에 가장 중요한 다리를 놓았다"고 높이 평가한 일이 있었다.

적어도 텔레비전을 시청하는 한국 사람들은 1972년의 뮌헨 올림픽 대회 개막식의 우주 중계방송을 통해서 누구나 한 번은 펜데레스키의 음악을 들었으리라고 생각된다. 원래는 민족주의적 색채를 짙게 풍기는 올림픽 대회의 오프닝 세레모니인데도 불구하고 뮌헨 대회의 조직위원회에서는 그 많은 독일 작곡가가 아닌 폴란드 작곡가의 음악으로 그 성대한 식전을 끝맺었던 것이다. 펜데레스키의 국제적인 성가가 어떤 것인지 나는 브라운관 앞에서 가벼운 흥분을 느끼며 그때 다시 한번 실감한 바 있었다.

폴란드의 전위 화가와 부인의 전위적 패션

보이치에크 판고르(Wojciech Fangor)는 이러한 폴란드의 예술가의 한 사람으로 역시 60년대에 서방세계에 알려진 전위적인 옵아트(Op-Art)의 화가이다.

그의 약력을 뒤져보면 1922년 폴란드의 수도에서 태어난 판고르는 바르샤바 미술학교를 졸업한 뒤 모교에서 1954년부터 1962년까지 교단에 서면서 작품활동을 했다. 1962년 현대미술연구소(Institute of Contemporary Arts)의 초청으로 대서양을 건너가 수많은 미국의 대학과 미술학교를 방문한 그는 1962년부터 1964년까지는 다시 유럽에 돌아와 파리에서 머무르게 되었다. 서방세계에서의 전시회는 1959년 건축가 자메츠니크와 같이 암스테르담의 스타델리크 박물관에서의 개인전을 시발로 해서 1961년에는 워싱턴의 그레스 갤러리의 개인전, 뉴욕의 모던 아트 뮤지엄에서의 폴란드 화가 15인전, 1962년 워싱턴의 현대미술연구소에서의 개인전, 1963년 구겐하임 인터내셔널 어워드 전시회, 파리의 갤러리 랑베르에서의 개인전, 서독 레버쿠젠 시립 미술관계서의 개인전 등등으로 꼬리를 물고 있다.

내가 판고르를 만난 것은 60년대 중반의 서베를린에서였다. 이미 20여 년 전의 일이요, 내 노트북에는 날짜가 기입되어 있지 않아 그를 만난 것이 1964년인지 1965년인지 정확하지는 않으나 다만 그를 처음 본 상황은 아직도 뚜렷하게 기억에 남아 있다.

그날 밤 서베를린의 예술 아카데미에서는 야니스 크세나키스, 윤이상, 질베르 아미 등의 현대음악 작품의 연주회가 있었다. 휴게 시간에 로비에 나와 보니 그러잖아도 예술가연하는 대담한 복장의 댄디들이 많은 아카데미의 청중들 틈에 단연 주위의 시선을 독점하고 있는 작은 체구의 한 여성이 있었다. 나는 (아마도 그것은 나뿐만 아니라 그날 밤의 콘서트 청중들의 대부분도 마찬가지였겠지만) 그때 그곳에서 처음이자 마지막으로 당시 신문잡지의 패션난(欄)에 떠들썩하게 소개된 최신 유행의 토플리스 의상을 사진 아닌 실물로 구경하게 된 것이다. 그녀는 작은 체구와는 달리 보는 눈이 어지러워 현기증을 일으킬 만큼 풍만한 두 유방을 온통 드러내고 있었고, 다만 그 중심의 유두(乳頭)만을 까만 점박이로 가리고 있었다. 아니 더욱 강조하고 있었다고 해야 할지 모른다. 그 눈부신 유방의 원(圓)은 사람의 눈을 잡아 끌면서 동시에 퉁기고 있었다. 그 육감성을 '끽'할 만큼 만끽한 나는 콘서트의 초대장을 준 시(市) 당국의 예술과장 킨들러 씨에게 도대체 저 여편네가 누구냐고 물어보았다. 폴란드의 화가 판고르 씨의 부인이라는 대답이었다. 판고르 씨는 당시 빌리 브란트 시장의 이니셔티브로 장벽 때문에 위축되어 가는 서베를린시의 문화계 활성화를 위해서 미국 포드재단의 후원으로 초빙해온 국제적인 예술가들의 한 사람이며 정식으로 폴란드 여권을 가지고 서베를린에 체재하는 단 한 사람의 동유럽 예술가라는 얘기였다.

나는 그 말에 더욱이나 호기심을 억누를 길이 없었다. 폴란드란 나라는 이미 내 소년 시절부터의 센티멘트를 울리게 한 나라이다. 게다가 60년대의 서유럽은 어떻게 보면 봇물을 터놓은 해빙(解氷)의 물결을 타고 동유럽 예술이 서점(西漸)하는 밀물을 한참 경험하고 있었던 연대였다. 예부투센코의 시, 폴란스키의 영화, 프라하의 무언극(無言劇), 볼쇼이 발레, 로스트로포비치 · 리히터 · 오이스트라크 등과 같은 소련의 솔로이스트들… 그 모두가 정치적 압제하에서도 오히려 예술적 자유가 성취할 수 있는 가능성을 극대화하여 시위해줌으로써 서방세계의 공중들을 감탄케 하고 있었던 것이다.

해빙은 물론 동유럽 예술의 서점(西漸)이라는 일방통행만이 아니라 동시에 서유럽 예술의 동점(東漸)이라는 쌍방통행을 통해서 진행되고 있었다. 서유럽의 현대음악, 미국의 재즈, 서독의 방송 드라마, 헤밍웨이의 소설, 그리고 따분한 '사회주의적 리얼리즘'에 식상(食傷)한 동유럽 젊은 예술인들은 서방의 각종 미술운동에 대해서도 갈수록 관심이 높아가기만 했다.

1962년 모스크바에서는 드디어 철의 장막 저쪽의 '붉은 계몽군주' 흐루시초프 치하에서 예술적인 해프닝이 일어났다. 예술 활동을 위한 젊은이의 클럽 회원들은 모스크바의 청년 호텔에서 그때까지 당에서 공식적으로 금지해온 추상화 및 반추상화 작품 약 30점을 전시하기로 된 것이다. 그러나 개막식 당일 몰려든 수백 명의 소련 젊은이들은 허탕을 치고 되돌아가고 말았다. 전시회는 햇빛을 보기 직전에 제지되어 버린 것이다.

며칠 후 당 고위층에서는 '말을 그렸는지 소를 그렸는지' 알 수 없는 정신병자적인 추상화가들의 '형식주의적 경향'에 대한 매서운 비난이 쏟아져 나왔다. '인민대중에 낯선' 이러한 그림에 대해 특히 당의 제1서기 흐루시초프는 다음과 같은 유명한 독설을 퍼부었다.

"이건 도대체 사람이 손으로 그린 그림인지, 아니면 당나귀가 꼬리로 먹칠을 한 건지 알 수가 없지 않나!"

서베를린의 사저에서 보이치에크 판고르와 부인(1965년경)

이로써 예술 형식의 자유화를 기대했던 희망은 한갓 꿈이 되고 말았다. 스탈린주의의 도그마가 정치적으로는 비록 비판되었다고 하더라도 예술의 세계에서는 아직도 사회주의적 리얼리즘의 도그마가 불가침범의 권위로서 군림하고 있었던 것이다. 혹은 대외적 · 외교적 평화 공존이 선전되고 있다 해서 그것이 그대로 국내에 있어서의 사상적 · 예술적 여러 입장의 평화공존을 허용하는 것은 아님이 분명해진 것이다. 여기에 흐루시초프 노선의 한계가 있었다고 볼 수 있다. 이러한 당시의 상황이 서방 세계에 건너온 한 폴란드 화가에 대한 나의 호기심을 더욱 부채질해 주었던 것이다.

판고르와의 서베를린 대화

킨들러 씨의 주선으로 판고르 씨와의 인터뷰는 손쉽게 이루어졌다. 나는 화가의 아틀리에를 겸하고 있는 아빠르뜨망에서 약 세 시간가량 얘기를 주고받을 수 있었다.

우선 나는 서로의 공통된 이해의 광장을 다지기 위해 폴란드의 역사를 읽은 한국인으로서의 동정적인 공감을 피력했다. 힘이 대등한 이웃이 아니라 언제나 압도적으로 강한 이웃에 둘러싸여 사는 작은 나라의 고민에 대해서도 얘기했다.

동·서 유럽의 열강 틈에 끼여 사는 폴란드의 지식인들도 따라서 한국의 지식인들과 마찬가지로 이웃나라에 대한 일종의 정신적인 콤플렉스 같은 것을 전통적으로 지니며 살고 있는 것은 아닌지 나는 물어보았다.

판고르 콤플렉스라고요? 그렇습니다. 서유럽에 대해서, 특히 프랑스에 대해서 우리는 콤플렉스를 지니고 있습니다. 그러나 동유럽에 대해서, 특히 러시아에 대해선 거꾸로입니다. 우리가 아니라 그들이 우리에 대해서 콤플렉스를 지니고 있습니다. 러시아 사람들에 대해서 바르샤바는 예나 지금이나, 혁명 전이나 혁명 후나 언제나 프티 파리(소파리)로 통하고 있으니까요. 분명히 말씀 드리지만 문화예술의 분야에선 폴란드는 소련이 아니라 서유럽에 속하고 있습니다….

과연 이틀리에에 산재해 있는 판고르 씨의 그림은 이른바 '사회주의적 리얼리즘' 따위는 별 볼일 없는 추상화요, '서유럽의 예술'임이 틀림없었다. 하얀 캔버스 위에는 무지개 빛처럼 다양한 채색을 한 둥근 원이 중첩되어 그를 보는 사람의 눈을 똑바로 본 햇빛과 같이 어지러운 현훈(眩暈)을 일으키게 한다. 마치 (실례의 말씀인지 모르나) 그 며칠 전 아카데미 콘서트의 밤에 본 토플리스 의상의 마담 판고르의 풍만한 유방의 원을 쳐다보았을 때처럼.

어떻게 보면 바로 그것이 판고르 씨의 옵아트가 노리는 효과인지도 모른다. 그는 스스로 옵아트라는 명명의 유래를 옵틱 아트(Optic Art)와 60년대의 세계를 휩쓴 폽 아트(Pop Art)에 다 같이 걸쳐서 지은 것이라 설명하고 있었다. 근사한 말이라 나는 고개를 끄덕였다.

그의 설명에 따르면 빛을 밖으로 발사하고 동시에 안으로 발사하여 안팎으로 물리적 공간과 환상적 공간을 창조하는 한 중심점으로서의 그의 옵아트의 그림은 폴리포니크한 (다선율적인) 공간 체험과 시간 체험을 보는 사람에게 같이 체험하도록 초대한다는 것이다. 그러나 여기는 그의 예술이론을 따질 자리가 아니다.

더욱 긴요하다고 생각되는 문제는 이러한 그림이 어떻게 해서 사회주의적 리얼리즘을 총체적인 예술의 유일무이한 공식적인 양식으로써 강요하고 있는 공산당 지배하의 폴란드에서 가능하냐 하는 문제이다.

판고르 사회주의적 리얼리즘? 그거야 19세기의 예술이론이지요! 그것은 이미 낡아빠진 시대 착오의 스타일입니다. 고국의 내 동료 화가들도 그것은 벌써 내동댕이쳐 버렸습니다. 당에서 이 사회주의적 리얼리즘 노선을 우리들 폴란드 예술가들에게 강요한 것도 오직 한국 전쟁 당시뿐이었어요….

말이 한국전쟁에 미치자 나는 가장 궁금한 질문을 다그쳤다. 그 대답은 나를 놀라게 하고 나를 기쁘게 해주었다.

폴란드의 신문은 6·25 당시 대한민국 국군이 북침을 해서 전쟁이 일어났다고 보도했지만 자기는 그걸 '믿지 않는다'고 판고르 씨는 잘라 말하고 있었던 것이다.

나는 폴란스키가 나오고 펜데레츠키가 나올 수 있는 바르샤바 예술인들의 리버럴한 분위기를 어렴풋이 짐작할 수 있을 듯싶었다. 그래도 물론 궁금한 대목은 남는다. 예술을 애호해주고 장려해주는 옛날의 왕실 · 귀족도 없고 서방사회와 같은 재벌이나 재단도 없는 공산당 치하의 폴란드에서는 적어도 재정적인 면에서는 국가가 곧 예술의 보호자가 될 수밖에 없다. 그리고 그 국가는 공산당에 의해서 장악되고 있다. 그러한 폴란드에서 도대체 어떻게 판고르 같은 화가가 소련에선 '반인민적 · 부르조아적 형식주의'라고 규탄받는 '추상화'를 그리면서 밥을 먹고, 더욱이나 여권을 얻어 서방세계에 여행을 올 수 있다는 말인가?

판고르 그 점에 대해선 폴란드의 문화예술 정책은 자랑할 만합니다. 그것은 다음과 같이 간단하게 공식화할 수 있습니다. 즉 국가는 위촉만 하고 심사는 예술가들이 한다는 공식입니다. 더욱 구체적으로 말하면 어떤 음악의 작곡이나 벽화의 제작을 국가는 예술단체에 위촉을 하고 물론 그에 필요한 재정을 지원해줍니다. 그러나 어떤 예술가가 훌륭한 예술가냐, 어떤 작품이 좋으냐 나쁘냐 하는 문제에 대해서는 작품을 위촉하고 돈을 대주는 국가는 일체 개입하지 않고 순전히 예술가들끼리의 심의에서 결정된다는 얘기입니다. 달리 말하면 폴란드에 있어선 예술의 가치, 아름다움의 가치를 결정하는 것은 서방세계와 마찬가지로 '익명의 고객'이요, 결코 스탈린주의의 소련처럼 '중앙집권화된 익명성(Centralized Anonymity)'의 권위는 아닙니다. 그래서 우리들 바르샤바의 동료 예술인은 당 간부의 눈치나 콧김을 살피는 것이 아니라 '익명의 고객'들을 상대로 그림을 그리고 작곡을 하고 영화를 제작할 수 있는 거지요….

한편 폴란드 예술가들의 서방세계에의 여행은 1960년 이후에야 비로소 허가되었으며 그것도 아직 쉽지가 않다는 얘기였다. 왜냐하면 서방여행의 허가를 얻으려면 재정보증을 곁들인 초청장이 있어야만 하기 때문이다. 판고르 씨의 경우는 미국 현대미술연구소와 포드재단의 초청이 있어 이러한 특전이 베풀어졌다는 것이다.

사회주의 국가에 오래 산 예술가이기 때문에 물론 판고르 씨의 말투에도 사회주의적인 쟈르공(말투)은 완전히 불식되지는 않고 있었다. 특히 진보적(progressive)이란 말이 그의 대화 가운데 자주 튀어나오곤 했었다. 그러나 그가 사용하는 '진보적'이란 말은 소비에트 공산주의자들의 그것과는 전혀 다른 함의를 가지고 있었다. 판고르 씨에 있어서 '진보적'이란 말은 서방예술에 있어서 '현대적', '전위적'이란 말과 거

아틀리에에서 작업 중인 판고르, 옵아트 작품들이 보인다.

의 동의어로 쓰이고 있음을 나는 깨달았다.

마르크 샤갈이 1917년 10월혁명 직후 러시아의 한 소비에트 공화국 문화부장관을 역임했다가 서방으로 넘어왔다는 사실을 나는 그때 처음으로 판고르 씨에게 들었다. 그의 말을 빌리면 샤갈이나 칸딘스키와 같은 당시의 '진보적'인 러시아의 예술가들은 모두 다 한 번은 레닌의 '진보적'인 러시아에서 그들의 '진보적' 예술이 꽃필 수 있으리라는 꿈을 기탁했다는 것이다. 그러나 혁명 후의 러시아는 특히 스탈린 치하에서 이러한 '진보적' 예술가들을 배신하고 '반동화'하고 말아 버렸다. 그래서 샤갈, 칸딘스키는 서방으로 망명하고 시인 마야코프스키는 자살을 하게 되었다는 것이다.

최근 모스크바에서 젊은 소련화가들의 추상화를 '당나귀 꼬리의 먹칠'이라고 비난한 흐루시초프의 독설에 말이 미치자 판고르 씨는 직접적인 논평을 피하고 다음과 같은 재미있는 얘기를 해주어 우리는 한바탕 크게 웃었다.

판고르 네, 요즈음 바르샤바 예술가들이 모이는 카페에서 떠돌고 있는 재담(才談)이 있습니다. 100년 후의 대백과사전에 흐루시초프항(項)을 찾아보면 그는 마오쩌둥(모택동) 시대의 가장 저명한 예술 이론가라고 소개되어 있다는군요….

하필이면 흐루시초프를 그의 앙숙인 모택동과 짝을 지워놓은 점에서 이 바르샤바 유머의 매운 양념이 있다고 여겨진다.

화가가 되기 전에 천문학을 공부하려 마음먹은 바 있었으며 예술적인 분야에서 사숙하는 스승으로선 몬드리안과 구성파의 화가들을 들고 있는 판고르 씨에게 나는 마지막으로 고국에의 향수는 느끼지 않느냐고 물어보았다.

판고르 물론 고향에 돌아가고 싶지요. 그거야 다 마찬가지 아니겠어요. 그러나 한 화가로서의 나는 이곳에서, 서방세계에서 더 좋은 일을 할 수 있을 것만 같아요….

나는 그 뒤의 판고르 씨의 소식을 모르고 있다. 로스트로포비치나 솔제니친이 소련에서 추방당하고 폴란드나 체코슬로바키아에서 자유화를 요구하는 예술인들에 관한 외신이 이따금 신문에 보도될 때마다 나는 그가 지금 어디서 무얼 하고 있는지 궁금해진다.

1977년

보이치에크 판고르 후기

판고르는 1922년 바르샤바 태생. 1946년 바르샤바 미술대학을 졸업. 1953년부터 1961년까지 동 대학의 강사로 재직. 그의 초기 작품은 〈한국의 어머니〉 〈포로닌의 레닌〉 등 사회주의적 사실주의의 영향을 받고 있었다. 그러나 1953년 스탈린의 사후, 특히 1956년 스탈린 격하운동으로 폴란드에도 10월의 개혁 바람이 불면서 판고르는 강요된 사회주의적 사실주의에서 벗어나 추상미술로 전향한다. 1958년 살롱 '노바 쿨투라(신문화)'에서《공간의 연구》라는 첫 환경 작품전을 가졌다

1961년 폴란드를 떠난 그는 1964/65년엔 서베를린에, 1965/66년엔 영국에, 그리고 1966년부터는 미국에 거주하게 된다. 해외에 체류하는 동안 그는 여러 미술대학의 강단에 서게 된다. 영국의 바스(Bath) 미술대학, 미국의 매드슨 페어리디킨슨대학교, 하버드대학교의 디자인 대학원 등이다. 1970년엔 당시 최초의 폴란드 화가로서 뉴욕의 구겐하임 미술관에서 개인전을 열었다.

폴란드가 민주화된 이후 그는 1999년 귀국, 바르샤바 지하철 2호선의 모든 역사 조형 설계를 맡았다. 2008년엔 그의 문화적 업적으로 글로리아 아르티스 황금메달, 2011년엔 정부로부터 기사십자 훈장을 수여받았다.

그의 작품은 국내외의 경매에서 고가로 거래되고 있다.

소련을 이긴 러시아 음악, 모스크바의 백야를 수놓다

• 로스트로포비치 등

모스크바는 깨끗해지고 아름다워졌다. 오후 10시까지도 밖은 밝고 6월의 거리에 라일락과 마로니에 꽃이 지금 한창이다. 백야의 북국에 온 걸 실감했다.

짧은 일정인데도 구경 복 많은 나는 희한한 객석에 자리할 수 있었다. 첫 공연은 2002년 문을 연 갈리나 비시넵스카야 오페라센터의 차이콥스키 가극 〈오네긴〉.

극장 이름을 듣는 순간 귀가 번쩍했다. 갈리나 비시넵스카야라니!? 그녀는 작년에 타계한 로스트로포비치의 부인이요, 소비에트 시대에 남편과 함께 국외로 추방된 볼쇼이 오페라의 프리마돈나다.

나는 1978년 뉴욕의 카네기홀에서 로스트로포비치가 워싱턴 심포니를 이끌고 벤저민 브리튼의 '전쟁 진혼곡'을 연주했을 때 갈리나가 소프라노 파트를 부른 걸 마지막으로 들었다.

갈리나도 남편에 앞서 타계했나? 그녀 이름을 얹힌 오페라센터가 생기다니. 극장 안내원에게 물어보았다. 갈리나는 81세로 아직 건재하고 오늘 밤 극장에 나올지도 모른다고 귀띔해준다.

로스트로포비치 부인의 이름을 얹힌 세계에서 (아마도) 가장 작은 오페라 극장 안에서(벽면에 로스트로포비치와 부인 갈리나 비시넵스카야의 사진이 걸려있다)

오페라센터는 좌석이 200석은 될까. 서울의 LG아트센터의 약 6분의 1 크기? 내가 앉은 소탈하기 이를 데 없는 2층 중앙의 발코니 밑에는 1층 객석이 겨우 여섯 줄. 여태껏 본 극장 중 가장 작은 초미니 '포켓 시어터'이다. 그러다 보니 무대가 코앞이요, 가수의 숨소리까지 들리는 마치 '하우스 콘서트'를 구경하는 느낌.

공연이 시작되기 전 내 앞의 비어 있던 자리에 검은 의상의 노부인이 착석했다. 갈리나가 나타난 것이다!

무대 장치는 분위기 있는 사진을 모노크롬으로 확대해서 처리한 것이 오히려 앤티크의 효과를 냈고 공연의 수준은 일급이었다. 몇 차례 커튼콜이 있은 다음 무대 위의 가수, 지휘자, 연출자 등이 객석의 발코니를 향해 박수를 치자 모든 관객도 돌아서서 내 앞의 갈리나를 향해 갈채를 보낸다.

다음 날은 모스크바음대 강당의 차이콥스키 국제음악콩쿠르 50주년 갈라 공연. 그렇다면 이 국제 콩쿠르의 시작이 1958년인 셈이다. 당시 1등 수상자가 미국 피아니스트 밴 클라이번. 동서 냉전시대의 일대 센세이션이었다. 나는 이 뉴스를 신문에 실으면서 〈음악은 철의 장막을 넘어〉라는 제목을 달았던 기억이 난다. 그 후 여기서 우승한 5명의 독주자를 초빙한 그날 갈라 공연은 카를 마리아 폰 베버의 〈오베론〉 서곡에 이어 브람스, 베토벤의 듀오 및 트리오 콘체르토. 러시아 것 없이 독일 작곡가만의 레퍼토리였다. 차이콥스키 컨서버토리와 모스크바와 러시아의 개방성, 세계성을 실감했다.

귀국 전 나는 프로코피예프와 쇼스타코비치, 오이스트라흐와 리히터 등이 묻힌 유명한 노보데비치 사원 묘지를 찾았다. 그곳엔 아직 묘비가 완성되지 않은 채 소련에서 추방됐던 로스트로포비치의 가묘가 옐친의 무덤에 맞먹는 중심부에 크게 자리 잡고 있었다.

2008년

러시아의 고려인 가수

• 넬리 리

(1942~2015)

아무래도 올림픽 얘기부터 좀 하고 얘기를 시작해야 될 것 같다. 요즈음에는 우리들에게도 올림픽은 4년마다 한 번씩 찾아오는 흔한 행사처럼 된 것인지 좀 격하(?)된 느낌이 없지 않다. 하지만 우리 세대, 또는 나에겐 올림픽은 생애의 한 마디를 또는 시대의 한마디를 상징하는 별난 의미가 부하된 것처럼 느껴진다.

따지고 보니 내 일생(1933~) 동안 개최된 올림픽은 19회, 개최 여부가 아직 불확실한 2020년의 도쿄 올림픽을 포함해야 20회가 된다.

이 가운데서 내가 살고 있는 시대의 한 고비를 상징하는 올림픽이라면 내게는 1936년의 베를린 올림픽, 그리고 물론 1988년의 서울 올림픽이다. 내 나이 서너 살 때의 베를린 올림픽을 당시 내가 알 리가 없다. 그러나 1940년 국민학교에 입학하기 전후해서 나는 〈민족의 제전〉이란 제목의 베를린 올림픽 기록 영화를 세 번이나 보면서 참으로 많은 것을 배우게 됐다. 처음에는 아버지를 따라갔고 두 번째는 어머니를 따라갔고 그다음엔 학교에 입학해서 단체로 구경 갔다.

세상엔 영화라는 재미있는 물건이 있다는 것도 처음 알게 됐고 올림픽이라고 하

소련의 레닌그라드 시절 넬리 리 모습

는 신나는 대회가 있다는 것도 처음 알게 됐다. 그리고 마라톤 경기에 우승해서 월계관을 쓴 일본의 '손키테이' 선수가 실은 한국의 손기정 선수라는 것, 그와 함께 한국은 일본의 지배를 받고 있는 망한 나라라는 것도 그때 어렴풋이 얻어 듣고 알게 됐다. 올림픽 영화를 국민학교 입학도 하기 전에 두 번이나 구경한 것은 돌이켜보면 집에서 베풀어주던 그 나름의 '민족교육'이 아니었나 생각된다.

식민지 시대를 산 세대에게 있어 우리가 이제는 1988년 서울 올림픽을 주최하게 됐다는 사실이 주는 자긍심은 이만저만한 것이 아니었음을 이해하긴 어렵지 않을 것이다. 그뿐만 아니다. 1945년 해방과 더불어 일제는 물러났으나 나라가 두 동강이 나서 제2차 세계대전 후의 세계 냉전체제의 최전선에서 6·25 동족전쟁까지 치른 한국. 이 분단국의 수도 서울에서 주최한 올림픽을 전 세계가 참가한 최대의 오륜대회가 되게 하는 데 우리는 성공한 것이다.

그에 앞서 1980년과 1984년 미소 두 초대 열강이 각각 모스크바와 LA에서 개최한 올림픽은 동서 진영이 서로 보이콧함으로써 반쪽짜리 대회가 되고 말았다. 그런데도 하필이면 분단국의 수도에서 주최한 88 서울 올림픽이 동서의 분단을 넘어 모든 나라들이 참가한 비로소 온전한 올림픽이 되었다는 것은 단순한 아이러니 이상의 의미가 있었다. 제2차 세계대전 후 동서 양 진영을 갈라놓은 이른바 '철의 장막'이 동서분단의 상징적인 고장 한국의 서울에서 걷히기 시작한 것이다.

소련을 비롯해서 헝가리, 폴란드, 체코슬로바키아, 동독 등 얼마 전까진 아무나 갈 수도 없고 올 수도 없었던 금단의 나라의 젊은이들이 갑자기 몰려와 우리나라 경기장을 헤집고 다니게 됐고 한국의 관중들은 그들을 응원까지 하는 신기한 진풍경이 곧 자연스러운 일상처럼 돼버렸다. 그런 갑작스러운 '해빙'의 분위기 속에서 역시 얼마 전까진 상상도 못했던 문화적 이벤트가 선물처럼 찾아왔다. 소련에서 활약하고 있는 세계적 '고려인' 두 가수가 서울에서 독창회를 갖는다는 낭보다.

볼쇼이 오페라의 주역 가수 루드밀라 남과 레닌그라드의 프리마돈나 넬리 리를 서울 예술의 전당 무대에서 보게 된 것은 1988년 9월 초순. 두 사람의 노래를 듣고 당시 이 음악회를 주최한《조선일보》지면에 나는 다음과 같은 글을 적었다.

【루드밀라 남】

요즘 한참 장안의 화제가 되고 있는 '볼쇼이'란 말은 원래 고유명사가 아니다. '볼쇼이'는 '큰', '위대한'이란 뜻의 러시아 형용사이다. 모스크바의 국립 아카데미 볼쇼이 가극장의 주역 가수 루드밀라 남은 그 체격, 성량, 음색과 연기의 표현 폭 등 모든 면에서 볼쇼이의 디멘션(차원)을 가진 대가수였다.

그녀는 가수에 못지않게 또한 무대인이었다. 그녀의 본령(本領)은 가곡이나 성가보다 단연 오페라! 그것도 오페라 리리코(서정적인 작품)가 아니라 오페라 드라마티코(극적인 작품)야말로 루드밀라 남의 진면목이 십이 분 발휘되는 세계인 듯싶다.

피아노 반주의 독창회였으나 일단 그녀가 림스키 콜사코프의, 차이코프스키의, 그리고 특히 베르디의 오페라 아리아를 부르면 콘체르탄트(연주회 형식)의 가창이 그대로 테아트랄(극적)한 분위기로 차원이 확대되어버린다. 기교 면에선 메조소프라노의 콜로라투라를 절묘하게 구사하는 로시니의 〈신데렐라〉가 일품이었고, 소리의 볼륨과 컬러, 표정과 몸의 연기로 성격 조형 역량을 과시한 점에서는 베르디의 〈일 트로바토레〉에 나오는 집시 여인 아수체나의 아리아가 압권이었다.

볼쇼이 오페라의 프리마돈나로 서유럽 무대에 자주 서는 엘레나 오브라츠소바가 플라치도 도밍고와 같이 〈카르멘〉을 부르는 것을 나는 들은 일이 있다. 베르디의 〈일 트로바토레〉는 카라야의 연출과 지휘로 줄리에타 시미오나토와 아드리아나 라싸리니가 집시 여인 아수체나를 부르는 걸 네 번 들은 일이 있다. 로시니의 〈신데렐라〉는 장 피에르 포넬 연출의 스칼라 공연을 보았다. 루드밀라 남의 아리아는 그 모든 공연의 수준에 처지지 않고 있다고 나는 느꼈다.

【넬리 리】

넬리 리는 프로그램 책자를 보니 레닌그라드 태생이요, 레닌그라드 음악원 출신으로 지금은 모교인 레닌그라드 음악원의 교수로 있는 가수이며, 완전무결한 레닌그라드 파이다. 제정러시아 때부터 모스크바가 슬라브주의의 아성이라면 레닌그라드(옛 상트 페테르스부르크)는 서유럽주의의 본거지였다.

그러고 보면 넬리 리와 루드밀리 남은 여러모로 대조적인 두 가수이다. 루드밀라가 '드라마티코'라면 렐리는 '리리코'. 루드밀라가 가극(歌劇)의 가수라면 넬리는 가곡(歌曲)의 가수다. 넬리에게는 '테아트랄'한 분위기보다 '콘체르탄트'한 가창이 제격인 듯 만 싶다. 그녀의 미성, 진지한 가창의 매너, 아카데믹하다 할 만큼 수준 높은 곡목의 선정에 대해서 나는 최고의 경의를 표하고 싶다.

서유럽 무대에 빈번히 초빙된다는 그녀의 어젯밤 레퍼토리는 제1부 러시아 가곡에 이어 제2부는 프랑스 가곡으로만 짜여 있었다. 드뷔시, 라벨에서부터 올리비에 메시앙에 이르기까지 역시 레닌그라드 악파가 보다 더 서유럽 지향적이라 할 것인가.

모스크바와 레닌그라드에서 온 두 한국계 가수의 노래를 들으며 나는 스위스 사람들의 격언을 생각했다. "외국에 사는 스위스인은 스위스가 세계에 던진 표(票)다." 스위스 말(독일어, 불어)로는 '표'란 말과 '소리'란 말이 같은 말이다.

루드밀라 남과 넬리 리는 한민족이 모스크바와 레닌그라드에 던진 표요, 세계에 한반도를 대변하는 소리이다. 일본, 중국, 소련, 미국, 남미, 중동에 퍼진 모든 교포도 마찬가지다. 그러한 교포들과의 꿈만 같은 만남이 가능해졌다니… 올림픽은 역시 잘한 것이다! 잘한 것이고 말고… (이상 1988년 9월 11일 《조선일보》)

서울 올림픽이 개최된 건 1988년, 이젠 지난 세기의 일이다.

그 사이 100년기가 바뀌고 1,000년기가 바뀌었다. 뿐만이 아니다. 세기가 바뀌면서 세상이 바뀌었다. 서울 올림픽에서 걷히기 시작한 철의 장막이 점차 동·서 베를린을 가르던 장벽을 무너뜨리고, 동·서 유럽을 가르던 철의 장막까지 처음에는 서서히 그

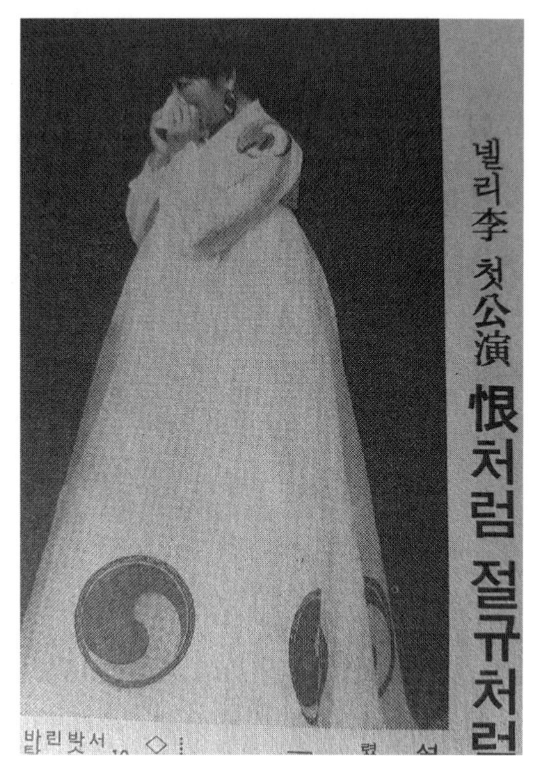

1989년 첫 방한 시에 태극 무늬 한복을 입고 예술의 전당에서 가진 독창회에서 앙코르 곡으로 〈그리운 금강산〉을 부르며 무대 위아래에 눈물 바람을 일으킨 넬리 리

러다 가속이 붙으면서 모두 다 걷어치우게 됐다.

제2차 세계대전 후 미국과 겨뤄 세계를 양분했던 소련은 해체되어 러시아가 되고 넬리의 고향은 레닌그라드에서 다시 옛 이름의 상트 페테르부르크로 돌아왔다. 동유럽이 가까워지고 동유럽 사람을 만난다는 것도 이벤트 아닌 일상다반사가 되었다. 어떤 면에서 동유럽이 이처럼 가까워지면서 오히려 동유럽은 우리들의 관심에선 멀어지기도 했다. 나는 루드밀라 남이나 넬리 리를 그 후 오랫동안 잊고 살았다. 넬리 리는 한동안 한국의 몇 개 대학에 초빙돼 후진들을 지도한다는 소식도 들었으나 만나진 못했다.

그러다 세기가 바뀌고 세상이 바뀐 2010년 여름, 한국-러시아 수교 20주년을 기념해서 상트 페테르부르크의 백야(白夜) 축제 특별 공연을 구경하러 간다는 일행에 나도 끼어 러시아를 방문했다. 마린스키 극장에서 발레리 게르기에프 감독 지휘로 벨라 바르토크의 오페라 〈푸른 수염 영주의 성〉을 구경하고 신축 연주회관에서 역시 게르기에프가 지휘하는 상트 페테르부르크 필하모니 교향악단의 백야(白夜) 공연을 두 차례나 구경하는 등 볼거리, 들을 거리가 풍성한 여행이었다.

나에게 그러나 2010년의 상트 페테르부르크 여행은 무엇보다도 반가운 뜻밖의 만남을 선물해주었다. 관광 일정을 마치고 아마도 마지막 날 저녁, 일행은 도심의 넵스키 거리에 있는 한 식당에서 와인을 곁들인 송별 만찬을 즐겼다. 거기에 내 22년 전의 스타, 넬리 리가 작별인사를 하겠다고 홀연히 나타난 것이다.

1988년 서울의 예술의 전당 무대에서 조금은 거추장스러운 한복을 걸치고 앙코

2010년 여름 이제는 레닌그라드가 아닌 상트 페테르부르크의 〈백야 축제〉에 간 나는 마지막 날 저녁 시 중심의 넵스키 거리의 한 레스토랑에서 뜻밖에 넬리 리와 재회하는 행운을 누렸다.

르 곡으로 〈그리운 금강산〉을 불러 내 눈시울을 붉게 한 넬리 리, 그녀가 보통 사람처럼 평상복을 입고 식당에 들어온 것이다. 그녀를 서울서 보았을 때가 40대 중반이었으니 이젠 70을 바라보는 나이인데도 젊기만 하다. 나를 더 당황케 하고 놀라게 한 사실은 넬리 리가 나를 보자마자 "최정호 선생님이시지요" 하는 첫인사 말이었다.

나는 그 전에 사석에서 넬리를 만난 일도, 소개받은 일도 없었다. 그런데도 어떻게 내 이름을 알고 있을까 궁금해하자 아무래도 22년 전 서울 데뷔 무대에 대해서 끄적거린 잡문이 기연이 된 모양이었다. 나는 과분한 대접을 받은 것만 같아서 한편으론 기뻤고 한편으론 좀 부끄러웠다. 그리고 생각하면 생각할수록 미안한 마음이 커져갔다. 넬리 리와 그리고 러시아 땅에 살았고 살고 있는 수많은 고려인에 대해서, 우리들의 '아리랑 동포'에 대해서, 그네들은 저처럼 간절하게 고국을 생각하고 있는

데 우리는 그네들을 제대로 생각이나 하고 있는지….

그로부터 5년 후, 2015년 12월 2일 넬리 리가 상트 페테르부르크에서 세상을 떠났다는 소식이 다음 해 정초에야 뒤늦게 국내에 알려졌다.

2016년

넬리 리 약전

조부모, 부모가 모두 한국인인 '고려인' 3세로 1942년 2월 5일 러시아에서 태어났다. 림스키코르사코프 음대 및 레닌그라드 음악원을 졸업. 빼어난 목소리로 28세 때인 1970년 구소련 성악 콩쿠르에서 1등을 했다. 음악원 재학 당시 모차르트 오페라 〈피가로의 결혼〉의 수잔나, 베르디 오페라 〈라 트라비아타〉의 비올레타 등 주역을 맡아 이름을 날렸다. 소련뿐 아니라 오스트리아, 서독, 프랑스, 핀란드, 네덜란드 등 서유럽 각지를 순회하며 러시아의 쟁쟁한 지휘자와 협연해 공화국 예술훈장을 받았다. 레닌그라드 필하모니 같은 세계 정상급 교향악단들과 한 무대에 서면서 동서 유럽의 언론으로부터 "섬세한 테크닉, 세련된 무대 매너, 노래뿐만 아니라 시(詩) 자체에 대한 심오한 해석으로 청중을 압도한다"는 찬사를 받았다.

한편 러시아의 유명 메조소프라노인 고려인 남 루드밀라는 2007년 4월 5일 새벽(현지 시간) 지병으로 사망한 것으로 전해졌다. 향년 59세, 고려인 2세로 카자흐스탄 알마티에서 태어난 고인은 모스크바 볼쇼이 극장에서 솔리스트로 왕성한 활동을 하면서 후학을 양성해왔다. 풍부한 성량과 호소력 짙은 목소리로 인민공훈배우의 명예를 부여받기도 했다.

라우다치오

수연·수상을 축하하는 글

6

• 이한빈 박사 희수연에

안과 밖의 만남 : 박종홍-장기영, 이한빈-브란트

스무 고개를 넘기 전후해서 나의 삶에 큰 자국을 남겨 놓은 두 분을 만났다. 한 분은 대학 캠퍼스 안에서, 학문 생활의 안에서 만나 뵌 분이다. 서울대학교의 박종홍(朴鍾鴻) 선생이 그분이시다. 다른 한 분은 대학 캠퍼스 밖에서, 학문 생활의 밖에서 만나뵌 분이다. 한국일보사의 장기영(張基榮) 창간 사장이 그분이시다.

박 선생을 가까이서 뵌 것은 6·25 전쟁 중 대학 1학년을 지방의 '전시 연합대학'에서 마친 후, 1953년 2학년 1학기 때 피난 수도 부산의 서울대학교 문리과대학 '본교'에 올라가서 판잣집의 가교사 강의실에서 '철학개론' 강의를 들은 것이 처음이었다.

장 사장을 처음 뵌 것은 대학교 3학년 2학기를 휴학하고 있을 때 창간 반년 후의 한국일보 수습기자 시험에 합격한 뒤 을지로 입구의 중국집 아서원(雅敍園, 지금의 롯데호텔 자리)에서 점심을 대접해주신 자리였다. 그 자리에는 고 최병우(崔秉宇, 당시 외신부장) 씨도 배석하였다. 1955년 2월 초로 기억된다.

박종홍 선생은 철학자요, 서재의 사람, 사색하는 사람이었다. 장기영 사장은 기업인이요, 시정(市井)의 사람, 행동하는 사람이었다.

박종홍 선생께서 자주 하시던 말을 빌려 쓰자면 박 선생이 20대 전후의 나에게 '향내적' 인격의 전범이었다면, 장 사장은 '향외적' 인격의 전범이었다.

박종홍 선생은 학문함에 있어서나 사람들과 더불어 세상을 삶에 있어서나 어느 한 순간에도 흐트러지지 않았던 성실함과 공경의 자세로 나에게 깊은 감명을 주셨다. 장기영 사장은 '타이탄'과 같은 에너지로 밤낮을 가리지 않고 일에 몰입하는 정열과 노력, 창의력과 순발력으로 나를 매료하였다.

박종홍 선생의 말이 어눌하고 느렸다면 장기영 사장의 말은 달변이고 빨랐다. 박 선생의 삶의 행보가 아다지오의 템포였다면 장 사장의 그것은 알레그로의 템포였다. 두 분은 가장 대조적인 인격의 양극을 대표하고 있었다.

두 분 사이의 공통점을 찾는다면 서로 차원은 다르지만 다 같이 저마다의 영역에서 뛰어난 '글의 사람(l'homme de lettre)'이었다는 점이다. 나는 두 분을 다 나라 '안'에서 만났다.

서른 고개를 넘으면서 만난 사람 가운데서 내 삶에 가장 큰 자국을 남긴 사람도 두 분이 있다. 그리고 그 두 분은 다 나라 '밖'에서 만났다. 한 분은 1961년 8월의 한여름, 이제는 '역사'가 되어 버린 '베를린 장벽'이 구축된 직후, 이 위기의 도시에 찾아가서 처음 만난 당시 베를린 시장, 빌리 브란트 전 독일 수상이다. 다른 한 분은 1964년 2월, 동계 올림픽이 개최되던 오스트리아의 인스브루크에서 처음 만난 스위스 · 오스트리아 · EEC · 바티칸 겸임 대사 이한빈 선생이다.

빌리 브란트는 나라 밖의 사람이요, 나에겐 멀리 떨어져 있는 외국의 거인이었지만, 1992년 10월 도쿄의 어느 호텔에서 새벽 5시의 TV 뉴스로 그의 부음을 들었을 때엔 나는 일가친척의 상을 당한 것처럼 소리 내어 울었다. 그러나 브란트에 대해선 이미 여러 차례 적은 바도 있기 때문에 여기서는 그만둔다.

다만 돌이켜 본다면 브란트 수상과 이한빈 선생 사이에는 출신 · 경력 · 사상 · 성격 등 숱한 차이점이 있음에도 불구하고 서로를 연결하는 공통점도 있었다. 우선 두 분 역시 서로 영역은 다르지만 저마다 매우 높은 수준에서 '글의 사람'이었다. 뿐만 아니라 두 분은 다 같이 '말의 사람', 뛰어난 설득력을 갖는 말의 사람이었다. 거기에 덧붙여 브란트 수상과 이한빈 선생은 다 같이 다국어에 능통한 사람(polyglot)이라는 점에서도 상통하고 있다.

브란트 수상은 그의 75세 생신을 축하하러 온 세계 각국의 하객 앞에서 영어 · 프랑스어 · 스웨덴어로 즉석에서 연설을 할 정도로 외국어가 자유로웠다. 이한빈 선생은 인스부르크에서 처음 만나 뵈었을 때 외교관 가방 가득히 영 · 독 · 불어 신문의 기사 발췌를 모아 둔 묶음을 "취재에 참고하시오" 하고 나에게 건네주었다. 부총리 시절 그는 독일 상공인 앞에선 독일어로, 프랑스 상공인 앞에선 프랑스어로 강연을 하기도 했다.

그러나 브란트와 이한빈을 연결하는 가장 본질적인 공통점은 두 사람이 다 '문필인(l'homme de lettre)'이면서 동시에 '국정인(國政人, l'homme d' ètat)이란 점이라 생각된다. 두 사람은 다 말(rhetoric)의 사람이자 일(時務)의 사람이었다. 브란트가 정치가일 뿐만 아니라 뛰어난 행정가였다는 사실은 그의 사후 브란트 밑에서 외무차관을 지내고 뒤에 베를린 시장이 된 클라우스 슈츠(Klaus Schutz)가 증언하고 있다.

브란트의 '이너 서클'에 속하는 측근 중의 한 사람인 슈츠는 독일에서 독문학을 공부하고, 미국에 건너가 하버드대학교에서 경영학을 전공한 뒤 돌아와 독일 사회민주당의 선거 캠페인을 현대적으로 쇄신한 개혁파의 기수였다.

슈츠와 같은 해(1926년)에 태어나서 한국에서 영문학을 공부하고, 미국에 건너가 하버드 경영대학원에서 수학한 뒤 귀국하여 우리나라의 예산행정을 현대적으로 쇄신한 개혁주의자 이한빈은, 내가 그를 만난 초기에는 여러 모로 슈츠의 경력과의 유사성이 눈에 띄었다. 그러나 이한빈에겐 그를 받아들이고 꾸준히 밀어줄 빌리 브란트가 없다는 것이 슈츠와는 다른 점이 아닌가 생각된다.

서울 남산의 힐튼 호텔에서 미래학회가 개최한 '덕산 이한빈 박사 고희 축하 출판기념회' 내빈들과(왼쪽부터 전정구, 이헌조, 이홍구, 송인상, 강영훈, 이한빈 박사 내외, 필자, 안병욱, 김재철, 강원용 제씨)

브란트 시장과 이한빈 대사를 만났다는 것은 내 개인적으로는 소문난 사람, 스타덤에 오른 사람, '영웅'과의 만남이란 흥분되는 체험이었다. 1961년 8월 베를린 장벽이 구축된 직후 서베를린 시청에서 브란트를 처음 만나기 전부터 브란트 시장은 이미 1950년대 말 내가 근무했던 《한국일보》에 실린 한 인터뷰를 통해 우리에게는 널리 알려진 이름이었다.

이한빈 대사도 1964년 2월 인스브루크에서 초대면하기 훨씬 전부터 이미 1950년대의 한국 관계(官界)와 언론계엔 널리 알려진 존재였다. "우리나라에 만일 재무부의 이한빈 국장과 같은 관리가 다섯만 있어도 한국은 전혀 달라졌을 것"이란 말이 당시엔 돌기도 했다. 따라서 그러한 소문의 사람과 직접 만나게 되었다는 것은 나에게는 마치 하나의 특전처럼 느껴지고 있었다.

이한빈 대사와 해후하게 된 초기에 나는 그분 속에서 박종홍 선생과 장기영 사장의, 말하자면 변증법적인 종합명제(Synthese)를 찾은 듯했다. 사고하는 사람과 행동하는 사람, 서재의 사람과 시무의 사람, 향내적인 인격과 향외적인 인격의 통합이라는 종합명제를.

인스부르크-베른-베를린

1964년 인스부르크 동계 올림픽 대회는 가난한 나라 한국, 1인당 국민 소득 100달러의 후진국 코리아를 국제 사회에 부끄럽도록 선명하게 부각시켜 우리들의 알몸을 깨닫게 한 체험으로 나에게 기억된다.

한국 선수단은 개막식 직전에 도착하여 꼴찌로 선수촌에 입성하였다. 임원까지 합쳐도 겨우 열 명이 될까 말까 하는 우리 선수단은 새하얀 눈 위에서 화려한 원색의 유니폼이 울긋불긋 수를 놓은 개막 행사의 입장식에서 우중충한 잿빛의 코트를 축 늘어지게 걸친 차림부터 우울하기 그지없었다. 그건 마치 없는 돈에 월사금을 겨우 챙겨 오느라 지각하여 등교한 가난한 시골 학생의 모습을 보는 것만 같았다.

인스부르크에서 북한 선수단은 한필화가 스피드스케이팅 종목에서 메달을 낚아챈 센세이션을 일으키고 있었으나, 한국 선수단은 출전하는 종목마다 거의 최하위의 기록으로 '전멸'하고 있었다. 체력이 곧 국력이라는 말이 실감날 그 당시였다.

만일 그때 그곳에서 이한빈 선생을 만나지 않았던들 객지에서 몽매간에 그리던 고국에 대해서 나는 배가된 열등감과 주눅 든 마음을 안고 베를린으로 되돌아갔을지도 모른다. 이한빈 선생과의 만남은 다른 세계의 사람, 그때까지 몰랐던 새로운 시각의 사람과의 해후였다. 우리는 인스부르크에서 한 사람은 대사로, 한 사람은 기자로 처음 사귀게 되었다. 한 사람은 정부 '안'에 있는 공직자요, 다른 한 사람은 정부 '밖'에 있는 언론인이었다.

그뿐만 아니라 홀몸으로 객지를 떠돌던 나로선 그때까지 가정(家政, husbandry)이라는 걸 모르고 살아왔다. 나는 살림살이의 밖에서 서성거리고 있었고, 이한빈 선생은 말의 이중적인 의미에서 '살림꾼'이었다. 비단 훌륭한 가장으로서 행복한 가정을 이끌었을 뿐만 아니라, 스위스의 대사로 부임할 때까지 그는 뛰어난 예산행정가로 신생 국가의 어려운 나라살림을 안으로 챙겨 오고 있었다.

인스부르크에서 작별할 때 이한빈 선생은 동계 올림픽이 끝나는 대로 스위스의 대사 관저가 있는 베른을 찾아 달라고 초대해주셨다. 베른의 이 대사 관저에서 며칠을 머물렀는지는 기억에 없어도 그 댁에서 참으로 많은 것을 보고 듣고 배웠다.

나는 4·19 혁명을 서울에서 겪고 유럽에 건너와 새벽의 독일 라디오 방송을 통해서 5·16 군사 쿠데타 소식을 들었다. 이한빈 대사는 5·16을 서울에서 겪고 군부 정권의 특명 전권대사로 스위스에 '유배'되어 와 있었다. 그렇기에 나에게 가장 궁금했던 5·16과 군부 정권의 지도층에 관한 얘기가 베른의 이 대사 댁에선 다른 얘기들과 함께 자주 화제가 되었던 것으로 기억된다.

1951년, 6·25 전쟁이 한창이던 부산 피난 수도의 시절이었다. 사람들은 기회만 주어지면 전란통의 조국을 탈출해서 '밖'으로 나갔으면 하고 있을 때였다. 이한빈 선생은 바로 그때 하버드대학의 경영대학원을 졸업하여 전쟁을 치르고 있는 고국 '안'으로 오히려 돌아와 25세의 젊은 나이로 예산과장의 중책을 맡았다. 1958년 예산국장으로 승진하여 4·19 혁명 후 탄생한 민주당 정부에서 1961년 그는 약관 35세에 재무부 사무차관에 발탁되었다. 그렇기에 그때까지 10년 동안 예산행정가로서 잔뼈가 굵은 엘리트 관리를 정든 재무부에서 축출하여 알프스의 산골에 귀양 보낸 군사 정부에 대해서는 물론 이 대사의 감정이 고울 수는 없었을 것이다. 그럼에도 그는 자신을 정배한 군부 통치자에 대한 사감을 표출하지는 않았다. 그뿐만 아니라 1963년 우리나라가 1억 달러의 수출고를 기록했다는 사실을 매우 대견한 일로 평가하고 있었다. 그러나 안에서 나라살림에 관여한 일이 없던 나에겐 그 사실의 의미가 그때까지는 마음에 와 닿지 않았다.

문(文)과 무(武) 또는 민(民)과 군(軍)이라는 전통적인 이항(二項) 대립 도식에서

인스브루크 올림픽 개막식을 취재하는 필자(오른쪽 사진). 1964년 인스브루크에서의 첫 만남. 한국 선수단의 올림픽 선수촌 입촌식에 앞서(왼쪽 끝에 이한빈 대사와 필자의 모습이 보인다.)

5·16 군사 쿠데타와 군부 정권의 출현을 단순히 부정 일변도의 시각에서 보던 것이 그 무렵 유럽 유학생 사회의 일반 공론이었다. 그러나 이 대사는 6·25 전쟁 이후의 한국 현대사에 있어 근대화의 새로운 엘리트 계층으로서 군 장교 집단의 필연적인 등장을 사회 변동의 큰 맥락에서 파악하는 시야를 내게 열어주었다. 어떻게 보면 이한빈 선생은 1950년대 한국의 '안'에서 나라살림을 주무른 '인사이더'로 있으면서도 동시에 '아웃사이더'로 1950년대의 한국을 '밖'에서 관찰하는 자유로운 조망을 할 수 있었던 분으로 여겨졌다.

안에 있으면서 밖에서 보는 객관(客觀)을 간직한다는 것, 그러기 위해서 현실을 거리를 두고 본다는 것, 시간적으로 멀리 떨어져서 본다는 것, 시무에 쫓기는 현재에 매몰되지 않고 긴 시간의 맥락에서 변화의 흐름을 본다는 것, 공간적으로도 멀리 비껴서 본다는 것, 스스로 발붙이고 사는 지점에 매여 있지 않고 높은 하늘을 나는 새가 땅을 내려다보듯 큰 지도를 본다는 것, 그럼으로써 언제나 사물을 그 전체성으로 파악한다는 것, 전체를 본다는 것……. 인스부르크에서의 첫 대면 이후 이 대사를 만나 뵐 때마다, 그리고 그 당시 자주 받아 본 이 대사의 글을 읽을 때마다 나는 사물을 보는, 세상을 보는 그의 그러한 시각에 매료되고 경의를 느끼게 되었다.

또 하나 이한빈 선생과의 만남을 통해서 배운 것은 모든 것을 되도록 긍정적·적극적인 면에서 본다는 시각이었다. 한 인격이나 한 사물의 크기는 알프스산의 높이와 마찬가지로 그늘진 골짜기나 굽은 허리 중턱이 아니라 바로 그 정점에서 키를 재야 마땅하다. 그것이 그렇다는 것을 인식하는 것은 어려운 일이 아니라 하더라도 그것을 일상적으로 실천한다는 것, 예컨대 사람의 약점을 눈감아 주고 장점만을 본다는 것은 누구나 할 수 있는 쉬운 일이 아니다. 나는 1964년 인스부르크의 첫 만남 이래 오늘에 이르기까지 지난 30여 년 동안 이한빈 선생이 어떤 사람을 나쁘게 말한 것을 들은 기억이 별로 없다.

모든 것을, 모든 일을 안에서 보고 밖에서 본다는 것, 시간적으로나 공간적으로나 멀리서 본다는 것, 전체를 본다는 것, 그리고 긍정적 · 적극적으로 본다는 것은 이한빈 선생의 사색과 생활을 일관하는 기본 태도요, 기본 철학이 아닌가 생각된다. 그리고 그러한 시각이 가장 가시적·구체적으로 드러나는 보기들이 《작은 나라가 사는 길 : 스위스의 경우》에서부터 《문명국의 비전》에 이르는 이 선생의 일련의 저작이라 생각된다.

그리스도 교도의 초월과 미래

이한빈 선생의 그러한 시각, 그러한 삶의 원리가 어떻게 형성된 것일까? 안에서 밖을 보고 밖에서 안을 본다는 것. 그러기 위해서 자주 안과 밖을 왕래한다는 것은 어떤 면에선 바로 이한빈 선생의 삶의 궤적 그 자체라 해서 좋으리라고도 생각된다.

이것은 훨씬 뒤에 1970년 일본 교토에서 개최된 국제미래학회에 참석했을 때 들은 이야기이다. 이한빈 선생은 일제 말기에, 그러니까 이미 십 대 후반의 나이에 일본에 유학 가서 시인 정지용 등의 출신교인 도시샤대학교를 다녔고, 틈틈이 그곳의 '아테네 프랑세즈 학원'에서 라틴어, 프랑스어를 공부하셨다는 것이다. 해방이 되자, 시인 고은의 말을 빌리자면, 이북의 '개화 풍토'에서 자란 가출의 기질 또는 출분(出奔)의 기질을 간직한 스무 고개의 '이한빈 청년'은 서울로 올라와서 4년제 서울대학교 코스를 3년 만에 이수해 버렸다.

1949년 정부가 수립된 다음 해 그는 제1차 도미 유학생으로 뽑혀 태평양을 배로 건너가 하버드대학교에 유학한다. 그곳 경영대학원을 2년 만에 졸업한 '청년 이한빈'은 1951년 곧바로 6·25 전쟁 중의 피난 수도 부산에 돌아와 중앙 정부에 몸을 담게 된다. 그러고 보면 이한빈 선생처럼 외국 유학을 짧게 마치고 돌아온 사람도 나는 보지 못했을 뿐더러, 그분처럼 짧은 유학 생활에도 외국과 외국 사람을 많이 알고 돌아온 사람도 나는 보지 못했다.

이한빈 선생은 세상이 다 아는 예산행정의 전문가이다. 그러나 그가 재정 예산만이 아니라 시간 예산(time-budget)도 탁월하게 관리하는 전문가, 시간도 돈처럼 예산을 세우고 합리적으로 관리하고 금욕적으로 절제하는 인물이라는 것을 아는 사람은 많지 않을 것이다.

'樂而不淫 哀而不傷(낙이불음 애이불상, 즐거워하되 음탕하지 않고, 슬퍼하되 상심하지 않는다)'의 경지라고나 할 것인가. 이한빈 선생은 외국 생활을 오래 하는 것을 늘 경계하는 것 같았다. 스위스로 부임한 지 2년도 안 되면서부터 사표를 내고 그 수리만을 기다리고 있던 이 대사였다. 인스부르크에서 처음 만나 뵈었을 때 나는 유럽에 온 지 3년이 좀 넘어 그때서야 독일의 동서남북에 눈이 트이기 시작했을 때였다. 하지만 이 대사는 그만 보따리를 싸고 같이 돌아가자고 권유해서 나를 당황케 하던 생각이 난다. 그는 2~3년이 넘도록 외국에 체재하는 것을 경계했고 실제로 3년 이상 외국 생활을 끌어가지도 않으셨던 것 같다. 안에서도 늘 밖을 보았고 밖에서도 늘 안을 보고 있었기 때문에 어느 한곳에 몰입하지 않은 안팎 출입이 무상했던 것이라 생각된다. 그것은 언제나 지금 이곳의 현실에 거리를 두고 있다는 것이고, 지금 이곳의 현실을 수시로 초월하고 있다는 뜻으로도 풀이된다.

전체를 본다. 이한빈 선생이 모든 것을 전체성에서 보고 있다는 것은 우선 세속적인 차원에서는 그가 그처럼 지금 이곳의 현실을 수시로 벗어나서 밖에서 안을 보는 생활, 타자의 입장에서 현재와 현실을 객관적으로 보는 생활을 평생토록 실천해 왔다는 데 그 가능 근거가 있다고 여겨진다.

물론 그에 앞서 또는 그에 못지않게 예산행정가로서 10년 동안이나 나라 살림의 전체를 관장하고 서로 상충하는 각 부처의 요구를 균형 있게 조정해야 했던 재무관리 생활이 사물의 전체를 보는 그의 눈을 밝게 해 주었을 것이다.

그러나 그에 못지않게 이한빈 선생에게 언제나 전체를 보는 초월적인 시야를 열어 주게 했던 것은 무엇보다도 기독교인으로서 평생에 걸친 종교적 체험과 종교적 실천이 밑바탕이 되고 있었던 것이 아닌가 나는 짐작해 본다. 이에 관해서는 잊을 수 없는 기억이 있다.

인스부르크의 동계 올림픽 취재를 마치고 베른의 이 대사 관저를 방문했을 때의 얘기다. 응접실에서 흥미진진한 환담을 하는 동안 저녁이 준비되어 식당으로 안내받았다. 부인 유 여사가 정성 들여 차린 식탁 앞에는 당시 겨우 초등학교를 다니던 두 자녀(오늘의 삼성전자 이원식 박사와 아주대학교 이선이 교수)도 자리를 같이했다. 그때 이한빈 대사는 '일상다반사'인 것처럼 "오늘은 원식이가 기도 드리렴." 하자, 열 살이나 되었을까 싶은 앳된 어린이가 조금도 망설이지 않고 물 흐르듯 거침없이 기도를 드리는 것이었다.

나는 거기서 살아 있는 '초월'의 일상적인 실천을 목격했다. 여느 어린아이 같으면 식탁 위의 맛있는 음식 접시에 먼저 눈이 가고 금세 손이 가는 것이 당연했겠지만, 어린 원식이는 눈을 감고 그날 밤 식탁의 회식이 갖는 뜻을 새기고 그러한 만남과 모임을 마련해 준 은혜를 하느님께 감사 드리고 있었다. 기도 드리는 어린아이는 밥상 위의 어느 한 부분을 보지 않고 밥상이 놓인 방 전체를 그리고 그 의미를 위에서 부감하는 것만 같았다.

“그리스도는 세계를 세계에서 해방시켰다(Christus mundum de mundo liveravit)”고 한 아우구스티누스의 말은 읽기에 따라 난삽한 말이라고 할 수도 있겠으나, 나에게는 왠지 금방 실감이 가는 말처럼 울리게 된 것은 베른의 이 대사 댁 식탁에서 ‘원식이 현상’을 체험한 이후부터이다. 이한빈 선생은 그처럼 기독교적인 가정의 분위기에서 두 자녀를 기르고 가르쳤을 뿐만 아니라, 이한빈 선생 자신이 바로 그러한 기독교적인 가정의 분위기에서 부모님의 사랑과 교육을 받으셨던 분이다.

……

먼저 떠오르는 생각

그리운 어버이

밥과 사과와

또 드문드문 명태도 먹이신 어머니

언서(諺書)와 종치기를 가르치신 아버지

기름과 이름이 모자란들

그 기르심과 가르침

어디 비길 데 없어라

……

이 시구는 이한빈 선생이 1966년 2월 9일 하와이에서 그의 학문적 대표작《사회변동과 행정》(영문판, Korea : Time, Change and Administration, East-West Center Press; 1968)을 구상 · 집필할 때 불혹의 나이를 넘는 만 40세 생신을 맞아 지어서 내게 보내 준 〈고개를 넘으면서〉라는 시의 제2연이다. 그때 선생은 같은 편지 봉투 안에 직접 작사 · 작곡한 세 편의 노래 〈새해〉, 〈섬〉, 〈파도〉의 악보도 함께 내게 보내 주셨다.

비단 나라의 안과 밖을 무상 출입하고 있었을 뿐만 아니라 이한빈 장로는 ‘세계에서 해방된 세계인’으로서 세상의 안과 밖을 자유로이 내왕하고 있었던 것이라 생각

1970년 교토 국제 미래학회의에 참석 중(오른쪽부터 손정묵, 이한빈, 최형섭, 필자)

된다. 그는 돈을 다루는 예산행정가로서 출발하여 경제 성장과 나라의 근대화를 위해서 정부의 안과 밖에서, 대학의 안과 밖에서 혼신의 힘을 기울여 생각하고 일하고 가르쳤지만 언제나 그에게는 다시 그 밖의 세계가, 그 위의 세계가, 그를 초월하는 세계가 따로 있는 것만 같았다.

어떤 의미에선 그는 기독교인으로서 두 세계를 살고 있는 사람이라고 할 수 있을지도 모른다. '지상의 나라(Civitas terrana)'와 '하느님의 나라(Civitas dei)'라는 두 세계를……. 현실을 그 전체성에서 파악한다는 것, 전체를 본다는 것의 가장 본질적인 가능 근거는 이 선생이 바로 현실을 그 일부분이 아니라 전체에서 초월하여 부감할 수 있는 신실한 기독교인이라는 사실에 있는 것으로 여겨지는 것이다.

그리고 이한빈 선생의 이러한 종교적 입장은 그가 주도하여 1968년 창립한 한국미래학회가 처음부터 그 당시 유행하던 경제적·기술적 미래 예측의 차원에서 맴돌지 않고, 그를 초월하여 비판적 · 철학적 · 가치 지향적인 경향을 농후하게 띠게 된 사실과 무관하지 않은 것으로 생각된다.

발전주의자 : "현실이 문제다"

이한빈 선생은 그렇다고 해서 초월 속에 안주하는 사람도 아니고 또 그럴 수 있는 사람도 아니다. 스스로 '발전주의자(developmentalist)'로 자처하는 그에게도 그의 사부 박종홍 선생의 철학적 크레도(credo)처럼 언제나 지금 이곳의 "현실이 문제이다."

박종홍 철학이 현실에 돌아오기 위해서 현실을 멀리해 본 것처럼 이한빈 철학에서도 안으로 돌아오기 위해서 밖으로 나간다고 해서 좋을지 모른다. 그는 외국에 오래 머무는 것을 경계하는 것처럼 초월 속에 머물러 비생산적인 형이상학의 사변을 즐기지도 않는다.

물론 이한빈 선생은 공인으로서는 세상이 다 아는 청백리요, 시민으로선 독실한 신앙인이다. 그가 스스로를 규율하는 도덕적 척도는 매우 엄격하다. 그러나 그와는 반대로 이한빈 선생이 남을 평가하는 윤리적인 잣대는 관대하고 매우 '인간적'이라는 것을 느끼게 된다. 더욱이 무엇인가 일을 이룩한 사람 내지는 일을 이룩하고자 한 사람의 약점이나 결점에 대해서는 특히 관대한 듯이 보였다.

1970년 교토에서 국제미래학회에 참석하느라 일주일가량 일본에 머물러 있을 때, 나는 이한빈 선생으로부터 우리나라의 많은 정치인과 고위 관료에 대한 솔직한 인물평을 들을 수 있는 기회를 얻었다. "그 사람 감옥에 가야 할 사람이오"라는 말을 나는 그때 비로소 들었다. 도대체 사람에 대해 그처럼 부정적인 평가를 하는 말을 나는 처음 들은 것이다. 그러나 곧이어 "하지만 그 사람은 훌륭한 경제 성장 전략가지요!"라고 문제의 인물을 다시 긍정적으로 높이 평가해 주고 있었다.

흔히들 가까운 주위 사람들은 이한빈 선생을 이상주의자라고 일컫고 있다. 나는 그 말이 맞는 말이라 믿고 있다. 다만 이한빈 선생이 현실주의자라는 말도 맞는다는 전제하에서 그렇다.

현실을 개혁한다는 것이 도덕적으로 선한 것이라고 하더라도 현실을 개혁하는 것은 오직 현실 속에서 현실적인 수단을 통해서만 가능하다. 그러나 개혁의 선(善)을 현실 속에서 실현하기 위해 빌려 써야 되는 현실적 수단이란 언제나 선한 것만은 아니다. 여기가 철학적 사색과 정치적 실천이 갈라지는 대목이다. 이한빈 선생은 현실 밖에 머물러 있고자 한 사람은 아니다. '발전주의자'로 자처하는 그가 추구한 국가의 근대화며 한국 경제의 개발은 무슨 연구 논문의 테마가 아니라 정치와 행정의 현실적인 과제이다. 현실을 현실적으로 개혁하고 개발하기 위해선 정치적인 힘이 필요하고, 그러기 위해선 정치가의 도움이 필요하다.

그러나 정치가란 막스 베버(Max Weber)의 말처럼 "그 수단으로써 권력, 폭력성과 결탁한 사람들"이고, 그러한 정치적 권력을 추구한다는 것은 "악마의 힘과 계약을 맺는 것"이기도 하다.

물론 도덕적 목적이 없는 권력이란 맹목이고 그것은 매우 위험하기도 하다는 것은 누구나 알고 있다. 그러나 그와 마찬가지로 권력을 얻지 못한 도덕적 목적은 무력하고 무익하다는 것을 많은 이상주의자들은 모르고 있다. 그 점에선 이한빈 선생은 단순한 이상주의자가 아니라 또한 현실주의자였다. 그러한 현실주의자로서의 현실 인식이 그분의 남에 대한 도덕적 관용성의 바탕에는 깔려 있지 않나 하고 나는 짐작해본다.

'시인 대사'로서 소문났던 이한빈 선생은 스위스 시절에는 독일어로 시를 써서 현지의 신문에 기고한 바도 있었지만 나도 심심찮게 이 선생의 시를 얻어볼 기회를 누렸다. 나는 그 여러 시들 가운데서도 특히 〈공동시장(共同市場)〉이란 시를 좋아한다. 그것은 스위스 시절의 이 대사가 1964년 3월 17일 EEC(유럽 공동시장, 오늘의 EU)에 한국 대표부 대사로 신임장을 제정하러 갔다가 브뤼셀의 객사에서 번영하는 유럽 공동시장의 수도 모습을 "창 밖으로 내다보다 참지 못해 몇 자 낙서했다"고 나에게 적어 보낸 시이다.

처음에

움직임이 있었으니

움직임은 힘,

힘은 먼지도 일으켰다.

이렇게 시작된 8연의 긴 시 〈공동시장〉은 그 중간에서 이렇게 읊고 있다.

터를 탓했겠지

대륙과 섬의 사이라고,

골과 게르마니아의 다리라고.

보나파르트가 섬을 넘겨다볼 때

워털루에 먼지가 일고

아돌프가 라인을 넘을 때

아르덴의 숲이 재가 되었다고.

…

지정학적인 역경 속을 살아온 벨기에의 역사를 들추면서 한반도의 운명을 비유적으로 암시하고 있는 구절이다. 그리고 마지막은 다음과 같이 맺고 있다.

장보러 온

행인의 마음

급하고 아쉬워라

움직임이

흐름이

슬기가.

인천에서 개최된 한국미래학회 창립 10주년 심포지엄에 모인 회원들

유럽의 역사 · 지리를 종횡무진 섭렵하면서 '신화적' 내지는 '고대적'이라 할 만큼 간결한 언어로 처음과 끝말을 적고 있는 〈공동시장〉은 발전주의자 이한빈 철학의 본질을 축약한 것으로 나는 알고 있다.

국가 발전을 희구해 마지않은 이상주의자 이한빈 선생에게 있어 무엇보다 아쉬운 것은 어둠과 가난에서 벗어나려고 하는 이륙(離陸)의 '움직임'이다. 움직임이란 힘이 있어 가능한 것이요, 그렇기에 움직임은 가장 가시적이요, 설득력 있는 힘의 시위다. 다른 한편으로 현실주의자 이한빈 선생은 그러한 움직임이 또한 먼지를 일으킨다는 것을, 혼란과 갈등과 충돌을 일으킨다는 것도 알고 있다. 그러나 그럼에도 먼지가 두려워서 움직임을 그만두자는 것이 아니라, 먼지가 일어도 움직임을 아쉬워한다는 것이 단순한 이상주의자도 단순한 현실주의자도 아닌 발전주의자 이한빈 선생의 기본 철학으로 나는 읽고 있다.

나갈 때와 물러날 때

1960년대 유럽에서 이한빈 선생을 마지막으로 만나 본 것은 1964년 12월의 뮌헨, 박정희 대통령의 서독 국빈 방문의 마지막 기착지인 이 바이에른의 수도 뮌헨에서 유럽 공관장 회의가 개최되었을 때였다. 그때까지 서면으로만 제출했던 사임의 뜻을 그곳에서 대통령을 수행한 이동원 외무장관에게 직접 구두로 다짐하여 마침내 응낙을 얻은 날 저녁, 이한빈 대사는 나와 같이 묵던 호텔을 빠져 나와 단 둘이서 뮌헨의 밤거리를 소요하며 귀국의 설레는 기대감을 토로하였다.

그러나 대사직 사임에 대한 외무장관의 구두 양해가 있고 나서도 해임 발령이 날 때까지는 다시 5개월을 기다려야만 했다. 그 사이 이 대사는 관저를 내놓고 호텔에 들어가 첫 저작《작은 나라가 사는 길》을 집필하였다. 1965년 5월 5일자 이 대사의 편지는 홀가분한 기쁨이 넘쳐 있는 듯이 보였다.

> 어제 고대하던 전보를 받았습니다. 4월 30일자로 해임 발령이 났다는 통지를. 곧 5월 15일에 제네바를 출발하여 5월 22일에 서울에 들어가는 여정을 짰습니다. 아테네, 예루살렘, 방콕 등지를 경유할 작정입니다.

그러나 그처럼 고대하던 해임 발령을 받고 귀국한 뒤 1965년 7월 20일부로 내가 받아 본 이한빈 선생의 첫 서신은 서울에서가 아니라 호놀룰루에서 날아왔다.

> 이번 귀국 시 정부 최고위층으로부터 도미하거나 학계에 가지 말고 정부의 프로젝트를 맡아 달라는 권고를 친히 받았습니다마는 (중략) 우리나라나 나 자신을 위한 비전을 탐구하고자 우기면서 이곳에 와 있습니다.

이승만 대통령과 장면 총리의 정부에서 10년 동안 공직자의 경력을 쌓아 오다가

5·16 군사 정권에 의해서 국외로 유배당한 이한빈 선생의 알프스 산중에서의 결심은 확고했던 것이다. 그는 한 번도 그 결심을 내색해서 표현한 일은 없었지만 군부 정권에 대한 관련은 최소화하려는 의지를 굳히고 있었던 것으로 회상된다. 그러기 위해서 그는 중앙 정부의 관료직에서 물러난 후에는 15년 동안을 학계·교육계에만 투신하게 된다.

그가 다시 관계에 복귀해서 부총리 겸 경제기획원 장관을 맡게 된 것은 10·26에서 5·18 민주화 운동에 이르는 과도기, 한국 현대사의 소강기(euphoria)라 할 수 있는 이른바 '서울의 봄'의 잠깐 동안뿐이었다. 그러나 그때마저도 이한빈 선생은 이내 광주의 피바다 속에서 등장한 신군부의 집권으로 반 년 만에 그 자리를 그만두게 된다.

기독교인인 이한빈 선생의 지나온 날을 돌이켜 볼 때마다 나는 엉뚱하게도 공자의 삶을 연상하게 된다. 공자는 그의 경륜을 받아들일 군주를 찾기 위해 천하를 주유했으나 도로에 그쳤다. 이한빈 선생은 그의 경륜을 펼칠 수 있는 정부의 출현을 평생토록 기다렸으나 도로에 그쳤다.

재무차관으로 있을 때엔 5·16 군사 쿠데타로 집권한 군부 정권이 그를 추방했다. 부총리 겸 경제기획원 장관으로 일하려 했을 때엔 5·18 쿠데타로 등장한 신군부가 그를 추방하였다. 그러다 보니 1960년대에서 1990년대까지의 전 기간을 그는 유배 생활을 한 셈이고 그러한 유배의 세월에는 연구소와 대학으로 돌아와 묻혀 지냈다.

> "나라에 도가 행하여지면 나타나고 도가 없으면 들어가 숨어 지낸다(天下有道則見 天下無道則隱)."

전통 사회에서나 현대 사회에서나 우리나라에선 학문을 하면 공직을 얻어 관록을 쌓는 것을 당연한 것으로 받아들이고 벼슬이 높으면 높을수록 귀(貴)한 것으로 여기

1993년 한국미래학회 창립 25주년 자축연에서 인사를 하는 이한빈 명예회장. 오른쪽 끝에 강신호 회장, 왼쪽 화분 뒤에 정수창 회장 모습이 보인다.

는 유교적 전통을 전승해 왔다. 어떤 시대, 어떤 통치자 밑에서 어떤 수단으로 벼슬을 얻었건 불문에 붙이고 벼슬만 하면 가문의 영광으로 여기고 족보에 대서특필해 왔던 것이다. 그러나 공자는 사람이 언제 출사하고 언제 벼슬을 하고 언제 관록을 먹어서 좋은지를 가부(可否) 양단간에 준엄하게 분별해서 가르치고 있다.

"나라의 도가 행하여지지 않는데도 부를 누리고 귀하게 되는 것은 부끄러운 일이라(邦無道 富且貴 恥也)"고 하였다. "나라에 도가 있으면 벼슬을 하고 도가 없으면 물러가 숨어라(邦有道則仕 邦無道則可卷而懷之)"고도 가르쳤다.

5·16에서 5·18로 이어지는 한국 현대사의 지난 30년 동안 이한빈 선생은 국가 경영의 빼어난 경륜과 비범한 능력을 품고서도 거의 '나라에 도가 없는(邦無道)' 시대를 살아오셨다. 물론 그러한 시대를 살면서 이한빈 선생은 그러나 십자가에 오르진

않았다. 다만 방무도의 시대에 그는 정부나 관계에서 물러나 대부분의 세월을 대학에서 묻혀 지냈다. 배운 것을 익히며 사람을 가르치고 기르며 지내 왔다. 공자가 그랬듯이…….

1996년

貴莫貴於不爵(귀하기는 벼슬하지 않는 것보다 더 귀함이 없다)

• 운주 정범모 박사 구순연에

운주 정범모 박사 구순연에

운주(雲洲) 선생님

구순(九旬)을 맞이하신 것을 경하(慶賀)해 마지않습니다.

이 수연(壽宴)에 참석하고 보니 참으로 수복(壽福)이야말로 모든 복 가운데서 으뜸가는 복이라 느끼게 됩니다. 살림의 넉넉함(富), 신체의 건강함(康寧), 심성의 후덕함(攸好德) 등 다른 복을 두루 다 갖춘 끝에 누리게 되는 궁극적 결실이 장수의 수복으로 구현된다는 것을 깨닫게 됩니다.

하나의 생명체나 하나의 조직체가 추구하는 궁극적 가치가 어느 철학자의 말처럼 "서바이벌(survival), 살아남는다"는 데 있다고 한다면 "인생고래희(人生古來稀)"의 나이에 다시 이순(二旬)을 더 보태신 운주(雲洲) 선생님은 이미 범인이 함부로 우러러보기도 어려운 삶의 최고의 가치를 체현하고 계신다 하겠습니다.

게다가 오늘 이 수연에 참석하고 보니 이 자리는 운주 선생님께서 평생 진력해오신 지육, 덕육, 체육의 성과가 향기로운 꽃을 피우고 있는 지덕체(智德體)의 향연을 보는 듯싶습니다. 하객석을 메우고 있는 이 나라의 대표적인 학자요 교육자의 면면에선 지육(智育)의, 그분들이 스승을 위해 마련한 잔치의 성대함에서는 덕육(德育)의, 그리고 뭣보다도 오늘 구순의 수연을 맞으시는 주빈의 노익장(老益壯)의 풍모에선 만능의 스포츠맨이 과시하는 체육(體育)의 아름다운 결실을 보게 됩니다.

모처럼의 큰 잔치에 선생님의 직제자도 아니오 교육학을 공부한 동학도 아닌 낯선 사람이 불쑥 나와서 인사말을 올린다는 것은 물론 등 떠밀려 나오기는 했지만 당혹스럽고 송구스럽기 이를 데 없습니다.

그에 대한 변명 삼아 운주 선생님과 저의 사사로운 인연에 대해 몇 말씀 드리고자 합니다. 선생님을 처음 뵙게 된 것은 1968년 여름이니 벌써 반세기 가까운 옛날입니다. 저는 그해 7월 6일 덕산(德山) 이한빈(李漢彬) 선생님을 모시고 "한국 2000년회"(오늘의 "한국미래학회")를 창립했습니다. 운주 선생님도 그때 창립회원으로 참여해 주셨습니다.

최근 기록을 살펴보니 운주 선생님께서는 같은 해 같은 달, 그러니까 1968년 7월 3일에 한국행동과학연구소의 창립총회를 개최하셨더군요. 말하자면 행동과학 연구소가 미래학회보다 사흘 먼저 태어난 兄뻘이 되는 셈입니다. 뿐만 아니라 나이로 봐도 운주 선생님(1925년생)은 덕산 이한빈 선생님(1926년생)보다 한 살 위이십니다.

아마도 이 사실은 이 자리에 알고 계시는 분이 별로 없으리라 생각됩니다만 실은 운주 선생님은 저를 1974년에, 그리고 1981년에 행동과학연구소의 정회원으로 불러 주셨습니다.

말하자면 선생님과 저는 두 학회의 교차(交叉)회원이 된 셈이지요. 그러나 그것은 말이 그렇다 할 뿐 저는 행동과학연구소의 회원으로 아무 일도 한 일이 없습니다. 그저 1년에 한두 번 총회에 나가서 연구소의 사업 보고와 예·결산 보고를 듣고 입을 딱 벌리고 놀라서 돌아오는 것이 제가 한 일의 전부였습니다.

당시 미래학회의 총무를 맡고 있던 저는 새로 생긴 학회치고는 오래된 기존 학회보다 살림이 알뜰하다는 말들을 듣고 조금은 우쭐해 하고 있었습니다. 그러나 운주 선생님의 연구소에서는 예산 결산의 모든 숫자가 다른 학회보다는 0(零)이 두 자리 쯤 더 있는 이미 억대 규모의 큰 살림을 꾸리고 있었습니다.

두 모임의 창립 생일로 보나 그 대부(代父)의 생년으로 보나 행동과학연구소가 형뻘이 된다고 했습니다만 하물며 두 집 살림의 규모를 보면 행동과학연구소는 미래학회의 '큰 집'으로 모셔 마땅하다고 생각되었습니다.

그리고 한 가지 더 밝혀둘 일이 있습니다. 저 자신은 행동과학연구소의 회원으로 있으면서 아무 일도 한 일이 없었습니다만 운주 선생님은 미래학회 회원으로서 어떤 다른 회원보다 적극적으로 학회 활동에 참여해주셨습니다. 구체적인 보기를 든다면 운주 선생님은 그동안 미래학회의 여러 간행물에 10편 남짓한 귀한 논문을 기고해주셨습니다. 그것은 미래학회 회원을 통틀어 가장 많은 글을 발표한 네댓 분 가운데 한 분이라는 얘기입니다.

한국 교육학회와 행정학회를 이끌어 온 두 기함(旗艦, flagship)의 함장(艦長), 운주 선생과 덕산 선생을 생각할 때마다 제겐 두 분의 몇 가지 공통점이 떠오릅니다.

두 분은 다 같이 대한민국 제1세대 외국 유학생으로 6·25 전쟁 발발 이전에 미국에 가셨습니다. 그러고 두 분은 다 같이 전란의 와중에 귀국해서 피난수도 부산에서 정부와 대학에 나가 일하셨습니다. 요즈음 세대들은 그것이 무얼 의미하는지 잘 모를 줄 압니다.

6·25 전쟁이 터지자 그 이틀 후 일본 신문에는 한 한국 부호의 일본 밀입국 망명 기사가 실렸습니다. 저희가 피난대학에 입학한 1952년경엔 우리나라의 저명한 작가가 일본으로 귀화해서 모국을 헐뜯는 일본어 소설을 간행해서 사람들의 분노를 사기도 했습니다.

남들은 할 수만 있으면 고국을 빠져나가 외국으로 도망치고자 안달이었던 시절에 오히려 주위의 만류를 뿌리치고 두 분은 전쟁터의 고국에 귀국하셨다는 것은 애국이나 나라사랑은 말이나 마음으로 하는 것이 아니라 몸으로 한다는 것을 입증한 보기라 하겠습니다.

두 분은 귀국 후 나라의 교육행정과 예산행정의 근대화에 선구자적인 기여를 하셨습니다 한 분은 교육과정, 교육평가의 과학화에, 그리고 다른 한 분은 예산편성, 재무행정의 과학화에 진력하여 새 나라에 새로운 기풍을 진작하셨습니다.

두 분은 또 그 당시 높은 담이 가로막고 있던 각 학문의 경계선을 넘나들면서 시대적 현실이 제기하는 문제 해결에는 범(汎)학문적, 다(多)학문적 접근이 필수적임을 깨닫고 학문 상호간의 대화, 곧 학제적(學際的)인 접근을 시도한 선각자가 되셨습니다. 한국미래학회가 그러한 취지에서 이 나라에서 처음으로 여러 학문 사이의, 여러 직능 사이의 울타리를 헐고 범학문적, 범직능적 대화의 포럼으로 창립되었을 때 운주 선생은 덕산 선생을 적극적으로 도와 학회를 키워주셨던 것입니다.

이후 운주 선생의 시야와 관심 분야는 쏟아져 나온 많은 저서들이 시사하고 있는 것처럼 과학에서 철학으로, 특수에서 보편으로 심화되고 확대되어 갔습니다. 그 결과 정범모 교육학 선단의 기함에는 이미 '전인교육', '전인사상', '전인평가'의 기치가 높이 올라가 펄럭이고 있음을 보게 됩니다.

모처럼의 잔치에 나타나 이건 좀 딱딱한 얘기가 너무 길어졌습니다. 제 두서 없는 얘기는 이쯤 줄여야 되겠습니다. 다만 마지막으로 한 가지 얘기만은 꼭 해두어야 되겠습니다.

저는 운주 선생께서 강조하시는 '전인적 인긴상'이 단순한 구호나 이상이 아니라 실현 가능한 현실이라 확신하고 있습니다. 왜냐 하니 그러한 '전인적 인간상'을 이론 아닌 실물로 보고 있기 때문입니다.

고전적인 의미에서 예(禮), 악(樂), 사(射), 어(御), 서(書), 수(數)의 육예를 두루 익히시고 현대생활에 등장한 모든 스포츠를 골고루 마스터하고 지(知), 정(情), 의(意), 체(體)를 두루 갖추신 운주 선생, 선생이 바로 '전인적 인간상'을 가장 온전하게 실현한 인격의 산 보기입니다. 참으로 보기 드문 살아 있는 전인적 인격을 스승으로 가까이 모실 수 있다는 것은 후학들의 복이라 하겠습니다.

그러나 동시에 그러한 '전인적 인간상'을 어떻게 길러내느냐 하는 것은 교육학의 후학에 던져진 매우 어려운 숙제라 여겨집니다. 그런 어려운 숙제와 씨름하는 후학들을 고무하고 그들에게 연구 대상의 실체를 현시해주기 위해서도 운주 선생님은 앞으로도 더욱 오래오래 제자들 곁에 계셔야 되겠습니다. 운주 선생님의 장수는 그런 의미에서는 제자들을 위한 의무, 이 나라 교육학을 위한 의무, 그리고 선생님 자신을 위한 의무라 여겨집니다.

운주 선생님의 만수무강을 심축하는 바입니다.

2015년

운주 정범모 선생 九十五세 수연에

운주 정범모 선생님의 수연에 두 번째 참여하게 된 것은 큰 기쁨이요 영광입니다.

첫 번째는 5년 전, 선생의 구순(九旬) 잔치였고 이번에는 95세 생신 잔치입니다. 사람이 이런 난세에 수(壽)를 누린다는 것은 그 자체만으로도 이미 큰 복(福)이요, 존경하는 위 어른의 수는 그분을 믿고 따르고 본받으려 하는 사람들, 제자 동료들에게는 큰 기쁨이 아닐 수 없습니다.

나는 그러나 따져보면 운주 선생의 제자도 동료도 아닙니다. 그럼에도 이 잔치의 한구석에 자리하고 있으니 그 변명은 하고 넘어가야 예의인 듯싶습니다.

1968년 선생이 한국행동과학연구소를 창립하신 해에 나는 이한빈(李漢彬) 선생과 함께 한국미래학회를 창립했습니다. 생년 동갑인 두 학회에 운주 선생은 처음부터 양쪽에 다 적극 참여하셨기에 내가 선생을 뵙게 된 것은 가히 반세기를 넘는 오랜 세월이라 할 수 있습니다. 그러나 내가 선생을 마음에서부터 가까이 모시게 된 것은 아무래도 시간이 한참 흐른 다음이었습니다.

정범모 선생 95세 생신 축하연에서

1992년 봄이나 여름이었다고 생각됩니다. 계간지 《철학과 현실》을 발행하는 철학문화연구소에서 무슨 심포지엄 행사가 있어 연구소를 설립 운영하시던 김태길 선생, 정범모 선생 그리고 나 셋이서 주제 발표를 한 일이 있었습니다. 나는 그때 〈가치관의 다원화와 비평정신의 회복〉이라는 제목의 담론을 펼쳤습니다.

부끄러운 얘기지만 게으른 성품 때문에 나는 평생 글을 끄적거리고 산다면서도 나이 90을 바라보는 여태까지 내 책이라곤 오직 한 권밖에 내놓지를 못 했습니다. 착상은 6·25 전쟁을 치르면서 했고 책을 낸 것은 2010년이니 무려 60년(!) 동안이나 책 한 권을 쓰겠다면서 그냥 깔고 뭉개고 있었던 꼴입니다. 《복(福)에 관한 담론—기복사상과 한국의 기층문화》가 그 졸저의 제목이요, 철학연구소의 심포지엄에서 발표한 담론은 그때까지 구상하고 있던 졸저의 개요를 요약해본 것입니다.

나는 숱한 목숨의 죽음이 어른이나 어린이에게나 일상현실로 체험되고 있던 전쟁의 극한 상황 속에서 이 땅에 사는 사람들이 내심에서 간절히 바라고 있는 것이 무엇인지를 깨닫게 된 듯싶었습니다. 사람의 삶이 추구하는 목표를 평상시에 묻는다면 다양한 아름다운 수사가 쏟아질 수도 있고 미처 그런 것까진 생각을 못해서 대답 못할 수도 있습니다. 그러나 여기서도 "전쟁은 모든 것을 폭로한다"는 말은 진리입니다. 전쟁 중에 부모가 자식의 삶에 진정 바라는 것은, 그리고 부모는 부모들대로, 또 자식은 자식들대로 진정 바라고 있는 것은 무엇일까요? 다른 것은 젖혀놓고라도 그것만은 간절히 바라고 있는 것은 무엇일까요? 복, 복을 빈다는 것, 복을 바랜다는 것이라고 나는 보았습니다. 그건 지금도 우리가 설날에 주고받는 인사말이나 편지

글의 맺음말로 흔히 쓰는 말이기도 합니다. 그 복이란 대체 무엇이란 말인가?

각설하고 예나 지금이나 한국 사람이 바라는 복의 알맹이는 수(壽), 부(富), 귀(貴) 셋이라고 나는 보았습니다. 유호덕(攸好德)이다, 고종명(考終命)같은 어려운 한문 문자의 복은 현학적인 사람들이 거드름 떠는 복이고, 다남자, 득남의 복은 이미 대과거가 돼버렸습니다. 수의 복, 부의 복은 아직도 살아있는 복이요, 어떤 면에선 한국인에 국한되지 않은 보편적인 복이라 할 수도 있겠습니다.

'수'가 무엇이며 '부'가 무엇인지는 누구나 알고 있습니다. 문제는 '귀'입니다. '귀'가 무엇인지는 일의적(一義的)인 뜻을 대기 힘들고 다양한 풀이가 가능합니다. '귀'의 해석은 문화권이나 시대정신에 따라 다를 수도 있는 다양성을 갖습니다. 그 '귀'가 한국의 전통사회에선, (아직 현대사회에서도) 일의적으로 (그리고 거의 배타적으로) '높은 관작', '높은 벼슬'로만 풀이되고, 또 그렇게 받아들여지고 있습니다. 여기에 우리나라 기복사상의 특수성이 있고 그것이 음으로 양으로 한국사회를(지식인 사회도) 전반적으로 침윤하고 있으며 나아가 어떤 면에서는 한국적인 삶의 궤적을 예정 프로그래밍하고 있다고 생각됩니다.

이러한 우리나라 기복 사상에는 두 가지 두드러진 특성이 내재되고 있습니다. 초월의 부재, 타자의 부재가 그것입니다.

수(壽)와 부(富)는 현세적·세속적인 복이요, 신체적·물질적인 복입니다. 다만 그것에 비해 귀(貴)는 물질적인 차원만이 아니라 정신적인 차원에서도, 신체적인 차원만이 아니라 인격적인 차원에서도 추구할 수 있는 가치 개념입니다. 그처럼 다양한 가능성이 열려있는 귀가 한국 사회에서는 오직 '높은 벼슬'이란 현세적·세속적인 개념으로만 받아들여짐으로써 한국의 기복 사상에는 초월의 차원이 사라져버렸다고 보는 것입니다

수는 부자지간에도 나눌 수 없는 오직 내 목숨의 복입니다. 부는 흥부와 놀부 이야기처럼 형제간에도 나누기 어려운 내 식구, 내 권속의 복입니다. 그리고 또 귀는 내 가문, 내 문중의 영광입니다. 수부귀의 기복 사상에는 내 몸, 내 가족, 내 가문이라

는 '나'의 동심원을 벗어나는 '남'의 존재는 사라집니다. 한국의 기복 사상에는 타자가 자리할 공간이 없는 것입니다.

이러한 성찰 과정에서 나는 뜻밖에 놀라운 사실을 발견했습니다. 한국의 고전 문학에는《구운몽》같은 양반사회의 장편소설이나《심청전》같은 서민들의 판소리 사설에서나 도통 친구가 등장하지 않습니다. 뿐만 아니라 우리들 문화권에는 서양의 고전적 고대부터 이어온《우정론》의 문헌 같은 것도 찾아 보기가 어렵습니다

초월의 부재, 타자의 부재가 지배하는 사회문화권에선 공(公)의 세계가 열리기 어렵고 공의 의식을 사회화하기도 쉽지가 않으리라 생각됩니다.

천학비재의 위인이 품어본 이런 소견 따위를 운주 선생은 그 심포지엄 단상에서 귀담아 들어주시고 가장 먼저 이해해주시고 심지어 선생의 서책에도 몇 차례 인용까지 해주심으로써 후학을 격려해주셨습니다. 뿐만 아니라 게으름뱅이의 늦깎이 책이 드디어 세상에 나오자 선생은 친지들을 초치해 알뜰한 출판기념 축하연을 베풀어주시기도 했습니다

이 나라 교육계, 교육학계의 기함(旗艦) 운주 선생의 선단에는 국무총리며 장관을 지낸 후학들도 수두룩합니다. 그 가운데엔 참으로 학식이나 인격이 고귀한 분들도 있고 혹은 높은 벼슬자리를 지냈다는 의미에서 '귀'한 이들도 많습니다. 분명한 것은 운주 선생은 평생 어떤 관작도 추구하지 않았고 어떤 벼슬도 하지 않았다는 것입니다. 그럼에도 운주 선생은 벼슬을 한 사람보다도 더 귀한 분으로 사람들은 모시고 있습니다. "귀하기는 벼슬하지 않는 것보다 더 귀함이 없다(貴莫貴於不爵)". 일찍이 이지함(李之菡)이 한 말입니다.

선생은 참으로 더할 나위 없이 귀한 분입니다.

2020년

허허실실 초탈자재의 언론사 경영인

• 방우영 회장 미수연에

(1928~2016)

한국일보와 중앙일보, 대조적인 두 창간사주

방우영 회장님의 미수를 축하 드립니다.

신문사라고 하는 격무에 종사하신 분들의 장수는 그 자체만으로도 하나의 큰 성취요 축하해서 마땅한 인생의 경사라 여겨집니다. 하물며 밤낮의 경계를 철폐한 조간신문을 반세기 넘도록 경영하신 방우영 회장님의 미수는 당신뿐만 아니라 언론계에 종사하는 모든 분들에게도 희망을 안겨주는 복음이라 해서 좋을 줄 믿습니다.

어느 한 곳에 지긋이 뿌리를 내리지 못하고 신문사와 대학교를 철새처럼 오가고 한 사람이, 더욱이 신문사도 어느 한 곳에 자리 잡지 못하고 여러 곳을 떠돌이 하던 사람이 한 일자리를 60년이 넘도록 지켜오신 분의 미수를 축하하는 대열에 낀다는 것은 분수를 모르는 일이라 여겨집니다. 더욱이 저는 조선일보에는 겨우 1년 정도 객원으로 근무한 인연밖에 없는 자격미달의 문밖 사람입니다.

그런데도 우선 이 얘기부터 해두는 것이 옳겠습니다. 제가 10여 년 전에 고희의

방우영 조선일보 회장

나이가 됐을 때 20여 년을 봉직한 대학교에서도 모르고 지나가는데 겨우 1년을 객원으로 인연 맺은 조선일보사에선 '전직 사원'으로 초빙해서 고희 축하선물까지 주신 일이 있습니다. 그것이 바로 조선일보요 사람과 사람 사이를 끈끈하게 묶어주는 방우영 선생님의 신문사 모습입니다.

저는 비록 신문인으로 평생을 살아오지는 못했습니다만 한국전쟁 이후 우리나라 신문매체의 전성시대에 무에서 유를 창조한 두 신문의 뛰어난 창간 발행인, 그리고 일제의 강점시대에 태어나서 광복 이후 다시 속간되어 일간 신문 시장의 1위 자리를 수성한 빼어난 경영인을 가까이 뵐 수 있는 행운을 누렸습니다. 1954년 창간한 한국일보의 장기영(張基榮, 1916~1977) 사장과 1965년 창간된 중앙일보의 홍진기(洪璡基, 1917~1986) 사장, 그리고 조선일보의 방우영 사장 세 분입니다.

한국일보는 1955년 초에 수습기자 시험을 치르고 입사해서 비록 본사 근무보다는 해외에 나가 있던 기간이 더 많기는 하였지만 이 신문의 전성기를 일궈낸 1950~60년대에 장 사장님을 가까이 모실 수 있었습니다. 중앙일보는 불꽃같이 사세가 피어 오른 1970년대 초 3년 동안 논설위원으로 홍 사상님을 자주 뵐 수 있었습니다. 두 분은 한국현대사에 큰 표제가 될 두 신문의 창간 발행인이요, 같은 시대를 살아온 거의 동년배이셨습니다. 그럼에도 두 분의 신문 경영 방식은 꼭 맞춰놓은 그림처럼 대조적이었습니다.

장기영 사장은 선린상업학교를 졸업한 학력만으로 34세에 국립중앙은행인 한은 부총재를 역임했고 38세에 일간신문 창간발행인이 되셨습니다. 그 뒤 정부에 들어가선 부총리 겸 경제기획원 장관을 역임하시기도 했습니다. 중졸 출신으로는 참으로 놀라운 경력이오 그 배경엔 초인적인 정력과 각고정려의 비상한 노력이 있었다는 것

미수 축하연에서 인사하는 방우영 회장. 헤드테이블엔 동갑의 친지들 김동길 교수(오른쪽), 신영균 회장(왼쪽) 등이 자리하고 있다.

을 짐작하고도 남는다 하겠습니다.

'왕초'라는 애칭을 즐기던 장 사장의 신문 경영 스타일은 한마디로 무불간섭의 현장주의 방식이었다고 회고됩니다. '옴니프레젠트'(omnipresent, 언제 어디나 나타나는) 사장! 편집국장에서부터 사회부 야근기자까지, 총무, 광고, 공무국의 간부에서부터 말단 사원까지 또는 회사 수위에서부터 운전기사까지 그 누구나 어쩌다 뒤를 돌아보면 낮이건 밤이건 왕초가 등 뒤에 서 있는 것이 장기영 사장 시대의 한국일보였습니다.

이에 비해서 홍 사장의 중앙일보 경영 방식은 한국일보 장 사장의 그것과는 극과 극의 대조를 이룬 것으로 느껴졌습니다. 경기중학교와 경성제대 법과의 엘리트 코스를 밟은 홍 사장은 광복 후에도 대검 검사, 법무부 장관, 내무부 장관 등 요직을 두루 거친 수직적 출세가도를 달려온 '현대 한국의 수제'였습니다. 옛날 군주시대에는 그처럼 학식과 관록을 갖춘 최고 엘리트의 자리가 추밀원고문(樞密院顧問, Geheimrat)

이라 했다면 홍 사장은 바로 그 추밀원 고문처럼 깊숙하게 자리 잡은 은밀한 방안에서 종합 언론제국을 총지휘하셨습니다.

장기영 사장의 신문 경영 방식이 왕초처럼 대로적(大路的), 향외적(向外的), 개방적이라고 한다면 홍진기 사장의 그것은 추밀원처럼 실내적, 향내적, 밀폐적인 것으로 보였습니다. 한국일보 사원들은 '인생 도처에 유 왕초'의 장 사장 얼굴을 어찌다 운이 좋으면 일주일에 하루쯤 보지 않는 행운을 누릴 수 있었습니다. 그와는 반대로 중앙일보 사원들은 어찌다 운이 돌아오면 일주일에 한 번쯤 홍 사장의 용안을 뵐 기회에 얻어걸립니다. 아침에 신문사에 나와 대기하고 있는 엘리베이터를 타고 사장실에 들어가시면 홍 사장은 저녁에 퇴근할 때까지 온종일 거의 밖으로 나오지 않으셨습니다.

당시 한국일보가 3개의 일간지, 2개의 주간지를 발행하고 있었을 때 중앙일보/동양방송은 일간신문 외에 1개의 주간지, 3개의 월간지에 라디오, 텔레비전의 방송까지 경영하고 있던 우리나라 최대의 다매체 언론산업을 운영하고 있었습니다. 한국일보사에는 그래도 무불간섭의 현장주의자 장 사장의 눈이 닿지 않는 구석이 의외로 많았습니다. 가령 일간지만 하더라도 장 사장이 특별한 애정을 갖던 2개의 고정 칼럼(〈지평선〉과 〈메아리〉)은 어떤 주제로 쓰건 간섭하지 않았으며 주간지 등 방계 매체의 편집엔 거의 사주의 간여가 없었던 것 같았습니다. 그에 비해서 중앙/동양의 홍 사장은 그 많은 인쇄/방송 매체의 모든 편집/편성과 집필자/출연자 인선, 그리고 예산에 이르기까지 사전 기획에서부터 사후 결과와 평가까지 빈틈없이 통제하고 있었습니다.

발행인의 신문 vs. 편집인의 신문

지나친 주관적인 단순화가 될지 모르나 우리나라 신문사에서 1950년대를 한국일보가 창간된 연대요, 1960년대는 중앙일보를 창간한 연대라고 본다면 1970년대는 조선일보가 정상으로 비상한 연대라 속으로 생각해보곤 합니다. 한국전쟁 이후 내놓고 '상업지'라 밝히고 새로 창간한 앞의 두 신문이 미국 신문사에서 흔히 등장하는 개념으로 분류한다면 이론의 여지없는 '발행인의 신문' 유형에 속한다고 한다면 일제강점치하에 햇빛을 본 조선일보는 '편집인의 신문'이라 해서 좋을 줄 압니다.

물론 '편집인의 신문'이라고 해서 신문의 소유 경영권이 편집인에게 있다는 뜻은 아닙니다. 다만 신문지면 제작에 어느 정도 편집인의 결정권이 주어지느냐, 또는 어느 정도 발행인이 간여하느냐 하는 상대적인 기준에 따라 '발행인의 신문'과 '편집인의 신문'의 컬러가 식별되겠다는 얘기입니다. 1970년대 말에 내가 본 조선일보는 당시 발행되고 있던 우리나라 신문 가운데서 주필과 편집국장의 의견과 체취가 지면에 가장 강하게 풍기고 있는 신문으로 여겨졌습니다. 그 전부터도 대부분의 경우 편집국장을 거쳐온 홍종인(洪鍾仁), 최석채(崔錫采) 주필들은 그 이름이 발행인 이상으로 조선일보의 심벌이 된 분들이었습니다.

뿐만 아니라 지금에 와서 돌이켜 보니 1970년대에 들어와 조선일보는 71년부터 80년까지 놀랍게도 오직 한 사람의 주필(鮮于煇)과 한 사람의 편집국장(申東澔)이 장장 10년 동안을 신문 논설과 편집의 책임을 맡아 왔던 연대이기도 했습니다. 그리고 그 1970년대는 조선일보가 착실하게 한국신문의 정상으로 웅비했던 시절입니다. 그 무렵 저는 〈내가 보는 조선일보〉라는 글을 써달라는 원고청탁을 받고 다음과 같은 말로 글을 맺어보았습니다

> "… 이처럼 조선일보가 주필과 편집국장의 무리 없는 양식에 의해서 제작되고 있다는 사실은 바로 그 등 뒤에서 이들을 신뢰하고 편집제작의 모든 재량권을 내맡기고 있는 시원스런 성품의 발행인이 있기 때문이 아닌가 생각된다. 나는 조선일보의 발행인을 본 일이 없으나 조선일보의 지면을 보면 그런 생각이 든다."

탈권위주의적·수평적·인간친화적 소통

1980년대 초에 저는 약 1년 동안 조선일보사의 객원 논설위원으로 나가서 방우영 사장을 가까이서 뵐 기회를 얻었습니다. 그분은 그때까지 보아왔던 신문사의 사장들과는 전혀 다른 아주 대조적인 모습이었습니다. 방 사장의 신문 경영 스타일은 장기영 사장처럼 무불간섭의 현장주의도 아니오 홍진기 사장처럼 은밀한 통제의 완벽주의도 아니라 여겨졌습니다. 도대체 방 사장의 경영 스타일은 고식적인 어떤 '주의'가 아니라, 그런 주의 따위는 아랑곳 하지 않는 허허실실 초탈자재(超脫自在)의 모습으로 보였습니다.

가령 논설위원실에도 아무 때나 정장보다는 캐주얼 차림으로 불쑥 나타나셔선 창가에 등을 기댄 채 이런 저런 세상 얘기를 꺼내시다가 이따금 기가 막힌 편집 아이디어를 내시곤 하는 것을 보았습니다. 가령 지금은 모든 신문의 관행이 되었지만 사외필자를 '사빈'으로 모시고 장문의 기명 칼럼을 매일 연재하게 된 것은 80년대 초 조선일보가 시작한 〈아침 논단〉이 효시였으며 그것은 방우영 사장의 창가의 아이디어였다는 것을 저는 목격자로서 증언할 수 있습니다.

요컨대 방 사장의 신문 경영 스타일은 '대로'형도 '밀실'형도 아니요 차라리 '골목'형이라고나 할, 어떤 면에서는 매우 정감이 넘치는 분위기를 띠고 있는 것으로 느껴졌습니다. 1950년 이후에 창간된 '발행인의 신문'이 상하 수직적인 소통을 위주로 하는, 그런 의미에서 권위주의적인 유형의 발행인에 의해서 창업에 성공했다면 조선일보가 수성하며 정상에 웅비한 것은 좌우 수평적인 소통을 시원히 함으로써 탈(脫)권위주의적인 분위기, 그런 점에서 매우 친화적이오 정감 어린 끈끈한 인간관계에서 이룩된 성과가 아닌가 생각해봅니다.

날이 날마다, 아니 많은 경우엔 시간 시간마다, 수많은 사람들의 정신적 집중과 그 소산으로 경쟁하는 신문 산업에 있어 가장 중요한 승패의 열쇠는 어떻게 함으로써 모든 사원의 창의적인 아이디어를 쏟아내게 할 수 있을까 하는 '브레인스토밍'의 전략에 있다고 저는 생각해오고 있습니다. 모든 사원의 마음을 편하게 해주고 누구나 할 말을 할 수 있게 해주고 그러자니 절로 자기의 직장을 사랑하게 만들어주는 방우영 사장님, 그분의 신문사가 풍기는 따뜻한 사내 분위기, 독일 사람들 말로는 '콜레기알(kollegial. 동료적인) 분위기가 방우영 사장님이 조선일보를 정상으로 밀어 올린 신문 경영의 스타일이 아닌가 생각해봅니다. 그리고 그것은 우리나라 경영학의 한 연구 주제가 되어도 좋겠다고 저는 생각합니다.

2015년

KCO 50돌 카펠마이스터 반세기

• 김민 교수

(1942~)

나는 서울 바로크합주단을 좋아한다. 그리고 그 음악감독 김민 선생도 좋아한다.

그 이유야 물론 들려주는 음악이 마음에 썩 들기 때문이다. 그것은 언제 들어도 물이 오른 5월의 신록처럼 싱싱한 소리가 귀에 삽상(颯爽)하다.

서울 바로크합주단을 좋아하는 것은 음악 때문만도 아니다. 무대에 등장하는 김 감독과 오케스트라 단원들의 언제 봐도 날씬하고 멋진 모습을 눈요기하는 불순한(?) 재미가 또 내게는 있다. 연주가 귀에만 삽상할 뿐 아니라 눈에도 삽상하니 안 좋아할 수가 없다.

바로크합주단과 김민 감독은 둘이 아닌 하나다. 그동안의 발자취를 더듬어 봐도 김 감독 없는 바로크합주단을 상상할 수 없고 그 반대의 경우도 마찬가지다. 지나온 발자취만이 아니라 현재의 공연을 봐도 김 감독과 합주단은 무대에서 하나로 있다. 김 감독은 합주단에 대해 포디움 위에 군림하고 있는 지휘자가 아니라 마치 바로크 시대의 '카펠마이스터' 요한 세바스찬 바흐처럼 다른 악사들과 같이 음악을 만들어 낸다.

바로크합주단을 50년 동안 이끌어온 김민 감독

유럽 악단에 전업 지휘자가 등장한 것은 19세기 후반의 한스 폰 뷜로우가 처음으로 알려져 있다. 그 이전에는 지휘자가 따로 없고 작곡가가 단원과 같이 음악을 합주하는 것이 관례였던 모양이다. 그런 시대가 그리웠던 것일까? 내 젊은 시절에 부지런히 음악회에 쫓아다녔을 때 본 광경을 지금도 기억한다. 1963년 여름 젊은 로린 마젤이 잘츠부르크 페스티벌 무대에 데뷔했을 때 그는 바흐의 브란덴부르크콘체르토 4번과 모차르트의 바이올린 콘체르토 3번을 바이올린 (독)주자로서 체코 필하모니와 함께 연주하며 지휘했다. '카펠마이스터'처럼?

카라얀도 바로크 시대의 그런 광경에 샘이 났던 것일까? 나는 베를린 필하모니 정기 연주회에서 이따금 카라얀이 포디움에서 내려와 단원들과 같은 바닥에서 피아노나 쳄발로 앞에 앉아 틈틈이 손을 들어 지휘하는 모습을 보곤 했다. 최근엔 그러한 전통의 맥을 이어 다니엘 바렌보임이 피아니스트로 건반 앞에 앉아 오케스트라를 지휘하는 연주가 자주 있다.

서울 바로크합주단이 내년(2015년)이면 창단 50년이 된다는 말에 나는 자못 놀랐다. 먼발치에서 본 김민 감독은 이제 겨우 40~50대의 날씬하고 쌩쌩한 청장년이고 오케스트라 단원들은 아직 20~30대의 한창 물이 오른 날씬한 젊은이들로만 알고 있었는데 벌써 50돌이라니

하긴 그럴 만도 하다. 국내 공연은 젖혀 두고 해외 초청 공연만도 이미 5년 전에 100회를 넘겼으니 세월을 마냥 붙잡아 멜 수는 없을 것이다. 그 점에선 서울 바로크합주단의 영어 명칭이 내겐 마음에 든다. 명실 공히 한국을 대표하는 'KOREAN CHAMBER ORCHESTRA'란 이름이 따지고 보면 음악의 앙상블이 나이를 먹는다는 것은 그 자체가 큰 성취요 자랑이다. 세상엔 나라 안팎으로 얼마나 숫한 실내악단이 생겼다 이내 사라지고 마는 단명의 사례들이 흔한지 서울 바로크합주단은 앞

KOC 단원들과 함께

으로도 더욱 장수할 것으로 믿는다. 장수의 첫째 조건은 슬림! 날씬해야만 한다. 김민 감독이나 합주단 멤버들의 몸매처럼…

서울 바로크합주단의 더욱 다복하고 풍요로운 미래를 축원하며.

2014년

이미륵상 수상

• 조각가 엄태정 교수

(1938~)

제7회 이미륵상 심사위원회는 강하이디 교수, 정혜영 교수, 강석희 교수, 최정호 교수 등 네 사람으로 구성되어 금년 2월 중순에 첫 모임을 가졌습니다. 그동안 이미륵상이 음악 분야의 두 사람과 어문학 분야의 세 사람에게 수여된 사실을 유의한 심사위원들은 금년에는 미술 분야에서 한 분을 선정하자는 데 의견 일치를 보았습니다. 그 원칙이 합의되자 수상 후보자로 곧(?) 서울대 미술대학의 엄태정 명예교수가 추천됐습니다. 심사위원회는 그로부터 한 달 동안 엄 교수의 경력과 업적을 소상히 살펴 마침내 그를 제7회 이미륵상 수상자로 선정했습니다.

조각가로서의 엄 교수에 대한 전문가적인 평가는 김영나 교수의 축사에 일임하기로 하고 여기서는 다만 엄태정 교수와 독일과의 범상치 않은 관계에 대해서 몇 마디 드리겠습니다. 엄 교수는 1992년 베를린 예술대학(HdK)의 객원교수로 독일과 첫 인연을 맺은 것을 계기로 2005년에는 베를린의 저명한 화랑인 게르하르트 콜베 미술관에서 성공적인 개인전을 개최해서 현지 화단과 평단의 주목을 모은 바 있습니다.

그러나 그에 앞서 엄 교수의 작품은 독일의 한 핵심 부위에 파고들어 자리하게 됩

작품과 작가 엄태정 교수

니다. 2002년 2월 본에서 통일독일의 수도 베를린으로 이전한 총리공관 미술위원회는 엄격한 심사를 거처 한국의 조각가 엄태정 교수의 작품 '청동기 시대 97((Bronze-Object-Age 97-9)'(1997)을 총리 공관에 상설 전시하기로 결정한 것입니다.

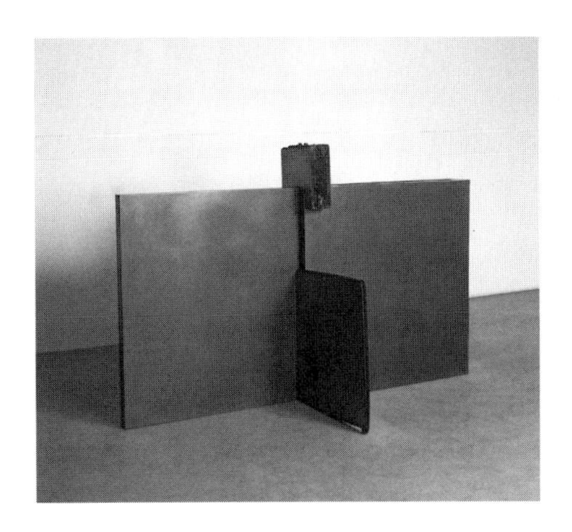

베를린의 독일 수상 관저에 소장되고 있는 엄 교수 작품 (Bronze-Object, 1997)

총리공관과 미술작품이라 하면 그 사이는 권력과 예술의 사이처럼 큰 심연으로 갈라져 있을 것으로 생각되기 쉽습니다만 오늘날 독일의 경우는 그렇지가 않습니다. 나는 여기서 1975년 헬무트 슈마트 당시 총리가 독일예술가연맹(Deutsche Kuenstlerbund)에서 행한 연설을 떠올리게 됩니다. 그는 모든 공공건물에는 총건축비의 일정 비율을 예술에 투자하자는 이른바 '건축물에 예술작품(Kunst am Bau)'이란 주제를 발표했습니다.

〈웅비(雄飛)〉, 서울 올림픽공원

나는 그 연설에 감명받아 1976년부터 한국에서 세미나의 주제 발표, 신문·잡지의 기고를 통해 그 아이디어의 보급에 미력이나마 주력하였습니다.

슈미트 수상은 스스로 당시 본의 총리 공관에 헨리 무어(Henry Moore), 에른스트 발랏하(Ernst Barlach), 막스 에른스트(Max Ernst) 등 현대미술의 대가들의 작품을 전시하는 'Kunst am Bau'의 모범을 보여주었습니다. 뿐만 아니라 19세기 말에서 20세기 초에 북부 독일의 조그마한 예술인 촌락 보르프스베데에 살던 예술가들의 전시회를 총리 공관에서 개최하기도 했습니다. 보르프스베데라면 시인 라이너 마리아 릴케가 그의 부인인 조각가 클라라를 만난 곳입니다. 그 인연으로 릴케는 로당의 비서가 되고 〈로당 론〉과 〈보르프스베데〉 제하의 주옥 같은 글을 남기기도 했습니다.

이 보르프스베데 전시회 등으로 독일에서는 '총리실 화랑(Kanzlergallerie)'이란 말이 생겨 날 정도로 독일 총리공관은 현대 예술작품에 눈이 밝은 후원자요 소장가가 되고 있습니다. 엄 교수의 작품이 독일 총리공관에 소장돼 있다는 것은 만만치 않은 의미를 갖는다고 하겠습니다.

'건축물에 예술작품'이란 전후 서독의 문화운동은 아마도 세계에서 가장 많은 신축 건물이 들어선 한국의 서울에서도 이제는 자리 잡아 가고 있는 것 같습니다. 그리고 그 분야에서도 가장 부지런한 작품 활동을 하고 있는 분이 오늘의 수상자 엄태정 교수입니다. 그 사실 또한 '건축물에 예술(Kunst am Bau)'을 통한 한국과 독일의 한 인연이 아닌가 생각됩니다. 감사합니다.

2012년

서울 평화상 수상

• '엘 시스테마'의 호세 안토니오 아브레우 박사

(1939~2018)

존경하는 호세 안토니오 아브레우 박사님.

서울 평화상 위원회를 대표하여 심사보고와 수상자 소개를 드리게 된 것을 영광으로 생각합니다. 21세기의 첫 10년대를 마감하는 올해 제10회 서울평화상 수상자로 선정된 아브레우 박사는 경제학자, 교육자, 정치가이자 무엇보다도 음악가입니다.

그는 지난 1975년 베네수엘라의 수도 카라카스의 빈민가에서 마약과 범죄의 유혹에 노출된 가난한 청소년들에게 사재를 털어 음악 교육을 시작했습니다. 전과 5범을 포함한 11명의 청소년에게 악기를 사주고 연주법을 가르치면서 그들의 재활과 교도를 위해 시작한 아브레우 박사의 음악교육은 머지않아 놀라운 사회문화적 위력을 발휘하게 됐습니다.

그는 더 많은 빈민층 아이들에게 더 많은 음악교육의 기회를 줄 수 있도록 정부의 복지부를 설득해서 모든 사람이 서로 돕고 서로 가르치는 '엘 시스테마(El Sistema)'라 일컫는 예술교육 시스템을 개발했습니다. 그를 통해 음악은 이제 빈곤층의 청소년들에게도, 아니 바로 그들에게야말로 삶에 새로운 희망과 긍정을 안겨주는 계기가 되

호세 안토니오 아브레우 박사

어 주었습니다.

그의 이러한 예술교육 운동은 소수의 영재 음악가를 발굴해내는 데에만 목적이 있는 것은 아닙니다. 그보다도 더 많은 청소년들을 범죄와 마약의 유혹에서 구출하여 건강한 공동체의 구성원이 되게 함으로써 사회 안정과 통합에 기여하자는 더 큰 뜻이 있었던 것입니다.

지난 35년 동안 무려 30만 명이 침여한 이 '엘 시스테마'의 청소년들은 그 80% 이상이 빈민층 아이들이었습니다. 2010년 현재 베네수엘라에는 그들을 중심으로 약 500개라는 참으로 놀라운 수의 오케스트라와 음악 그룹이 활동하고 있습니다. 전국에는 220여 개의 지역 센터가 있고 그중 스무 곳 이상은 음악의 전문교육시설을 갖추고 있습니다. 28세의 나이에 LA 필하모닉 오케스트라의 최연소 상임지휘자로 임명된 젊은 마에스트로 구스타보 두다멜도 바로 아브레우 박사의 엘 시스테마가 길러 낸 소산 중의 한 보기입니다.

세상에는 많은 음악가가 있어 왔고 지금도 있습니다. 그러나 음악이 버림받은 청소년들을 밝은 삶으로 복귀시키는 것처럼 놀라운 효능을 갖는다는 것을 아부레우 박사처럼 뚜렷하게 보여준 음악가를 우리는 알지 못합니다.

음악이 한 개인이나 한 사회를 위해 그처럼 큰 위력을 지니며 사회 통합과 안정에도 기여하는 축복이 된다는 것을 아브레우 박사처럼 확연하게 입증해준 음악가를 우리는 알지 못합니다.

그리고 그러한 음악의 축복을 아브레우 박사처럼 사회의 어둡고 깊은 구석에까지 고루고루 널리 퍼뜨려 온 음악가를 우리는 알지 못합니다.

"음악은 오직 한 가지 행복을 뜻하는 것으로 믿는다"고 베를린 필하모닉 오케스트라의 상임 지휘자 사이먼 래틀 경(卿)은 말한 바 있습니다. 그는 베네수엘라에서 음악하는 사람들의 얼굴에서 발견할 수 있는 것이 바로 그 행복이라고 토로하고 있

서울 평화상 수상식 후 가든 파티에서 축배를 드는 아브레우 박사. 오른쪽에는 서울 평화상 재단의 이철승 이사장 내외, 왼쪽에 필자

습니다.

평화란 단순히 분쟁이나 전쟁이 없다는 소극적인 의미 이상의 것입니다. 평화의 가장 고양된 적극적인 의미는 행복, 사람들 마음속의 행복입니다. 서울 평화상위원회는 세계의 수많은 저명한 인사들이 추천해주신 100여 명의 후보자 가운데서 올해는 한 음악가를 수상자로 선정했습니다.

호세 안토니오 가브레우 박사!

당신은 오랜 생애에 걸친 헌신으로 인간 사회에 미치는 음악의 힘을 높이 끌어 올렸습니다.

그와 함께 당신은 우리가 추구하는 평화의 의미에 깊이를 더해주었습니다.

가브레우 박사의 수상을 진심으로 축하드립니다.

감사합니다.

2010년

이미륵상 수상

• 김민기 학전극장 대표

(1951~)

오늘 이 축하 모임의 주인공 김민기 선생, 이미륵상 수상을 축하드립니다. 그와 함께 이 상을 위해 나와주신 김민기 선생께 감사하다는 말씀도 드리고자 합니다. 김민기 선생은 당신에게 주는 영예나 포상(褒賞)을 부끄러워하고 웬만해선 자리에 나타나지 않기로 소문난 일종의 '결벽증 환자'로 알려져 있기 때문입니다. 이미 1999년 11월에는 장충체육관에서, 그리고 2001년 10월에는 예술의 전당에서 김민기 헌정 음악회를 두 차례나 개최했을 때도 주인공은 어디론가 숨어버리고 나타나지 않아서 큰 화제가 된 일이 있었습니다.

김민기 그는 어떤 의미에선 모순된 존재라고 할 수 있습니다. 그는 김지하(金芝河) 시인의 말을 빌리자면 '버림받은 외로움과 슬픔' 속에 잠겨 있는 사람처럼 보입니다. 그러나 그 은둔의 시인이 나지막한 목소리로 노래를 부르게 되면 이내 수만 명, 수십만 명의 사람들이 무리를 이뤄 그 노래를 부르게 됩니다.

그가 열아홉의 나이에 발표한 노래 〈아침 이슬〉은 한국 창작가요 역사를 통틀어 가장 많은 사람들이 가장 오래 가장 널리 부르고 있는 노래가 되었습니다. 특히

제8회 이미륵상을 수상(왼쪽부터 이성락, 김영진, 필자, 김민기, 김광규, 주한 독일대사 및 독일문화원장)

1970~80년대의 대학가에선 〈아침 이슬〉은 그 시대의 '애국가'가 되었다고도 알려져 있습니다.

1987년 6월의 시민항쟁 당시 군부 독재체제에 종지부를 찍고 마침내 민주화 혁명이 승전고(勝戰鼓)를 울렸을 때엔 100만 명의 시민이 자발적으로 〈아침 이슬〉을 합창하였던 사실은 우리들의 기억에 새롭습니다. 그렇습니다. 〈아침 이슬〉은 우리 시대의 〈마르세유의 노래(La Marseillaise)〉가 되고 있었습니다. 18세기 말 프랑스 혁명의 와중에 나온 이 노래가 머지않아 프랑스의 국가(國歌)가 된 것처럼 한국의 1980년대 말 민주화 혁명의 와중에 부른 〈아침 이슬〉은 당시 젊은 세대들에겐 〈제2의 애국가〉가 되었다는 것도 자연스러운 일이었습니다.

물론 〈아침 이슬〉은 〈마르세유의 노래〉와는 다른 점도 있습니다. 프랑스 국가 〈마르세유의 노래〉는 '피에 찌든 깃발을(L'Etendard sanglant)', 또는 '목을 베러('egorger)' 등의 살벌한 노랫말이 이어지고 있습니다만 한국의 시민혁명에서 부른 〈제2의 애국가〉는 '진주보다 고운 아침 이슬처럼' 또는 '작은 미소를 배운다' 등등의 다스하고 평화로운 노랫말들이 이어지고 있습니다.

그러고 보면 무리를 꺼리는 외로운 시인이 온화한 노랫말로, 나지막한 목소리로 부른 노래가 수천, 수만의 사람들을 불러 세워 무리를 이루고 군부독재정권을 물리친 시민혁명의 주제가가 되었다는 것은 아무래도 모순만 같습니다. 그러나 그것은 찬란한 모순이라 하겠습니다.

그것이 어떻게 그럴 수가 있는 것일까. 저는 이 모순에 찬 '김민기 현상'을 생각할 때마다 철학자 야스퍼스(Karl Jaspers)의 말을 떠올리곤 합니다. 저는 1966년 말 야스퍼스 교수를 스위스의 사저(私邸)로 찾아 뵌 일이 있습니다. 그때 이 노(老) 철학자는 저에게 다음과 같은 글귀를 적어 주었습니다.

쑥스럽게 웃는 김민기 씨 모습

"Wahrheit ist was uns verbindet"(진리는 우리를 결합시킨다. 참된 것은 우리를 맺어준다)

그렇습니다. 고독한 시인의 노래가 무리를 움직여 시민혁명의 합창곡이 된 것은 큰 목소리 때문이 아닙니다, 선동적인 노래 가사나 전투적인 노래 가락 때문도 아닙니다. 다만 거기엔 참된 것이 있기 때문에, 진실성(眞實性), 진정성(眞情性)이 있기 때문에 사람들을 이어주고 결합시킨 것입니다.

1980년대 이후 시민혁명에 앞장섰던 많은 사람들이 나라의 양지바른 여러 분야에서 요직을 맡아 활약하고 있습니다. 그러나 김민기 선생은 그런 자리를 피하고 오히려 그전보다 더 어두운 구석으로 숨어들었습니다. 1990년대에 들어와 김민기 선생은 서울 낙산 밑의 대학로에 학전소극장을 열었습니다. 거기에서 그는 곧 또 일을 저질렀습니다.

김민기 선생이 기획·연출한 록 뮤지컬 〈지하철 1호선〉은 독일의 극작가 폴커 루트비히(Volker Ludwig)의 작품인 〈Line 1(1호선)〉을 번안한 것입니다. 그러나 한국의 이 번안작품은 독일의 오리지널 작품에 앞서 1,000회 공연을 기록하더니 이내 2,000회,

3,000회를 뛰어넘어 마침내 4,000회에 이르러 스스로 막을 내렸습니다. 객석 200석 남짓의 소극장에서 최장기 공연을 통해 무려 80만 명의 관객을 모았다는 것은 이 나라의 연극 역사상 전무후무한 공전의 대기록이 되고 있습니다.

〈아침 이슬〉이 김민기 선생의 헤아릴 수 없이 많은 노래 작품 가운데서 오직 하나의 보기에 불과한 것처럼 〈지하철 1호선〉 역시 김민기 선생의 이루 다 셀 수 없이 많은 무대 작품 가운데의 한 보기에 불과합니다. 참으로 놀라운 것은 둔세(遁世)의 음유시인 김민기 선생의 고독이 잉태하고 있는 엄청나게 풍요로운 생산성이오, 그와 함께 사람을 끌어들이는 대중성입니다.

저는 여기서 또 한 번 독일 사람의 말을 떠올리지 않을 수 없습니다.

"Was fruchtbar ist, allein ist wahr"(오직 생산적인 것만이 진리이다. 참된 것은 결국 풍요로운 결실을 거두게 된다)

김민기 선생이 2007년 바이마르에서 그의 이름이 얹혀진 메달(괴테 메달)을 수여받고, 오늘은 또다시 그의 이름이 얹혀진 문화원(괴테 이스티투트)에서 이미륵상을 수상하게 되는 바로 괴테(Johan Wolfgang von Goethe)의 시 〈Vermaechtnis(유언)〉에 나오는 말입니다.

바라건대 우리 시대를 누구보다도 치열하게 살고 계시는 김민기 선생의 인간적 진실성이 앞으로도 더욱 풍요로운 예술적 결실을 세상에 선물해주실 것을 기대하고자 합니다.

2014년

이미륵상 수상

• 강수진 국립발레단 감독

(1967~)

강수진 여사, 오늘의 영예로운 수상을 진심으로 축하드립니다.

한국의 국립 발레단 예술감독이자 독일의 '궁정무용가(Kammertaenzerin)'의 시상식에 나와서 제가 리우다치오(축사)를 한다는 것은 아무래도 좀 궤도 일탈이 아닌가 싶습니다. 말과 글, 문필을 업으로 살아온 사람이 비언어적 무용의 세계에 관해서 얘기를 한다면 그것은 자격 없는 문외한의 망언이 되지 않을까 염려되기 때문입니다.

그럼에도 제가 이 자리에 나선 것은'이미륵상'을 먼저 탄 사람으로서가 아니라 그보다는 춤을 70여 년 동안이나 사랑해온 늙은 팬으로서 한국과 독일에 관련해서 춤에 얽힌 이야기를 조금은 할 수 있지 않을까 해서 나온 것입니다.

춤을 70여 년 동안이나 사랑했다고 했습니다. 제가 춤을 처음 본 것은 국민학교 다니던 십 대 초의 나이였습니다. 1942~3년경으로 기억됩니다. 저는 그때 최승희의 무용 공연을 보고 거기에 홀려서 그때부터 춤은 저를 가장 매혹하는 예술 장르가 됐습니다. 아마도 저는 최승희의 춤을 본 이 시대의 마지막 몇 사람이 아닌가 생각됩니다.

그렇기에 여기에선 우선 최승희에 관해서 좀 얘기해보겠습니다. 제가 국민학교에 다니던 전 기간은 한국이 일본 제국주의의 강압통치를 받던 시절입니다. 그래도 우리들 식민지의 어린이에게는 당시 자랑스러운 두 슈퍼스타가 있었습니다. 손기정과 최승희! 손기정은 1936년 베를린 올림픽의 마라톤의 금메달리스트요, 최승희는

〈살수보살〉 춤을 추는 무대 위의 최승희

1936년부터 유럽과 미국의 유명 무대에서 세계의 관객들을 환호케 한 무용가입니다.

손기정에 대해선 많은 설명이 필요 없을 줄 압니다. 제3제국이 낳은 세기의 명감독 레니 리펜슈탈(Leni Riefenstahl)의 기록영화 〈민족의 제전〉을 통해 그는 세계에 널리 알려져 있으리라 생각됩니다.

그에 비해 최승희에 관해선 오늘의 동시대인들, 특히 독일 친구들 중엔 아는 분이 거의 없을 듯싶습니다. 1911년 생의 최승희(崔承喜)는 서울의 숙명여학교를 졸업하고 1926년 일본의 이시이 바쿠(石井 漠) 무용단에 입단했습니다. 그러고 18세가 되던 1929년 서울에 돌아와 최승희 무용연구소를 설립해서 창작무용발표회를 연거푸 열게 됩니다.

1934년, 그녀의 공연을 본 일본 최초의 노벨문학상 수상자 가와바타 야스나리(川端康成)는 한 잡지에 이미 최승희를 '일본 최고의 예술가'라 격찬했고 전후 일본의 첫 문화청 장관이 된 곤 히데미(今日出海)는 최승희를 주제로 1936년 봄 〈반도의 무희〉란 영화를 제작하기도 했습니다.

1937년부터 1940년까지 3년 동안 최승희는 미국과 유럽의 수많은 도시에서 140회가 넘는 순회공연을 갖게 됩니다. 그녀의 관객 중엔 피카소, 장 콕토, 로맹 롤랭, 스토코프스키, 존 스타인벡 등의 이름이 있습니다. 당시 그녀의 명성을 증언하는 한 사례로는 1939년 브뤼셀에서 개최된 제2회 국제무용콩쿠르에서 독일 친구들이 잘 아시는 표현주의 무용의 창시자 마리 비그만(Mary Wigman), 러시아 발레와 파리 오페라 발레의 수석이자 감독 세리즈 리파(Serge Lifar)와 함께 최승희도 심사위원으로 초대받은 사실을 들 수 있습니다.

오늘의 영예로운 수상자 강수진 감독의 경력을 훑어 보니 제게는 세 가지 사실이 눈에 띕니다.

하나는 강 감독이 올해 숙명여대에서 명예박사 학위를 받은 사실입니다. 숙명학원은 최승희의 모교이기도 합니다.

다른 하나는 강 감독이 1985년, 모나코 왕립 발레 학교를 졸업했다는 사실입니다. 20세기 발레의 새 기원을 연 디아길레프의 러시아 발레가 볼세비키 혁명이 나자 서방세계로 망명해서 새 둥지를 친 곳이 모나코의 몬테 칼로 왕립극장입니다. 바로 여기에서 1910년대에 세계 초연된 스트라빈스키의 〈불새〉, 〈페트루슈카〉 등을 안무한 미셸 포킨이 모차르트의 음악과 앙드레 드랭의 미술로 한국의 〈춘향전〉을 발레작품으로 1936년 봄 공연했습니다, 저는 이 사실을 독일의 한 문헌에서 발견하고 놀랐습니다.

구미 각국의 순회공연을 마친 뒤 도쿄 가부키 극장에서 열린 최승희의 귀국공연 포스터

그리고 마지막 하나는 강 감독이 모나코의 발레 학교를 졸업하고 슈투트가르트의 발레단에 입단해서 그곳에서 수석 무용수로 대성했다는 사실입니다.

저는 카라얀이 필하모니에, 로린 마젤이 도이체 오페라에 군림하고 있던 1960년대의 대부분을 음악적으로는 더할 나위 없는 도시 베를린에 살고 있었습니다. 그러나 세계 정상의 문화도시 베를린에서 오직 오페라 발레에 대해서만은 항상 아쉬움이 있었습니다. 당시 베를린의 오페라 발레는 앞에 언급한 마리 비그만의 표현주의 무용과 그 뒤를 이은 타티아나 그소브스키(Tatjana Gsovsky)가 이끌고 있었습니다.

물론 저는 비그만이나 그소브스키를 높이 평가하고 표현주의 무용을 이론적으로는 받아들이려고 노력은 했습니다. 그러나 머리로 이해한 춤을 눈은 받아들이지 못

했고 하물며 거기에 빠져들 수는 없었습니다. 어쩌다 기회가 있어 파리의 오페라 발레, 런던의 로열 발레, 뉴욕의 시티 발레, 모스크바의 볼쇼이 발레, 또는 덴마크의 로열 발레 등을 구경하고 오면 베를린 오페라 발레에 대한 아쉬움은 더 커지기만 했습니다. 그러한 아쉬움의 원인은 발레를 보는 제 보수주의적 취향에 있을지 모릅니다. 그러나 발레란 원래 볼셰비키 혁명도, 소비에트 체제도 초월해서 유지되어온 가장 보수적인 예술이지 않습니까?

그건 어떻든 그 무렵 이리한 제 아쉬움을 달래주고 독일 발레에 새로운 기대를 걸도록 해준 곳이 한 군데 있었습니다. 1961년 존 크란코(John Cranco)를 새 감독으로 영입해온 슈투트가르트 발레입니다. 그는 30대 초반의 젊은 나이에 부임해서 1973년 뉴욕 공연에서 돌아오는 기내에서 45세의 젊은 나이에 요절할 때까지 불과 12년 동안에 한 지방도시의 발레단을 세계가 주목하는, 독일의 대표적 발레단으로 키워 놓았습니다. 언론에선 이를 '슈투트가르트의 발레 기적(Ballettwunder)'이라 일컫고도 있었습니다. 크란코가 안무한 많은 작품가운데서도 특히 백미가 우리나라에도 소개된 푸쉬킨의 〈오네긴〉입니다.

모나코에서 독일에 건너온 19세의 소녀 강수진은 1986년 슈투트가르트 발레단에 입단합니다. 그리고 8년 후에는 이 발레단의 솔리스트로, 그리고 다시 3년 후에는 수석 무용가로 고공행진을 하게 됩니다. 그리고 다시 10년 후 2007년에는 '슈투트가르트 발레 기적'의 창시자를 기념하는 '존 크란상 상'을 수상하고 급기야 독일과 오스트리아에서 예술가에게 주는 최고 영예인 '궁정무용가(Kammertänzerin)'의 칭호를 얻게 됩니다.

어떻게 보면 수직적인 상승을 거듭하는 강수진의 경력은 하늘에 가뿐히 날아오르는 발레리나의 그랑 즈테(도약), 마치 동화 속 천사들의 중력을 초월한, 어려움을 모르는, 힘들이지 않는 비상처럼 보이기도 합니다. 그렇게 보이는 것이 발레의 기량이요 또 그렇게 속고 보는 것이 발레를 보는 재미라고 할 수도 있습니다. 그러나 저는 발레리나들이 매일매일 땀투성이가 되어 연습하는 광경을 실제로 보고 나서는 그

제9회 이미륵상을 수상한 강수진 씨 내외와 하객들(2016년 11월)

강수진 씨와 부군

러한 순진한 환상에서 벗어났습니다. 훌륭한 발레리나는 '10%의 영감(inspiration)과 90%의 땀(transpiration)의 소산'이란 진리를 깨닫게 된 것입니다.

오늘의 강수진 수상자가 누리게 된 국제적인 성가와 영예는 지난 수십 년 동안 한 발레리나가 날마다 하루 18시간을 쏟아낸 땀이 거둔 소산입니다. 여기서 한 가지 부언하고 싶은 것은 근래 세상의 화제가 된 이른바 '강수진의 발'에 대해서입니다. 일종의 '관음취미(voyeurism)'라고나 할까요? 모든 것을 폭로하는 한국 TV저널리즘은 얼마 전 발가락 마디마다 아문 상처가 튀어나온, 민망하리만큼 참담한 토슈즈를 벗은 강수진의 발을 공개한 일이 있습니다. 저는 참아볼 수가 없어 고개를 돌려버렸습니다마는 세상의 반응은 다른 듯싶습니다. 발레에 관심이 없던 많은 사람들조차 토슈즈를 벗은 상처투성이의 발레리나의 발을 본 다음엔 강수진 여사에 깊이 감명을 받은 모양입니다. 그래서 한 가냘픈 무용가는 국민적 영웅이 되었습니다.

되돌아보면 최승희는 그때까지 몰랐던 한국의 춤을 세계에 보여주어 갈채를 받았습니다. 중국의 옛 사서는 이미 기원 3세기부터 한반도의 뛰어난 춤과 노래를 증언하고 있습니다. 최승희는 그러한 한국 춤의 전통을 보편적인 세계에 알려주었습니다.

강수진은 그러나 한국의 전통 춤이 아니라 유럽 전통의 발레에 뛰어들어 그 속에서 서양 발레의 문법으로 보편적인 춤의 세계에서 대성했습니다. 그리고 그러한 발레를 이제는 한국화하기 위해 국립발레단의 예술감독을 맡고 있습니다.

최승희는 한국의 춤을 높은 차원에서 세계화했다면 강수진은 세계의 발레를 높은 차원에서 한국화하게 되리라 기대됩니다.

폴 발레리의 말처럼 "춤의 세계에는 정지란 게 없습니다(dans l'Univers de la Danse, le repos n'a pas de place)."

우리는 그래서 우리들의 강수진 감독으로 해서 앞으로도 계속 그녀와 그녀의 발레단이 하늘을 나는 천사처럼 우아하고 아름다운 춤을 볼 수 있는 기쁨!, 환희(Freude)!를 누리게 되리라 믿습니다. 그래서 "그 기쁨의 부드러운 날개가 깃드는 곳에 모든 사람들이 형제가 된다(Alle Menschen werden Brüeder wo dein sanfter Flüegel weilt -Friedrich von Schiller)"는 것을 보고자 합니다.

감사합니다.

후기 : 글의 내력

《인물의 그림자를 그리다》는 '동시대인의 초상과 담론'을 엮은 《사람을 그리다》(2009, 시그마북스) 이후에 적은 인물에 관한 에세이를 다시 모아본 것이다. '그리다'는 말은 이번에도 '그려내다'와 '그리워하다'의 두 뜻에 걸쳐서 한 말이다.

《사람을 그리다》 이후 10여 년의 세월이 흘렀다. 그 사이에 가까운 그리고 먼 곳에서 많은 지인의 부음을 듣게 됐다. 누가 세월의 흐름을 거역하겠는가—지난번에 다룬 약 여든 명의 인물들 가운데선 아직 절반 이상이 생존하고 있었는데 이번에 적은 인물들은 대부분 고인들이다. 그러다 보니 《인물의 그림자를 그리다》는 '저승(Nekropolis)' 사람을 그리는 추모(Nekrolog)의 문집처럼 돼버렸다.

미디어의 청탁으로 서둘러 적은 짧은 글도 있으나 많은 글은 이번에 부음을 듣고 그때마다 혼자서 고인과 사귄 지난날의 정분을 새기며 늙어가는 무딘 붓을 되잡고 달포에 걸쳐 겨우 끝을 맺은 용장문(冗長文)이 대부분이다. 아래에 글들의 내력을 적어둔다.

제1장 스승

1. 권력을 초월한 권위_ 김수환 추기경

《동아일보》 2009년 3월 19일 〈최정호 칼럼〉

《동아일보》 2009년 2월 19일 〈최정호 칼럼〉

2. 정승보다 귀한 선비_ 김준엽 선생

이 책에 처음 수록

3. 《작은 나라가 사는 길》을 묻다_ 이한빈 박사

50년 전에 나온 이한빈 《작은 나라가 사는 길: 스위스의 경우》(1965, 동아출판사)를 2020년 열화당 영혼도서관에서 55년 만에 간행한 복간본에 부록으로 수록된 글(같은 책 pp. 191~218)

제2장 친구

1. 글쟁이로 한평생, 변방에서 중심으로_ 대기자 이규태

이 책에 처음 수록. 2017년 6월 24일자 조선일보는 지령 3만 호 특집에서 창간 100년을 눈앞에 두고 이 신문을 빛낸 여섯 명의 논객의 사진을 실었다. 그 속에 이규태의 모습을 보고 감격 속에 바로 붓을 들어 집필을 시작했으나 여러 가지 사정과 머뭇거림으로 다음해 봄, 겨우 반년 만에 탈고했다. 글 뒤에 부록으로 붙인 이규태의 서평은 내 책 《예술과 정치》(1977년 5월 民音社)에 관한 것으로 같은 해 7월호 《月刊朝鮮》에 수록

2. 철학도에서 대기업 CEO로_ 모하 이헌조

이 책에 처음 수록. 2020년 2월 탈고. 글 뒤에 부록으로 붙인 이헌조의 글 〈諸大路나〉는 내 희수를 축하하며 기고해준 글(한국미래학회 편 《글벗: 최정호 박사 희수기념문집》(2009, 시그마북스. pp. 44-50 수록)에서 전재

제3장 선배

1. 계간《현대사》와 한독 포럼_ 고병익 박사

녹촌 고병익 선생 추모문집《거목의 그늘》(1914, 지식산업사, pp. 384-393)에 수록

2. 우리 시대의 언관(言官) 사관(史官)_ 천관우 주필

천관우 선생 추모문집간행위원회《巨人 천관우》(2011, 일조각, pp. 98-107)에 수록

3. 전통과 현대를 이은 실학의 큰 선비_ 실시학사의 이우성 박사

이 책에 처음 수록

4. 정치 저널리즘을 천직으로 살다_ 박권상 선배

박권상 기념회 엮음《영원한 저널리스트 박권상을 생각한다》(2015, 상상나무, pp. 352-360)에 수록

제4장 한국과 독일 사이에서

1. 한독 포럼을 같이 창립하다_ 허영섭 녹십자사 회장

이 책에 처음 수록. 허영섭 회장의 10주기를 맞아 적음

2. 합창 지휘의 카라얀_ 발터 하겐-그롤 교수

이 책에 처음 수록. 그의 부음을 뒤늦게 듣고 적음

3. 그녀의 편지에 무궁무진한 재미가 …_ 화가·문필가·동화작가 사노 요코 여사

佐野洋子《親愛なるミスタ崔: 隣の の友への手紙》(2017年, 東京 CUON, pp. 172-183)에 수록

제5장 폴란드와 그 동쪽

1. 동유럽 대전환기의 트리오_ 바웬사, 야루젤스키, 요한 바오로 2세

《동아일보》 2005년 11월 14일자부터 16일자까지 3회에 걸쳐 연재

2. 교향곡 5번 <Korea>_ 크쉬스토프 펜데레츠키

2020년 3월 그의 부음을 듣고 같은 해 여름 집필. 이 책에 처음 수록. 글 뒤에 부록으로 붙인 강석희 교수의 글 〈펜데레츠키와 최정호〉는 앞에 든 책 《글벗: 최정호 박사 희수기념문집》(2009, 시그마북스. pp. 81-84)에 수록

3. 폴란드의 전위적인 옵아트 화가_ 보이치에크 판고르

1977년 5월. 내 책 《산다는 것의 명인들》(1986, 조선일보사 출판부. pp. 73-83)에 수록

4. 소련을 이긴 러시아 음악, 모스크바의 백야를 수놓다_ 로스트로포비치 등

《동아일보》 2008년 6월 5일

5. 러시아의 고려인 가수_ 넬리 리

이 책에 처음 수록. 2015년 연말 그의 부음을 듣고 20016년 초에 씀

제6장 라우다치오-수연·수상을 축하하는 글

1. 안과 밖 : 1960년대의 회상_ 이한빈 박사 희수연에

《한국의 미래와 미래학: 德山 李漢彬博士古稀紀念》(1996년 2월, 나남출판. pp. 520-537)에 수록. 그 뒤 김형국 엮음 《같이 내일을 그리던 어제: 이한빈/최정호의 왕복서한집》(시그마프레스. 2007 & 2018. pp. 16-36)에 재수록

2. 貴莫貴於不爵(귀하기는 벼슬하지 않는 것보다 더 귀함이 없다)_ 운주 정범모 박사 구순연에

2015년 11월 11일 정범모 박사 90세 생신연회 축사

2020년 11월 11일 95세 생신연회 축사

《운주 정범모 선생 기념문집: 한국 교육학의 선구자》(2020, 한국행동과학연구소, pp. 33-36)에 수록

3. 허허실실 초탈자재의 언론사 경영인_ 방우영 회장 미수연에

《미수 문집 신문인 방우영 대한민국 명사 90인 방우영을 말한다》(2015/2016, 21세기북스, pp. 494-501)에 수록

4. KCO 50돌 카펠마이스터 반세기_ 김민 교수

2014년 가을 KCO 코리아 챔버 오케스트라 50주년 기념 소책가에 수록

5. 이미륵상 수상_ 조각가 엄태정 교수

2012년 제7회 이미륵상 시상식에서

6. 이미륵상 수상_ '엘 시스테마'의 호세 안토니오 아브레우 박사

2010년 10월 제10회 서울평화상 시상식에서

7. 이미륵상 수상_ 김민기 학전극장 대표

2014년 10월 제8회 이미륵상 시상식에서

8. 이미륵상 수상_ 강수진 국립발레단감독

2016년 11월 제9회 이미륵상 시상식에서